ATRIUM

AF185333

ANNE HOLT IM ATRIUM VERLAG

Die Hanne Wilhelmsen Reihe
*Blinde Göttin · Selig sind die Dürstenden · Das einzige Kind ·
Im Zeichen des Löwen · Das achte Gebot · Das letzte Mahl ·
Die Wahrheit dahinter · Der norwegische Gast · Ein kalter Fall ·
In Staub und Asche*

Die Selma Falck Reihe
Ein Grab für zwei · Ein notwendiger Tod · Eine Idee von Mord

ANNE HOLT ist mit zehn Millionen verkauften Büchern weltweit eine der erfolgreichsten Krimiautorinnen Skandinaviens. Sie ist ehemalige Justizministerin Norwegens, Anwältin, Journalistin, TV-Nachrichtenredakteurin und Moderatorin. Zu großem Ruhm als Autorin gelangte sie mit den zwei Krimiserien um Hanne Wilhelmsen und um Inger Johanne Vik (verfilmt als »Modus. Der Mörder in uns«). Ihre neueste Serie dreht sich um die Juristin Selma Falck. Im Atrium Verlag sind die Krimiserien um Hanne Wilhelmsen und Selma Falck erhältlich.

GABRIELE HAEFS übersetzt seit über fünfundzwanzig Jahren u. a. aus dem Norwegischen, Dänischen und Schwedischen. Sie wurde mit dem Gustav-Heinemann-Friedenspreis und der Königlich Norwegischen Verdienstmedaille ausgezeichnet. Zu den von ihr übertragenen Autor:innen zählen neben Anne Holt unter anderem Jostein Gaarder und Camilla Grebe.

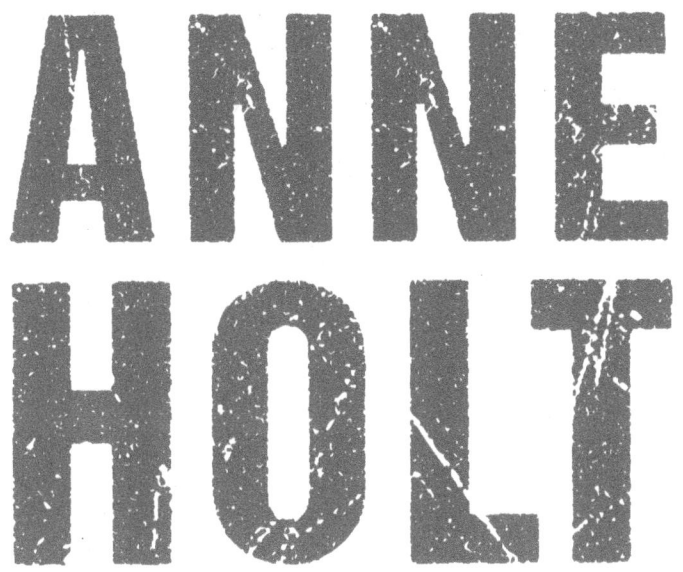

ANNE HOLT

IM ZEICHEN DES LÖWEN

HANNE WILHELMSENS VIERTER FALL

Aus dem Norwegischen von Gabriele Haefs

Atrium Verlag · Zürich

Die deutsche Erstausgabe erschien 1999 im Piper Verlag, München.

This translation has originally been published with the financial support of
NORLA, Norwegian Literature Abroad

Taschenbuchneuausgabe
1. Auflage 2024
© Atrium Verlag AG, Zürich, 2024
Alle Rechte vorbehalten
Copyright © Anne Holt und Berit Reiss-Andersen 1997
Die Originalausgabe erschien 1997 unter dem Titel *Løvens gap*
bei Cappelens Forlag, Oslo.
Für die vorliegende Ausgabe wurde die deutsche Übersetzung
von der Übersetzerin überarbeitet.
Published by agreement with Salomonsson Agency
Umschlaggestaltung: zero-media.net, München
Umschlagmotiv: Stocksy / Guille Faingold
Satz: Pinkuin Satz und Datentechnik, Berlin
Druck und Bindung: GGP Media GmbH, Pößneck
Printed in Germany
ISBN 978-3-03882-142-7

www.atrium-verlag.com
www.facebook.com/atriumverlag
www.instagram.com/atriumverlag

Für unsere Freunde
Dr. Glück, den Schafzüchter, und
Arnold, den Ritter der Schwafelrunde

»Es hilft nichts, Zoologie studiert zu haben,
wenn man im Rachen des Löwen steckt.«
Gunnar Reiss-Andersen

FREITAG, 4. APRIL 1997

18.47, BÜRO DER MINISTERPRÄSIDENTIN

Die Frau, die im Vorzimmer der Ministerpräsidentin saß, starrte abwechselnd ihr Telefon und die Doppeltür an und wurde dabei von steigender Unruhe erfüllt. Sie trug ein blaues Kostüm, einen adretten kleinen, klassisch geschnittenen Blazer mit passendem Rock und ein etwas zu buntes Halstuch. Obwohl ein langer Arbeitstag hinter ihr lag, hatte sich keine Haarsträhne aus ihrer eleganten, wenn auch ein wenig unmodernen Frisur gelöst. Die Frisur ließ die Frau älter wirken, als sie tatsächlich war. Vielleicht wollte sie es so, vielleicht sollte sie ihr eine Würde verleihen, die ihr die vierzig Jahre nicht liefern konnten.

Sie hatte genug zu tun, aber anders als sonst schaffte sie nichts. Sie saß einfach nur da. Den einzigen Hinweis auf ihre steigende Befürchtung, dass hier etwas nicht stimmen könnte, boten ihre langen, gepflegten Finger mit den tiefroten Nägeln und zwei Goldringen an jeder Hand. Immer wieder fuhren sie an ihre Schläfe, um unsichtbare Haare glatt zu streichen, und schlugen danach mit einem dumpfen Geräusch auf der Schreibtischunterlage auf, wie eine mit Schalldämpfer abgefeuerte Serie von Schüssen. Plötzlich sprang die Frau auf und lief zum Fenster.

Draußen dämmerte es. Fünfzehn Stockwerke tiefer sah sie fröstelnde Menschen durch die Akersgate eilen, manche liefen irritiert im Kreis und warteten auf einen Bus, der vielleicht niemals eintreffen würde. Hinter den Fenstern des Büros der Kulturministerin brannte noch immer Licht. Trotz der Entfernung konnte die Frau im blauen Kostüm sehen, wie die Sekretärin das Vorzimmer verließ, um ihrer Chefin einen Stapel Papiere zu bringen. Die junge Ministerin lachte die ältere Frau an und warf ihre blonden Haare nach hinten. Sie war zu jung für eine Kulturministerin. Und sie war nicht groß genug. Ein langes Abendkleid machte sich einfach nicht gut an einer Frau von knapp eins sechzig. Zu allem Überfluss steckte die junge Dame sich auch noch eine Zigarette an und stellte den Aschenbecher auf den Papierstapel.

Sie sollte in diesem Büro nicht rauchen, dachte die Frau in Blau. Da hängen schließlich wahre Kulturschätze. Das kann doch nicht gut sein für die Bilder.

Dankbar klammerte sie sich an dieses Gefühl der Irritation. Für einen Moment ließ sich dadurch die Unruhe verdrängen, die inzwischen in eine unbekannte, besorgte Angst umzukippen drohte.

Vor zwei Stunden hatte Ministerpräsidentin Birgitte Volter sehr energisch und fast unfreundlich erklärt, sie wolle nicht gestört werden, auf gar keinen Fall. Genau das hatte sie gesagt: »Egal wie.«

Gro Harlem Brundtland hätte niemals »egal wie« gesagt. Sie hätte gesagt: »Ganz gleichgültig, worum es geht«, vielleicht hätte sie sich auch einfach mit der Anweisung begnügt, nicht gestört werden zu wollen. Selbst wenn sämtliche sechzehn Etagen des Regierungsgebäudes in Flammen gestanden hätten, Gro Harlem Brundtland wäre in Ruhe gelassen worden, wenn sie darum gebeten hätte. Doch Gro war am fünfundzwanzigsten Oktober des Vorjahres zurückgetreten, und nun waren neue Zeiten angebrochen, neue Gewohnheiten und eine neue Sprache waren angesagt, und Wenche Andersen behielt ihre Gefühle für sich. Sie machte wie immer ihre Arbeit, effektiv und diskret.

Vor einer guten Stunde hatte Benjamin Grinde, Richter am Obersten Gericht, das Büro der Ministerpräsidentin verlassen. Er hatte einen anthrazitgrauen italienischen Anzug getragen, in der Doppeltür genickt und sie dann hinter sich geschlossen. Mit einem leisen Lächeln hatte er sich ein Kompliment über ihr neues Kostüm erlaubt, dann hatte er sich seine weinrote Lederaktentasche unter den Arm geklemmt und war die Treppe zum Fahrstuhl im vierzehnten Stock hinuntergegangen. Wenche Andersen war ganz mechanisch aufgestanden, um Birgitte Volter eine Tasse Kaffee zu bringen, hatte sich jedoch in letzter Sekunde auf die Anweisung ihrer Chefin besonnen, sie nicht zu stören. Doch allmählich wurde es wirklich spät.

Staatssekretäre und politische Berater waren schon gegangen, wie auch das übrige Büropersonal. Wenche Andersen saß an einem Freitagabend allein im fünfzehnten Stock eines Hochhauses im Regierungsviertel und wusste nicht, was sie machen sollte. Im Büro der Ministerpräsidentin herrschte tödliche Stille. Aber das war vielleicht kein Wunder. Es waren schließlich Doppeltüren.

19.02, ODINS GATE 3

Irgendetwas stimmte nicht mit dem Inhalt des schlichten tulpenförmigen Glases, das er hochhielt, um zu sehen, wie das Licht sich in der roten Flüssigkeit brach. Er horchte auf den Wein, versuchte, sich zu entspannen und ihn so zu genießen, wie ein schwerer Bordeaux es nun einmal verdiente. Angeblich sollte der Jahrgang 1983 eine offene und weiche Note haben. Bei diesem hier aber war die Kopfnote zu herb, und der Mann verzog voller Abscheu den Mund, als er erkannte, dass der Wein auch im Abgang in keinem Verhältnis zu dem Preis stand, den die Flasche gekostet hatte. Brüsk stellte er das Glas hin und griff zur Fernbedienung seines Fernsehers. Die Nachrichten hatten bereits angefangen. Die Sendung interessierte ihn nicht, und die Bilder flimmerten an ihm vorbei, während der Mann nichts registrierte, außer dass der Nachrichtensprecher einen unglaublich geschmacklosen Anzug trug. Ein Mann von Welt durfte einfach keine gelben Jacketts tragen.

Er hatte es tun müssen. Es hatte keine Alternative gegeben. Jetzt, da alles vorüber war, empfand er überhaupt nichts. Er hatte ein Gefühl der Befreiung erwartet, die Möglichkeit, nach all diesen Jahren aufzuatmen.

Er hätte sich so gern erleichtert gefühlt. Stattdessen überkam ihn eine ungewohnte Einsamkeit. Die Möbel kamen ihm plötzlich fremd vor. Das alte, schwere Eichenbüfett, auf dem er schon als Kind herumgeklettert war und das jetzt in seiner ganzen Pracht sein Wohnzimmer beherrschte, mit Traubenreliefs und der exklusiven Sammlung japanischer Netsuke-Miniaturen hinter den geschliffenen Glastüren, schien ihm jetzt nur noch düster und bedrohlich.

Auf dem Tisch zwischen ihm und dem Fernseher lag ein Gegenstand. Warum er ihn mitgenommen hatte, war ihm völlig unklar. Er schüttelte sich und ließ den Nachrichtensprecher mit einem Tastendruck verschwinden. Es war der Abend vor seinem fünfzigsten Geburtstag. Er kam sich viel älter vor, als er sich steif vom Chesterfieldsofa erhob, um in die Küche zu gehen. Die Pastete würde er am besten schon an diesem Abend machen. Erst nach vierundzwanzig Stunden im Kühlschrank entfaltete sie ihren vollen Geschmack.

Für einen kurzen Moment spielte er mit dem Gedanken, eine weitere Flasche von dem teuren Bordeaux zu öffnen. Er entschied sich jedoch dagegen und begnügte sich mit einem Cognac, den er sich großzügig in ein neues Glas einschenkte.

Doch auch die Küche bot ihm keine Ablenkung.

19.35, BÜRO DER MINISTERPRÄSIDENTIN

Die Frisur saß nun nicht mehr so perfekt. Eine starre, blondierte Locke fiel ihr in die Augen, und sie spürte die Schweißperlen auf der Oberlippe. Nervös griff sie zu ihrer Handtasche, öffnete sie und zog ein frisch gebügeltes Taschentuch heraus, das sie sich zuerst an den Mund und dann an die Stirn hielt.

Jetzt würde sie hineingehen. Vielleicht war etwas passiert. Birgitte Volter hatte das Telefon ausgestöpselt, sie musste also anklopfen. Vielleicht war die Ministerpräsidentin krank. In den letzten Tagen hatte sie gestresst gewirkt. Obwohl Wenche Andersen an dem lässigen und ungewohnten Stil der Ministerpräsidentin allerlei auszusetzen hatte, musste sie zugeben, dass sie normalerweise sehr freundlich war. In der vergangenen Woche jedoch war sie fast abweisend gewesen, übellaunig und leicht reizbar. Ob sie krank war? Jetzt würde sie zu ihr gehen. Jetzt.

Statt die Ministerpräsidentin zu stören, ging sie auf die Toilette. Vor dem Spiegel ließ sie sich viel Zeit. Sie wusch sich ausgiebig die Hände und holte dann eine kleine Tube Handcreme aus dem Schränkchen unter dem Waschbecken. Gründlich massierte sie ihre Finger und spürte, wie die Creme in die Haut einzog. Unbewusst schaute sie auf die Uhr und atmete schwer. Es waren erst viereinhalb Minuten vergangen. Die kleinen Goldzeiger schienen fast stillzustehen. Ängstlich und resigniert ging sie zurück zu ihrem Schreibtisch; sogar das Geräusch der Toilettentür, die hinter ihr ins Schloss fiel, hatte ihr Angst gemacht.

Jetzt musste sie hineingehen. Wenche Andersen erhob sich halbwegs, zögerte und setzte sich wieder. Die Anweisung war eindeutig gewesen. Birgitte Volter wollte nicht gestört werden. »Egal wie.« Doch sie hatte auch nicht gesagt, dass Wenche Andersen Feierabend machen dürfe, und es wäre unerhört gewesen, ohne Erlaubnis das Büro zu verlassen. Jetzt würde sie hineingehen. Sie musste hineingehen.

Sie legte eine Hand auf die Klinke und horchte an der Tür. Alles still. Vorsichtig tippte sie mit dem Mittelfinger gegen das Holz. Noch immer war alles still. Sie öffnete die äußere Tür und tippte gegen die nächste. Keine Reaktion. Wenche Andersen schwitzte jetzt nicht nur an der Oberlippe. Vorsichtig und zögernd, mit der Option, sie schnell wieder zu schließen, wenn die Ministerpräsidentin in irgendeine wichtige Arbeit vertieft wäre, öffnete sie die Tür einen Spaltbreit. Doch sie konnte nur das Ende der Sitzgruppe mit dem runden Tisch sehen.

Plötzlich wurde Wenche Andersen von einer Entschlossenheit erfasst, die ihr seit mehreren Stunden ganz fremd gewesen war. Sie riss die Tür sperrangelweit auf. »Entschuldigung«, sagte sie laut. »Ich möchte nicht stören, aber ...«

Mehr brauchte sie nicht zu sagen.

Ministerpräsidentin Birgitte Volter saß in ihrem Schreibtischsessel, ihr Oberkörper war über den Schreibtisch gebeugt. Sie erinnerte an eine Studentin, die in einem luxuriösen Lesesaal für ihr Examen büffelte; eine, die nur kurz eingenickt war, die eine kleine Ruhepause brauchte. Wenche Andersen stand einige Meter von ihr entfernt in der Türöffnung, konnte es aber trotzdem sehen: Das Blut, das auf den Überlegungen zum Schengener Abkommen eine große, stillstehende Lache gebildet hatte, war ausgesprochen gut sichtbar. So sichtbar, dass Wenche Andersen nicht einmal nachsah, ob sie ihrer Chefin noch helfen, ihr ein Glas Wasser holen oder ihr ein Taschentuch geben könnte, um die Schweinerei wegzuwischen.

Sie schloss vorsichtig, aber äußerst entschlossen die Türen zum Büro der Ministerpräsidentin, umrundete ihren eigenen Schreibtisch, griff zum Telefon und wählte die Direktdurchwahl zur Osloer Polizei. Schon nach dem ersten Klingelzeichen meldete sich am anderen Ende eine Männerstimme.

»Sie müssen sofort kommen«, sagte Wenche Andersen, und ihre Stimme zitterte nur ganz leicht. »Die Ministerpräsidentin ist tot. Erschossen. Birgitte Volter ist ermordet worden. Sie müssen herkommen.«

Dann legte sie auf, griff zu einem anderen Telefon und hatte die Wachzentrale am Apparat.

»Hier ist das Büro der Ministerpräsidentin«, sagte sie, jetzt ruhiger. »Riegelt das Haus ab. Niemand darf rein, niemand raus. Nur die Polizei. Und vergesst die Garage nicht.«

Ohne eine Antwort abzuwarten, legte sie auf und wählte dann eine andere vierstellige Nummer.

»Vierzehnter Stock«, sagte der Mann, der im Stockwerk unter ihr in seinem Kasten aus kugelsicherem Glas saß, der Schleuse zum Allerheiligsten, dem Büro der Regierungschefin des Königreiches Norwegen.

»Hier ist das Büro der Ministerpräsidentin«, sagte sie noch einmal. »Die Ministerpräsidentin ist tot. Veranlasst die Durchführung des Krisenplans.«

So tat Wenche Andersen ihre Pflicht, wie sie immer ihre Arbeit tat: systematisch und tadellos. Die einzigen Hinweise darauf, dass es kein normaler Freitagabend für sie war, lieferten zwei lila Flecken auf ihren Wangen, die immer größer wurden und bald ihr ganzes Gesicht bedeckten.

Als Liten Lettviks Eltern ihr blondes Püppchen damals Lise Annette tauften, obwohl es doch eine ein Jahr ältere Schwester gab, die diesen Namen unweigerlich zu »Liten«, also der Kleinen, zusammenziehen würde, ahnten sie wohl kaum, dass Lise Annette vierundfünfzig Jahre später zweiundneunzig Kilo wiegen, pro Tag zwanzig Zigarillos rauchen und jeden Tag Whisky trinken würde, haarscharf an der Grenze dessen, was eine erschöpfte Leber ertragen kann. Ihr gesamtes Erscheinungsbild mit den grauen, struppigen Haaren und einem Gesicht, das von fast dreißig Jahren in der Osloer Zeitungsstraße Akersgate zeugte, sowie die Tatsache, dass sie noch immer das in den siebziger Jahren erkämpfte Recht für sich geltend machte, keinen BH zu tragen, hätten zu Spötteleien eingeladen. Aber niemand riss über Liten Lettvik Witze. Jedenfalls nicht in ihrer Anwesenheit.

»Was zum Henker will ein Richter vom Obersten Gericht an einem späten Freitagnachmittag bei der Ministerpräsidentin?«, murmelte sie vor sich hin.

»Was hast du gesagt?«

Der Knabe vor ihr war ihr Hündchen. Er war klapperdürr, eins sechsundneunzig und hatte immer noch Pickel. Liten Lettvik verachtete Leute wie Knut Fagerborg, Rotzbengel mit einer auf sechs Monate befristeten Vertretungsstelle bei der Abendzeitung. Aber Knut war nützlich. Wie alle anderen bewunderte er sie grenzenlos. Er glaubte, sie werde für eine Verlängerung seiner Stelle sorgen. Da irrte er sich. Aber bis dahin galt: Er war nützlich.

»Komisch«, murmelte sie jetzt, eigentlich mehr an sich selbst gerichtet als an Knut Fagerborg. »Ich habe heute Nachmittag versucht, Grinde beim Obersten Gericht anzurufen. Es ist gar nicht so leicht, herauszufinden, was seine Kommission eigentlich so treibt. Die Tussi im Vorzimmer hat gezwitschert, er sei bei der Ministerpräsidentin. Aber was zum Teufel wollte er von ihr?«

Sie hob die Arme und streckte sich. Knut registrierte den Geruch von POISON. Vor nicht allzu langer Zeit hatte er sich beim Notarzt mit Antihistaminen behandeln lassen müssen, weil er die Nacht mit einer Frau verbracht hatte, die in dieser Hinsicht denselben Geschmack hatte wie Liten Lettvik.

»Was willst du?«, fragte sie plötzlich, als habe sie ihn gerade erst entdeckt.

»Also, irgendwas ist los. Erst läuft der Polizeifunk Amok, und jetzt herrscht Totenstille. So was hab ich noch nie erlebt.«

Nun hatte der nicht einmal zwanzig Jahre alte Knut Fagerborg ohnehin noch nicht viel erlebt, aber Liten musste ihm beipflichten. Das war wirklich seltsam.

»Leute!« Ein Mann um die vierzig in grauer Tweedjacke betrat mit schlurfenden Schritten die Redaktion.

»Irgendwas ist im Hochhaus los. Jede Menge Menschen und Autos, und jetzt wird die Straße abgesperrt. Erwartet die Ministerpräsidentin irgendein hohes Tier aus dem Ausland?«

»Abends? An einem Freitagabend?«

Liten Lettvik tat das linke Knie weh.

Zwei Stunden, bevor die Bohrinsel Alexander L. Kielland gekentert war, hatte ihr das linke Knie weh getan. Am Tag vor dem Mord an Olof Palme hatte es wie besessen geschmerzt. Ganz zu schweigen davon, wie sie am ersten Abend des Golfkriegs zum Notarzt gehumpelt war und sich darüber gewundert hatte, dass die Schmerzen so spät eingesetzt hatten. Später in der Nacht hatte sie dann erfahren, dass König Olav gestorben war.

»Geh mal rüber und sieh nach.«

Knut machte sich auf den Weg.

»Kennt ihr eigentlich Leute, die 1965 ein Kind bekommen haben?«

Liten Lettvik rieb sich das Knie, was nicht ganz einfach war; sie keuchte und quetschte ihren Bauch gegen die Tischkante.

»Ich bin Jahrgang 1965«, rief eine elegante Frau in fliederfarbenem Kostüm, die zwei Ordner aus dem Archiv brachte.

»Das hilft uns nicht weiter«, sagte Liten Lettvik. »Du lebst ja noch.«

20.15, BÜRO DER MINISTERPRÄSIDENTIN

Billy T. hatte ein Gefühl, das er als Sehnsucht interpretierte. Es hatte ihn irgendwo im Zwerchfell gepackt, und er musste mehrere Male tief Luft holen, um einen klaren Kopf zu bekommen.

Das Büro der norwegischen Ministerpräsidentin wäre recht geschmackvoll gewesen, wenn sie nicht mit dem Kopf auf den Papieren tot dagelegen hätte; das war eine im wahrsten Sinne des Wortes blutige Beleidigung des Innenarchitekten, der sich nach sorgfältigen Erwägungen für einen großen Schreibtisch mit geschwungener Kante entschieden hatte. Die schwungvollen, welligen Formen wiederholten sich bei einem Bücherregal, das zwar recht dekorativ war, aus Mangel an geraden Linien jedoch restlos unbrauchbar schien. Es enthielt deshalb auch nicht viele Bücher. Das Zimmer war rechteckig, auf der einen Seite befand sich eine Sitzgruppe, auf der anderen stand der Schreibtisch mit den beiden Besuchersesseln. Nichts in diesem Raum hätte als luxuriös bezeichnet werden können. Anderswo im Land hatte Billy T. bereits wesentlich exklusivere Büros gesehen. Dies war ein ganz und gar sozialdemokratischer Raum, ein nüchternes Ministerpräsidentinnenbüro, über das norwegische Gäste anerkennend nickten, während Staatsoberhäupter aus manchen anderen Ländern es vielleicht als zu schlicht auffassen würden.

An den beiden Enden des Zimmers befand sich jeweils eine Tür; durch die eine war Billy T. eben hereingekommen, die andere führte in einen Aufenthaltsraum mit Dusche und Toilette.

Der Arzt war blass und hatte Blutflecken an seiner grauen Jacke. Er kämpfte mit seinen Latexhandschuhen, die sich nicht abstreifen lassen wollten, und Billy T. hörte aus seiner angespannten Stimme einen Hauch von Feierlichkeit heraus.

»Ich nehme an, dass die Ministerpräsidentin vor zwei bis drei Stunden gestorben ist. Aber das ist nur eine vorläufige Annahme. Äußerst vorläufig. Ich gehe davon aus, dass die Temperatur in diesem Zimmer konstant gewesen ist, jedenfalls bis zu unserem Eintreffen.«

Endlich gaben die Handschuhe nach, mit einem saugenden Geräusch verabschiedeten sie sich von den Fingern und wurden in die Tasche der Tweedjacke gestopft. Der Arzt richtete sich auf.

»Kopfschuss.«

»Seh ich doch selber«, murmelte Billy T.

Der Abteilungsleiter bedachte ihn mit einem warnenden Blick.

Billy T. hatte verstanden. Er wandte sich den drei Männern von der Technik zu, die bereits ihrer Pflicht nachkamen: Sie fotografierten, maßen aus, pinselten Fingerabdruckpuder aus und bewegten sich in diesem Büro mit einer Eleganz, die alle überrascht hätte, die das noch nie gesehen hatten. Sie gaben vor, diese Arbeit gewohnt zu sein, alles als reine Routine zu betrachten. Aber im Zimmer herrschte eine beinahe sakrale Stimmung, nichts war zu bemerken vom üblichen Galgenhumor, und die gedrückte Stimmung wurde dadurch verstärkt, dass die Temperatur zu steigen begann. Eine tote Ministerpräsidentin lud einfach nicht zu lockeren Sprüchen ein.

Wie immer, wenn er vor einer Leiche stand, dachte Billy T., dass nichts so nackt war wie der Tod. Diese Frau zu sehen, die bis vor drei Stunden das Land regiert hatte, diese Frau, die ihm nie begegnet war und die er doch Tag für Tag im Fernsehen und in den Zeitungen gesehen und im Radio gehört hatte; Birgitte Volter zu sehen, diesen Inbegriff einer öffentlichen Person, die jetzt tot über ihrem eigenen Schreibtisch hing – das war schlimmer, peinlicher, als hätte er sie ohne Kleider überrascht.

»Irgendwelche Waffen?«, erkundigte er sich bei einem jungen Polizisten, der sich für einen Moment Richtung Tür zurückgezogen hatte, er trank Wasser aus einem Plastikbecher, den er dann an eine uniformierte Kollegin im Vorzimmer weiterreichte. Der junge Mann schüttelte den Kopf.

»Nein.«

»Nein?«

»Noch nicht. Keine Waffen.«

Er wischte sich mit dem Jackenärmel den Mund ab.

»Die finden wir schon noch«, sagte er dann. »Wir haben noch längst nicht überall gesucht. Das Gebäude ist ja der reinste Irrgarten. Aber hier drinnen ist die Waffe wahrscheinlich nicht.«

Billy T. fluchte leise.

»In dieser Bude gibt es doch mindestens vierhundert Büros. Dürfte ich vielleicht anregen, dass wir Verstärkung bekommen?«

Letzteres sagte er mit einem angestrengten Lächeln und fuhr sich über seinen glatt rasierten Schädel.

»Sicher«, sagte der Abteilungsleiter. »Die Waffe müssen wir finden, das ist klar.«

»Ist doch wohl selbstverständlich«, sagte Billy T. gerade so leise, dass niemand von den anderen es hören konnte.

Er wollte weg hier. Er wurde hier nicht gebraucht. Er wusste, dass die Tage, Wochen, ja vielleicht auch Monate, die vor ihnen lagen, die reine Hölle sein würden. Es würde für lange Zeit Ausnahmezustand herrschen. Keine freien Tage, an längeren Urlaub war gar nicht zu denken. Keine Zeit für die Jungen. Für vier Kinder, die doch zumindest am Wochenende Anspruch auf ihn hatten. Aber im Moment wurde er nicht gebraucht, nicht hier, nicht in diesem rechteckigen Büro mit dem wunderbaren Blick auf das abendlich beleuchtete Oslo und mit einer Frau, die tot über dem Schreibtisch lag.

Wieder packte ihn das Gefühl von Einsamkeit und von Sehnsucht nach ihr, seiner einzigen Vertrauten. Sie hätte jetzt da sein müssen, zusammen waren sie unbesiegbar, allein hatte er das Gefühl, dass seine zwei Meter zwei und das Petruskreuz im Ohr nichts nützten. Zum letzten Mal wich sein Blick der Blutlache unter dem Frauenkopf aus.

Er wandte sich um und fasste sich an die Brust. Hanne Wilhelmsen war in den USA und würde erst zu Weihnachten zurückkehren.

»O verdammt, Billy T.«, flüsterte der Polizist, der vorhin Wasser getrunken hatte. »Mir ist wirklich speiübel. Das ist mir noch nie passiert. Nicht am Tatort, meine ich. Nicht seit meiner Anfangszeit.«

Billy T. sagte nichts dazu, er blickte den Mann nur kurz an und bedachte ihn mit einer blitzschnellen Grimasse, die sich mit einigem Wohlwollen als Lächeln deuten ließ.

Ihm selbst war auch ziemlich schlecht.

20.30, REDAKTION DER AFTENAVISEN

»Da scheint echt was los zu sein«, keuchte Knut Fagerborg. »Jede Menge Leute, jede Menge Autos, überall Sperren, und dabei ist es so still! Verdammt, sind die alle toternst!«

Er ließ sich in einen viel zu niedrigen Bürosessel fallen und streckte ausgiebig die Beine aus, was ihm das Aussehen einer Spinne verlieh.

Liten Lettviks linkes Knie schmerzte unglaublich. Sie erhob sich und stellte behutsam den Fuß auf den Boden, während sie vorsichtig die Belastung des Knies erhöhte.

»Das will ich selber sehen«, sagte sie und zog eine Schachtel Zigarillos aus der Tasche.

Vorsichtig und langsam, während Knut Fagerborg von einem Fuß auf den anderen trat und viel lieber vor ihr her zum Hochhaus gerannt wäre, zündete sie sich ein Zigarillo an.

»Ich glaube, du hast recht«, sagte sie lächelnd. »Da ist wohl wirklich eine große Sache im Gange.«

20.34, SCHLOSS SKAUGUM IN ASKER

Die schwarze Regierungslimousine hielt vor dem Eingang zum Landsitz des Königs in Asker, eine halbe Stunde Fahrzeit von der Stadt entfernt. Ein hochgewachsener, schlanker Mann in dunklem Anzug öffnete die rechte Hintertür, noch ehe der Wagen richtig gehalten hatte, und stieg aus. Er zog seinen Mantel fest um sich und steuerte mit großen Schritten auf die Eingangstür zu.

Ein Uniformierter öffnete und führte ihn in einen Raum, der Ähnlichkeit mit einer Bibliothek hatte. Mit leiser Stimme wurde er gebeten zu warten. Der Mann, der ihn empfangen hatte, hatte erstaunt die Augenbrauen hochgezogen, als der Besucher die ausgestreckte Hand abwehrte, die seinen Mantel an den dafür vorgesehenen Platz hängen wollte. Jetzt saß der schlaksige Außenminister in einem unbequemen Barocksessel und kam sich fehl am Platze vor. Er zog seinen Mantel noch fester zusammen, obwohl ihm wirklich nicht kalt war.

Der König stand in der Tür. Er trug Alltagskleidung, eine graue Hose, ein Hemd, das am Hals offen war. Sein Gesicht sah noch besorgter aus als sonst, seine Augen, deren obere Hälfte von schweren Lidern bedeckt war, flackerten unruhig. Der Außenminister sprang auf und streckte ihm die Hand hin.

»Ich habe leider sehr schlechte Neuigkeiten, Eure Majestät«, sagte er leise und hustete hinter vorgehaltener Faust.

Die Königin war ihrem Gemahl gefolgt. Sie stand einige Meter von der Tür entfernt und hielt ein Glas mit Eiswürfeln in der Hand. Es klirrte freundlich, als sie das Zimmer betrat, wie eine Einladung zu einem gemütlichen Abend. Sie trug eine damenhafte Jeans und einen bunten, mit schwarzen und roten Kühen bestickten Pullover. Ihre professionelle Miene konnte eine gewisse Neugier über diesen Besuch nicht verhehlen.

Der Außenminister fühlte sich nicht wohl in seiner Haut. Das Königspaar schien einen seiner seltenen ruhigen Abende zu Hause zu genießen.

Er nickte der Königin zu, dann blickte er wieder dem König in die Augen und sagte: »Ministerpräsidentin Volter ist tot, Eure Majestät. Sie wurde heute Abend erschossen aufgefunden.«

Die beiden Majestäten tauschten einen Blick, der König rieb sich nachdenklich die Nasenwurzel. Schweigen.

»Ich glaube, Sie sollten sich setzen«, sagte der König schließlich und zeigte auf den Sessel, den der hochgewachsene, dunkelhaarige Mann eben erst verlassen hatte. »Nehmen Sie Platz und erzählen Sie weiter. Und geben Sie mir doch Ihren Mantel.«

Der Außenminister schaute mit einer Miene an sich hinunter, die den Eindruck erweckte, er wüsste nicht einmal, dass er diesen Mantel trug. Mit zitternden Fingern knöpfte er ihn auf, brachte es aber nicht über sich, ihn dem König zu reichen, sondern hängte ihn über die Sessellehne und setzte sich wieder.

Die Königin berührte mit der Hand seine Schulter, als sie an ihm vorüberging, um sich einige Meter von ihm entfernt in einem Sessel niederzulassen: die tröstende Geste einer Frau, die hinter den dicken, dunklen Brillengläsern des Außenministers Tränen erahnt hatte.

»Möchten Sie etwas trinken?«, fragte sie leise, doch der Mann schüttelte nur kurz den Kopf und räusperte sich dann ausgiebig. »Nein, ich glaube nicht. Ich habe eine sehr lange Nacht vor mir.«

20.50, OLE BRUMMS VEI 212

»Mein herzliches Beileid«, sagte der Bischof von Oslo und versuchte, den Blick seines Gegenübers einzufangen.

Das gelang ihm nicht. Roy Hansen war zweiunddreißig Jahre mit Birgitte Volter verheiratet gewesen. Bei ihrer Hochzeit waren sie beide blutjung gewesen, und gewissen turbulenten Phasen zum Trotz hatten sie in einer Zeit zusammengehalten, als alle Welt ihnen zu beweisen versuchte, dass eine lebenslange Ehe in einem hektischen, urbanen Milieu ein Ding der Unmöglichkeit sei. Birgitte war nicht nur ein wichtiger Teil seines Lebens gewesen, in vieler Hinsicht war sie sein Leben. Das hatte sich aus der Tatsache ergeben, dass sie sich beide für Birgittes Karriere engagiert hatten. Jetzt saß er auf dem Sofa und starrte einen Punkt an, den es gar nicht gab.

Die Parteisekretärin der Sozialdemokraten stand neben der Verandatür und schien sich in Anwesenheit des Bischofs nicht wohl in ihrer Haut zu fühlen.

»Bitte, gehen Sie«, flüsterte der Mann auf dem Sofa.

Das Gesicht des Bischofs zeigte Ungläubigkeit, jedoch nur

für einen kurzen Moment; dann riss er sich zusammen und gewann seine Bischofswürde zurück.

»Es ist ein sehr schwerer Moment für Sie«, sagte er. »Selbstverständlich respektiere ich Ihren Wunsch, allein gelassen zu werden. Gibt es vielleicht jemand anderen, den Sie sehen möchten? Vielleicht jemanden aus Ihrer Familie?«

Roy Hansen starrte noch immer auf einen Punkt, den die anderen nicht sehen konnten. Er schluchzte nicht, sondern atmete leicht und gleichmäßig, doch aus seinen blassblauen Augen floss ein stiller Tränenstrom, ein kleiner Bach, den er schon längst nicht mehr wegzuwischen versuchte.

»Sie kann bleiben«, sagte er, ohne die Parteisekretärin anzusehen.

»Dann empfehle ich mich«, sagte der Bischof, stand aber noch immer nicht auf. »Ich werde für Sie und Ihre Familie beten. Und bitte, rufen Sie an, wenn ich oder jemand anders irgendetwas für Sie tun kann.«

Er stand noch immer nicht auf. Die Parteisekretärin wartete neben der Tür und hätte sie gern geöffnet, um den Abmarsch des Bischofs zu beschleunigen, aber irgendetwas an dieser ganzen Situation ließ sie wie angewurzelt stehen bleiben. Die Minuten vergingen, und nur das Ticken einer Tischuhr in ihrem Eichengehäuse war zu hören. Plötzlich schlug sie neunmal, schwere, angestrengte, zögernde Schläge, so als wäre es ihr lieber, wenn dieser Abend nicht weiterginge.

»Ja ja«, sagte der Bischof mit einem tiefen Seufzer. »Ich empfehle mich also.«

Als er endlich gegangen war und die Parteisekretärin die Tür hinter ihm abgeschlossen hatte, kehrte sie ins Wohnzimmer zurück. Roy Hansen sah sie zum ersten Mal an, mit einem verzweifelten Blick, der in einer Grimasse verschwand, als er endlich in Tränen ausbrach. Die Parteisekretärin setzte sich neben ihn, und er ließ zu, dass sie seinen Kopf auf ihren Schoß legte, während er um Atem rang.

»Jemand muss mit Per sprechen«, schluchzte er. »Ich bringe es nicht über mich, mit Per zu sprechen.«

21.03, ODINS GATE 3

Die Leber war von prima Qualität. Er hielt sie sich unter die Nase und berührte das helle Fleischstück ganz leicht mit der Zunge. Der Schlachter in Torshov war der einzige, zu dem er wirklich Vertrauen hatte, wenn es um Kalbsleber ging, und obwohl die Schlachterei nicht gerade verkehrsgünstig lag, lohnte sich der Umweg.

Die Trüffeln hatte er drei Tage zuvor in Frankreich gekauft. Normalerweise begnügte er sich mit Konserven, aber wenn sich die Gelegenheit bot – was relativ oft der Fall war –, konnte sich doch nichts mit der frischen Variante messen.

Ding-dong.

Er musste etwas mit der Türklingel machen. Ihr Geräusch war so unharmonisch und atonal, dass er jedes Mal zusammenfuhr, wenn sie erklang.

Rasch schaute er auf seine Armbanduhr. Er erwartete keinen Besuch. Es war Freitag, und sein Fest war für Samstag angesetzt.

Auf dem Weg zur Wohnungstür blieb er plötzlich stehen und zögerte einen kurzen Moment. Dann ging er mit resoluten Schritten zum Couchtisch und packte den darauf liegenden Gegenstand. Ohne weiter darüber nachzudenken, öffnete er eine der mit Trauben verzierten Büfetttüren und schob den Gegenstand hinter die Leinenwäsche. Dann wischte er sich die Hände an seiner Flanellhose ab und öffnete die Wohnungstür.

»Benjamin Grinde?«

Vor der Tür stand eine Polizistin zusammen mit einem Kollegen. Bei ihrer Frage blickte sie ihm nicht in die Augen, sondern starrte einen Punkt zehn Zentimeter oberhalb seines Kopfes an. Neben ihr stand ein etwas jüngerer Mann mit Brille und einem dichten, gepflegten Bart.

»Ja«, antwortete Benjamin Grinde und trat beiseite, wobei er die Tür weit öffnete, als einladende Geste für die Polizistin und ihren Kollegen.

Die beiden tauschten einen raschen Blick. Dann folgten sie dem Richter vom Obersten Gericht in sein Wohnzimmer.

»Ich nehme an, Sie werden mir gleich erzählen, worum es geht«, sagte er und zeigte aufs Sofa.

Er selbst setzte sich in einen tiefen Ohrensessel. Die Uniformierten blieben stehen, der Polizist trat hinter das Ledersofa. Verlegen machte er sich dort an einer Naht zu schaffen und senkte den Blick.

»Wir möchten Sie bitten, uns auf die Wache zu begleiten«, sagte die Frau, nachdem sie sich geräuspert hatte. Offenbar fühlte sie sich zunehmend unwohl. »Wir, also die Juristen bei uns, hätten Sie gern zu einem ... einem Gespräch eingeladen, könnte man sagen.«

»Zu einem Gespräch?«

»Zu einer Vernehmung.«

Der Bärtige schaute auf und fügte hinzu:

»Wir wollen Sie vernehmen.«

»Mich vernehmen? Weshalb denn?«

»Das werden Sie dort erfahren. Auf der Wache.«

Benjamin Grinde, Richter beim Obersten Gericht, sah zuerst die Frau an, dann den Mann. Dann lachte er. Ein leises, freundliches Lachen, er schien sich in diesem Moment köstlich zu amüsieren.

»Sie wissen vermutlich, dass ich die Vorschriften kenne«, sagte er schmunzelnd. »Im Grunde brauche ich Sie überhaupt nicht zu begleiten. Natürlich stehe ich gern zu Diensten, aber dann will ich auch wissen, worum es geht.«

Er erhob sich, und wie um seine eigene Sicherheit zu betonen, verließ er seine Gäste und verschwand in der Küche. Gleich darauf war er wieder da, mit dem Cognacglas in der Hand. Er trank ihnen mit einer eleganten Handbewegung zu und schien seine Geburtstagsfeier damit bereits eröffnet zu haben.

»Sie trinken sicher nicht, wenn Sie im Dienst sind«, sagte er lächelnd und machte es sich dann wieder in seinem Sessel bequem, nachdem er eine Zeitung vorn Fußboden aufgehoben hatte.

Die Polizistin nieste.

»Gesundheit«, murmelte Benjamin Grinde und machte sich an der Wirtschaftszeitung zu schaffen, deren rosa Papier auf seltsame Weise mit den Möbeln harmonierte.

»Ich glaube, Sie sollten uns begleiten«, sagte die Frau, jetzt in energischerem Tonfall. »Wir haben einen Haftbefehl, für alle Fälle …«

»Einen Haftbefehl? Aber weswegen denn, wenn ich fragen darf?«

Die Zeitung lag wieder auf dem Boden, und Grinde saß, ein wenig vorgebeugt, in seinem Sessel.

»Ehrlich gesagt«, meinte die Frau und ging zum Sofa, um Platz zu nehmen. »Wäre es nicht besser, wenn Sie uns einfach begleiteten? Sie haben es ja selber gesagt: Sie kennen das System, und es gibt nur Ärger und Probleme, wenn wir Sie festnehmen. Denken Sie nur an die Zeitungen. Es ist doch viel besser, wenn Sie einfach mitkommen.«

»Zeigen Sie den Haftbefehl.«

Grindes Stimme war kalt, hart und unerschütterlich.

Der jüngere Mann machte sich am Reißverschluss seiner Innentasche zu schaffen und zog dann einen blauen Zettel hervor. Zögernd blieb er stehen und schaute seine ältere Kollegin Rat suchend an. Sie nickte kurz, und Benjamin Grinde nahm das Stück Papier in Empfang. Er faltete es auseinander und strich es glatt.

Zu allem Überfluss hatten sie seine gesamten Titel aufgeführt: »Dr. jur., Dr. med. Benjamin Grinde, Richter beim Obersten Gericht. Anklage: Übertretung von Paragraf 233 des Strafgesetzbuches, vergleiche Paragraf 232 ...«

Als er die den Paragrafen folgende Tatbeschreibung las, wurde er nicht nur blass. Seine leicht sonnengebräunte Haut färbte sich grau, und wie durch Zauberhand war sein Gesicht jetzt schweißnass.

»Ist sie tot?«, flüsterte er ins Leere. »Ist Birgitte tot?«

Seine Gäste wechselten wieder einen raschen Blick und wussten, dass sie beide dasselbe dachten: Entweder hatte dieser Mann keine Ahnung davon, was passiert war, oder er hätte seiner ohnehin schon äußerst imponierenden Meritenliste noch den Titel »königlicher Schauspieler« hinzufügen können.

»Ja. Sie ist tot.«

Für einen Moment befürchtete die Frau, Benjamin Grinde könne in Ohnmacht fallen. Seine Gesichtsfarbe war erschreckend, und wenn er nicht in so unverschämt guter körperlicher Verfassung gewesen wäre, hätte sie Angst um sein Herz gehabt.

»Wie denn?«

Benjamin Grinde war aufgestanden. Seine Schultern hingen herab. Das Cognacglas hatte er brutal vor sich auf den Tisch gepflanzt; die goldene Flüssigkeit schwappte und glitzerte im Licht des Kronleuchters über dem Esstisch.

»Das dürfen wir Ihnen nicht sagen. Wie Sie sicher wissen … «, sagte die Frau, und in ihrer Stimme lag jetzt etwas Weiches, was ihren Kollegen ärgerte und ihn dazu veranlasste, ihr brüsk ins Wort zu fallen:

»Also, kommen Sie mit?«

Wortlos faltete Benjamin Grinde den blauen Zettel zusammen, vorsichtig und pedantisch, ehe er ihn, ohne zu zögern, in seine eigene Tasche steckte.

»Natürlich komme ich mit«, murmelte er. »Eine Festnahme ist wirklich nicht nötig.«

Vor dem alten, ehrwürdigen Haus in Frogner standen fünf Streifenwagen. Als er sich auf den Rücksitz des einen setzte, sah er zwei Polizisten in seinem eigenen Treppenhaus verschwinden.

Die sollen sicher vor meiner Wohnung Wache halten, dachte er. Vielleicht warten sie auf einen Durchsuchungsbefehl. Dann legte er den Sicherheitsgurt an.

Dabei merkte er, dass seine Hände zitterten, und das sogar ziemlich heftig.

21.30, KIRKEVEI 129

Das Telefon hatte keine Ruhe gegeben. Am Ende hatte sie den Stecker herausgezogen. Es war Freitagabend, und sie wollte frei haben. Richtig frei. Das war doch wohl das Mindeste. Jeden Tag rannte sie zwischen Büro und Parlament hin und her, da wollte sie sich nicht auch noch ihren sauer verdienten Freitagabend verderben lassen. Die Kinder waren beide ausgegangen, und halbwüchsig, wie sie waren, sah sie sie ohnehin nur selten. Im Moment war ihr das nur recht. Sie war erschöpft und fühlte sich ein wenig krank, und sie hatte den Europieper bewusst ganz hinten im Kleiderschrank verstaut, obwohl sie eigentlich jederzeit erreichbar sein musste. Vor einer halben Stunde hatte sie gehört, dass im Schlafzimmer ein Fax eingegangen war, doch sie hatte keine Lust gehabt, es zu lesen. Sie mixte sich einen Campari mit ein wenig Tonic und vielen Eiswürfeln, legte die Füße auf den Tisch und hoffte, dass sie im Gewirr der vielen Fernsehsender, mit denen sie sich noch immer nicht so ganz auskannte, einen Krimi finden würde.

Der Norwegische Rundfunk erschien ihr am verheißungsvollsten.

Gerade begann eine Nachrichtensendung. Um halb zehn? Sicher die Spätnachrichten. Aber so früh schon? Sie stand auf, um sich eine Zeitung zu holen.

Da fiel ihr der Text am rechten Bildrand auf: »Sondersendung«. Eine Sondersendung? Sie blieb mit dem Campariglas in der Hand stehen. Der Mann mit den schütteren hellen Haaren und müden Augen schien mit den Tränen zu kämpfen. Er räusperte sich, ehe er sagte:

»Ministerpräsidentin Birgitte Volter ist tot. Im Alter von nur knapp einundfünfzig Jahren wurde sie im Laufe des Nachmittags oder des frühen Abends in ihrem Büro im Regierungshochhaus erschossen.«

Das Campariglas landete auf dem Boden. Sie hörte am Geräusch, dass es nicht zerbrochen war, aber der flauschige helle Teppich würde wohl für immer verdorben sein. Langsam ließ sie sich wieder aufs Sofa sinken.

»Tot«, flüsterte sie. »Birgitte? Tot ... erschossen?«

»Wir schalten ins Regierungsgebäude.«

Ein junger, aufgeregter Mann, der in seiner viel zu weiten Windjacke klein wirkte, starrte aus weit aufgerissenen Augen in die Kamera.

»Ja, ich stehe hier vor dem Hochhaus, und soeben wurde bestätigt, dass Birgitte Volter wirklich ...«

Er konnte offenbar nicht die passenden Worte finden, er hatte nicht einmal Zeit gehabt, sich einen dunklen Anzug anzuziehen, was dem Sprecher im Studio doch immerhin gelungen war, und er stotterte und hüstelte.

»... verschieden ist. Wir wissen nun, dass sie durch einen Kopfschuss getötet wurde, und alles weist darauf hin, dass sie sofort tot war.«

Dann fiel ihm nichts mehr ein. Er schluckte und schluckte, und der Kameramann schien nicht zu wissen, ob er ihn weiterhin in Großaufnahme zeigen sollte. Das Bild wanderte zwischen dem Reporter – der ein wenig zu hell angestrahlt wurde – und der leisen Geschäftigkeit im Hintergrund hin und her, wo die Polizei sich alle Mühe gab, Gaffer und Journalisten hinter die rot-weißen Absperrungsbänder zu drängen.

Birgitte war tot. Die Nachrichtenstimmen schienen sehr weit weg, und sie merkte, dass ihr schwindlig war. Sie steckte den Kopf zwischen die Knie und streckte die Hand nach einem Eiswürfel aus, der auf dem Teppich lag. Der Eiswürfel war mit Fusseln besetzt, aber sie hielt ihn sich an die Stirn, das sorgte für einen etwas klareren Kopf.

Der Sprecher im Studio setzte zu einem heldenhaften Rettungseinsatz für seinen jüngeren und unerfahrenen Kollegen vor dem Regierungsgebäude an.

»Wissen Sie, ob schon jemand verhaftet worden ist?«

»Nein, dafür gibt es keine Anzeichen.«

»Wissen wir etwas darüber, um was für eine Waffe es sich handelt?«

»Nein, wir wissen nur, dass Birgitte Volter tot ist und dass sie erschossen wurde.«

»Was passiert jetzt gerade im Hochhaus?«

Und so ging es ewig weiter, zumindest kam es der Gesundheitsministerin Ruth-Dorthe Nordgarden so vor. Nach einer Weile wurde ins Parlament geschaltet, wo eine ernste Versammlung von Fraktionsvorsitzenden vor laufender Kamera atemlos in den Sitzungssaal eilte.

Das Telefon!

Sie stöpselte den Stecker wieder ein, und schon nach wenigen Sekunden klingelte es.

Als sie auflegte, war ihr einziger Gedanke:

Bin ich jetzt meinen Job los?

Danach ging sie zum Kleiderschrank im Schlafzimmer, fischte den Europieper heraus und suchte nach passender Kleidung. Am besten Schwarz. Andererseits war sie der kalten Jahreszeit entsprechend blass, und da war Schwarz nicht gerade vorteilhaft.

Der Schock hatte sich gelegt, und sie empfand stattdessen eine steigende Irritation.

Es war wirklich ein ungeheuer unpassender Zeitpunkt zum Sterben. Ihr passte es jedenfalls überhaupt nicht. Das braune Velourskleid war da ja wohl gut genug.

SAMSTAG, 5. APRIL 1997

0.50, VOR DER ODINS GATE 3

Der Redakteur würde zwar stocksauer darauf reagieren, dass sie gegangen war, aber das spielte keine Rolle. Sie wollte nicht verraten, was sie sich bei der ganzen Sache dachte. Das war ihre Angelegenheit. Ihr Fall. Falls es denn ein Fall war.

»Something in the way he moves, tells me na-na-nana-na-na-na«, summte sie leise und zufrieden vor sich hin.

In Benjamin Grindes Wohnung brannte jedenfalls kein Licht. Natürlich konnte das auch bedeuten, dass er schlief. Andererseits schlief jetzt im Königreich Norwegen vermutlich kaum jemand, es war Freitagnacht, und der Mord an Ministerpräsidentin Birgitte Volter hatte wie eine Atombombe eingeschlagen. Im Fernsehen liefen stündliche Sondersendungen, obwohl es im Grunde nur wenig zu berichten gab. Die Sendungen bestanden vor allem aus nichtssagenden Kommentaren und Nachrufen, denen anzumerken war, dass Birgitte Volter ihr Amt erst vor sechs Monaten angetreten hatte, weshalb das Material nicht abrufbereit in den Redaktionen lag.

Sie schaute sich nach allen Seiten um und überquerte die Straße. Die Wagen standen am Bürgersteig so dicht hintereinander, dass sie sich nicht zwischen einem Volvo und einem BMW hindurchquetschen konnte und schließlich kehrtmachen musste, um anderswo eine etwas größere Lücke zu suchen.

Irgendetwas stimmte nicht mit dem Schloss der Haustür in der Odins gate 3. Oder mit der Tür, die sich nicht richtig schließen ließ; das Türblatt schien sich verzogen zu haben. Hervorragend. Dann würde sie nirgendwo klingeln müssen. Vorsichtig öffnete sie die schwere, massive Holztür und betrat das Haus.

Im überraschend großen Hausflur roch es nach Mörtel und Putzmitteln, ein Fahrrad war vor der Kellertür am Treppengeländer angeschlossen. Das Treppenhaus war gut in Schuss und elegant, mit gelben Wänden und einer grünen Zierleiste, und die ursprünglichen Bleiglasfenster über den Treppenabsätzen waren noch erhalten.

Auf halber Höhe der zweiten Treppe blieb sie stehen. Stimmen. Leise Stimmen, die einen Dialog führten. Leises Lachen.

Erstaunlich schnell zog sie sich zur Wand zurück und segnete das Schicksal, das ihr gerade an diesem Abend lautlose Ecco-Schuhe beschert hatte. Sie ging weiter nach oben, drückte sich dabei jedoch so dicht wie möglich an der Wand entlang.

Auf der Treppe saßen zwei Männer. Zwei uniformierte Polizisten. Sie saßen genau vor Benjamin Grindes Wohnung.

Sie hatte recht gehabt.

So vorsichtig, wie sie gekommen war, schlich sie wieder nach unten. Vor der defekten Haustür zog sie ein Mobiltelefon aus ihrem Mantel. Sie wählte eine der wertvolleren Nummern aus ihrer Liste. Die Nummer von Hauptkommissar Konrad Storskog, einem durch und durch unsympathischen Streber von fünfunddreißig Jahren. Sie wusste als Einzige, dass er mit zweiundzwanzig Jahren den Wagen seiner Eltern zu Schrott gefahren hatte, mit einem Alkoholpegel, der nie gemessen worden war, jedoch zweifellos knapp unter drei Promille gelegen hatte. Sie hatte in dem Auto hinter seinem gesessen, es war dunkel gewesen und die Straße menschenleer, und sie hatte die Eltern informiert, die auf bemerkenswerte Weise die Situation und die Karriere des jungen Polizisten gerettet hatten. Liten Lettvik hatte das alles zur späteren Verwendung archiviert und niemals bereut, damals vor dreizehn Jahren ihre Pflichten als Staatsbürgerin vernachlässigt zu haben.

»Storskog«, meldete sich am anderen Ende eine harte Stimme; auch Storskog benutzte ein Mobiltelefon.

»Hallo, Konrad, altes Haus«, sagte Liten Lettvik grinsend. »Viel zu tun heute Nacht?«

Schweigen.

»Hallo? Hörst du mich?«

Es rauschte nicht, und sie wusste, dass er am anderen Ende war.

»Konrad, Konrad«, sagte sie nachsichtig. »Spiel jetzt nicht den Spröden.«

»Was willst du?«

»Nur die Antwort auf eine winzig kleine Frage.«

»Und die wäre? Ich hab verdammt viel zu tun.«

»Ist Richter Benjamin Grinde zurzeit bei euch?« Abermals Schweigen.

»Ich habe keine Ahnung«, sagte er nach einer langen Pause.

»Unsinn. Natürlich hast du eine Ahnung. Sag einfach Ja oder Nein, Konrad. Ja oder Nein.«

»Warum sollte er hier sein?«

»Wenn er nicht bei euch ist, handelt es sich um ein grobes Dienstvergehen.«

Sie lächelte und fügte hinzu:

»Denn er muss der Letzte gewesen sein, der Birgitte Volter lebend gesehen hat. Er war am späten Nachmittag in ihrem Büro. Natürlich müsst ihr mit dem Mann sprechen. Kannst du nicht einfach Ja oder Nein sagen, Konrad, dann kannst du dich wieder an deine wichtige Arbeit machen.«

Wieder wurde es ganz still.

»Dieses Gespräch hat niemals stattgefunden«, sagte er dann hart und entschieden.

Und legte auf.

Liten Lettvik hatte die Bestätigung, die sie gebraucht hatte.

»Something in the way he moves«, summte sie zufrieden, als sie zum Frognervei ging, um dort ein Taxi anzuhalten.

Denn jetzt eilte die Sache.

0.57, HAUPTWACHE OSLO

Selbst Billy T., der dafür eigentlich kein Auge hatte, musste zugeben, dass Benjamin Grinde ein ungewöhnlich gut aussehender Mann war. Er war athletisch gebaut, nicht besonders groß, hatte breite Schultern und schmale Hüften. Seine Kleidung war ausgesprochen geschmackvoll, sogar die Socken, die zu sehen waren, wenn er die Beine übereinanderschlug, passten zu seinem Schlips, den er nur ganz wenig gelockert hatte. Den dunklen Haarkranz um seinen Kopf hatte er kurz geschoren, was seine fast kahle Schädelspitze beinahe erwünscht erscheinen ließ; sie zeugte von Potenz und großen Mengen Testosteron. Seine Augen waren dunkelbraun, der Mund wohlgeformt. Die Zähne waren überraschend weiß, immerhin war der Mann schon fünfzig.

»Sie haben morgen Geburtstag«, sagte Billy T., der in den Unterlagen blätterte.

Ein junger Polizeianwärter hatte Grindes Personalien aufgenommen, während Billy T. etwas Privates erledigen musste. Etwas sehr Privates. Er hatte Hanne Wilhelmsen ein zweiseitiges handgeschriebenes Fax geschickt. Danach hatte er geduscht. Beides hatte geholfen.

»Ja«, sagte Benjamin Grinde und schaute auf seine Armbanduhr. »Oder eigentlich heute. Genau genommen.«

Er lächelte müde.

»Fünfzig Jahre oder nicht«, sagte Billy T. »Lassen Sie uns das hier so schnell wie möglich über die Bühne bringen, damit Ihr Fest nicht ruiniert wird.«

Benjamin Grinde machte zum ersten Mal ein erstauntes Gesicht, bisher hatte sein Gesicht fast leer gewirkt, müde und nahezu apathisch.

»Über die Bühne bringen? Ich möchte Sie darauf aufmerksam machen, dass mir vor wenigen Stunden ein Haftbefehl vorgelegt worden ist. Und jetzt wollen Sie die Sache schnell erledigen?«

Billy T. wandte sich von der Schreibmaschine ab und musterte den Richter. Er presste die Handflächen auf den Tisch und legte den Kopf schräg.

»Hören Sie«, seufzte er, »ich bin nicht blöd. Und auch Sie sind definitiv nicht blöd. Sie und ich wissen beide, dass Birgitte

Volters Mörder nicht deren Sekretärin freundlich anlächeln und brav in seine Küche nach Hause gehen würde, um dort ...«

Er blätterte in den Unterlagen.

»... Pastete herzustellen. Waren Sie nicht gerade damit beschäftigt?«

»Doch.«

Jetzt sah der Mann ehrlich überrascht aus. Die Polizei war doch gar nicht in der Küche gewesen?

»Sie wären ein so perfekter und leicht zu überführender Mörder, dass Sie es unmöglich gewesen sein können.«

Billy T. lachte kurz auf und rieb sich so heftig das Ohrläppchen, dass das Petruskreuz tanzte.

»Ich lese Kriminalromane, müssen Sie wissen. Und der Mörder ist nie derjenige, der auf den ersten Blick so wirkt. Und Mörder gehen danach nicht nach Hause. Um ganz ehrlich zu sein, Grinde: Dieser Haftbefehl war ein verdammter Blödsinn. Es war nur richtig, dass Sie den an sich genommen haben. Werfen Sie ihn weg. Verbrennen Sie ihn. Typische Panikhandlung unserer verdammten Juristen ...«

Er wandte sich wieder seiner Schreibmaschine zu und ließ die Finger vier Sätze hämmern, dann legte er ein neues Blatt ein. Wieder wandte er sich Benjamin Grinde zu und schien zu zögern, ehe er seine sehr langen Beine mit Stiefeln in Größe 47 auf die Tischkante legte.

»Warum waren Sie dort?«

»Im Büro? Bei Birgitte?«

»Birgitte? Haben Sie sie gekannt? Persönlich, meine ich?«

Die Füße knallten auf den Boden, und Billy T. beugte sich über den Schreibtisch.

»Birgitte Volter und ich kennen uns schon seit unserer Kindheit«, erwiderte Benjamin Grinde und starrte den Polizisten an.

»Sie ist ein Jahr älter als ich, und das bedeutet ja viel, wenn man noch jung ist. Aber in Nesodden lief man sich eben dauernd über den Weg. Damals waren wir befreundet.«

»Damals. Und heute, sind Sie noch immer befreundet?«

Benjamin Grinde setzte sich anders hin und legte das linke Bein über das rechte.

»Nein, das kann ich wirklich nicht behaupten. Im Laufe der Jahre hatten wir nur ganz sporadischen Kontakt. Das hat sich so ergeben, könnte man sagen, weil unsere Eltern weiterhin Nachbarn waren, auch als wir beide schon längst von zu Hause ausgezogen waren. Nein. Ich würde nicht sagen, dass wir befreundet sind. Befreundet waren, meine ich.«

»Aber Sie duzen sich?«

Grinde lächelte kurz.

»Wenn man sich schon als Kinder gekannt hat, wirkt es doch etwas krampfhaft, auf das Sie umzusteigen. Auch wenn man zwischendurch den Kontakt verloren hat. Oder geht es Ihnen da anders?«

»Ich glaube nicht.«

»Gut. Sie wollen wissen, warum ich bei ihr war. Das steht sicher in ihrem Terminkalender. Vielleicht kann auch ihre Sekretärin das bestätigen. Ich wollte über die Notwendigkeit sprechen, die Kommission, der ich vorstehe, mit zusätzlichen Mitteln auszustatten. Eine von der Regierung eingesetzte Kommission.«

»Die Grinde-Kommission, natürlich«, sagte Billy T. und legte abermals die Füße auf den Tisch.

Benjamin Grinde starrte die Stiefelspitzen des Riesen auf der anderen Schreibtischseite an und fragte sich, ob hier ein Polizist seine Macht vorführen wollte, da er endlich einen der höchsten Richter des Landes in seiner Hand hatte.

Billy T. lächelte. Seine Augen waren so intensiv eisblau wie die eines Husky, und der Richter schlug seine nieder und betrachtete seine Knie.

»Halten Sie meine Füße bitte nicht für den Ausdruck mangelnden Respekts«, sagte Billy T. und schwenkte seine stahlbeschlagenen Stiefelspitzen. »Es ist einfach unbequem, wenn man lange Beine hat. Schauen Sie! Unter dem Tisch ist einfach nicht genug Platz.«

Er führte das ausführlich vor und legte die Füße dann wieder auf den Tisch.

»Sie wollten also über ... zusätzliche Mittel sprechen?« Grinde nickte.

»Warum haben Sie sich denn nicht an die Gesundheitsministerin gewandt? Wäre das nicht näherliegend gewesen?«

Der Richter hob den Blick.

»Im Grunde schon. Aber ich wusste, dass Birgitte unserer Arbeit ganz besonderes Interesse entgegenbrachte. Außerdem ... außerdem wollte ich die Gelegenheit wahrnehmen, sie zu treffen. Wir hatten seit vielen Jahren nicht mehr miteinander gesprochen. Ich wollte ihr gratulieren. Zum neuen Job, meine ich.«

»Warum wollten Sie mit Frau Volter darüber sprechen, dass Sie für Ihr Komitee mehr Geld brauchen?«

»Kommission.«

»Ist doch egal. Warum?«

»Die Arbeit wird viel mehr Zeit in Anspruch nehmen, als wir anfangs angenommen hatten. Wir müssen ausführliche Gespräche mit fünfhundert Elternpaaren führen, die im Jahre 1965 ihr Baby verloren haben. Das ist eine ziemliche Arbeit. Und wir müssen ... auch im Ausland müssen einige Untersuchungen angestellt werden.«

Er schaute sich um, und sein Blick ruhte auf dem Fenster,

das plötzlich vom pulsierenden Blaulicht eines Streifenwagens getroffen wurde. Dann erlosch das Licht wieder.

»Wie lange waren Sie bei ihr?«

Der Richter überlegte und starrte seine Armbanduhr an, als könne diese die Antwort wissen.

»Schwer zu sagen. Ich nehme an, eine halbe Stunde. Ich war um Viertel vor fünf bei ihr. Nein, es war wohl ziemlich genau eine Dreiviertelstunde. Bis halb sechs. Dann bin ich gegangen. Das weiß ich, weil ich überlegt habe, ob ich eine bestimmte Straßenbahn erwischen könnte oder ob ich mir lieber ein Taxi nehmen sollte. Eine Dreiviertelstunde.«

»Na gut.«

Billy T. sprang auf.

»Kaffee? Tee? Cola? Zigarette?«

»Eine Tasse Kaffee, bitte. Nein, ich rauche nicht.«

Billy T. ging zur Tür und öffnete sie. Leise sprach er mit einer Person, die offenbar direkt vor der Tür gestanden hatte. Dann schloss er die Tür und setzte sich wieder, diesmal auf die Fensterbank. Der Richter verspürte eine beginnende Gereiztheit.

Es mochte noch angehen, dass dieser Mann sich den Kopf glatt rasiert hatte und Jeans trug, deren beste Zeiten schon längst vorüber waren. Auch die beschlagenen Stiefel hätte er zur Not hinnehmen können, es war sicher schwer, für diese riesigen Füße das passende Schuhwerk zu finden. Das Petruskreuz jedoch war die pure Provokation, vor allem heutzutage, wo Rechtsextremisten und Satanisten fast täglich neue Verbrechen begingen. Und es musste diesem Mann doch wohl möglich sein, während eines Verhörs ruhig sitzen zu bleiben.

»Tut mir leid, wenn Sie finden, dass ich wie ein Nazischwein aussehe«, sagte Billy T.

Konnte der Mann Gedanken lesen?

»Ich wurde jahrelang bei Straßenunruhen eingesetzt«, fügte der Polizist hinzu. »Und ich hab mir noch nicht abgewöhnen können, wie ein Schläger auszusehen. In der Regel ist das auch ziemlich effektiv. Die Kriminellen behandeln einen wie einen Kumpel, wissen Sie. Sonst hat es nichts zu bedeuten.«

Es klopfte, und eine junge Frau in einem abgenutzten roten Samtkleid und Schnürschuhen brachte zwei Tassen Kaffee, ohne auf ein »Herein« zu warten.

»Engel!« Billy T. grinste. »Vielen Dank.«

Der Kaffee war glühend heiß und stark wie Schießpulver, es war unmöglich, ihn zu trinken, ohne zu schlürfen. Der gewachste Pappbecher wurde zu heiß, weichte auf und ließ sich nur mit Mühe halten.

»Ist bei Ihrem Gespräch etwas Besonderes vorgefallen?«, fragte Billy T

Der Richter schien zu zögern, er bekleckerte seine Hose mit Kaffee und wischte sich dann mit harten, wütenden Bewegungen den Oberschenkel ab.

»Nein«, sagte er dann, ohne sein Gegenüber anzusehen. »Das würde ich nicht behaupten.«

»Ihre Sekretärin meint, Frau Volter habe in den letzten Tagen verstört gewirkt. Ist Ihnen das auch aufgefallen?«

»Ich kenne Birgitte Volter ja eigentlich gar nicht mehr. Mir ist sie sehr korrekt vorgekommen. Nein, ich kann nicht behaupten, dass mir irgendetwas aufgefallen wäre.«

Benjamin Grinde lebte von der und für die Suche nach Wahrheit und Gerechtigkeit. Er sagte sonst immer die Wahrheit. Das Lügen war er überhaupt nicht gewohnt. Sein Unbehagen machte ihm zu schaffen, und ihm wurde schlecht. Vorsichtig stellte er die Tasse auf die Schreibtischkante. Dann schaute er dem Polizisten in die Augen.

»Nichts an ihrem Verhalten hat bei mir einen Verdacht erregt, es könnte etwas nicht stimmen«, sagte er mit fester Stimme.

Das Schlimmste an allem war, dass der Polizist ihn zu durchschauen schien, bis hin zu der Lüge, die sich in seinem Brustkorb ausgerollt hatte wie eine Giftschlange.

»Mir ist nichts Unnormales aufgefallen«, fügte er hinzu und schaute wieder aus dem Fenster.

Jetzt war das Blaulicht wieder da, immer wieder traf es auf die dunkle, matte Fensterscheibe.

2.23 NORWEGISCHE ZEIT, BERKELEY, KALIFORNIEN

Lieber Billy T.!

Es ist nicht zu fassen. Ich stand gerade am Herd, als Dein Fax kam. Es ist einfach nicht zu fassen! Ich habe sofort Cecilie angerufen, und so schnell ist sie noch nie aus der Uni zurückgekommen. Auch hier wird ausgiebig über den Mord berichtet, und wir hängen vor der Mattscheibe. Aber eigentlich erfahren wir nichts, immer wieder wird dasselbe erzählt. Ich habe schlimmeres Heimweh denn je!

Seht zu, dass Ihr Euch nicht durch Theorien alles verbaut. Wir müssen von den Schweden lernen, die sich ja anscheinend auf einer »offenkundigen« Spur nach der anderen restlos verirren. Wie sehen Eure ersten Theorien aus? Terrorismus? Rechtsextremisten? Und vergesst auf keinen Fall die nächstliegenden Lösungen: Verrückte, Verwandtschaft, verschmähte Liebhaber (damit kennst Du Dich doch aus ...). Wie organisiert Ihr die Arbeit? Ich habe tausend Fragen, die Du im Moment sicher nicht beantworten kannst. Aber BITTE: Melde Dich, ich schreibe Dir auch bald mehr.

Das hier ist nur meine erste Reaktion, ich hoffe, Du kannst das Fax noch lesen, ehe Du schlafen gehst. Obwohl Du in der nächsten Zeit wohl kaum viel zum Schlafen kommen wirst. Ich schick Dir das Fax nach Hause, die Jungs ärgern sich sonst vielleicht, dass eine Hauptkommissarin im Exil sich in Dinge einmischt, die sie streng genommen nichts angehen.

Cecilie lässt Dich ganz herzlich grüßen. Typischerweise macht sie sich vor allem Sorgen um Dich. Ich denke eher an die Heimat, an meine Heimat Norwegen. Das ist doch der pure Wahnwitz. Melde Dich!

Deine Hanne

2.49, REDAKTION DER AFTENAVISEN

»Kommt nicht infrage, Liten. Das geht einfach nicht.«

Der Redakteur beugte sich über den Tisch und sah sich einen Entwurf für die Titelseite an. Seit der ersten Sondernummer, die schon um Mitternacht auf der Straße verkauft worden war, hatte sie sich radikal geändert. Vor ihm lag eine Titelseite, die von einem großen Bild von Benjamin Grinde dominiert wurde, begleitet von der dramatischen Schlagzeile: »Richter vom Obersten Gericht festgenommen«, darunter, kleiner: »Der Mann, der Volter als Letzter lebend sah.«

»Wir haben nicht genug Beweise«, sagte der Mann, kniff sich in die Nase und rückte seine Brille zurecht. »Er wird Schadenersatz verlangen. In Millionenhöhe.«

Liten Lettvik fiel es nicht weiter schwer, totale Verzweiflung zu zeigen. Sie stand breitbeinig da, fuchtelte mit den Armen, schüttelte den Kopf und verdrehte wild die Augen.

»*Also wirklich!!!*«

Sie brüllte dermaßen, dass für einen kurzen Moment in der ganzen Redaktion das Stimmengewirr verstummte. Als die anderen feststellten, wer so gebrüllt hatte, machten sie sich wieder an ihre Arbeit. Liten Lettvik neigte zu dramatischen Szenen, auch dann, wenn sie eigentlich unangebracht waren.

»Ich habe zwei Quellen«, fauchte sie durch zusammengebissene Zähne. »Zwei Quellen!«

»Beruhige dich«, sagte der Redakteur und hob und senkte die Hände in einer Bewegung, die vermutlich beschwichtigend wirken sollte, die Liten Lettvik aber reichlich herablassend fand. In seinem Büro ließen sie sich in die Sessel fallen.

»Welche Quellen sind das?«, fragte er und sah sie an.

»Sag ich nicht.«

»Gut. Dann gibt's auch keinen Artikel.«

Er griff zum Telefon und schaute zur Tür hinüber, um ihr zu bedeuten, dass sie gehen sollte. Liten Lettvik schien kurz zu zögern, doch dann verließ sie den Raum und verzog sich in ihre Höhle. Ihr Arbeitszimmer war ein grandioses Chaos, überall lagen Bücher, Zeitungen, amtliche Dokumente, Butterbrotpapier und alte Apfelbutzen herum. Sie wühlte auf ihrem überfüllten Schreibtisch und fand mit bewundernswerter Sicherheit zwischen einem Pizzakarton mit zwei schlappen Pepperonistücken und einer alten Zeitung den Ordner, den sie gesucht hatte.

Sie fischte ein Zigarillo aus der Schachtel. Ihre Mappe über Benjamin Grinde war ziemlich umfangreich. Sie hatte wochenlang daran gearbeitet. Sie enthielt alles, was über seine Kommission in der Presse gestanden hatte, angefangen mit dem allerersten Interview mit Frode Fredriksen, dem Anwalt, der den Anstoß zur Einrichtung der Kommission gegeben hatte, die die merkwürdige Häufung von Todesfällen bei Babys im Jahre 1965 untersuchen sollte.

Das Interview hatte ihm eine Menge Aufträge eingebracht. Erstaunlich kurze Zeit nach dem Interview hatte er im Namen von hundertneunzehn Elternpaaren beim Parlament einen Antrag auf Schmerzensgeld eingereicht. Alle waren davon überzeugt, dass sich der Tod gerade ihres kleinen Lieblings hätte vermeiden lassen. Allen Fällen war gemeinsam, dass nichts auf einen ärztlichen Kunstfehler hindeutete. Auf den meisten Totenscheinen stand »plötzlicher Kindstod«. Die Aufregung wollte kein Ende nehmen. Die parlamentarische Opposition hatte am zehnten November 1996 die Regierung zur Einrichtung einer Untersuchungskommission gezwungen. Es hatte sich nicht umgehen lassen, denn auf Knopfdruck hatte das Statistische Zentralbüro bestätigen können, dass im Jahr 1965 weitaus mehr Kinder gestorben waren als vorher oder nachher. Benjamin Grinde war der perfekte Kommissionsleiter, er galt als Spitzenjurist und konnte neben seinen anderen beträchtlichen Meriten auch noch ein medizinisches Staatsexamen in die Waagschale werfen.

Liten Lettvik war müde.

Genau genommen wusste sie wirklich nicht, warum sie wenige Stunden nach dem Mord an der Ministerpräsidentin alte Zeitungsausschnitte über eine Untersuchung las, von der niemand mehr sprach und deren Ergebnis niemand vorhersagen konnte. Vielleicht lag es daran, dass sie sich zu sehr damit beschäftigt hatte. Während der letzten Wochen hatte sie keinen einzigen Artikel geschrieben, und nur ihrer Position als unangefochtene Doyenne der Redaktion war zu verdanken, dass das keine negativen Folgen für sie hatte. Die Sache mit den toten Kindern interessierte sie. Vielleicht machte dieses Interesse sie blind. Dafür war jetzt keine Zeit. Sie musste sich auf den Mord konzentrieren.

Jetzt interessierte sie sich für Benjamin Grinde. Seit Wochen hatte sie versucht, herauszufinden, was die Grinde-Kommission eigentlich trieb, aber sie war immer nur mit allgemeinen

Informationen abgespeist worden. Und da war ausgerechnet der Kommissionsleiter vermutlich der Letzte, der die Ministerpräsidentin lebend gesehen hatte.

»Jetzt mach dich verdammt noch mal an die Arbeit, Liten.«

Das war der Redakteur. Wie immer ließ er einen angeekelten Blick durch das Büro wandern, dann wandte er sich ab und sagte:

»Jetzt leg gefälligst los. Du hast ja wohl schon mehr als genug zusammen.«

7.00, KONFERENZSAAL IM REGIERUNGSHOCHHAUS

Alle empfanden dasselbe starke Unbehagen, als sie durch den Eingangsbereich zum Büro der Ministerpräsidentin gingen. Zwar war keine Polizei mehr anwesend – zumindest war keine zu sehen –, doch sie wussten, dass hinter der Wand, von der sie alle verzweifelt ihre Blicke abwandten, Birgitte Volter vor Kurzem erschossen worden war.

Die Regierungsmitglieder waren ungewöhnlich schweigsam, nur die schnarrende, singende Stimme der Wirtschaftsministerin war zu hören.

»Es ist so entsetzlich. Mir fehlen die Worte.«

Als Letzter traf der Außenminister ein. Die anderen hatten schon Platz genommen. Er war ungewöhnlich blass, und die Kulturministerin hätte schwören können, dass seine Haare über Nacht grauer geworden waren. Vergeblich versuchte sie, ihm ein aufmunterndes Lächeln zuzuwerfen, er sah niemanden an. Für einen Moment blieb er vor dem Platz der Ministerpräsidentin an der Stirnseite des ovalen Tisches stehen, überlegte es sich dann aber anders. Er zog den großen Ledersessel hervor, ließ ihn leer stehen und setzte sich auf den Platz links danebem. Auf den des Außenministers.

»Schön, dass alle kommen konnten«, sagte er und betrachtete die anderen aus zusammengekniffenen Augen.

Der Landwirtschaftsminister trug als Einziger Alltagskleidung, Jeans und Flanellhemd. Er war zum Angeln in den Bergen gewesen, als das Regierungsfahrzeug ihn abgeholt hatte, er hatte einfach keine Zeit mehr gehabt, sich den Umständen entsprechend umzuziehen.

»Es ist ein entsetzlicher Tag für uns alle.« Der Außenminister räusperte sich. »Was den Fall an sich betrifft ... den Fall für die Polizei, so weiß ich nur sehr wenig. Es wurde keine Waffe gefunden. Kein Verdächtiger wurde festgenommen. Natürlich arbeitet die Polizei auf Hochtouren. Unterstützt vom Polizeilichen Überwachungsdienst. Ich brauche ja wohl kaum zu sagen, warum der mit im Spiel ist.«

Er tastete nach dem Mineralwasserglas, das vor ihm auf dem Tisch stand, und leerte es in einem Zug. Niemand brach das Schweigen, obwohl in der Luft des schallisolierten Raumes genug Fragen zu hängen schienen.

»Was mir vor allem am Herzen liegt, ist, euch über die weiteren Ereignisse auf dem Laufenden zu halten. Ich werde um neun Uhr vom König empfangen, im Laufe des Tages wird dann ein außergewöhnlicher Staatsrat einberufen. Den genauen Zeitpunkt erfahrt ihr noch.«

Der Außenminister hielt noch immer sein leeres Glas in der Hand, er starrte es an, als hoffe er, dass es sich ganz von allein wieder füllen werde. Dann stellte er es widerwillig ab und wandte sich der Ministerialrätin zu, die dem leeren Sessel der Ministerpräsidentin gegenüber saß.

»Könnten Sie bitte einen kurzen Bericht geben?«

Die Ministerialrätin im Büro der Ministerpräsidentin war eine ältere Frau, die energisch und ausdauernd gegen die Tatsache ankämpfte, dass sie in zwei Monaten siebzig werden würde. Sie hatte sich in der vergangenen Nacht mehrfach bei dem entsetzlich egoistischen Gedanken ertappt: Was hier passiert war, konnte möglicherweise dazu führen, dass ihr Ruhestand um ein Jahr verschoben würde.

»Otto B. Halvorsen«, begann sie und setzte eine Lesebrille vor ihr schmales, eckiges Gesicht. »Verstorben am 23. Mai 1923. Er und Peder Ludvig Kolstad sind als Einzige durch den Tod von ihrem Amt als Ministerpräsident abberufen worden. Aber damit haben wir immerhin etwas, woran wir uns halten können. Ich sehe keinen Grund, in diesem Fall anders vorzugehen.«

In diesem Fall ... Finanzminister Tryggve Storstein war ziemlich gereizt, fast schon wütend. Das hier war kein »Fall«. Sie standen vor der entsetzlichen Tatsache, dass Birgitte Volter tot war.

Tryggve Storstein war eigentlich ein gut aussehender Mann. Er hatte regelmäßige Gesichtszüge, die jedem Karikaturisten die Arbeit schwer machten, kurze dunkle Haare, die keinerlei Rückschluss auf seine bald fünfzig Jahre zuließen, und Augen, die dem Gesicht einen besorgten Ausdruck verliehen und ihn selbst dann, wenn er lächelte, traurig aussehen ließen. Seine Nase war gerade und nordeuropäisch, sein Mund konnte beim Sprechen geradezu sinnlich wirken. Aber Tryggve Storstein gab sich alle Mühe, um sein vorteilhaftes Äußeres nicht allzu auffällig werden zu lassen. Vielleicht lag das an seiner Kindheit auf einem Einödhof in Troms, vielleicht auch daran, dass er gewissermaßen in die Partei hineingeboren worden war. Auf jeden Fall hatte seine Kleidung eine gewisse Tendenz zur Geschmacklosigkeit, die boshafte Konservative allen ehemaligen Mitgliedern der sozialdemokratischen Jugendorganisation nachsagten. Im Grunde hätte die Kleidung an seinem durchtrainierten Körper gut sitzen müssen, aber sie stand ihm niemals so recht.

Die dunklen Anzüge waren zu dunkel, die anderen wiederum zu schrill. Jetzt trug er eine Art Tweedjacke aus synthetischem Material, eine schwarze Hose und braune Schuhe. Er war sehr aufgeregt und drückte immer wieder auf den Knopf seines Kugelschreibers. Klick-klack, klick-klack.

»Otto B. Halvorsen verstarb nach kurzer Krankheit«, fuhr die Ministerialrätin fort und blickte Storstein über ihre Brillengläser hinweg gereizt an. »Deshalb konnten wenigstens einige Vorbereitungen getroffen werden. Diese Vorbereitungen waren vermutlich eine große Hilfe, als Peder Kolstad im März 1932 plötzlich an einer Thrombose starb. Danach hielt man sich an das Beispiel Halvorsen. Nun gut. Jedenfalls wird der Außenminister zum vorläufigen Ministerpräsidenten, bis die Regierung zurücktritt. Das kann in dem Moment geschehen, in dem die neue Regierung feststeht. Bis es so weit ist, arbeitet die bisherige Regierung provisorisch weiter.«

Sie spitzte für einen Moment den Mund und sah dabei aus wie eine bebrillte Maus.

»Ich habe eine Übersicht zusammengestellt, aus der hervorgeht, was man als ›laufende Angelegenheiten‹ betrachten könnte. Vor allem geht es dabei um Entscheidungen, die die nächste Regierung nicht auf ein bestimmtes Verhalten festlegen. Die Ernennung von Richtern zum Beispiel ist im Moment nicht möglich. Aber das steht alles in den Unterlagen. Und falls es Fragen gibt, stehen wir rund um die Uhr zur Verfügung.«

Die Ministerialrätin klopfte auf ihre Papiere und bedachte den Außenminister mit einem strengen Lächeln. »Danke«, murmelte der und hustete.

Er spürte, dass sich eine Erkältung ankündigte.

»Ich habe mit der Parlamentspräsidentin gesprochen. Heute um zwölf findet eine außerordentliche Parlamentssitzung statt.

Ich nehme an, dass die neue Regierung im Laufe der nächsten Woche ernannt wird. Aber wir warten bis nach der Beisetzung.«

Stille trat ein. Tiefe Stille. Der Landwirtschaftsminister fasste unwillkürlich in seine Brusttasche, ließ die Lutschtabakdose aber stecken. Der Wirtschaftsminister fuhr sich durch seine lockigen Haare, die ausnahmsweise einmal nicht perfekt lagen. Tryggve Storstein brach das Schweigen. »Morgen tritt der Parteivorstand zu einer Sondersitzung zusammen«, sagte er leise. »Bis auf Weiteres übernehme ich den Parteivorsitz. Ich werde euch dann umgehend über alles informieren, was in den nächsten Tagen in der Partei geschehen wird.« Gesundheitsministerin Nordgarden schob sich die blonden Haare hinters Ohr und schaute zum Finanzminister hinüber. Wie Tryggve Storstein war auch sie stellvertretende Parteivorsitzende.

»Eins müssen wir uns klar vor Augen halten«, fügte Tryggve Storstein hinzu und machte sich an seinen Papieren zu schaffen. »In Anbetracht der derzeitigen parlamentarischen Situation und der Regierungsgeilheit, die die Parteien der Mitte im letzten halben Jahr an den Tag gelegt haben ... können wir uns nicht einmal darauf verlassen, dass dieses Land in einer Woche noch eine sozialdemokratische Regierung haben wird. Jetzt haben sie die Chance, wenn sie sie ergreifen wollen. Die Zentrumskoalition.«

Daran hatten die anderen noch gar nicht gedacht. Sie tauschten bestürzte Blicke aus.

»Kommt gar nicht in die Tüte«, murmelte die Familienministerin, die trotz ihres jungen Alters ein altgedientes Regierungsmitglied war. »Ich fall tot um, wenn die das jetzt ausnutzen. Die warten bis zum Herbst.«

Dann schlug sie plötzlich die Hand vor den Mund.

Es war wirklich nicht der richtige Tag, um vom Totumfallen zu sprechen.

»Hier gibt's wirklich verdammt viele Köche«, murmelte Billy T. »Das kann ja nicht gut gehen.«

Die Frau neben ihm nickte kurz. Im Konferenzraum im dritten Stock der Hauptwache drängten sich mindestens fünfzig Menschen. Die Männer des Polizeilichen Überwachungsdienstes waren leicht zu erkennen, sie saßen nebeneinander und sahen aus, als hüteten sie ein über die Maßen großes Geheimnis. Außerdem waren die meisten von ihnen ausgeruht, im Gegensatz zu den Polizeibeamten, von denen viele seit fast vierundzwanzig Stunden im Einsatz waren. Ein leichter Schweißgeruch lag über dem Saal.

»Der Polizeiliche Überwachungsdienst«, murrte Billy T. »Das muss doch zum Chaos führen. Die Jungs werden die schlimmsten Schreckensbilder heraufbeschwören. Terror, Grauen und Drohungen aus dem Mittleren Osten. Während wir es in Wirklichkeit wahrscheinlich nur mit einem Verrückten zu tun haben. O verdammt, Tone-Marit, das darf keine norwegische Entsprechung zum Fall Palme werden. Wenn wir die Sache nicht in zwei Wochen knacken können, ist der Zug abgefahren. Darauf kannst du Gift nehmen.«

»Du bist jetzt müde, Billy T.«, sagte Tone-Marit. »Natürlich muss der Überwachungsdienst dabei sein. Die können schließlich einschätzen, ob wir eventuelle Androhungen von Anschlägen ernst nehmen müssen.«

»Ja, ich bin todmüde. Aber besonders viel Ahnung von Anschlägen können die nicht haben. Die Frau ist schließlich tot. Also ... «

Er grinste und versuchte vergeblich, seine Beine zwischen den Stuhlreihen zu verstauen, schließlich musste er seinen Vordermann bitten, ein wenig beiseitezurücken.

Der Überwachungschef und der Polizeipräsident hatten sich ganz vorn im Saal an einen Tisch gesetzt, sie schauten die anderen an wie zwei Lehrer eine Klasse, von der sie nicht allzu viel halten. Der Polizeipräsident, der erst drei Monate zuvor auf diesen Posten befördert worden war, hatte Schmutzspuren im Gesicht und kratzte sich immer wieder die blauschwarzen Bartstoppeln. Seine Uniformjacke wies am Kragen einen fettigen Rand auf, und sein Schlips hing schief. Der Überwachungschef war nicht uniformiert, er war tadellos angezogen mit seinem beigen Sommeranzug, dem kreideweißen Hemd und dem einfarbig hellbraunen Schlips. Er starrte an die Decke.

»In der Operationszentrale ist ein Stab gebildet worden«, erklärte der Polizeipräsident ohne weitere Vorstellung oder Einleitung. »Zumindest während der nächsten Tage wird er dort bleiben. Es wird sich zeigen, wie es dann weitergeht.«

Es wird sich zeigen. Alle wussten, was eine solche Aussage bedeutete.

»Wir stehen wirklich mit leeren Händen da, verdammt noch mal«, flüsterte Billy T.

»Bisher haben wir nur sehr wenig Hinweise«, sagte der Polizeipräsident laut und erhob sich.

Er ging zu einem Overheadprojektor und legte eine Folie auf die Glasplatte.

»Bis jetzt haben wir achtundzwanzig Personen verhört. Und zwar die Personen, die, zeitlich und räumlich gesehen, mit dem Tatort in Verbindung gebracht werden können. Das Personal im Büro der Ministerpräsidentin, und zwar Politiker, Beamte und Büroangestellte. Sodann die Wächter im vierzehnten Stock und im Erdgeschoss. Und zwei von den ... Gästen. Personen, die die Ministerpräsidentin gestern besucht haben.«

Der Polizeipräsident zeigte auf einen roten Kasten auf seiner

Folie, der mit Namen gefüllt war. Die Hand des Polizeipräsidenten zitterte. Der Kugelschreiber, der sich an der Wand hinter ihm als gigantischer Zeigestock abzeichnete, stieß gegen die Folie und ließ sie verrutschen. Er versuchte, sie wieder gerade zu rücken, aber sie schien festzuhängen, und der Polizeipräsident gab auf.

»Vorläufig haben wir keine feste Theorie. Ich wiederhole: Wir haben keine feste Theorie. Es ist von allergrößter Bedeutung, dass wir ein breites Netz auswerfen. Bei dieser Arbeit wird der Überwachungsdienst eine zentrale Rolle spielen. Die Durchführung des Mordes ...«

Er schaltete den Projektor aus und riss die widerspenstige Folie mit beiden Händen heraus. Dann legte er eine andere auf die Glasplatte und schaltete das Gerät wieder ein.

» ... weist auf einen hohen Grad an Professionalität hin.«

Die Folie zeigte eine Skizze des vierzehnten und fünfzehnten Stocks im Hochhaus.

»Das ist das Büro der Ministerpräsidentin. Wie wir sehen, hat es zwei Zugänge, einmal durch das Vorzimmer, hier ...«

Er tippte mit dem Kugelschreiber auf die Türöffnung. »Und durch ein Besprechungszimmer, durch den Aufenthaltsraum und dann hier hinein.«

Der Kugelschreiber malte ein Viereck auf die Folie.

»Beiden Zugängen ist gemeinsam, dass man an dieser Tür hier vorbei muss ...«

Wieder tippte der Kugelschreiber gegen das Glas. »Und diese befindet sich in Sichtweite vom Schreibtisch der Sekretärin.«

Der Polizeipräsident seufzte so tief, dass selbst Billy T. und Tone-Marit Steen, die ganz hinten saßen, es hören konnten. Dann herrschte Stille.

»Außerdem«, sagte der Polizeipräsident plötzlich, seine

Stimme versagte mitten im Satz, und er hustete energisch, »außerdem muss man, um in die drei für den Regierungschef vorgesehenen Stockwerke zu kommen, diesen Punkt hier passieren.«

Jetzt zeigte er mit seinem dicken Zeigefinger, der den gesamten Eingang zum vierzehnten Stock bedeckte.

»Nämlich eine Sicherheitsschleuse, die rund um die Uhr bewacht wird. Es gibt zwar auch einen Notausgang ...«

Der Finger setzte sich in Bewegung.

»Aber es gibt keinerlei Anzeichen dafür, dass er benutzt worden wäre. Die Türen sind versiegelt, und das Siegel wurde nicht gebrochen. Das gesamte Hochhaus wird seit einiger Zeit renoviert. Aus diesem Anlass ist es von außen eingerüstet worden. Wir haben natürlich überprüft, ob jemand auf diese Weise eingestiegen sein könnte, aber auch dafür gibt es keinerlei Anzeichen. Die Fenster sind unversehrt, die Fensterbänke unberührt. Natürlich untersuchen wir auch alle Entlüftungswege, aber bisher scheint das eine falsche Fährte zu sein.«

Der Überwachungschef hatte die Arme vor der Brust verschränkt und musterte einen Gegenstand, der vor ihm auf dem Pult lag.

»Auch die Waffe ist noch nicht gefunden worden. Es scheint sich um eine relativ kleinkalibrige Waffe gehandelt zu haben, vermutlich um einen Revolver. Wir werden mehr erfahren, wenn der vorläufige Obduktionsbericht vorliegt. Der Zeitpunkt des Todes kann offenbar auf den Zeitraum zwischen achtzehn und achtzehn Uhr fünfundvierzig angesetzt werden. Und das bedeutet ...«

Er betrachtete die Anwesenden mit zusammengekniffenen Augen.

»Es sollte eigentlich überflüssig sein, das ausdrücklich zu sagen. Ich sage es trotzdem: Wenn irgendetwas an die Presse oder andere durchsickert, dann wird das schwerwiegende Folgen haben. In diesem Fall akzeptiere ich nicht die kleinste undichte Stelle, das möchte ich klarstellen. Verstanden?«

Gemurmelte Zustimmung verbreitete sich im Saal. »Der Überwachungschef wird die Lage jetzt kurz zusammenfassen.«

Der Mann im beigen Anzug stand auf und umrundete den Tisch, hinter dem er gesessen hatte. Mit elegantem Schwung setzte er sich auf die Tischplatte und verschränkte die Arme vor der Brust.

»Wir lassen alle Möglichkeiten offen, wie eben schon gesagt. Wir wissen, dass rechtsextreme Gruppen in letzter Zeit eine gewisse Aktivität entfaltet haben, und wir wissen auch, dass einzelne Gruppierungen mit sogenannten Todeslisten arbeiten. Das ist an sich ja nichts Neues. Solche Listen gibt es schon lange, und Ministerpräsidentin Volter stand schon lange, bevor sie dieses Amt angetreten hatte, auf einer davon.«

Er stand wieder auf und lief vor dem Tisch hin und her, während er weiterredete. Er hatte eine tiefe, angenehme Stimme, er sprach flüssig und ohne Unterbrechungen.

»Wir können auch nicht ausschließen, dass der Mord mit den neuesten Entwicklungen im Mittleren Osten in Verbindung steht. Das Oslo-Abkommen kann möglicherweise ganz und gar im Sande verlaufen, und alle wissen, dass Norwegen hinter den Kulissen alles unternimmt, um den Friedensprozess doch noch zu retten.«

»Und da können die Jungs vom Überwachungsdienst wieder mit ihren alten Mossad-Kumpels zusammenarbeiten«, murmelte Billy T. fast unhörbar.

Tone-Marit achtete nicht auf ihn, sondern reckte den Hals, um den Mann vorne im Saal besser hören zu können.

»Außerdem haben wir noch andere mögliche Theorien, die

wir genauer unter die Lupe nehmen müssen. Aber darauf brauchen wir hier nicht einzugehen.«

Der Überwachungschef verstummte und nickte dem Polizeipräsidenten kurz zu, um die Besprechung für beendet zu erklären. Der Präsident zupfte an seinem verschmutzten Kragen und sah aus, als sehnte er sich nach Hause.

»Glaubst du noch immer an das Gerede von einem verrückten Einzelgänger?«, fragte Tone-Marit, als sie kurz darauf den Konferenzsaal verließen. »Das müsste dann aber ein Genie sein.«

Billy T. gab keine Antwort, er starrte sie einige Sekunden lang an, dann schüttelte er ganz sachte den Kopf.

»Jetzt muss ich wirklich ins Bett«, murmelte er.

9.07, HAUPTWACHE OSLO

Es war unmöglich, das Alter der Frau zu schätzen, die in ihrem schwarzen Kostüm und ihrem roten Halstuch dasaß und an einem Glas Mineralwasser nippte. Tone-Marit Steen war beeindruckt; die Frau sah ausgeruht und gepflegt aus, obwohl sie noch um vier Uhr morgens bei der Vernehmung gesessen hatte. Ihre Augen waren zwar ein wenig gerötet, aber sie war perfekt geschminkt, und ihre leichten Bewegungen ließen einen angenehmen leichten Parfümduft durch das Zimmer schweben. Tone-Marit presste die Arme an den Körper und hoffte, keinen zu unangenehmen Geruch zu verbreiten.

»Es tut mir leid, Sie schon wieder stören zu müssen«, sagte sie mit einer Stimme, die wirklich ehrlich klang. »Aber Sie verstehen sicher, dass Sie für uns eine besonders wichtige Zeugin sind.«

Wenche Andersen, Sekretärin im Büro der Ministerpräsidentin, nickte kurz.

»Das spielt doch keine Rolle. Ich kann sowieso nicht schlafen. Das ist doch selbstverständlich. Fragen Sie nur.«

»Damit wir unsere Arbeit der letzten Nacht nicht noch einmal machen müssen, schlage ich eine kurze Zusammenfassung Ihrer Aussage vor. Bitte unterbrechen Sie mich, wenn etwas nicht stimmt.«

Wenche Andersen nickte und faltete die Hände auf ihrem Schoss.

»Birgitte Volter wollte ungestört sein, stimmt das?« Die Frau nickte. »Und Sie wissen nicht, warum. Sie hatte eine Besprechung mit Richter Grinde, der Termin stand seit einer Woche fest. Sie haben Frau Volter als Letzte lebend gesehen. Aber Sie sagen ...«

Tone-Marit blätterte in ihren Unterlagen und fand schließlich das Gesuchte.

»Sie sagen, sie sei Ihnen in letzter Zeit unruhig vorgekommen. Gestresst, haben Sie gesagt. Könnten Sie das genauer beschreiben?«

Die Frau in Schwarz sah sie an und schien nach Worten zu suchen.

»Schwer zu sagen. Ich kannte sie ja noch nicht so gut. Sie war etwas ... abweisend? Reizbar? Von beidem etwas. Ein wenig schroff irgendwie. Stärker als früher. Mehr kann ich Ihnen ganz einfach nicht sagen.«

Tone-Marit hielt Wenche Andersen eine Halbliterflasche Mineralwasser hin.

»Ja, bitte«, antwortete die und hob ihr Glas.

Die Polizeibeamtin starrte sie eine Weile an, so lange, dass das Schweigen peinlich wurde.

»Wie war sie eigentlich?«, fragte sie plötzlich. »Was war sie für ein Mensch?«

»Birgitte Volter? Wie sie war? Sie war sehr pflichtbewusst. Sehr fleißig. In dieser Hinsicht war sie fast wie Gro Harlem Brundtland.«

Jetzt lächelte sie strahlend und zeigte dabei schöne, gepflegte Zähne.

»Sie hat von früh bis spät gearbeitet. War sehr umgänglich, hat immer klare Anweisungen erteilt. Sehr klare Anweisungen. Wenn etwas nicht richtig lief ... Bei dem strengen Zeitplan einer Ministerpräsidentin passiert immer etwas Unvorhergesehenes, aber sie hat alles gelassen hingenommen. Und sie war ziemlich ...«

Wieder suchte sie nach dem passenden Wort; ihr Blick wanderte durch das Zimmer, als suche sie die geeigneten Ausdrücke, die sich irgendwo versteckt hatten und nicht zum Vorschein kommen wollten.

»Warm«, rief sie endlich. »Ich würde sie wirklich als warm bezeichnen. Sie hat sogar an meinen Geburtstag gedacht, hat mir Rosen mitgebracht. Und fast immer hatte sie Zeit zu einem kurzen Gespräch über das Wetter oder so.«

»Aber wenn Sie etwas Negatives sagen sollten«, fiel die Polizeibeamtin ihr ins Wort. »Was würden Sie dann sagen?«

Die Frau spielte an ihrem Jackensaum herum und schlug die Augen nieder.

»Na ja, also, sie konnte ein wenig ... ein wenig zu jovial sein. Ich durfte sie nicht Frau Ministerpräsidentin nennen, sie wollte unbedingt Birgitte genannt werden. Das war ungewohnt. Und nicht ganz korrekt, wenn Sie mich fragen. Außerdem war sie bisweilen ein ziemlicher Wirrkopf, in konkreten Dingen, meine ich. Sie vergaß immer ihre Schlüsselkarte und so. Hinter dieser ganzen Jovialität versteckte sich eine gewisse ... wie soll ich sagen? Eine Art Reserviertheit? Nein, jetzt rede ich wohl ziemlich wirr.«

Sie sprach leise, flüsterte fast, und schüttelte resigniert den Kopf.

»Und weiter?«

»Eigentlich nichts weiter. Nichts von Bedeutung.« Jemand klopfte an die Tür.

»Später«, rief Tone-Marit, und leichte Schritte entfernten sich über den Flur, als sie sagte: »Lassen Sie mich entscheiden, was von Bedeutung ist.«

Die Frau schaute ihr in die Augen und strich sich blitzschnell die Haare glatt, was überhaupt nicht nötig gewesen wäre.

»Nein, ehrlich gesagt kann ich nicht mehr dazu sagen. Höchstens eins noch, das ist mir heute Nacht eingefallen. Oder, genauer gesagt, heute Morgen. Vor einer Stunde. Aber mit dieser Sache hat es eigentlich nichts zu tun.«

Tone-Marit beugte sich vor, griff zu einem Kugelschreiber und ließ ihn zwischen Zeige- und Mittelfinger ihrer rechten Hand hin und her wippen.

»Letzte Nacht sollte ich das Büro der Ministerpräsidentin durchsuchen«, erzählte Wenche Andersen. »Ihre Kollegen wollten wissen, ob etwas fehlte. Das war, nachdem Birgitte ... weggebracht worden war. Ich hatte sie ja gesehen. Als ich sie fand und später noch mal, als sie, über ihren Schreibtisch gebeugt, dasaß. Ich habe sie zweimal gesehen. Und ...«

Ausdruckslos starrte sie auf den Kugelschreiber, der in nervenaufreibendem Stakkato auf die Tischplatte trommelte. Tone-Marit hörte sofort damit auf.

»Tut mir leid«, sagte sie und ließ sich in den Sessel zurücksinken. »Sprechen Sie weiter.«

»Ich habe sie also zweimal gesehen. Und ich will ja nicht prahlen ... nein, wirklich nicht, aber ich gelte als ... als ziemlich gute Beobachterin.«

Die lila Flecken auf ihren Wangen waren inzwischen von einem tiefen Rot umkränzt.

»Mir ist aufgefallen, dass die Ministerpräsidentin ihr Tuch nicht trug.«

»Ihr Tuch?«

»Ja, ein großes Wolltuch mit Fransen, schwarz mit rotem Muster. Sie trug es immer um die Schultern, so ...«

Wenche Andersen band ihr eigenes Halstuch auf, faltete es zu einem Dreieck zusammen und legte es sich um die Schultern.

»Nicht genau so, es war ja ein Wolltuch und viel größer als meins, aber Sie wissen sicher, was ich meine. Ich bin mir nicht sicher, aber ich glaube, sie hatte es mit einer versteckten Sicherheitsnadel festgesteckt, es rutschte schließlich nie herunter. Sie liebte dieses Tuch und trug es sehr oft.«

»Und was war mit diesem Tuch?«

»Es war nicht da.«

»Nicht da?«

»Nein, sie trug es nicht, und es war auch nicht im Zimmer, als ich es untersucht habe. Es war ganz einfach verschwunden.«

Die Polizeibeamtin beugte sich wieder vor, ihre Augen leuchteten, und ihr Gegenüber wich unbewusst ein wenig zurück.

»Sind Sie sicher, dass sie es an diesem Tag getragen hat? Ganz sicher?«

»Ich bin hundertprozentig sicher. Mir war aufgefallen, dass es ein wenig schief saß, als ob sie es angebracht hätte, ohne in den Spiegel zu sehen. Hundertprozentig. Hat das etwas zu bedeuten?«

»Vielleicht«, sagte Tone-Marit mit leiser Stimme. »Vielleicht nicht. Könnten Sie das Tuch genauer beschreiben?«

»Tja, wie gesagt, es war schwarz mit rotem Muster und ziemlich groß, ungefähr so ...«

Wenche Andersen hielt ihre Hände etwa einen Meter auseinander.

»Und es war ganz sicher aus Wolle. Aus reiner Wolle. Und es ist ganz einfach verschwunden.«

Tone-Marit drehte sich zu ihrem Computer am Fenster um. Wortlos schrieb sie zehn Minuten lang.

Wenche Andersen trank ein wenig mehr Wasser und schaute diskret auf ihre Armbanduhr. Sie spürte, wie die Müdigkeit sie überkam, das monotone Geräusch, das die Finger der Polizistin auf der Tastatur verursachten, wirkte einschläfernd.

»Aber einen Schuss haben Sie nicht gehört?«

Wenche Andersen fuhr zusammen, sie musste für einen Moment eingenickt sein.

»Nein. Wirklich nicht.«

»Dann machen wir Schluss für heute. Nehmen Sie sich auf unsere Rechnung ein Taxi. Danke, dass Sie sich die Mühe gemacht haben, noch einmal zu kommen. Ich kann leider nicht versprechen, dass es das letzte Mal war.«

Nachdem sie einander die Hände gereicht hatten, blieb Wenche Andersen zögernd in der Tür stehen.

»Glauben Sie, Sie werden ihn finden? Den Mörder, meine ich?«

Ihre Augen, die bisher nur ein wenig gerötet gewesen waren, standen jetzt voller Tränen.

»Ich weiß es wirklich nicht. Unmöglich zu sagen. Aber wir werden unser Allerallerbestes tun – falls das ein Trost sein kann«, fügte Tone-Marit hinzu.

Doch die Sekretärin der Ministerpräsidentin war schon gegangen und hatte vorsichtig die Tür hinter sich geschlossen.

Der halbmondförmige Plenarsaal des norwegischen Parlaments war noch nie so voll gewesen. Sämtliche hundertfünfundsechzig Stühle waren besetzt, schon seit über einer Viertelstunde. Anders als sonst tuschelte niemand mit seinem Nachbarn. Die Regierungsmitglieder saßen auf den Sesseln im unteren Kreis, nur der Sitz der Ministerpräsidentin war leer, abgesehen von einem Strauß aus zwölf roten Rosen, der auf der Stuhlkante lag und so aussah, als könne er jederzeit auf den Boden fallen. Niemand fühlte sich ermächtigt, ihn gerade zu rücken. Auch die Diplomatenloge war voll besetzt; alle waren dunkel gekleidet, mit Ausnahme des südafrikanischen Botschafters, der eine farbenfrohe Tracht trug. Aus der Presseloge war neben vereinzeltem Räuspern und Husten ein einziges Geräusch zu hören, das leise Brummen der Kameramotoren. Die Galerie über der Rotunde war ebenfalls überfüllt, zwei Wächter hatten alle Hände voll damit zu tun, Nachzügler draußen zu halten.

Die Parlamentspräsidentin kam von links herein. Sie schritt über den Boden, hocherhobenen Hauptes und mit rot geweinten Augen. Sie war eine von Birgitte Volters wenigen wirklichen Freundinnen gewesen. Dreimal schlug sie mit einem Hämmerchen auf den Tisch. Dann räusperte sie sich und blieb lange schweigend stehen, sodass die Spannung im Saal sich noch steigerte. Endlich schluckte sie so laut und so dicht vor dem Mikrofon, dass es überall im Saal zu hören war.

»Das Parlament ist vollzählig«, sagte sie schließlich und verlas dann die Liste von Stellvertretern, die ausnahmsweise sehr kurz war.

Und das war nur gut so, denn diese Formalitäten wirkten an einem solchen Tag wirklich unangebracht.

»Ministerpräsidentin Birgitte Volter hat uns verlassen«,

sagte sie endlich. »Und das auf die denkbar brutalste Weise.«

Finanzminister Tryggve Storstein bekam nichts von der Trauerrede mit. Er war in seine eigenen Gedanken versunken. Alles um ihn herum verfloss zu einem Nebel: die goldenen Verzierungen unter der Decke, der tiefrote Teppichboden, die Stimme der Parlamentspräsidentin. Um seinen Sessel herum schien sich eine Glasglocke gebildet zu haben; er fühlte sich vollständig allein. Er würde zum Parteivorsitzenden gewählt werden. Ruth-Dorthe Nordgarden hatte keine Chance. Dazu war sie viel zu umstritten. Würde er auch Ministerpräsident werden? Er wusste nicht einmal so recht, ob er das wollte. Natürlich hatte er schon mit dem Gedanken gespielt. Damals, vor der großen Auseinandersetzung 1992, als Gro Harlem Brundtland den Parteivorsitz niedergelegt und damit das Hauen und Stechen eröffnet hatte, aus dem Birgitte Volter als Siegerin hervorgegangen war.

Rasch schüttelte er den Kopf. Solche Fragen durfte man nicht stellen. Man tat, was die Situation erforderte. Und die Partei. Er verzog angesichts dieses alten Klischees den Mund und schloss die Augen. Für einen kurzen, befreienden Moment dachte er an die Möglichkeit, dass die Opposition die Macht übernehmen könnte; aber sofort verdrängte er diesen blasphemischen Gedanken wieder. Sie mussten versuchen, die Macht zu behalten. Alles andere würde zu Chaos führen.

»Ich möchte abschließend noch den Vorschlag machen, dass Ministerpräsidentin Birgitte Volter auf Staatskosten beigesetzt wird«, sagte die Präsidentin.

Tryggve Storstein fuhr auf.

»Einstimmig angenommen«, die Frau am Rednerpult klopfte mit dem Hämmerchen und fuhr sich in einer raschen Bewegung über die Wange. »Der Außenminister hat um das Wort gebeten.«

Der schlaksige Mann wirkte jetzt noch magerer und verhärmter als am Morgen. Als er hinter dem Rednerpult stand, schien er zunächst ganz verwirrt, dann riss er sich zusammen und wandte sich nach rechts.

»Frau Präsidentin«, sagte er mit kurzem Nicken und schaute auf einen kleinen Zettel, der vor ihm auf dem Pult lag. »Ich habe mir erlaubt, um das Wort zu bitten, weil ich sagen möchte, dass selbstverständlich die gesamte Regierung ihre Ämter zur Verfügung stellen wird.«

Das war alles. Er zögerte kurz und rückte seine Brille zurecht, als wolle er noch weiterreden. Dann verließ er das Rednerpult und kehrte zu seinem Platz zurück, ohne den Zettel einzustecken.

»Dann bitte ich um eine Gedenkminute«, sagte die Parlamentspräsidentin.

Die spannungsgeladene Pause dauerte zweieinhalb Minuten. Ab und zu war ein Schluchzen zu hören, aber sogar die Pressefotografen respektierten den feierlichen Moment.

»Die Versammlung ist aufgehoben.«

Die Parlamentspräsidentin benutzte wieder das Hämmerchen.

Finanzminister Tryggve Storstein erhob sich. Anderthalb Tage ohne Schlaf hatten die Wirkung eines Rausches; er schien neben sich zu stehen und starrte seine Hände an, als gehörten sie einem Fremden.

»Für wann ist der Staatsrat einberufen, Tryggve?«

Das war die Kulturministerin, in dunkelgrauem Kostüm und mit einem Make-up, das den Rückschluss erlaubte, dass sie schon lange nicht mehr in einen Spiegel geschaut hatte.

»Zwei Uhr«, antwortete er kurz.

Dann verließen alle den Saal, ruhig und mit gesenkten Blicken, wie ein Leichenzug, der für eine Beisetzung übt. Die Pressefotografen registrierten, dass nur eine Einzige zu versuchen schien, ein Lächeln zu verbergen, Gesundheitsministerin Ruth-Dorthe Nordgarden.

Doch es konnte sich natürlich auch um eine Grimasse handeln.

15.32, STRASSE VOR DER KNEIPE GAMLE CHRISTIANIA

Liten Lettvik verließ die verräucherte Kneipe und überquerte die Straße, um kurz vor der Konditorei stehen zu bleiben.

Es war kalt draußen. Wegen des Nieselregens drückte sie sich an die Wand und kehrte der Straße den Rücken zu, als sie Storskogs Nummer wählte.

»Storskog«, kläffte die Stimme wie immer.

»Konrad, Konrad, mein Busenfreund«, sagte Liten Lettvik, worauf dieser wie üblich mit ohrenbetäubendem Schweigen reagierte. »Nur eine kleine Frage. Dieselbe wie gestern. Du warst ja nicht sehr kooperativ.«

Die Pause war nicht so lang, wie sie erwartet hatte.

»Das ist das letzte Mal, dass du etwas von mir kriegst, Lettvik. Hörst du?« Die Stimme verstummte und schien auf ein Versprechen zu warten, das jedoch ausblieb.

»Alles klar?«

»Kommt drauf an. Was hast du für mich?«

Noch eine lange Pause.

»Benjamin Grande.«

»Grinde.«

»Egal. Grinde. Gestern wurde wirklich ein Haftbefehl gegen ihn erlassen.«

»Haftbefehl?«

Liten Lettvik wäre fast das Telefon aus der Hand gefallen, und es piepste munter, als sie in ihrer Verwirrung auf alle möglichen Tasten drückte.

»Hallo? Bist du noch dran?«

»Ja.«

»Ein Haftbefehl, sagst du? Ihr habt einen Haftbefehl gegen einen so hohen Richter erlassen?«

»Reg dich ab. Der Haftbefehl ist schon längst wieder aufgehoben worden. Das Ganze war ein ziemlicher Patzer, die Juristen hatten es mal wieder viel zu eilig.«

»Aber es hat ihn also gegeben? Schriftlich? Einen schriftlichen Haftbefehl?«

»Ja. Der Kriminaloberrat, der ihn ausgestellt hat, ist heute gewaltig zusammengestaucht worden. Vom Präsidenten höchstpersönlich.«

»Kannst du mir eine Kopie besorgen, Konrad?«

»Nein.«

»Wenn du mir eine Kopie besorgst, dann werde ich dich nie mehr anrufen.«

»Das geht nicht. Du hast jetzt genug gekriegt.«

»Eine wunderbare Abmachung, Konrad. Nie mehr ein Anruf von mir, wenn du diesen Haftbefehl heraushusten kannst. Ehrenwort.«

Hauptkommissar Konrad Storskog schwieg. Er legte einfach auf. Liten Lettvik starrte kurz ihr Mobiltelefon an, dann klappte sie es zusammen und steckte es in die Tasche.

Sie lächelte breit, ging über die Straße und verschwand in Richtung Redaktion.

»Gott sei Dank, dass Konrad Juristen hasst«, murmelte Liten und schmunzelte.

Sie war ziemlich sicher, dass Konrad Storskog jede Gelegenheit ergreifen würde, um sich für immer von ihr zu befreien. Fast hätte sie vor Freude gepfiffen.

Lieber Billy T!

Danke für das Fax, es beeindruckt mich wirklich, dass Du Dir Zeit zum Schreiben nimmst. Ich hoffe, dieses Fax hier weckt Dich nicht (macht Dein Faxgerät sehr viel Krach?), denn Dein Schlaf ist wirklich wohlverdient. Du musst Dir einen Computer zulegen, dann können wir uns E-Mails schicken. Das ist billiger und besser.

Noch immer erregt der Mord an Birgitte Volter auch hier eine gewisse Aufmerksamkeit. Ich bin stundenlang in den norwegischen Nachrichtenwebsites herumgesurft. Aber die scheinen auch nicht viel zu wissen. Abgesehen von Aftenavisen, die ein Horrorbild nach dem anderen entwirft. Ja, ja, sie müssen ja ihre vielen Extrablätter irgendwie vollkriegen.

Was Du über die Wächter geschrieben hast, gibt mir wirklich zu denken. Wenn Ihr mit Sicherheit nur vier Personen mit dem Tatort in Verbindung bringen könnt – die Sekretärin, den Richter (ist das eigentlich der mit der Kommission?) und die beiden Wächter –, dann würde ich nach einer einfachen Methode suchen, sich Zugang zu den Räumen der Ministerpräsidentin zu verschaffen. Es scheint ja unmöglich zu sein, für diese vier Personen ein Motiv zu finden. Also kann es jemand anders gewesen sein, und dieser Jemand muss irgendwie ins Zimmer gelangt sein. Wie typisch für unseren Chef, dass er Lüftungsventile und Fenster im fünfzehnten Stock untersuchen lässt! Ich sehe ja ein, dass auch das sein muss, Billy T., aber wir wissen beide, dass die Antwort fast immer in der leichtesten Lösung liegt. Haben die Wächter vielleicht gerade eine Pause gemacht? Es war Freitagabend und offenbar wenig los im Büro. Raucht der Wächter? Hatte er sich den Magen verdorben? Ich gehe davon aus, dass die Wächter absolut zuverlässig sind, aber gab es vielleicht irgendwelche Unregelmäßigkeiten? Vertretungen? Und noch etwas: Ich würde fürs Erste nach Motiven suchen. Ich nehme an, dass die Jungs im obersten Stock im Moment Amok laufen und eine nette Theorie nach der anderen aushecken, über Terrorismus und so weiter, aber wie wäre es mit guter, altmodischer Ermittlungsarbeit? Hatte Birgitte Volter Feinde? Ziemlich sicher. Die Frau hat doch eine Superkarriere gemacht. Und nicht zuletzt: Wollte sie irgendetwas an die Öffentlichkeit bringen? Wollte die Regierung einen Entschluss fassen, vor dem gewichtige Interessengruppen eine Heidenangst hatten? Ich meine zwar nicht, dass jemand einen Mord begehen würde, um ein Gaskraftwerk an der Westküste zu verhindern, aber trotzdem ...

Such zuerst das Motiv, dann ergibt sich die Lösung des Problems, wie sich der Mörder Zutritt zum Büro verschafft hat, von selbst. Niemand mordet ohne Motiv. Jedenfalls nicht vorsätzlich, und das hier war ganz bestimmt vorsätzlicher Mord. Lass die Jungs vom Überwachungsdienst nicht auf Deiner Nase herumtanzen, aber sei ruhig ein bisschen umgänglich. Du hast da oben ohnehin schon Feinde genug.

Ansonsten muss ich sagen, dass selbst diese Tragödie ihr Gutes hat. Cecilie und ich hatten uns schon seit drei Tagen gestritten, als wir von dem Mord hörten. Sie wollte noch länger hierbleiben. Ich sagte, nie im Leben. Ich liebe zwar the good old USA, aber ein Jahr ohne Arbeit muss reichen. Jetzt verstehen wir uns wieder prächtig.

Andererseits, aus Deinem von uns so ersehnten Besuch wird
jetzt wohl nichts, oder?
Ich drücke Däumchen für eine baldige Aufklärung und
warte voller Spannung auf Dein nächstes Fax. Grüß Håkon
ganz herzlich, wenn Du ihn siehst, sag ihm, ein Brief ist
unterwegs.
Gruß und Kuss,
Hanne

21.13, ODINS GATE 3

»An diesem Abend konnte ich dich doch nicht mit deiner Mutter allein sitzen lassen«, flüsterte sie und legte ihm lässig und schwesterlich den Arm um die Schultern. »Das wäre einfach nicht gut für dich gewesen.«

Benjamin Grinde lächelte mit den Lippen, nicht mit den Augen, und band sich hinter dem Rücken die Schürzenbänder zu.

»Tut mir leid, dass ich dich heute Nacht angerufen habe, Nina. Ich hoffe, ich habe Geir und die Kinder nicht geweckt.«

»Spinnst du?«, versicherte Nina Rambøl. »Natürlich musstest du anrufen. Du warst doch bestimmt total außer dir.«

Sie knabberte an einer rohen Möhre herum und lehnte sich an den Spülstein.

»Rückenschmerzen.«

»Was?«

»Du hast Rückenschmerzen.« Sie lächelte breit, jetzt saß sie auf der Anrichte und baumelte mit den Beinen. Ihre flachen Schuhe schlugen immer wieder gegen die Tür des Topfschrankes, und sie achtete nicht auf seine missbilligend gerunzelte Stirn.

»Das hab ich den Gästen gesagt. Dass dein Ischias dich so quält, dass du das Fest absagen musst. Ich soll von allen grüßen und gute Besserung wünschen.«

»Vielen Dank«, murmelte er und starrte unglücklich auf das große Stück Roastbeef, das er zehn Minuten vor Ladenschluss noch im Feinkostladen Smør-Pettersen ergattert hatte. »Ich wollte Lachs in Blätterteig servieren.«

»Ach, egal«, sagte Nina und zielte auf den Mülleimer, der heute Abend mitten in der Küche stand.

Der Möhrenrest traf nicht, und für einen kurzen Moment schien sie zu überlegen, ob sie von der Anrichte springen sollte. Dann überlegte sie es sich anders und griff lieber nach einem Glas Rotwein, das neben ihr stand.

»Du schlürfst vielleicht laut«, murmelte er.

Sie starrte ihn über das Rotweinglas hinweg an und legte den Kopf schräg.

»Benjamin. Jetzt bist du wirklich nicht mehr du selber.«

Benjamin Grinde hatte keine Frau. Ein Mann, der eine bewundernde Berührung seines Jacketts als Aufforderung ansieht, sich über die Vortrefflichkeit von Alpakawolle zu verbreiten, findet keine Frau. Er findet Freundinnen. Nina Rambøl war die beste von ihnen. Sie war fünf Jahre jünger als er, und sie hatten sich kennengelernt, als er seine klinische Ausbildung machte und sie als medizinische Sekretärin arbeitete. Es war ein Menschenalter her, und ihr Ehemann hatte inzwischen die seltsame Tatsache akzeptiert, dass seine Frau damals einen männlichen Trauzeugen gewollt hatte.

»Soll ich Jon und Olav nach Hause schicken?«, fragt sie mit kindlicher, tröstender Stimme, während sie seinen Rücken streichelte. »Wäre dir das lieber? Hätte ich sie nicht kommen lassen sollen? Sie wollten unbedingt ...«

»Nein, nein. Ist schon in Ordnung.«

»Na, ihr beiden! Jetzt müsst ihr aber endlich zu uns anderen kommen!«

Dieser schrille Ausruf stammte von einer Frau, die in die Tür getreten war. Sie hielt ein Glas Sherry in der Hand und schwankte leicht. Ihr Gesicht war braun und runzlig wie eine Rosine, und die schlaffe Haut ihrer Arme schlug gegen ihr ärmelloses, groß geblümtes Oberteil, als sie das Glas zum Prosten erhob. Die orangefarbenen Leggings waren schon seit einigen Jahren aus der Mode und auch damals eigentlich nicht für Damen von zweiundsiebzig Jahren gedacht gewesen.

»Da fliege ich nun wie ein Vögelchen aus Spanien herbei, um meinen Goldbuben zu feiern, und dann bläst du Trübsal. Ben, jetzt komm zu uns. Komm zu Muttern. Das Kleid steht dir gut, Nina. Prachtvoll. Aber du hast ja immer schon Sinn für Farben gehabt.«

Sie stöckelte auf sieben Zentimeter hohen Absätzen durch die Küche und packte Benjamin am Arm. Er wich aus und sah sie nicht an.

»Gleich, Mutter. Ich komme gleich. Ich muss hier nur schnell noch was in Ordnung bringen. Sag den anderen, sie sollen sich schon mal setzen.«

Er drehte sich mit einer Salatschüssel in der Hand zu ihr um, überlegte sich die Sache dann aber anders und reichte Nina die Schüssel.

»Es ist einfach unvorstellbar entsetzlich«, sagte Benjamins Mutter, als die Kerzen brannten und das Essen herumgereicht wurde. »Die hübsche kleine Birgitte. Ja, ihr wisst natürlich, dass Ben und Birgitte Volter als Kinder unzertrennlich waren. Sie war ein süßes, wohlerzogenes Mädchen. Sie ging bei uns ein und aus. Das macht alles für Ben noch sehr viel schlimmer. Ben ist so sensibel, wisst ihr? Das hat er von seinem Vater. Kann ich dich zur Beerdigung begleiten, Ben? Sie ist doch jahrelang in meinem Haus ein und aus gegangen. Wann und wo ist eigentlich die Trauerfeier? Im Dom, oder? Sie findet doch im Osloer Dom statt, nicht wahr?«

Sie hatte die Schüssel mit dem Kartoffelsalat gepackt und hob und senkte sie im Takt ihres Wortschwalls.

Benjamin Grindes Mutter sprach nicht, sie zwitscherte. Ihre Stimme war hauchdünn, ihre Stimmlage unnatürlich hoch. Und sie bestand darauf, Lerche genannt zu werden.

»Wir waren nicht unzertrennlich, Mutter. Und sie ist bei uns nicht ein und aus gegangen. Sie war höchstens drei Mal bei mir. Ich habe ihr ab und zu bei den Hausarbeiten geholfen.«

»Jetzt redest du Unsinn, Ben. Meinst du vielleicht, ich wüsste nicht, wer in meinem eigenen Haus ein und aus gegangen ist? Was? Birgitte war eine … eine Hausfreundin, so würde ich das fast nennen. Und du warst begeistert von ihr. Fast sogar ein wenig verliebt, so war das nämlich, Ben.«

Sie zwinkerte Jon zu, der nicht mehr auf den Kartoffelsalat wartete und stattdessen im Fleisch herumstocherte.

»Aus den beiden könnte ein Paar werden, wie oft habe ich das zu meinem Mann gesagt. Nur schade, dass dieser … wie hieß er doch noch gleich, Ben? Birgittes Mann? Wie hieß er doch noch?«

»Roy Hansen«, murmelte Benjamin und versuchte, den Kartoffelsalat an sich zu reißen. Seine Mutter entfernte ihn aus seiner Reichweite und sagte:

»Roy, genau, ja. Roy. Schrecklicher Name. Wer nennt seine Kinder bloß so? Na, er war auch keine besonders gute Partie, wenn ihr mich fragt, und ich will ja nicht indiskret sein, wirklich nicht, ich habe auch keine Vorurteile, aber …«

Vertraulich beugte sie sich über den Tisch, fast hätte ihr Kinn den Kartoffelsalat berührt, während sie ihre Blicke verschwörerisch umherwandern ließ.

»Sie mussten heiraten!«

Entzückt ließ sie sich dann zurücksinken und gab Nina den Salat.

»Mutter!«

»Herrje! Da habe ich zu viel gesagt!«

Sie schlug die Hand vor den Mund und riss die Augen auf.

»Ben kann Klatsch nicht leiden. Entschuldige, Ben. Aber an einem solchen Tag wirst du deiner alten Mutter ein paar unbedachte Worte doch sicher verzeihen. Herzlichen Glückwunsch, mein Goldschatz. Herzlichen Glückwunsch!«

Sie hob ihr Glas so heftig, dass Rotwein auf die Tischdecke spritzte.

»Prost!« Die anderen lächelten und blickten das Geburtstagskind mitleidig an.

Das Telefon klingelte.

Als Benjamin Grinde aufstand, wurde ihm ganz plötzlich schwindlig. Er musste sich auf die Stuhllehne stützen und presste sich Daumen und Zeigefinger auf die Nasenwurzel und kniff die Augen zusammen.

»Was ist los, Benjamin?«, fragte Nina besorgt und nahm seine Hand. »Ist dir nicht gut?«

»Alles in Ordnung«, sagte er leise und zog seine Hand zurück, um zum Telefon im Flur zu gehen.

Der Schwindel wollte sich nicht legen.

»Hier Grinde«, sagte er leise und schloss die Wohnzimmertür.

»Hallo! Hier spricht Liten Lettvik von *Aftenavisen*. Tut mir leid, Sie so spät an einem Samstagabend noch zu stören, aber es herrscht schließlich Ausnahmezu…«

»Ich bin am Montag in meinem Büro zu erreichen.« Der Hörer näherte sich der Gabel.

»Moment!«

Resigniert hob er ihn wieder an sein Ohr.

»Worum geht es denn?«

»Es geht um den Fall Volter.«

»Was?«

»Um den Fall Volter.«

Für einen Moment stand die Welt still, dann wirbelte sie los, immer schneller und schneller. Die Serie der fünf kleinen Lithografien an der gegenüberliegenden Wand tanzte auf und ab, er musste auf den Fußboden blicken.

»Darüber will ich nicht sprechen«, sagte er und würgte.

»Aber hören Sie, Grinde ...«

»Ich habe Gäste«, unterbrach er sie wütend. »Ich werde heute fünfzig. Dieser Anruf ist einfach eine Unverschämtheit. Das wär's.«

»Aber Grinde ...«

Er knallte den Hörer so heftig auf die Gabel, dass er einen Riss bekam.

Aus dem Wohnzimmer hörte er das Kreischen seiner Mutter.

»Und er schäkert mit mir! Stellt euch das vor! Ein fescher, richtig vornehmer Señor. Natürlich ist das nichts Ernstes, das könnt ihr euch ja denken, aber wo ich doch acht Monate des Jahres da unten verbringe, ist ein wenig Aufmerksamkeit doch sehr willkommen.«

Lerche Grinde lachte entzückt. Nina Rambøl verstand besser denn je, warum Benjamin Grinde sich in seiner Kindheit in Schulbüchern vergraben hatte.

Die Mutter hob gerade ihr Glas, als er ins Zimmer kam.

»Noch einmal auf dein Wohl, mein Junge. Wer war das? Noch mehr Gratulanten?«

Ihr Arm mit den vielen Goldbändern fegte über den Tisch,

und sie schaute zu den vielen Blumensträußen hinüber, die an diesem Tag gekommen waren.

»Ben, stimmt irgendetwas nicht?«

Jon und Nina, die ihnen den Rücken gekehrt hatten, fuhren herum.

Benjamin Grinde schwankte; sein Gesicht war gräulich bleich, und seine Augen lagen so tief in ihren Höhlen, dass sie im schwachen Licht aussahen wie Kohlenstücke.

»Mutter! Ich heiße nicht Ben. Ich habe niemals Ben geheißen. Ich heiße Benjamin!« Dann schloss er die Augen und fiel in Ohnmacht.

SONNTAG, 6. APRIL 1997

7.30, TIEF IM WALDGEBIET NORDMARKA BEI OSLO

Das Wasser griff nach ihm; es klammerte sich klebrig an seinen Körper und wollte nicht loslassen. Es zwang ihn dazu, mit den Lungenspitzen zu atmen, ein kurzes Keuchen, bei dem seine Haut sich zusammenzog. Das Herz hämmerte hektisch in seinem breiten Brustkorb. Er spürte deutlich, wie das Blut durch seinen Körper strömte, er spürte die pulsierenden, rhythmischen Stöße seines Herzens, die durch die immer feineren Adern in Beinen, Armen und Zehen geleitet wurden, ehe das Blut sich seinen Rückweg bahnte, um neue Kraft, neues Leben zu gewinnen. Er tauchte wieder unter und konzentrierte sich auf seine Schwimmzüge, zähe, lange Züge; er war ein Albatros im Wasser, ein Tigerhai, er bewegte seine Füße blitzschnell und fast wie ein Fisch seine Flossen, und auf diese Weise schoss er hoch über die spiegelblanke graue Wasseroberfläche hinaus.

Er hatte sich niemals lebendiger gefühlt. In einer langen, geschmeidigen Bewegung erreichte er das Land. Breitbeinig stand er auf einem kleinen grauen Felsrücken, glatt geschliffen vor Jahrmillionen in diesem schönen Land, in dem er zu Hause war. Liebevoll ließ er seine Augen über seinen nackten Körper wandern, von den großen, maskulinen Füßen mit den blassblonden Härchen bis zu den Schultern, die von harter Arbeit und noch härterem Training zeugten. Als er sein halb erigiertes Glied sah, lachte er. Er liebte kaltes Wasser, er badete immer ohne Badehose, was ein Hohn für alle anderen Männer in seinem Bekanntenkreis war. Jetzt aber war er allein.

Ohne sich abzutrocknen – er hatte nicht einmal ein Handtuch bei sich –, drehte er sich zum Weiher um. Das Wasser hatte sich hinter ihm wieder geschlossen, und nur hier und da waren kleine Fische unterwegs und brachen den Wasserspiegel in winzigen, perfekt komponierten Ringen.

Der Morgendunst hing zwischen den Bäumen, die noch immer ebenso nackt waren wie er. Verlegen betrachteten sie ihr Spiegelbild im Wasser. An einigen Stellen klammerten sich schmutzige Schneeflecken hartnäckig an Heide und Grasbüschel. Die Luft konnte unmöglich mehr als vier oder fünf Grad kalt sein, sie war feucht und frisch und trug den unverkennbaren Geruch des nahenden Frühlings in sich. Er lächelte und holte durch die Nase tief Luft.

Nie zuvor war er glücklicher gewesen.

Er hatte wirklich nicht an den Mann geglaubt, obwohl er ihm von mehreren Gruppenmitgliedern empfohlen worden war. Er, der Führer, hatte abgelehnt. Der Typ hatte etwas Weiches an sich. Er selber hatte nie mit ihm gesprochen, sondern ihn nur aus der Ferne beobachtet, einen ganzen Tag lang hatte er den nichts ahnenden Wächter aus dem Regierungsgebäude bespitzelt. Das machte sich normalerweise bezahlt. Einen Tag lang einen Menschen zu beobachten, konnte ihm mehr verraten als Hunderte von Empfehlungen.

Er wusste selbst nicht so recht, warum er sich letztendlich für diesen Mann entschieden hatte. Die Art, wie der Junge sich bewegte und kleidete, hatte irgendetwas unerträglich Feminines. Vielleicht lag es auch an seinem Blick. Er hatte braune Augen, die dem Blick auszuweichen schienen. Unentschieden. Vage.

»Kommt nicht infrage«, hatte er entschieden. »Der Mann ist ein Risiko.«

Sicherheitsvorkehrungen. Doppelte Überprüfungen. Dreifache Garantien. Nie war das alles wichtiger gewesen als heute, wo die Landesverräter im Parlament den Polizeilichen Überwachungsdienst gezwungen hatten, ihre Aufmerksamkeit von der wirklichen Gefahr – der roten – abzuwenden und auf Gruppen wie die seine zu richten.

Endlich hatte er etwas aufbauen können, das sich als schlagkräftige Organisation bezeichnen ließ. Sie waren zwar nicht viele, und nur auf zehn von ihnen konnte er sich hundertprozentig verlassen. Aber es kam schließlich nicht auf die Quantität an, sondern auf die Qualität. Bei der Rekrutierung mussten sie ungeheuer vorsichtig vorgehen. Ein potenzielles Mitglied wurde viele Monate lang unter die Lupe genommen, ehe die Gruppe die ersten Annäherungsversuche machte.

Der Wächter unterstützte die rechtspopulistische FRP. Nicht etwa als Mitglied, aber ganz offenbar als Sympathisant. Das war normalerweise keine gute Ausgangsbasis. Zwar vertrat die FRP oft dieselbe wahre Vaterlandsliebe wie er selber, aber die meisten ihrer Leute waren strohdumm oder litten an etwas, das er als demokratischen Überschwang bezeichnete. Dieser Ausdruck gefiel ihm, er hatte ihn sich selbst ausgedacht. Der FRP fehlte das rechte Verständnis für die zwingende Notwendigkeit, zu anderen Mitteln zu greifen, als die judenhörige Machtelite des Landes zuließ.

Also hatte er abgelehnt. Die beiden, die den Mann empfohlen hatten, waren sauer gewesen, aber offenbar hatten sie seine Entscheidung akzeptiert. Was blieb ihnen auch anderes übrig?

»Er muss sich zuerst beweisen«, hatte er vor etwa einem Jahr erklärt.

Kurz darauf hatten die beiden ihm erzählt, der Wächter sei mit einem Burschen von Loki befreundet.

Loki war ein Verein romantischer Trottel, eine Bande versoffener Pfadfinder, die sich volllaufen ließen und dann Autos von Pakistanern zerstörten. Bubenstreiche. Ohne ideologische Verankerung, sie hatten einfach keine Ahnung, hatten kaum je etwas anderes gelesen als Wildwestheftchen. Aber der Wächter hatte einen interessanten Job.

Sie hatten noch nie die Möglichkeit gehabt, jemanden mit so direktem Kontakt zur Regierung anzuwerben. Und ein engerer Kontakt, als der Wächter ihn hatte, war schließlich kaum möglich.

Also hatte er den Mann weiterhin überwacht. Auf eigene Faust und nicht sehr oft. Er wusste alles über den Wächter. Er wusste, welche Zeitungen er las, welche Zeitschriften er abonniert hatte und welche Waffen er besaß. Denn als Mitglied in einem Pistolenklub verfügte er über Schusswaffen. Er, der Führer, hatte zu Hause im Keller eine Mappe mit Informationen über den Wächter, er wusste sogar, dass er mit der fünfzehnjährigen Tochter seines Hausmeisters vögelte und Rasierwasser von Boss benutzte.

Ganz langsam hatte er sich dem Mann genähert. Wie zufällig hatte er in einem Café, wo der Wächter allein an einem Vierertisch gesessen hatte, gefragt, ob noch ein Platz frei sei. Danach hatte er eine Waffenzeitschrift aus den USA aus der Tasche gezogen. Der Wächter hatte angebissen, und seither hatten sie sich fünf- oder sechsmal getroffen.

Der Mann war noch kein Mitglied. Er wusste nicht einmal von der Gruppe, zumindest nichts Konkretes. Aber irgendwie musste er begriffen haben, dass es eine Möglichkeit gab. Er selbst, der Führer, hatte so viel erzählt, wie es ihm möglich war, ohne dass ihm etwas nachzuweisen wäre, ohne dass Klatsch aufkommen würde. Und der Wächter hatte begriffen, dass es eine Möglichkeit gab, auch für ihn.

Das Wichtigste war jetzt, auf Distanz zu bleiben. Auf totaler Distanz. Niemand durfte den Wächter mit der Gruppe in Verbindung bringen. Das war lebenswichtig.

»Endlich passiert etwas«, rief Brage Håkonsen zwei Krähen zu, die erschrocken von einem umgestürzten Baum aufflogen.

Dann steuerte der kräftige junge Mann mit langen Schritten die Holzhütte am Waldrand an.

»Endlich passiert etwas!«

In der Hütte bewahrte er viele Papiere auf, alle sorgfältig in Ordner und Plastikmappen einsortiert. Er setzte sich, noch immer nackt, seine Haut war von der Kälte rot gesprenkelt.

»Es passiert etwas«, murmelte er noch einmal und starrte auf eine Liste mit sechzehn Namen.

8.14, HOLMENVEIEN 12

Karen Borg starrte Billy T. fasziniert an und versuchte, so diskret wie möglich ein weiteres Brot aus der Tiefkühltruhe zu fischen und in die Mikrowelle zu schmuggeln.

»Hast du noch mehr?«

Der Mann hatte acht Scheiben Brot gegessen und war noch immer hungrig.

»Einen Moment noch«, sagte Karen und schaltete das Auftauprogramm ein. »Fünf Minuten.«

Polizeiinspektor Håkon Sand betrat die große, helle Küche und ließ sich auf einen Holzstuhl fallen. Seine Füße unter der schwarzen Hose waren nackt. Er hatte nasse Haare, und kleine dunkle Flecken auf dem frisch gebügelten hellblauen Hemd verrieten, dass er sich nicht richtig abgetrocknet hatte. Er fuhr dem Zweijährigen im Kinderstuhl durch die weißblonden Haare, zog aber plötzlich die Hand zurück und starrte sie mit einer Grimasse des Abscheus an.

»Karen! Der Junge hat ja Marmelade in den Haaren!«

Hans Wilhelm lachte laut und schwenkte sein Marmeladenbrot, dann beugte er sich vor und klatschte es dem Vater auf das Hemd. Billy T. grinste und sprang auf. Der Junge blickte ihn hingerissen an und streckte die Arme aus.

»Ich glaube, wir sollten mal kurz ins Badezimmer gehen. Kommst du mit Billy T. ins Bad, Hans Wilhelm?«

»Bad, Bad«, heulte der Kleine, »mit Billit ins Bad!«

»Und Papa kann sich inzwischen ein anderes Hemd anziehen.«

»Habe ich denn noch saubere Uniformhemden?«, fragte Håkon mürrisch, während er an seiner Hemdbrust zog und verärgert den roten Fleck betrachtete.

»Aber sicher.« Karen lächelte. »Hör mal, Håkon! Kannst du nicht mal deine Hemden selber bügeln?«

Billy T. hob den Jungen hoch in die Luft, der Kleine lachte und fuchtelte unter der Decke mit den Armen.

»Is it a bird? Is it a plane? No, it's *Superman*!«

In einem Riesenbogen sauste Superman zur Tür hinaus, hoch und runter zwischen Boden und Decke, und lachte dabei so sehr, dass das Lachen in Schluckauf überging.

Als sie zurückkamen, hatte der Kleine nasse Haare und trug einen neuen Trainingsanzug.

»Ich glaube, wir essen jetzt Salami«, sagte Billy T. Er schnappte sich eine Schnitte des inzwischen aufgetauten Brotes und schmierte für Hans Wilhelm ein solides Butterbrot, vorsichtshalber schnitt er die Scheibe dann durch und machte einen Doppeldecker daraus.

»Nicht herumsausen«, kommandierte er dann, und der Junge verputzte das Brot in bewundernswertem Tempo und ohne auch nur einmal zu kleckern.

»Du kannst von Billy T. noch ganz schön viel lernen«, erklärte Karen Borg und versuchte, ihren riesigen Bauch zwischen Stuhl und Tisch hindurchzubugsieren.

»Wann kommt er eigentlich?«, fragte Billy T. und zeigte mit seinem Brot auf Karen.

»Es wird ein Mädchen, Billy T. In zwei Wochen ist der Stichtag.«

»Das gibt's nicht. Es wird ein Junge. Das kann ich sehen.«

»Lass uns in den Keller gehen«, schaltete Håkon Sand sich ein. »Können wir für eine Weile dein Büro benutzen?«

Karen Borg nickte und rettete ein Milchglas, das bedrohlich vor dem Jungen hin und her gewackelt war. »Also los.«

Die beiden Männer polterten die schmale Kellertreppe hinunter und betraten einen bemerkenswert gemütlichen Kellerraum. Obwohl nur ein kleines Fenster das bleiche Morgenlicht hineinließ, war es trotzdem hell. Billy T. setzte sich auf eine kleine Pritsche an der einen Längswand, Håkon nahm auf dem Schreibtischsessel Platz und legte die Füße auf den Tisch.

»Verdammt feine Bude hast du dir da zugelegt, Håkon«, sagte Billy T. und kratzte sich am Ohr. »Tolles Haus, tolle Frau, tolles Kind. Das Leben ist herrlich, was?«

Håkon Sand gab keine Antwort. Das Haus gehörte nicht ihm, sondern Karen. Sie hatte Geld, auch wenn ihr Einkommen als selbstständige Anwältin sich nicht mit dem Vermögen messen konnte, das sie früher als jüngste und einzige Partnerin in einer der größten Wirtschaftskanzleien des Landes verdient hatte. Sie war es auch, die im Stadtteil Vinderen wohnen wollte. Und die sich weigerte zu heiraten. Sie war einmal verheiratet gewesen, und das müsse reichen, meinte sie. Dass Baby Nummer zwei im Anmarsch war, würde ihren Entschluss hoffentlich ins Wanken bringen. Håkon seufzte tief und fuhr sich mit den Fingern durch die Haare.

»Im Moment gäb ich was drum, zwanzig Stunden schlafen zu können.«

»Ich auch. Oder noch länger.«

»Was denkst du so?«

Billy T. gab die Pritsche auf, legte sich auf den Boden, verschränkte die Hände unter seinem Kopf und ließ die Füße auf der Pritsche ruhen.

»Ich versuche, ihr Profil zu konstruieren«, sagte er, an die Decke gewandt. »Das ist nicht gerade leicht. Ich habe inzwischen mit vier Ministern, vier Freunden, dem Büropersonal, ihren politischen Mitarbeitern und dem Teufel und seiner ganzen Sippschaft gesprochen. Das ist schon komisch, weißt du ... «

Karen Borg stand mit einem Tablett mit Kaffee und Plätzchen in der Tür. Billy T. schaute sich zu ihr um und breitete die Arme aus.

»Du, Karen, wenn du deinen Kerl überkriegen solltest, dann ziehe ich hier ein. Ganz bestimmt.«

»Ich werde ihn aber nie im Leben überkriegen«, sagte sie und stellte das Tablett auf den Computertisch. »Jedenfalls nicht, wenn du solche Drohungen ausstößt.«

»Was diese Frau an dir findet, verstehe ich nicht«, murmelte Billy T. mit vollem Mund. »Mich könnte sie sofort haben.«

»Was wolltest du noch sagen?«, fragte Håkon und gähnte. »Irgendwas findest du komisch.«

»Ja. Es ist komisch, wie schwer es ist, sich eine Meinung über einen Menschen zu bilden, den man niemals kennengelernt hat. Alle sagen ... alle sagen etwas anderes. Die einen bezeichnen sie als intelligent, fleißig, pragmatisch. Hatte angeblich keine Feinde. Andere erwähnen, dass sie manchmal eigen und starrköpfig war und dass sie durchaus Leichen im Keller hatte, was das Austricksen von Konkurrenten anging. Wieder andere meinen, dass sie vor ungefähr zehn Jahren, als sie den Kurs für ihre Karriere einschlug, kein Mittel scheute, um sich ins rechte Licht zu setzen. Angeblich wäre sie auch mit dem Richtigen ins Bett gestiegen, wenn das nötig gewesen wäre. Andere weisen auf die bemerkenswerte Tatsache hin, dass sie ihrem Mann immer treu gewesen ist.«

»Wer sind diese anderen?«

»Gerade die, die sie vermutlich am besten gekannt haben, behaupten, das sei niemals vorgekommen. Es scheint mir so, als ob ...«

Er richtete sich auf und schlürfte seinen Kaffee.

»... als ob die Leute desto besser über sie sprächen, je näher sie ihr gestanden haben.«

»Das ist doch ganz natürlich«, sagte Håkon. »Diejenigen, die uns am nächsten stehen, mögen uns auch am liebsten.«

»Aber kennen sie uns auch am besten?«

Sie schwiegen. Aus dem Stockwerk über ihnen hörten sie den Kleinen heulen wie ein angestochenes Schwein.

»Kleine Kinder sind anstrengend, was, Håkon?«

Der Polizeiinspektor verdrehte die Augen.

»Ich hatte ja keine Ahnung, dass es so viel Arbeit macht. So viel … so viel Mühe.«

»Was du nicht sagst.« Billy T. grinste. »Du hättest es so machen sollen wie ich. Vier Kinder zeugen mit vier verschiedenen Müttern, die sich im Alltag um sie kümmern und sie mir dann ab und zu überlassen – für ein nettes Wochenende oder so. Darüber geht wirklich nichts.«

Håkon sah ihn an, und in seinem Blick lag etwas, das Billy T. wie Nachsicht vorkam. Er legte sich wieder auf den Boden und betrachtete abermals ausgiebig die Decke.

»Ja, ja«, sagte Håkon leise. »Deshalb strahlst du jeden Freitag wie ein Honigkuchenpferd und bist am Montag dann stocksauer. Weil du so froh darüber bist, dass du die Gören wieder bei der Mutter abgeben musstest.«

»Vergiss es«, sagte Billy T. verärgert. »Vergiss es.«

Håkon Sand stand auf und schenkte ihnen Kaffee nach.

»Und was sagst du dazu?«

»Ach …«

Billy T. zögerte mit der Antwort.

»Eigentlich würde ich eher denen glauben, die sie am besten gekannt haben. Das Problem ist nur, dass …«

Wieder richtete er sich auf und streckte die Hände Richtung Decke.

»Die Frau war so schrecklich anständig, Håkon. Es ist verdammt schwer, in ihrem Leben irgendwas zu finden, das darauf hinweisen könnte, dass jemand ihr den Tod gewünscht hätte. Und zwar so dringend, dass man sie umgebracht hat.«

»Na ja, wir haben ja noch einiges an Arbeit vor uns. Gelinde gesagt.«

Wieder seufzte er.

»Aber hör mal, Håkon!«

Billy T. ragte über ihm auf und stützte sich so plötzlich mit beiden Händen auf die Tischplatte, dass Håkon zusammenfuhr.

»Eigentlich gibt es nur zwei Möglichkeiten. Entweder wurde sie umgebracht, weil sie Birgitte Volter war. Weil ihr jemand ans Leder wollte. Ihr als Person, meine ich. Und dafür spricht bisher nichts, wirklich nichts. Oder sie ist umgebracht worden, weil sie die Ministerpräsidentin war. Ihre Rolle sollte umgebracht werden, gewissermaßen. Es war ein Anschlag auf Norwegen. Auf die Politik der Regierung. Und ich muss ja zugeben ... «

Es fiel ihm schwer, und er schluckte.

»... ich muss ja zugeben, dass das wahrscheinlicher wirkt. Im Moment jedenfalls. Was bedeutet, dass die Jungs aus dem achten Stock einen Galaauftritt haben werden. Und das passt mir überhaupt nicht.«

Das Kind heulte jetzt nicht mehr, stattdessen hörten sie ein rhythmisches Pochen, offenbar wurde mit einem Spielzeug auf den Boden geschlagen.

»Erzähl mir, was du über sie weißt, Billy T.«

»Sie hat am Freitag Geburtstag, wird also ausgerechnet an ihrem einundfünfzigsten Geburtstag begraben. Sie hat mit nur achtzehn Jahren ihren gleichaltrigen Jugendfreund Roy Hansen geheiratet. Die Ehe hat die ganzen Jahre gehalten. Ein Kind, Per Volter, zweiundzwanzig. Besucht in Fredriksvern bei Stavern die Unteroffiziersschule. Ein fescher junger Mann, scheint seinen Eltern nur den einen Kummer bereitet zu haben, dass er Mitglied bei den Jungen Konservativen ist. Ziemlich guter Schüler, stellvertretender Vorsitzender des Pistolenklubs, der Knabe scheint das Organisationstalent seiner Mutter geerbt zu haben.«

»In einem Pistolenklub? Dann hat er also Zugang zu Waffen?«

»Das schon, zu einer Menge Waffen sogar. Aber an diesem Wochenende war er hoch oben in der Hardangervidda auf einem langen Marsch, es war verdammt schwer, ihn zu erreichen, um ihm den Tod seiner Mutter mitzuteilen. Und nichts deutet darauf hin, dass er sich mit seiner Mama nicht verstanden hätte. Ganz im Gegenteil. Scheint ein lieber Junge zu sein. Abgesehen von dieser Macke mit den Jungen Konservativen.«

»Weiter«, murmelte Håkon.

»Birgitte Volter wurde in Schweden geboren, am 11. April 1946. Ihr Vater war Schwede, die Mutter während des Krieges aus Norwegen geflohen. 1950 sind sie nach Nesodden gezogen. Sie hat Abitur gemacht und die Handelsschule besucht, und sie hat in der Gewerkschaftsbewegung rasch Fuß gefasst. Sie hat in der staatlichen Spirituosenhandlung in Hasle als Sekretärin oder so gearbeitet. Außerdem war sie im Gemeinderat von Nesodden und bekam immer wichtigere Posten bei der Angestelltengewerkschaft. Und so weiter und so fort. The rest is history, wie man sagt.«

»Hatte sie Freunde?«

»Das ist schon komisch«, sagte Billy T. und kratzte sich wieder im Ohr. »Ich glaube, ich kriege eine Ohrenentzündung. Das hat mir gerade noch gefehlt.«

Er starrte seinen Zeigefinger an, an dem jedoch nichts anderes zu sehen war als ein Tintenfleck vom Vortag.

»Du weißt, all das, was in der Zeitung zu lesen ist. Seilschaften, weißt du? Dass der eine den anderen kennt und mit wieder anderen dick befreundet ist. Ich glaube, die Zeitungen operieren mit einem anderen Begriff von Freundschaft als du und ich. Eigentlich sind sie nicht befreundet, sondern eher Parteigenossen oder so. Freunde scheinen solche Leute nur wenige zu haben, und die haben sie in einer ganz anderen Umgebung kennengelernt, an ihrem früheren Arbeitsplatz oder vor Jahren in der Schule. Die Einzige in der Politszene, die offenbar wirklich mit Birgitte befreundet war, ist die Parlamentspräsidentin.«

»Und was ist mit Feinden?«

»Ja, da haben wir's wieder. Kommt darauf an, was du unter Feinden verstehst. Was ist ein Feind? Wenn das einer ist, der schlecht über dich spricht, dann haben wir alle haufenweise Feinde. Aber trifft diese Bezeichnung wirklich zu? Sicher, Håkon, wenn du in einer machtgeilen Partei wie der sozialdemokratischen so weit oben gelandet bist, dann haben viele Grund, sich ab und zu auf den Fuß getreten zu fühlen. Aber Feinde? Die dich deshalb umbringen würden? Nein. Ich kann jedenfalls keine sehen. Zumindest noch nicht.«

Håkon Sand ging ans Fenster und öffnete es einen Spaltbreit.

»Eigentlich haben wir dasselbe Problem, wenn wir die Sache aus der anderen Richtung angehen«, sagte er, als er sich wieder setzte.

»Aus der anderen Richtung?«

»Ja, wenn wir uns ihre ... Rolle als Ministerpräsidentin ansehen. Es wirkt irgendwie alles so ... zahm hier in Norwegen. Man kann sich einfach nicht vorstellen, dass ein politischer Gegner Birgitte Volter ermordet, weil sie beispielsweise das Schengener Abkommen unbedingt verhindern will. Und die Verrückten-Theorie klappt auch nicht. Dann hätte der Mörder anderswo zugeschlagen. Herrgott, norwegische Regierungsmitglieder sind doch kaum gesichert, wenn sie nicht in ihren Büros sitzen. Ein Irrer hätte das *draußen* erledigt. In einem Laden. Bei einem Handballspiel. Oder so.«

»Vor einem Kino«, sagte Billy T. leise.

»Genau. Der Mord an Olof Palme war eine viel größere Herausforderung für die Polizei, weil wirklich jeder der Täter hätte sein können. Was Birgitte Volter angeht, so haben wir einen ganz anderen Ausgangspunkt.«

Die beiden starrten einander an und hoben plötzlich wie auf ein unsichtbares Signal hin ihre Kaffeetassen.

»Niemand kann diesen Mord begangen haben«, sagte Håkon Sand.

»Dann müssen wir feststellen, wer dieser Niemand ist«, folgerte Billy T. »Gehen wir?«

Was nicht so leicht war, der Zweijährige klammerte sich an Billy T.s linkes Bein und wollte es um nichts in der Welt wieder loslassen.

»Mit Billit baden! Mit Billit baden!«

Er brüllte noch immer aus voller Kehle, als die beiden Polizisten vor dem weißen, gemütlichen Haus im Holmenveien 12 in ihr Auto stiegen, verstummte dann aber plötzlich, als der Auspuff laut knallte, während der Volvo über die Auffahrt ruckelte.

»Tschüs, Billit und Papa.« Er winkte und steckte dann den Daumen in den Mund.

11.25, HAUPTWACHE OSLO

Das Summen im Polizeigebäude in Grønlandsleiret 44 war leise und konstant, ein Bienenstock in systematischer, zielstrebiger Arbeit. Das Haus schien ein Eigenleben zu haben. Der schmutzig graue, lange Block mit den sieben offiziellen Stockwerken und dem flügellahmen, im zweistöckigen Oberbau versteckten Überwachungsdienst war es gewohnt, sechzehnhundert Menschen zu beherbergen, von denen sich jeder um seine eigenen Aufgaben kümmerte, im Kampf gegen eine Kriminalität, die vor ihnen herlief und ihnen eine lange Nase drehte. Eine zaghafte Aprilsonne stand am Himmel über dem Ekebergås. Das Osloer

Polizeigebäude dagegen schien zu neuen Kräften erwacht zu sein. Es schien zu wachsen, in die Länge und in die Höhe; energisch funkelten die Fenster, die sonst wie matte, halb geschlossene Augen in eine Welt schauten, über die die Polizei lieber nichts wissen wollte. Markisen waren hochgezogen, Fenster auf Kipp gestellt, und die Menschen im Haus strebten alle in dieselbe Richtung.

»Das muss man dem Polizeipräsidenten lassen«, sagte Billy T. »Er hat die Kiste ziemlich effektiv organisiert.«

Insgesamt einhundertzweiundvierzig Polizisten waren mit den Ermittlungen im Mordfall Birgitte Volter befasst; dazu kam eine unbekannte Anzahl an Leuten vom Polizeilichen Überwachungsdienst. Sechzehn Untergruppen in wechselnder Größe waren am Werk, die kleinste, die aus nur drei Personen bestand, sollte die Zusammenarbeit mit dem Überwachungsdienst koordinieren; die größte Gruppe, die die Turnhalle im sechsten Stock übernommen hatte, bestand aus insgesamt zweiunddreißig Mitgliedern. Sie waren vor allem für die Koordination der taktischen Ermittlungen zuständig. Der polizeieigene Nachrichtendienst wertete Quellen aus, sortierte Informationen und versuchte, ein Bild von den jüngsten Strömungen in Oslos Unterwelt zu zeichnen. Billy T. war zusammen mit vier Kolleginnen und Kollegen beauftragt worden, sich einen Überblick über Birgitte Volters Leben und Taten zu verschaffen, eine Aufgabe, die er viel spannender fand als die ermüdenden Verhöre, an denen er am Tag nach dem Mord beteiligt gewesen war. Tone-Marit Steen gehörte nicht zu seiner Gruppe.

»Warum um Himmels willen soll ich den denn noch mal befragen? Das hast du doch schon ziemlich gründlich erledigt, oder nicht?«

Billy T. war genervt.

»Ich möchte aber, dass du noch mal mit ihm redest«, sagte Tone-Marit leise und reichte Billy T. eine dünne grüne Mappe.

»Hör mal«, sagte Billy T. und schob ihr die Mappe wieder zu. »Ihr seid für so was zuständig. Dieser Wächter kann unmöglich etwas Wichtiges über Birgitte Volters Privatleben zu erzählen haben.«

»Nein. Aber ehrlich gesagt, Billy, kannst du das nicht als Kompliment auffassen? Ich glaube, der Mann lügt, und du bist einer von unseren besten Leuten. Bitte.«

»Wie oft soll ich dir noch sagen ... «

Er knallte die Faust auf den Tisch.

»Wie oft hab ich dir schon gesagt, dass ich Billy T. heiße! Nicht einfach nur Billy. Aber das lernst du wohl nie!«

Tone-Marit nickte heftig und mit demonstrativem Bedauern.

»T. Billy T. Und wofür steht das T denn eigentlich?«

»Das kann dir doch scheißegal sein«, murmelte er und machte das Fenster ein wenig weiter auf.

Tone-Marit Steens Gesicht war kugelrund und so niedlich, dass sie wie eine Zwanzigjährige aussah, doch es trennten sie nur noch zwei Jahre von ihrem dreißigsten Geburtstag. Sie war groß und schlank und hatte schmale, ein wenig schräg stehende Augen, die sie beim Lächeln zusammenkniff. Für fünfundzwanzig Fußballländerspiele als linke Verteidigerin war sie mit einer goldenen Uhr ausgezeichnet worden. Diese Rolle hatte sie auch im Dienst übernommen, sie war eine solide, energische Verteidigerin von allem, was richtig und gerecht war. Sie war stark, sie hatte einen klaren Kopf und fürchtete sich vor niemandem.

»Weißt du, das lasse ich mir einfach nicht gefallen.« Ihre Augen funkelten, der eine Mundwinkel bebte.

»Du behandelst mich meistens wie Dreck und verkneifst dir

keine Frechheit. Aber in dem Ton redest du nicht mit mir, ist das klar?«

Billy T. sah aus, als wäre er aus allen Wolken gefallen. »Reg dich ab, mein Mädel, reg dich ab!«

»Ich bin nicht dein Mädel! Und jetzt reicht es endgültig. Du bist ganz einfach ein Machoschwein, Billy T. Du protzt mit deinem Erfolg bei den Frauen herum und glaubst, du kämst gut an, aber in Wirklichkeit ...«

Jetzt stampfte sie mit dem Fuß auf, und Billy T. lächelte. Was sie noch wütender machte.

»Eigentlich kannst du Frauen überhaupt nicht leiden, Billy T. Du hast Angst vor ihnen. Ich bin nicht die Einzige, der aufgefallen ist, dass du Kolleginnen ganz anders behandelst als Kollegen. Du hast Schiss vor uns, so ist das nämlich.«

»Jetzt reicht es *mir* aber. Hier im Haus gibt's doch so viele Mädels, die ...«

»Aber klar doch. Ein einziges. Im ganzen Haus gibt es nur eine Frau, die du wirklich respektierst, Billy T. Ihre Königliche Hoheit Hanne Wilhelmsen. Und weißt du auch, warum? Na?«

Sie schien kurz zu zögern, nicht zu wissen, ob sie das wirklich wagen sollte, dann feuchtete sie sich blitzschnell mit einer hellroten Zungenspitze die Lippen an und holte tief Luft.

»Weil du sie nie im Leben ins Bett kriegen wirst. Weil sie nicht infrage kommt. Die einzige Frau, die du respektierst, ist eine Lesbe, Billy T. Das sollte dir doch eigentlich zu denken geben.«

»Jetzt reicht's aber!«

Er sprang auf, schleuderte den Papierkorb mit einem Tritt gegen die Wand, und es wurde ganz still. Sogar im Nebenzimmer, wo die Kollegen seit Minuten die lautstarke Auseinandersetzung gehört hatten, herrschte Totenstille. Billy T. dämpfte seine Stimme aber trotzdem nicht.

»Komm mir hier bloß nicht und mach Hanne Wilhelmsen schlecht. Du … du reichst ihr doch nicht mal bis zu den Knöcheln! Nicht mal bis zu den Knöcheln! Und das wirst du auch niemals tun.«

»Ich mache Hanne Wilhelmsen nicht schlecht«, erwiderte Tone-Marit ruhig. »Absolut nicht. Ich mache dich schlecht. Wenn ich an Hanne etwas auszusetzen hätte, würde ich zu ihr gehen. Aber jetzt reden wir über dich.«

»Zu Hanne gehen? Schwimmen wohl eher, was?«

Tone-Marit versuchte, ein Lächeln zu unterdrücken, aber ihre Augen verrieten sie.

»Mein Gott, was bist du kindisch.«

»Mein Gott, mein Gott«, äffte er sie mit dünner, verzerrter Stimme nach.

Tone-Marit prustete los. Noch immer versuchte sie, das Lachen zu unterdrücken, aber es drängte heraus, sprudelte empor, und schließlich brach sie in ein langes, perlendes Lachen aus, während die Tränen aus den schmalen Strichen unter ihren Augenbrauen quollen. Sie ließ sich in einen Sessel fallen und presste sich die Hand auf den Bauch, sie schaukelte hin und her und schluchzte am Ende so innig auf, während sie sich auf die Oberschenkel schlug, dass auch Billy T. sich nicht mehr halten konnte. Er lachte in sich hinein und fluchte ein wenig.

»Dann red ich eben mit dem Kerl«, murmelte er schließlich und nahm die dünne grüne Mappe an sich. »Wo steckt er denn?«

»Ich gehe ihn holen«, sagte Tone-Marit und wischte sich die Augen, sie hatte sich noch immer nicht ganz beruhigt.

»Dann mach, dass du fortkommst, zum Teufel«, sagte Billy T. Aber dabei lächelte er.

»Du solltest mal mit einem Psychologen sprechen«, murmelte Tone-Marit unhörbar, als sie die Tür hinter sich zumachte.

11.30, OLE BRUMMS VEI 212

»Ich kann sie einfach nicht finden«, sagte Roy Hansen zu der jungen Polizeianwärterin, die Zöpfe und große blaue Augen hatte. »Tut mir leid.«

»Haben Sie wirklich überall gesucht?«, fragte die Gretchengestalt zu allem Überfluss und machte sich an ihrer Uniformmütze zu schaffen.

»Natürlich. Überall. In Koffern, Schränken und Hosentaschen. Und Schubladen.«

Die Suche war schrecklich für ihn gewesen. Er hatte ihren Geruch in den Kleidern gefunden, der ganze Schrank duftete nach Birgitte, und die dünne, brüchige Kruste, die sich über die blutende Wunde vom Freitagabend gelegt hatte, war wieder aufgebrochen. Ihre Handtaschen voller vertrauter Gegenstände. Der Schlüsselring, den er in dem Sommer für sie geknüpft hatte, als sie zwanzig waren; ein Kreuzknoten, der niemals aufgegangen war und der sich, wie sie oft lachend gesagt hatte, als ebenso solide erwiesen hatte wie ihre Liebe zueinander. Ein tiefroter, fast aufgebrauchter Lippenstift. Für einen Moment hatte er sie vor sich gesehen, die schnelle, geübte Bewegung des Stiftes über ihre Lippen. Eine vergilbte Theaterkarte, von einem Abend, an den er sein Leben lang denken würde; wegen der Theaterkarte hatte er seine Suche unterbrochen, er hatte allein im Schlafzimmer gestanden, an der Karte gerochen und sich in die Zeit zurückgewünscht, als sie noch nicht an ihrem großen Projekt gearbeitet hatten, an Birgittes politischer Karriere.

»Die Schlüsselkarte ist ganz einfach nicht hier. Tut mir leid.«

Auf dem Sofa saß ein junger Mann, den die Polizeianwärterin für den Sohn des Hauses hielt. Er trug Uniform und war beängstigend blass. Sie versuchte, ihn anzulächeln, aber er starrte an ihr vorbei.

»Dann geben wir es auf. Vielleicht hat sie sie ja einfach verloren. Es tut mir wirklich leid, dass wir Sie stören mussten.«

Als sie die Haustür hinter sich ins Schloss gezogen hatte, blieb sie auf der Treppe stehen und dachte nach. Am Freitag hatte Volter ihre Schlüsselkarte vergessen. Das stand fest. Trotzdem hatten sie ihr Büro durchsucht. Die Karte war nicht da. Sie war angeblich so groß wie eine Kreditkarte und mit einem Foto und einem Magnetstreifen versehen. Eine ganz normale Schlüsselkarte, die sich auch nicht im Haus des Witwers befand. Seltsam.

Aber gut. Die Ministerpräsidentin konnte sie ja verloren haben. Ganz einfach. Sie konnte sie an eine Stelle im Reihenhaus gelegt haben, auf die ihr Mann nicht gekommen war. Er hatte immerhin soeben seine Frau verloren und dachte bestimmt nicht sonderlich klar.

Die Polizeianwärterin setzte sich ins Auto und steckte den Zündschlüssel ins Schloss. Sie erstarrte kurz, beschloss dann aber, den Motor anzulassen.

Es machte ihr zu schaffen, dass sie die Karte nicht finden konnten.

12.07, HAUPTWACHE OSLO

Billy T. war schlecht gelaunt. Der Mann auf der anderen Seite des Schreibtisches war ihm da auch kein Trost.

»Also noch mal«, sagte Billy T. schroff und versuchte, den flackernden Blick einzufangen. »Die Alarmanlage wurde also ausgelöst. Vom Besprechungszimmer neben dem Aufenthaltsraum der Ministerpräsidentin aus ...«

»Um sieben nach halb sechs. Wenn Sie mir nicht glauben, dann schauen Sie doch im Wachbuch nach.«

»Wieso in aller Welt kommen Sie auf die Idee, ich würde Ihnen nicht glauben?«, fragte Billy T.

»Warum haben Sie mich denn dann schon wieder hergeholt?«, maulte der Mann. Er war siebenundzwanzig Jahre und einige Monate alt, was Billy T. den Papieren entnahm, die vor ihm auf dem Tisch lagen. Der Wächter war nicht gerade hässlich, aber doch alles andere als gut aussehend. Seine ganze Erscheinung hatte etwas undefinierbar Unangenehmes. Er hatte ein schmales Gesicht mit einem spitzen Kinn und hätte sich unbedingt die Haare waschen müssen. Seine Augen hätten schön sein können, wenn er sie richtig geöffnet hätte; die Wimpern waren lang und dunkel. Billy T. hätte niemals sein Alter schätzen können, deshalb hatte er in seinen Unterlagen nachgeschaut. Der Mann hätte zwanzig sein, aber auch auf die vierzig zugehen können.

»Das müssen Sie doch kapieren, dass Ihre Aussage ziemlich wichtig ist, Mensch!«

Billy T. schnappte sich eine Skizze des fünfzehnten Stocks, eine Kopie des Plans, den der Polizeipräsident ihnen am Vortag gezeigt hatte, und zeigte auf das Besprechungszimmer, das wirklich nur durch einen schmalen Aufenthaltsraum vom Büro der Ministerpräsidentin getrennt war.

»Hier waren Sie. Zu einem äußerst kritischen Zeitpunkt. Erzählen Sie, was passiert ist.«

Der Wächter prustete wie ein Pferd, Speicheltropfen nieselten auf den Tisch, und Billy T. zog eine Grimasse.

»Wie oft muss ich das denn noch erzählen?«, fragte der Wächter ärgerlich.

»Genau so oft, wie ich das sage.«

»Kann ich was zu trinken haben? Ein Glas Wasser?«

»Nein.«

»Habe ich nicht einmal Anspruch auf ein Glas Wasser?«

»Sie haben auf rein gar nichts Anspruch. Wenn Sie wollen, können Sie aufstehen und dieses Haus verlassen. Sie sind Zeuge, und wir sind darauf angewiesen, dass Sie Ihre Aussage freiwillig machen. *Und das sollten Sie verdammt noch mal tun, und zwar ein bisschen plötzlich!*«

Er knallte die Faust auf den Tisch und biss dabei heftig die Zähne zusammen. Seine Hände taten noch von seinem Ausbruch vor einer halben Stunde weh, und der Schmerz jagte an der Unterseite seiner Arme entlang.

Aber es hatte geholfen. Der Wächter riss sich zusammen, setzte sich gerade hin und fuhr sich mit der Hand über die Schulter.

»Ich war unten. Im Wachzimmer. Dann wurde im Besprechungsraum der Alarm ausgelöst. Ein sogenannter stummer Alarm, man hört ihn im Raum selber nicht, sondern nur unten bei uns. Aber so einen Alarm gibt es dauernd, ungefähr alle zwei Tage, und deshalb achten wir normalerweise nicht darauf.«

Er sprach zur Tischkante gewandt.

»Aber wir müssen natürlich nachsehen. Immer. Deshalb bin ich raufgegangen ... das heißt, eigentlich sollen wir immer zu zweit nachsehen, aber wir hatten durch die Renovierungsarbeiten einen ziemlich hektischen Tag, und mein Kollege war eingeschlafen. Also bin ich mit dem Fahrstuhl in den vierzehnten Stock gefahren, mein Kollege, der gerade schlief, hatte nämlich die Schlüssel für den Fahrstuhl nach ganz oben. Ich hab oben den Aufsichtsbeamten begrüßt und bin die Treppe zum fünfzehnten hochgegangen.«

»Moment mal! Kann man mit dem Fahrstuhl bis zum fünfzehnten Stock hochfahren? Ohne am Mann im Glaskasten vorbeizukommen?«

»Ja, sogar bis zum sechzehnten. Aber man braucht einen Schlüssel. Sonst geht's nur bis in den vierzehnten.«

Billy T. hätte gern gewusst, warum diese Möglichkeit am Vortag bei der Lagebesprechung mit dem Polizeipräsidenten nicht erwähnt worden war. Er ging aber nicht weiter darauf ein, denn ein so einfacher Zugang zum Büro der Ministerpräsidentin musste doch von den zuständigen Stellen registriert worden sein. Rasch kritzelte er »Fahrstuhl« auf einen gelben Zettel und klebte diesen an den Lampenschirm.

»Weiter«, bat er.

»Ja, dann bin ich also ins Besprechungszimmer gegangen, aber da war kein Mensch. Mal wieder ein Schaltfehler. Sie kriegen das System einfach nicht in den Griff.«

»War die Tür zum Aufenthaltsraum offen?«

Der Wächter starrte ihn plötzlich an, zum allerersten Mal. Er zögerte, und Billy T. hätte schwören können, dass ein winziger Krampf die Wange des Mannes verzog.

»Nein. Die war zu. Ich habe sie aufgemacht und in den Raum geschaut, das muss ich tun, da kann sich ja jemand verstecken, aber auch der war leer. Die Tür zum Büro der Ministerpräsidentin war geschlossen. Die habe ich nicht angerührt.«

»Und dann?«

»Dann? Ja, dann bin ich wieder nach unten gegangen.«

»Warum haben Sie nicht mit der Vorzimmerdame gesprochen?«

»Mit der Vorzimmerdame? Warum sollte ich mit der sprechen?« Jetzt machte der Wächter ein ehrlich verdutztes Gesicht. »Das mach ich doch nie ... ach, übrigens, die war ja gar nicht da.«

»Doch, war sie. Sie war den ganzen Nachmittag und Abend dort.«

»Nein, war sie nicht!«

Der Wächter schüttelte energisch den Kopf. »Vielleicht war sie gerade auf dem Klo, was weiß ich, aber sie war nicht da. Da bin ich ganz sicher.«

Er beugte sich über die Skizze.

»Sehen Sie? Von da aus hätte ich sie gesehen.« Billy T. kaute an seiner Wange herum.

»Mmm ... na gut.«

Er nahm den gelben Zettel von der Lampe, schrieb »Klo?« darauf und klebte ihn wieder an.

»Gut, dann sind Sie also nach unten gegangen. Ins ... wie haben Sie das noch genannt?«

»Wachzimmer.«

»Ja.«

Billy T. schnappte sich eine Thermoskanne und goss dampfenden Kaffee in eine Tasse, auf der ein gezeichneter Puccini prangte.

»Ich sehe, Sie interessieren sich für Waffen«, sagte Billy T. und blies lautstark in sein glühend heißes Getränk.

»Sieht man das etwa?«, fragte der Wächter sauer und schaute auf die Uhr.

»Sehr komisch. Die Papiere, wissen Sie. Da steht das. Ich weiß fast alles über Sie. Sogar den Bericht über Ihre Sicherheitsüberprüfung habe ich hier vorliegen.«

Er schwenkte provozierend ein Blatt Papier und schob es dann unter die anderen Unterlagen.

»Das dürfen Sie nicht«, sagte der Wächter wütend. »Das ist gegen die Vorschriften.«

Billy T. grinste breit und starrte den Wächter an. Dem Mann gelang es nicht mehr, den Blick abzuwenden.

»Jetzt erzähl ich Ihnen was, ja? Im Moment nehmen wir

es hier in diesem Haus mit den Regeln nicht so genau. Wenn Sie sich beschweren wollen, dann versuchen Sie es doch einfach. Wir werden ja sehen, ob wir dafür unsere Zeit vergeuden können. Ich glaube es eigentlich nicht. Was für Waffen besitzen Sie?«

»Vier Stück. Alle sind registriert. Alle sind gesetzlich zugelassen. Sie liegen alle bei mir zu Hause, wenn Sie also mitkommen wollen, dann ...«

Er verstummte.

»Was ist dann?«

»Ich kann sie auch herbringen, wenn Sie wollen.«

»Wissen Sie, ich glaube, das will ich«, sagte Billy T. »Aber ich möchte betonen, dass Sie das ganz freiwillig angeboten haben. Ich verlange es nicht von Ihnen.«

Der Mann murmelte etwas, das Billy T. nicht hören konnte.

»Noch etwas«, sagte der Hauptkommissar dann plötzlich. »Kennen Sie Per Volter?«

»Den Sohn der Ministerpräsidentin?«

»Ja. Woher wissen Sie das übrigens?«

»Ich lese schließlich die Zeitung. Dutzende von Zeitungen während der letzten Tage. Nein, ich kenne ihn nicht.«

Er schien jetzt immer unruhiger zu werden, er legte den linken Fuß an den rechten und wippte damit, blitzschnell und nervtötend.

»Oder ...«, fügt er plötzlich hinzu, »... ich glaube, ich weiß doch, wer er ist. Guter Schütze. So eine Art Schützenkönig.«

»Heißt das, dass Sie ihn persönlich kennen?«

Der Wächter dachte auffällig lange nach.

»Nein«, sagte er und blickte dann zum zweiten Mal in Billy T.s eisblaue Augen. »Ich bin ihm nie begegnet. In meinem ganzen Leben nicht.«

Die Lautsprecher am Computer piepten eine schnelle elektroni-sche Melodie, um dann in lang gedehntes Heulen überzugehen. Liten Lettvik kam ins Zimmer, in ein großes Badetuch gewi-ckelt und mit einem Zigarillo im Mundwinkel. Der Computer brauchte eine Weile, um die Meldung aufzunehmen, und als unten in der rechten Bildschirmecke der kleine Briefumschlag zu sehen war, klickte sie sofort ihre Mailbox an.

Die Mitteilung hatte keinen Absender. Liten Lettvik richtete den Cursor auf die oberste Zeile und klickte zweimal.

Der Haftbefehl.

Konrad Storskog hatte sein Versprechen gehalten.

Sie wusste nicht so recht, ob sie auch ihres halten würde.

»Ich habe diese ganzen Pressekonferenzen restlos satt«, mur-melte Polizeiinspektor Håkon Sand.

Der Pressesprecher der Wache kam von einem gut bezahlten Posten bei *Dagbladet* und hatte alle überrascht, als er die un-dankbare Aufgabe übernommen hatte, die Gesellschaft über alles zu informieren, was der Polizei misslang.

»Pressebriefings, Håkon. Nicht Pressekonferenzen«, sagte er und öffnete die Tür zum Vorzimmer des Polizeipräsidenten.

»Aber viermal pro Tag? Ist das denn wirklich nötig?«

»Die beste Methode, um Spekulationen zu verhindern. Das hast du übrigens gut gemacht. Die Uniform steht dir. Und jetzt sind es vier Stunden bis zum nächsten Mal. Also freu dich.«

»Und bis dahin werden wir noch immer nichts Neues haben«, sagte Håkon Sand und zog an seinem Kragen, diesem ewigen Kragen aus Kunstfasern, der seinen Hals rot und wund machte.

Im Zimmer befanden sich sechs Männer. Einer machte sich

an einem Diaprojektor zu schaffen, ein anderer versuchte, herauszufinden, wie die Rollos funktionierten. Das gelang ihm nicht, weshalb schließlich die Vorzimmerdame geholt werden musste. Sie hatte den Raum innerhalb von dreißig Sekunden verdunkelt und schaltete das Licht ein, ehe sie ins Vorzimmer zurückkehrte.

»Wir haben jetzt einen vorläufigen Obduktionsbericht«, sagte der Polizeipräsident, dessen blauschwarze Bartstoppeln sich inzwischen zum Vollbart entwickelten. »Und der ist noch dazu ziemlich genau. Wir hatten recht, was den Zeitpunkt des Mordes angeht. Zwischen halb sechs und sieben. Genauer können wir das noch nicht einkreisen, im Zimmer gab es so große Temperaturunterschiede, dass das schwierig wird.«

Als er Håkon Sand ein Zeichen gab, stand dieser auf und schaltete den Diaprojektor ein.

An der Wand erschien ein Bild. Eine Großaufnahme von Ministerpräsidentin Birgitte Volter. In ihren blonden Haaren war deutlich ein Loch zu sehen, ein ziemlich kleines, ziemlich rundes Loch mit schwarzen Rändern und einem Streifen geronnenem Blut. Der Polizeipräsident nickte dem Polizeidirektor zu, der vor den Projektor trat und einen zusammenlegbaren Zeigestock auseinanderklappte.

»Wie man sieht, ist das Einschlussloch klein. Die Kugel hat hier gelegen ... «

Er klickte mit der Fernbedienung, und ein neues Bild erschien. Unter den Haaren war eine deutliche kleine Beule zu sehen, von der Größe eines entzündeten Pickels etwa.

»Der Schuss ging durch die Schläfe, durch das Gehirn und bis zu den Schädelknochen auf der anderen Seite, und dann hat die Kugel sich quer gelegt, hier, dicht unter der Haut. Birgitte Volter war sofort tot.«

Er klickte noch einmal.

»Das hier ist die Kugel.«

Die Kugel sah trotz der Vergrößerung unscheinbar aus; ein schwarz-weißes Maßband daneben verriet, dass es sich um ein kleinkalibriges Geschoss handelte.

»Und das Seltsame ist ...«, sagte der Polizeidirektor und verstummte dann plötzlich. »Nein, wir wollen die Aussagen der Ballistik abwarten.«

Nach einem weiteren Klicken folgte eine Zeichnung: Eine Frau saß in einem Schreibtischsessel und hatte die Hände auf die Tischplatte gelegt. Hinter der Frau stand ein gesichtsloser Mann mit einer Waffe in der Hand, einem auf die Schläfe der Frau gerichteten Revolver.

»Ungefähr so muss es gewesen sein. Es steht fest, dass die Waffe die Schläfe berührt hat, als der Schuss abgegeben wurde. Das sehen wir an den Schmauchspuren um die Einschusswunde. Was bedeutet, dass der Mörder dicht hinter ihr gestanden haben muss. Vor ihr war ja kein Platz.«

Der Zeigestock tippte den Schreibtisch auf der Zeichnung an.

»Wir wollen natürlich nicht spekulieren, aber es sieht in gewisser Weise aus wie ...«

»Erpressung«, sagte Håkon Sand.

Die anderen Männer blickten ihn an. Der Überwachungschef, jetzt in anthrazitgrauem Anzug und rotem Schlips, schloss die Augen und atmete lautstark durch die Nase.

»Ja. Und außerdem ...«

Auf dem nächsten Bild klaffte vor ihnen in hundertfacher Vergrößerung die Wunde im Kopf der Ministerpräsidentin.

»... sehen wir hier Faserreste. Von Wollfasern, wie wir inzwischen wissen. Wir nehmen an, sie stammen von ihrem Tuch, das wir bis jetzt ja noch nicht gefunden haben. Rote und schwarze Wollfasern. Was bedeutet, dass ...«

»Wurde sie durch ihr eigenes Tuch hindurch erschossen?«, fragte Håkon Sand. »Hatte sie das denn auf dem Kopf?«

Der Polizeidirektor schien sich über diese Unterbrechung zu ärgern.

»Ich schlage vor, wir verschieben die Diskussion auf später«, sagte er sauer und beschrieb mit dem Zeigestock einen Ring in der Luft. »Nein, sie trug das Tuch nicht um den Kopf, sondern um die Schultern. Aber sie kann es sich über den Kopf geschlagen haben, etwa wie ...«

»Eine Kapuze«, murmelte Håkon Sand.

»Richtig«, schaltete der Überwachungschef sich ein, rückte seinen Schlipsknoten gerade und beugte sich vor. »Der Mann kann ihr das Tuch über den Kopf gelegt haben, um ihr noch mehr Angst zu machen.«

»Und dann kommen wir zu dem Punkt, der mir am merkwürdigsten vorkommt.«

Der Polizeidirektor hatte offenbar beschlossen, nicht mehr auf die dauernden Unterbrechungen einzugehen.

»Das Kaliber.«

Wieder erschien an der Wand das Bild der Kugel. »Es ist zu klein.«

Der Polizeipräsident war jetzt aufgestanden, er lehnte am Fenster, schaute ins Zimmer und rieb sich das Kreuz. »Was meinst du mit zu klein?«

»7,62 Millimeter. Das übliche Kaliber für Handfeuerwaffen ist neun Millimeter. Oder .38, wie es in den USA heißt. Bei einer so kleinkalibrigen Munition wie dieser ist noch nicht mal sicher ...«

Er kratzte sich an der Stirn und zögerte ein bisschen zu lange.

»Es ist noch nicht mal sicher, ob das Opfer wirklich stirbt. Warum sollte eine Person, die die Ministerpräsidentin umbringen will und der es gelingt, sich Zutritt zum vermutlich bestbewachten Büro Norwegens zu verschaffen, eine Waffe nehmen, die im Grunde ungeeignet ist? Und damit nicht genug ...«

Er fuhr mit der roten Spitze des Zeigestocks an den Konturen der Kugel entlang.

»Es ist ein sehr seltenes Kaliber. Hierzulande auf jeden Fall. Man kann es im Laden nicht kaufen, sondern nur bestellen.«

»Aber wenn ...«, begann der Polizeipräsident und trat vor die Wand, die als Leinwand diente, » ... wenn der Mann irgendeine Art von Druck auf sie ausgeübt hat ... ich meine, wenn er sie erpressen und nicht umbringen wollte ... was wollte er dann? Und warum hat er sie umgebracht, wenn er das eigentlich gar nicht vorhatte?«

Es war still im Zimmer, und es roch muffig. Der Polizeidirektor drückte auf eine der Telefontasten.

»Kaffee«, sagte er und drückte noch einmal.

Zwei Minuten später saßen die sechs Männer um den Besprechungstisch des Polizeipräsidenten und schlürften Kaffee. Schließlich stellte der Überwachungschef seinen weißen Becher ab und räusperte sich.

»Der König von Jordanien wurde für den kommenden Mittwoch zu Besuch erwartet. Inkognito.«

Die anderen wechselten Blicke, der Polizeipräsident starrte den Chef der Nachrichtensektion der Kriminalpolizei an, einen kräftigen, rothaarigen Mann, der entgegen seiner üblichen Gewohnheit während dieser Besprechung noch kein Wort gesagt hatte.

»Ein Versuch, die letzten Reste des Oslo-Abkommens zu retten«, sagte Überwachungschef Ole Henrik Hermansen nach einer kurzen Pause, während der er sich aus irgendeinem Grund suchend umgesehen hatte. »Darf man hier rauchen?«

»Eigentlich nicht«, antwortete der Polizeipräsident und kratzte sich am Kopf. »Aber heute machen wir eine Ausnahme.«

Er holte einen gläsernen Aschenbecher aus der Schreibtischschublade und stellte ihn seinem Kollegen hin. Hermansen hatte sich schon eine Zigarette angezündet.

»Da die Ministerpräsidentin nicht mehr lebt, ist der Besuch natürlich abgesagt worden. Das könnte eine Spur sein. Allerdings gäbe es andere und weitaus weniger dramatische Methoden, um den König von Jordanien von Norwegen fernzuhalten. Wenn etwas über den Besuch durchgesickert wäre, hätte eine telefonische Drohung sicher auch ausgereicht.«

Die Rauchringe bildeten über seinem Kopf eine Kette von Heiligenscheinen.

»Dann haben wir natürlich die Rechtsextremen. Wie ihr wisst, sind die zurzeit besonders aktiv. Die Zeitungen übertreiben natürlich, aber wir wissen mit Sicherheit von zwei oder drei Gruppen, die fanatisch genug sind, um einen Mord zu planen. Bisher haben wir sie nicht für so radikal gehalten. Doch das scheint sich geändert zu haben.«

»Aber ... «

Håkon Sand fuchtelte wie ein übereifriger Examenskandidat mit dem Zeigefinger.

»Wenn die dahinterstecken, warum haben sie nicht ... warum haben sie sich nicht zu dem Mord bekannt? Die ganze Sache hat doch keinen Sinn, wenn die Welt nicht erfährt, dass sie das waren.«

»Schon richtig«, sagte Ole Henrik Hermansen, ohne Håkon Sand anzusehen.

»Wir haben auf eine Meldung gewartet. Aber sie ist ausgeblieben. Falls eine oder mehrere von diesen Gruppen hinter dem Mord stehen, dann haben wir ein gewaltiges Problem. Am Freitag.«

»Die Beisetzung«, murmelte der Polizeipräsident müde.

»Genau. Die Ministerpräsidentin stand ganz oben auf den sogenannten Todeslisten. Und alle anderen, die dort aufgeführt sind, und ich meine wirklich alle, kommen zur Beisetzung.«

»Und das wird die reinste Hölle«, sagte der Leiter der Terrorpolizei, ein untersetzter, schwarzhaariger Mann.

»Da sagst du was Wahres«, kommentierte der Überwachungschef und drückte mit energischer Handbewegung seine Zigarette aus. »Vielleicht haben sie deshalb noch keine Erklärung abgegeben. Sie warten. Das ist natürlich möglich. Voll und ganz möglich.«

21.39, STOLMAKERGATA 15

Non potendo carrezzarmi,
le manine componesti in croce.
E tu sei morto setzza sapere
quanto t'amava questa tua mamma.

Billy T. stand in einem kleinen Schlafzimmer, das wegen der Etagenbetten, die nur einen halben Meter voneinander entfernt waren, noch kleiner wirkte. Er legte beim Bettenabziehen eine Pause ein und schlug die Hände vors Gesicht, während er sich auf das obere Bett stützte. Die Musik dröhnte durch die ganze Wohnung, er hatte in jedem Zimmer Lautsprecher aufgebaut. Auch im Kinderzimmer, obwohl seine eifrigen Versuche, vier junge Männer zwischen sechs und acht Jahren zu Opernliebhabern zu erziehen, bisher gescheitert waren.

Schwester Angelica beklagte im Mittelteil von Puccinis »Il trittico« ihren toten Sohn, und Billy T. hielt sich das Bettzeug ans Gesicht und schloss die Augen. Hinter den Augenlidern brannte alles. Seit dem vergangenen Freitag hatte er fünf Stunden geschlafen; es war ein unruhiger Schlaf gewesen, in dem er sich von einer Seite auf die andere gewälzt hatte und beim Erwachen noch erschöpfter gewesen war als vorher. Bald würde er vor dem Schlafmittel, das wie ein Rettungsanker im Schrank lag, kapitulieren müssen, er hatte es seit einem Jahr nicht mehr angerührt.

Er rieb sich mit dem Bettzeug das Gesicht. Seine Augen brannten. Eigentlich hätten die Jungen das Wochenende bei ihm verbringen sollen. Geduldig, altklug und verständnisvoll hatten die vier Halbbrüder sich damit abgefunden, am Samstagvormittag zu ihren jeweiligen Müttern kutschiert zu werden, nachdem am Freitagabend Billy T.s Schwester kurzfristig hatte einspringen müssen.

»Papa soll den Mörder finden«, hatte Alexander, der Älteste, den anderen erklärt.

»Papa wird ihn finden. Nicht wahr, Papa?«

Jetzt war Papa müde. Und traurig. Er stapfte ins Wohnzimmer und ließ sich in den einzigen bequemen Sessel fallen, einen gigantischen englischen Ohrensessel mit abgenutztem Lederbezug. Er legte die Beine auf den ramponierten Couchtisch vom Flohmarkt und stellte mit der Fernbedienung die riesige Stereoanlage noch lauter.

M'ha chiamata mio figlio
dentro un raggio di stelle
m'e aparso il suo sorriso
m'ha detto: Mamma, vieni in Paradiso!
Addio! Addio!
Addio, chiesetta! In te quant'ho pregato.

Das Libretto lag vor ihm, obwohl er fast den ganzen Text auswendig wusste. Das Heftchen verschwand beinahe in seinen Pranken, während er hilflos dasaß und ins Leere starrte.

Fast hätte er die Türklingel nicht gehört. Gereizt versuchte er herauszufinden, wie viel Uhr es war, schließlich fiel sein Blick auf die Herduhr, während er die Musik leiser stellte.

»Komm ja schon«, sagte er, als es noch einmal klingelte. Er machte sich am Sicherheitsschloss zu schaffen, und es wurde noch einmal geklingelt.

»Komm ja schon, Mensch«, fauchte er und riss die Tür auf.

Als Erstes sah er einen riesigen Seesack, der oben nicht richtig verschnürt war, ein großer Wollpullover versuchte zu entkommen. Dann sah er ein Paar Stiefel aus Schlangenleder mit echten Silberbeschlägen.

Die Frau vor ihm lächelte. Sie hatte halblange braune Haare und leuchtend blaue Augen mit einem schwarzen Ring um die Iris. Die Lederjacke war hell und noch ganz neu, mit kurzen Fransen am Brustteil und indianischen Stickereien auf den Taschen. Die Frau war sonnengebräunt, ein mattgoldener Farbton ohne die geringste Röte zeigte, dass sie sich lange in sonnigen Gefilden aufgehalten hatte. Von den Augen zog sich jeweils ein weißer Streifen über die Schläfen. Sie lachte.

»Jetzt siehst du fast schon mondsüchtig aus. Kann ich bei dir wohnen?«

»Hanne«, flüsterte er. »Das ist einfach nicht wahr! Hanne!«

»It's me, all right«, sagte sie, als er über den Seesack stieg, sie um die Taille packte, sie hochhob und mit ihr in die Wohnung zurücksprang.

Dort ließ er sie in den Ohrensessel fallen, breitete die Arme aus und brüllte:

»Hanne! Warum in aller Welt bist du hier? Wann bist du ge-kommen? Bleibst du lange?«

»Hol meinen Sack rein, ja?«

Billy T. holte den Seesack und stellte die Oper aus. »Kann ich dir irgendwas anbieten? Was zu trinken?« Er kam sich vor wie ein Kind, und er merkte, dass er vor Freude rot anlief, das war restlos ungewohnt, aber nicht unangenehm. Hanne Wilhelmsen war wieder zu Hause. Und sie würde bei ihm wohnen. Im Kühlschrank lagen eine von Freitag übrig gebliebene halbe Pizza Marke Eigenbau und fünf Dosen Bier. Er schnappte sich zwei davon, schaltete den Backofen ein und warf der Frau im Sessel die eine Dose zu.

»Erzähl«, sagte er, setzte sich vor ihr auf den Boden, verschränkte seine Arme auf ihren Knien und starrte ihr in die Augen. »Wann bist du gekommen?«

»Eben. Jede Menge Verspätungen, ich bin hundemüde. Wie spät ist es eigentlich?«

Ohne auf Antwort zu warten, fuhr sie ihm plötzlich über die Schulter.

»Es ist schön, dich zu sehen, Billy T. Wie geht's dir?«

»Ganz gut«, sagte er ungeduldig. »Wirst du wieder arbeiten? Jetzt sofort?«

»Nein, ich bin bis Weihnachten beurlaubt, und ich muss auch wieder nach Kalifornien zurück. Demnächst. Aber ich konnte einfach nicht dort bleiben. Cecilie hat das eingesehen. Sie versteht, dass ich da drüben durchdrehen würde, während ihr hier ... «

Sie beschrieb mit der Bierdose einen Bogen in der Luft, und das Bier schwappte über.

»Ich konnte dich mit diesem Fall doch nicht allein lassen. Ich könnte dir helfen, als eine Art ... freie Mitarbeiterin? Damit du nicht mehr allein bist.«

»Allein?«

Er bohrte den Kopf in ihren Schoß, packte ihre Beine und schüttelte sich.

»Wir sind doch fast zweihundert Leute!«

»Aber die sind alle nicht wie ich«, sagte Hanne Wilhelmsen und lachte.

Ihr Lachen trillerte leise, kroch ihm in die Ohren und ins Gehirn und wanderte dann angenehm das Rückgrat hinunter.

Hauptkommissarin Hanne Wilhelmsen war wieder da. In Norwegen. In Oslo. Sie wollte ihm helfen.

»Ich bin so froh darüber, dass du hier bist«, flüsterte er. »Ich habe ...«

Er verstummte und kratzte sich am Rücken.

»Du hast mich vermisst, was? Ebenso. Wo kann ich schlafen? Wir haben doch unsere Wohnung vermietet, ich hoffe also, ich kann hier einziehen.«

»Das ist noch die Frage«, sagte Billy T. »Traust du dich, das Doppelbett mit mir zu teilen, oder willst du eins von den Kinderbetten?«

»Letzteres ist wohl sicherer«, sagte sie und gähnte nachdrücklich.

»Aber erst köpfen wir eine Flasche Wein, ja?«

Hanne Wilhelmsen starrte ihr kaum berührtes Bier an.

»Eigentlich würde ich nichts lieber tun, als jetzt mit dir eine Flasche Wein zu teilen. Rein gar nichts.«

»Und Pizza«, grinste Billy T. »Selbst gemachte.«

Der Wecker auf dem Nachttisch leuchtete schwach grünlich und verriet ihr, dass der Tag vier Stunden und fünf Minuten alt war. Billy T. hatte die Decke weggestrampelt und lag diagonal in seinem eigens für ihn konstruierten Bett. Er trug Boxershorts und ein Fußballhemd, ein Geschenk von Cecilie, San Francisco 49ers in Größe XXXL, und er schnarchte leicht mit offenem Mund. Hanne blieb stehen und sah ihn an, für einen Moment hätte sie es sich fast noch anders überlegt. Dann stieg sie leise ins Bett und schmiegte sich an seinen riesigen Körper.

»Ich hab so böse Träume«, flüsterte sie. »Und das Bett nebenan ist so schrecklich hart.«

Er schmatzte leicht und rückte weiter Richtung Bettkante. Dann legte er den linken Arm um sie und murmelte:

»Ich wusste ja, dass ich dich irgendwann ins Bett kriegen würde.«

Hanne schmunzelte im Dunkeln. Und dann schliefen sie beide ein.

MONTAG, 7. APRIL 1997

9.15, OBERSTES GERICHT

Benjamin Grinde starrte den Gerichtspräsidenten an und schüttelte kurz den Kopf.

»Ich weiß wirklich nicht, was ich dazu sagen soll. Wie ich dir gestern schon am Telefon erzählt habe, hat die Polizei zugegeben, dass das Ganze ein kapitaler Irrtum war. Aber ich habe keine Ahnung, woher die Presse Wind von der Sache bekommen hat.«

Der Gerichtspräsident hielt sich die Zeitung vors Gesicht. Seine Brillengläser waren sehr stark und ließen seine Augen verschwindend klein aussehen; jetzt kniff er sie zu allem Überfluss auch noch zusammen.

Richter vom Obersten Gericht festgenommen
Benjamin Grinde –
der Mann, der Volter als Letzter lebend sah
Von Liten Lettvik und Trond Kjevik (Foto)

Wenn die Polizei nun schon seit fast drei Tagen hartnäckig behauptet, im Fall Volter noch keine Festnahmen vorgenommen zu haben, so entspricht das nicht den Tatsachen. Was die Polizei und Benjamin Grinde, Richter beim Obersten Gericht, verzweifelt zu verbergen versuchen, ist, dass Grinde am späten Freitagabend in seiner Wohnung verhaftet wurde.

Bereits eine halbe Stunde nachdem Ministerpräsidentin Birgitte Volter in ihrem Büro tot aufgefunden worden war, wurde gegen Richter Grinde ein Haftbefehl erlassen (siehe Kasten). Der bekannte Jurist, der übrigens die sogenannte Grinde-Kommission leitet, hat die Ministerpräsidentin allem Anschein nach als Letzter lebend gesehen. Nach unseren Informationen behauptet Grinde, der *Aftenavisen* gegenüber keinen Kommentar abgeben wollte, dass sein Besuch in Birgitte Volters Büro am späten Freitagnachmittag pure Routine gewesen sei. Die Polizei will diese Aussage jedoch nicht bestätigen. Die Osloer Hauptwache umgibt den Haftbefehl mit einer Mauer des Schweigens. Polizeipräsident Hans Christian Mykland erklärt, der Haftbefehl sei längst aufgehoben worden, er sei lediglich durch eine »Fahrlässigkeit« ausgestellt worden. Die Reaktionen in politischen Kreisen reichen von Gelassenheit bis Entsetzen.

»Ungünstig«, murmelte der Gerichtspräsident. »Wirklich ungünstig.«

Benjamin Grinde starrte auf die Tischplatte und fixierte dann eine abgegriffene rote Gesetzessammlung. Der Löwe im Landeswappen grinste ihn arrogant und herablassend an, und Grinde kniff die Augen zusammen.

»Du hast recht«, sagte er leise. »Aber was soll ich tun? Bis auf Weiteres meine Tätigkeit als Richter einstellen?«

Der Gerichtspräsident legte die Zeitung hin, stand auf und ging um den massiven Eichentisch des Richterzimmers herum ans Fenster. Er starrte die Fassade des Nachbarhauses an, in die die erste Zeile der Nationalhymne eingemeißelt war.

»Schönes Bild«, murmelte er und legte die Handflächen an die Glasscheibe.

»Wie meinst du?«

»Das war ein wirklich schönes Bild von dir. In der Zeitung.«

Er drehte sich um und setzte sich wieder hin. Er schien für eine Weile abwesend zu sein, doch Benjamin Grinde kannte ihn als einen Mann, der nachdachte, ehe er etwas sagte, und unterbrach deshalb das Schweigen nicht.

»Das wäre nicht richtig«, sagte der Gerichtspräsident schließlich. »Der Haftbefehl war ja offenbar unbegründet, und wenn du vom Amt zurücktrittst, heißt das, dass wir uns von Spekulationen beeinflussen lassen. Aber wir sollten uns sicherheitshalber mit den Anwälten beraten.«

Er erhob sich und hielt den vier anderen Richtern die Tür auf, die in ihren schwarzen, am Hals mit purpurrotem Samt besetzten Roben schon draußen warteten. Er zog den ältesten beiseite und unterhielt sich so leise mit ihm, dass die anderen kein Wort verstanden. Als der Gerichtspräsident den Raum verlassen wollte, trat der Justizsekretär ein.

Der älteste Richter erhob sich und nickte den anderen kurz zu, die ebenfalls aufstanden.

Das feierliche Gefühl, das Grinde sonst immer überkam, wenn er sich hinsetzte, nachdem er den Anwälten kurz und formell zugenickt hatte, war verschwunden. Der Sessel mit der hohen Rückenlehne kam ihm unbequem vor, seine Robe war zu warm.

»Das Gericht ist vollzählig. Wir behandeln heute die Berufungssache Nummer ...«

Benjamin Grinde fühlte sich wirklich nicht wohl. Er streckte die Hand nach einem Glas Wasser aus, doch er zitterte so sehr, dass er es stehen ließ.

»Gibt es irgendwelche Einwände gegen die Zusammensetzung des Gerichtes?«

Der Gerichtsratsvorsitzende ließ seinen Blick von einem Anwalt zum anderen wandern, die Anwälte standen hinter der Schranke, die sich direkt gegenüber dem hufeisenförmigen Richtertisch befand. Der Adamsapfel des Anwalts, der hier seinen ersten Berufungsfall vertrat, hüpfte wie ein Jo-Jo auf und ab und hinderte ihn daran, überhaupt irgendetwas zu sagen. Er schüttelte fieberhaft den Kopf. Eine Anwältin von fast sechzig Jahren sagte mit fester, klarer Stimme:

»Nein.«

»Ich bin mir über die Tatsache im Klaren, dass wir uns heute in einer etwas besonderen Situation befinden«, sagte der Gerichtsratsvorsitzende und blätterte dabei aufs Geratewohl in seinen Unterlagen, juristischen Erörterungen unterschiedlicher Qualität, soweit er es beurteilen konnte. »Ich nehme an, Ihnen ist bekannt, dass ein größerer Zeitungsartikel erschienen ist, in dem Richter Grinde«, er nickte kurz nach links, »erwähnt wird. Angeblich wurde er im Zusammenhang mit dem tragischen Mordfall, von dem wir alle wissen, festgenommen. Nun gut. Wir haben unsererseits Informationen eingeholt und verfügen über die Bestätigung des Generalstaatsanwaltes, dass es sich um einen Irrtum gehandelt hat. Ich sehe deshalb keinen Grund, warum eine spekulative Schlagzeile ... in der Boulevardpresse ...«

Bei diesen Worten machte er ein Gesicht, als habe er in eine Zitrone gebissen.

»... zum Rücktritt eines Richters beim Obersten Gericht führen sollte. Aber wie gesagt, es ist eine besondere Situation, und ich möchte Sie fragen, ob Richter Grinde das nötige Vertrauen genießt. Ich frage deshalb noch einmal und, wie gesagt, nur der Ordnung halber: Gibt es irgendwelche Einwände gegen die Zusammensetzung dieses Gerichts?«

»Nein.«

Jetzt antworteten die Anwälte wie aus einem Mund, und der Jüngste von ihnen lehnte sich an den schweren Schrank aus Teakholz. Er schluckte und richtete sich wieder zu seiner ganzen Größe auf, als der Gerichtsratsvorsitzende ihm das Wort erteilte.

Benjamin Grinde registrierte nicht, dass Liten Lettvik sich leise von der hintersten Zuhörerbank erhob und den Saal verließ.

12.00, HAUPTWACHE OSLO

Auch der weiche Südküstenakzent konnte die Wut des Polizeipräsidenten Hans Christian Mykland nicht verbergen. Als er mit der Faust auf den Tisch schlug, fuhren hundertfünfzig Beamte von ihren Stühlen auf.

»Ich bin zutiefst verstimmt über diese Angelegenheit. Zutiefst verstimmt. Ich hatte geglaubt, mich bei der Besprechung am Samstag klar genug ausgedrückt zu haben. Nichts sollte an die Presse durchsickern!«

Wieder schlug er auf den Tisch.

»Dieser Haftbefehl war ein Fehler. Das wissen wir alle. Und

jetzt riskieren wir eine saftige Klage auf Entschädigung wegen Fahrlässigkeit im Dienst. Ist euch eigentlich klar, was es bedeutet, die dritte Macht im Staat zu beleidigen?«

Niemand fühlte sich zu einer Antwort berufen; die meisten vertieften sich in den Anblick ihrer eigenen Knie.

»Wir werden dieser Sache nachgehen. Und ich werde persönlich dafür sorgen, dass derjenige, der den Haftbefehl weitergereicht hat, ziemlichen Ärger bekommt. Mit mir!«

Der Polizeipräsident hatte es endlich geschafft, sich zu rasieren, und er strahlte eine gewisse Entschlossenheit aus. Er schien während des Wochenendes gewachsen zu sein.

»Also. Ziehen wir fürs Erste einen Strich unter die Angelegenheit. Ich werde bei der nächsten Pressekonferenz ... «

Er schaute zum Pressesprecher hinüber und korrigierte sich.

»... beim nächsten Pressebriefing, meine ich, klarstellen, dass Benjamin Grinde uns als Zeuge behilflich gewesen ist. Dann werden wir sehen, wie groß das Feuer eigentlich ist und ob wir es noch löschen können. Und jetzt hat der Polizeidirektor das Wort.«

Der Polizeidirektor fuhr zusammen, er schien bei der Maßregelung des Polizeipräsidenten nicht zugehört zu haben, er fühlte sich davon wohl nicht betroffen.

»Wir halten eine kurze Zusammenfassung für angebracht«, sagte er und legte eine Folie auf den Overheadprojektor.

»Wer nichts zu sagen hat, sagt's mit dem Overhead«, murmelte Billy T., der wieder ganz hinten neben Tone-Marit saß.

Sie achtete nicht auf ihn.

»Wie ihr wisst, wird an sämtlichen Fronten eifrig gearbeitet. Vor allem müssen wir das Wie und das Warum herausfinden. Was Letzteres angeht, so erscheint es uns angebracht, die möglichen Motive in drei Hauptkategorien einzuteilen.«

Er drehte sich um und zeigte auf die Leinwand, ohne sich zu erheben.

»Erstens, das persönliche Motiv. Zweitens, das internationale Motiv. Drittens, das Extremistenmotiv. In beliebiger Reihenfolge.«

»Es ist immer extremistisch, eine Ministerpräsidentin umzubringen, egal aus welchem Grund«, sagte Tone-Marit leise, und Billy T. blickte sie überrascht an.

»Jetzt sei ein braves Mädchen und halt die Klappe«, sagte er mit einem Grinsen.

»Und wir haben beschlossen, uns zurückzuhalten, was die Befragung der engsten Familienmitglieder angeht, zumindest bis zur Beisetzung, die am Freitag stattfindet. Und schon haben wir ein weiteres Problem.«

Er machte dem Leiter der Terrorpolizei oder der Bereitschaftstruppe, wie es auf der Folie etwas beschönigend hieß, ein Handzeichen. Der untersetzte Mann erhob sich steif.

»Die Beisetzung wird unter höchsten Sicherheitsvorkehrungen stattfinden. Wir verschaffen uns gerade einen Überblick über Risikogruppen, das heißt internationale Terroristen, ausländische Agenten, nationale Extremisten von rechts und links ...«

Er lächelte den Überwachungschef an, doch der lächelte nicht zurück. Offenbar leicht vergrätzt, fuhr er fort:

»Und natürlich psychisch verwirrte Personen. Aus Erfahrung wissen wir, dass Verrückte sich von solchen Ereignissen angezogen fühlen. Außerdem behalten wir natürlich auch unsere Bekannten aus der normalen Kriminellenszene im Auge und beobachten andere, bei denen wir eine Verbindung zu diesem Fall für möglich halten. Es wird morgen zu diesem Thema noch eine gesonderte Besprechung geben.«

Er setzte sich und starrte den Überwachungschef Beifall heischend an, doch der verweigerte sich noch immer.

Der Polizeidirektor meldete sich nun wieder zu Wort.

»Im Moment werden alle Befragungen der Angestellten aus dem Regierungsgebäude in den Computer eingegeben. Wir versuchen, festzustellen, wer sich möglicherweise unberechtigten Zutritt zum Büro der Ministerpräsidentin verschafft hat. Deshalb ist es sehr wichtig, alle Verhöre auf Diskette abzuliefern ... «

»Wenn wir bessere Geräte hätten, ließe sich das alles mit einem Tastendruck erledigen«, seufzte Billy T. und stand auf.

»Gehst du schon?«, flüsterte Tone-Marit.

»Ich hab Besseres zu tun«, sagte Billy T.

Irgendetwas machte ihm zu schaffen, er wusste nur nicht, was. Vielleicht eine Information, die er irgendwo auf der Festplatte in seinem Kopf verlegt hatte.

»Overflow«, murmelte er vor sich hin, als er sich aus dem Raum schlich. »Ich glaube, mit noch mehr Infos kann ich nicht mehr fertigwerden.«

14.47, REDAKTION DER AFTENAVISEN

Liten Lettviks Knie tat nicht mehr weh. Außerdem lag ein alkoholfreies Wochenende hinter ihr, und ihr Körper schien auf diese unerwartete schonende Behandlung mit einem Hass auf Zigarillos zu reagieren; sie hatte schon seit fünf Stunden nicht mehr geraucht. Liten Lettvik fühlte sich ungeheuer wohl.

Die Polizei hatte nichts dementiert. Auf der Pressekonferenz vor einer knappen Stunde hatten sie sich zwar ziemlich gewunden, aber die Sache mit dem Haftbefehl war nicht dementiert worden. Liten Lettvik bedachte Konrad Storskog mit einem warmen Gedanken und spielte für einen Moment mit dem Gedanken, ihn in Zukunft wirklich in Ruhe zu lassen.

Natürlich hatte nur die *Aftenavisen* diese Meldung gebracht. Aus einer gewissen Dankbarkeit heraus hatte der Chefredakteur ihr gestattet, sich weiterhin mit dem Zusammenhang zwischen dem Mord an Birgitte Volter und Benjamin Grindes Besuch zu befassen. Obwohl er nicht sehr begeistert gewirkt hatte.

»Aus dieser Zitrone können wir nicht mehr Saft herauspressen«, hatte er vorsichtig widersprochen und sich dabei nachdenklich auf die Unterlippe gebissen. »Das war ein schöner Artikel heute, Liten, aber es ist doch ganz offensichtlich, dass die Polizei den Typen nicht mehr verdächtigt. Der hat doch heute Morgen schon wieder im Obersten Gericht gesessen.«

»Hör zu, Leif«, hatte Liten Lettvik argumentiert. »Für die Jungs vom Politikressort ist das doch die reinste Goldgrube. Jede Menge Stoff zum Weiterarbeiten.«

»Davon haben sie wirklich schon genug. Es ist noch immer völlig unklar, was wir am Freitag für eine Regierung bekommen. So gut hat sich unser Politikressort seit der Furre-Geschichte nicht mehr amüsiert.«

»Eben. Und worum ging es damals in der Furre-Geschichte vor allem?«

Der Redakteur antwortete nicht, doch seine Aufmerksamkeit war ihr sicher; dass er an seiner abgenutzten Schreibunterlage herumzupfte, war das sicherste Zeichen dafür, dass das Interesse von Chefredakteur Leif Skarre erwacht war.

»Die Kritik hat sich vor allem dagegen gerichtet, dass Berge Furre vom Polizeilichen Überwachungsdienst beobachtet worden war. Und zwar als Mitglied der Kommission, die den Überwachungsdienst überwachen sollte. Als Kommissionsmitglied wäre er eigentlich immun und damit ihrer Überwachung entzogen gewesen. Sofort heulten die Verteidiger des Polizeilichen Überwachungsdienstes los, dass niemand im Staat immun sei. Und jetzt wollten sie ausgerechnet einen Richter beim Obersten Gericht festnehmen. Also ein richtig hohes Tier. Und das ohne juristische Grundlage. Das ist doch eine Menge Stoff. Mehr als genug.«

Der Redakteur schwieg eine Weile, dann nickte er mürrisch in Richtung Tür. Damit hatte er seine Zustimmung erteilt.

Doch viel mehr hatte Liten Lettvik über Benjamin Grinde nicht finden können. Das ging ihr auf, als sie die Mappe über ihn durchblätterte. Kaum jemand schien ihn zu kennen. Nicht einmal die nette und endlos naive Aushilfe im Vorzimmer des Obersten Gerichts, bei der Liten am Freitagnachmittag so erfolgreich gewesen war, hatte ihr helfen können.

»Nein, Richter Grinde führt so gut wie nie Privatgespräche«, hatte sie am anderen Ende der Telefonleitung gezwitschert.

Benjamin Grinde hatte jede Menge Bekannte. Aber offenbar keine Freunde, zumindest nicht in juristischen Kreisen. Die Beschreibungen, die elf unnütze Telefonate ihr eingebracht hatten, waren todlangweilig und absolut unbrauchbar. Benjamin Grinde schien tüchtig, korrekt und fleißig zu sein.

»Hier Vorzimmer von Anwalt Fredriksen.«

Liten Lettvik hatte sich endlich ein Zigarillo angesteckt und blies den Rauch durch die Nase aus, als sie ihren Namen nannte und darum bat, zu Frode Fredriksen durchgestellt zu werden. Gleich darauf hatte sie ihn in der Leitung, Anwalt Fredriksen war keiner, der sich sein verfassungsmäßiges Recht auf freie Meinungsäußerung nehmen ließ.

»Ein juristischer Skandal«, erklärte er bombastisch. Liten Lettvik konnte geradezu hören, wie er sich die Schuppen von den Schultern bürstete, das tat er immer, wenn er eine Aussage betonen wollte. »Ich sag Ihnen eins, Frau Lettvik, wenn die Kommission diesem Fall nicht auf den Grund gehen kann, werde ich persönlich dafür sorgen, dass die Zuständigen zur Verantwortung gezogen werden. Das ist meine Pflicht und Schuldigkeit als Fürsprecher der Schwachen!«

Liten Lettvik unterbrach seine Tirade, noch ehe er bei den »unantastbaren Menschenrechten« angelangt war.

»Aber was ist denn eigentlich so skandalös? Worum geht es genau?«

»Die Behörden verbergen etwas.«

»Ja, das ist mir schon klar. Aber was?«

»Das weiß ich natürlich nicht, aber eins kann ich Ihnen sagen: Eine solche Mauer des Schweigens, wie die unterschiedlichen Instanzen sie um diesen Fall gebaut haben, ist mir noch nie begegnet. Während meiner ganzen Laufbahn nicht. Und die war, in aller Bescheidenheit gesagt, sehr lang. Wie Sie wissen.«

»Was denn für ein Schweigen?«

Liten Lettvik steckte sich mit dem Stummel des alten Zigarillos ein neues an.

»Es sind Krankenberichte verschwunden«, erklärte Anwalt Frode Fredriksen.

»Erst werden mir die Krankenberichte nicht ausgehändigt. Und wenn ich sie dann endlich bekomme, sind sie unvollständig. Die Krankenhäuser hierzulande sind der Überwachungsdienst des Gesundheitswesens, das kann ich Ihnen sagen, Frau Lettvik. Nichts als Geheimniskrämerei und Arroganz der Mächtigen. Aber wir lassen uns nicht entmutigen.«

»Sie haben um Aufschub bei der Behandlung der Schmerzensgeldforderungen gebeten.«

»Natürlich. Ich hoffe, die Grinde-Kommission wird neues Licht in den Fall bringen. Und dadurch können sich die fraglichen Summen erhöhen.«

»Aber hören Sie, Anwalt Fredriksen, Sie müssen doch irgend-

eine Vorstellung davon haben, was da vorgefallen ist, ich meine
… Die Kommission soll doch feststellen, was damals passiert ist
und ob die zuständigen Stellen die Betroffenen ausreichend informiert haben. Aber ehrlich gesagt ist das alles doch dreißig
Jahre her, kann der Fall denn wirklich noch dermaßen brisant
sein? Und warum regen Sie sich so auf, Sie haben Ihren Willen
doch durchsetzen können? Die Kommission wurde schließlich
eingesetzt, das war doch Ihr Ziel?«

Am anderen Ende der Leitung herrschte tiefes Schweigen.
Liten Lettvik machte einen Lungenzug und hielt den Atem an,
während das Nikotin sich in ihrem Blutkreislauf verteilte, ein
wunderbares Gefühl.

»Im Jahre 1965 sind achthundert Kinder zu viel gestorben,
Frau Lettvik«, hörte sie dann endlich, leise und dramatisch,
während im Hintergrund mit Papier geraschelt wurde. »Mindestens achthundert Kinder! 1964 starben hier in Norwegen
1078 Kinder unter einem Jahr. 1966 lag die Zahl bei 976. In den
Jahren davor und danach liegen die Zahlen konstant bei etwa
tausend und sind bis heute nach und nach auf ungefähr drei-
hundert gesunken. 1965 dagegen starben 1914 Kleinkinder. Und
das kann kein Zufall sein. Doch die Behörden wollen nicht feststellen, woran es liegt. Ein Skandal. Ich wiederhole: ein wirk-
licher Skandal!«

Liten Lettvik hatte alles über diesen Fall gelesen. Noch immer hatte Fredriksen ihre Frage nicht beantwortet, und für einen Moment wusste sie nicht, ob sie dieses Gespräch überhaupt
noch fortsetzen wollte. Dann wechselte sie plötzlich das Thema.

»Und was ist mit Benjamin Grinde?«

Anwalt Fredriksen lachte laut und polternd.

»Da spinnt ihr doch total. Oder die Polizei. Was sie ja meines
Wissens auch zugegeben hat, obwohl ihr die Sache so aufbauscht.

Benjamin Grinde ist ein durch und durch integrer Mann. Ein wenig langweilig, ein wenig pompös, aber das bringt sein Amt doch mit sich. Benjamin Grinde ist ein ungewöhnlich begabter Jurist und ein tadelloser Staatsbürger. Ich war sehr zufrieden, als er zum Leiter der Untersuchungskommission ernannt wurde. Ich habe mir damals auch erlaubt, ihm das mitzuteilen. In aller Bescheidenheit.«

Liten Lettvik bedankte sich ohne große Begeisterung für dieses Gespräch. Dann wählte sie noch eine Nummer.

»Edvard Larsen«, meldete sich eine sympathische Stimme.

»Hallo, hier ist Liten Lettvik. Wie geht's?«

»Ganz gut«, sagte der Pressesprecher des Gesundheitsministeriums ein wenig zaghaft. Liten Lettvik rief zu den unmöglichsten Zeiten an und schien einfach nicht begreifen zu wollen, warum er sie nicht direkt zu Ruth-Dorthe Nordgarden durchstellen konnte. »Womit kann ich dir heute behilflich sein?«

»Hör zu. Ich muss unbedingt mit der Ministerin sprechen.«

»Und worum geht es?«

»Das kann ich dir leider nicht verraten. Aber es ist sehr wichtig.«

Edvard Larsen schwamm normalerweise in einem Ozean aus Geduld, eine unschätzbar wertvolle Eigenschaft für den Pressesprecher eines Ministeriums. Aber jetzt war er kurz vor dem Stranden.

»Du weißt ganz genau, dass ich erfahren muss, worum es geht.«

Er versuchte, seine Irritation durch ein kurzes Lachen zu mildern. Liten Lettvik stöhnte.

»Na gut. Es ist ganz harmlos, aber wichtig. Ich möchte ihr eine Frage über die Arbeit der Grinde-Kommission stellen.«

»Sag mir die Frage, dann sorge ich dafür, dass sie so schnell wie nur irgend möglich beantwortet wird.«

»Nett gemeint, aber nein, danke«, sagte Liten Lettvik und knallte den Hörer auf die Gabel.

Aber besonders verärgert war sie nicht. Kein Regierungsmitglied war so leicht zum Sprechen zu bringen wie Ruth-Dorthe Nordgarden. Man musste ihr vorher nur ausreichend Honig um den Bart schmieren. Ein Tauschhandel war nötig. Zerstreut blätterte Liten Lettvik in ihrem Filofax, bis ihre Finger ganz von allein Ruth-Dorthe Nordgardens geheime Privatnummer gefunden hatten.

Es war nur so verdammt ärgerlich, dass sie bis zum Abend warten musste.

20.50, STOLMAKERGATA 15

»Du könntest doch versuchen, es ein wenig gemütlicher einzurichten. Und sei es nur den Kindern zuliebe.«

Hanne Wilhelmsen hatte sich eine Lederschürze umgebunden, die voller Wein- und Essensflecken war. Resigniert gestikulierte sie mit einem Holzlöffel voller Tomatensoße.

»Vielleicht könntest du versuchen, meine Küche nicht ganz einzusauen«, erwiderte Billy T. grinsend. »Das macht es nun wirklich nicht gemütlicher hier, weißt du.«

Er strich mit dem Handrücken über die Kühlschranktür und leckte die rote Soße ab.

»Mmm, lecker. Jetzt müssten die Jungs hier sein. Spaghetti mit Hackfleisch und Tomaten ist ihr Lieblingsessen.«

»Tagliatelle Bolognese«, korrigierte Hanne. »Das sind doch keine Spaghetti!«

Sie hielt ihm die Tüte hin.

»Platte Spaghetti«, sagte er. »Aber was willst du damit?«

Er schnappte sich eine Stange Sellerie, biss hinein und zeigte auf eine Muskatnuss.

»Nicht anfassen!«

Wieder schwenkte sie den Kochlöffel, und diesmal brachte ihm das lauter rote Punkte auf seinem kreideweißen T-Shirt ein.

»Sieh dir doch mal das Wohnzimmer an«, sagte sie und legte den Deckel auf den Kochtopf. »Die Vorhänge stammen sicher noch aus den Siebzigerjahren.«

Vermutlich hatte sie recht. Die Vorhänge hingen traurig schief und bestanden aus grobem orangem Stoff mit braunen Streifen. In den Falten konnte man den Staub sehen, der sich im Laufe der Jahre dort angesammelt hatte.

»Du könntest sie doch wenigstens mal waschen. Und sieh dir das an!«

Sie starrte auf die Stereoanlage im Bücherregal, die im Licht einer Stehlampe mit drei Birnen und Bastschirmen funkelte und leuchtete.

»Wie viel hat die gekostet?«

»Zweiundachtzigtausend«, murmelte Billy T. und versuchte, mit einem Löffel in den Kochtopf zu langen.

»Nicht anfassen, habe ich gesagt. Zweiundachtzigtausend? Wenn du auch nur die Hälfte von dem Geld bei IKEA angelegt hättest, könntest du es hier richtig schön haben. Du hast ja nicht mal ein richtiges Sofa.«

»Die Jungs sitzen gern auf dem Boden.«

»Du bist und bleibst ein komischer Vogel«, lächelte sie. »Ich werde mal sehen, was ich tun kann, solange ich hier wohne.«

Billy T. deckte den Tisch und rückte den Fernseher so zurecht, dass sie beim Essen die Nachrichten sehen konnten. Dann öffnete er zwei Bier und drehte die Lautstärke herunter.

»Wann hören sie endlich auf mit den vielen Sondersendungen?«, murmelte Hanne Wilhelmsen und band sich die Schürze ab. »Ich habe heute schon zwei gesehen, und sie sagen die ganze Zeit dasselbe. Wenigstens fast.«

»Und unser heutiger Studiogast ist Polizeipräsident Hans Christian Mykland. Herzlich willkommen«, sagte die Moderatorin.

»Danke.«

»Ich will gleich zur Sache kommen, Herr Mykland, ich weiß ja, dass Sie viel wichtigere Dinge zu tun haben, als hier ins Studio zu kommen. Könnten Sie uns einfach sagen, ob die Polizei jetzt, fast genau drei Tage nach dem Mord, einer Lösung im Fall Volter näher gekommen ist?«

»Der arme Mann«, murmelte Hanne, als sie die Antwort des Polizeipräsidenten hörten.

»Der hat zwar nichts zu erzählen, aber es soll sich nach ganz viel anhören. Tappt ihr wirklich dermaßen im Dunkeln, Billy T.?«

»Fast.«

Er schlürfte seine Tagliatelle, bis sich um seinen Mund eine große rote Rose bildete.

»Clown«, murmelte Hanne.

»Wir haben schon noch mehr«, sagte Billy T. und wischte sich mit dem Unterarm den Mund ab. »Unter anderem ein ziemlich seltenes Kaliber.«

»Ach? Wie selten denn?«

»7.62 Millimeter. Wir werden wohl recht bald erfahren, was es für eine Waffe war. Aber das kann er natürlich nicht verraten.«

Er nickte zum Fernseher hinüber.

»Ich kapiere überhaupt nicht, was er da im Studio treibt, er darf doch sowieso nichts sagen. Er ist stinkwütend darüber, dass dieser Patzer mit dem Haftbefehl durchgesickert ist, und wir haben allesamt einen zusätzlichen Maulkorb in doppelter Stärke verpasst bekommen.«

»Wird sicher auch nicht viel helfen«, sagte Hanne und trank einen Schluck Bier. »Das Präsidium ist doch so leck wie ein Sieb. Das war immer schon so.«

Der Polizeipräsident sah ungeheuer erleichtert aus, als er endlich gehen durfte. Die rothaarige Moderatorin führte die Zuschauer in ein weiteres Studio. Dort saßen die Fraktionsvorsitzenden der im Parlament vertretenen Parteien an einem bumerangförmigen Tisch, und ein weiterer Moderator starrte ein wenig zu lange in die Kamera, ehe er schließlich einen Filmbeitrag ankündigte, der ebenfalls auf sich warten ließ.

»Warum klappt das hier bloß nie?«, sagte Hanne und lächelte. »In den USA passiert so was nicht. Da kriegen die das immer hin.«

Zu ziemlich nichtssagenden Bildern aus dem Parlament kommentierte ein Sprecher die schwierige Patience, die nun aufgehen musste. Endlich wandte der Moderator im Studio sich an einen tadellos gekleideten und extrem ernsten Mann in hellem Sakko.

»Ich dachte, diese Frau Sowieso wäre die Vorsitzende der Christlichen Volkspartei«, sagte Billy T. »Und nicht dieser Heini da.«

»Sie ist die Vorsitzende, aber er ist parlamentarischer ... pst!«

»Es wäre absolut falsch von uns, aus dieser äußerst tragischen Situation, die sich durch den Mord an Ministerpräsidentin Volter ergeben hat, politische Konsequenzen ziehen zu wollen.«

»Bedeutet das, dass Sie die Möglichkeit, an die Regierung zu kommen, nicht ausnutzen wollen?«

Der Moderator hatte eine seltsame Locke im Nacken, die im Takt seiner Worte auf und ab wippte.

»Unser Land ist von einem ganz besonders tragischen Ereignis getroffen worden, und wir Parteien der Mitte gehen davon aus, dass im Moment nicht der richtige Zeitpunkt für einen Wechsel ist. In diesem schweren Moment müssen wir alle zusammenhalten, und im Herbst wird dann das Volk entscheiden, wer das Land lenken soll.«

Der Mann von der Christlichen Volkspartei war noch nicht fertig, aber der Moderator drehte sich nach links und wandte sich an einen Mann mit gepflegtem, grau meliertem Bart und resignierter Miene.

»Und wie sehen Sie von den Konservativen das?« Der Mann schüttelte leicht den Kopf und starrte dabei den Moderator an.

»Es ist eine schwierige Zeit und nicht der richtige Moment für politisches Taktieren oder für Schuldzuweisungen. Ich möchte aber dennoch betonen, wie unrealistisch die Möglichkeit einer Regierungskoalition der Mittelparteien ist. Seit Monaten preisen sie sich nun schon für die Wahlen im Herbst an, aber jetzt, wo sich eine Gelegenheit bietet, kneifen sie. Das zeigt, dass wir Konservativen die ganze Zeit recht hatten. Eine Alternative zur Sozialdemokratie ist nur mit den Konservativen möglich.«

Hanne lachte laut.

»Die wollen allesamt nicht an die Macht. Davor haben sie eine Sterbensangst.«

»Politik«, schnaubte Billy T. und nahm sich zum zweiten Mal nach.

»Es wäre einfach falsch, diese außergewöhnliche Situation auszunutzen«, echote der Vertreter der Zentralpartei, und der Konservative schüttelte wieder und diesmal sehr energisch den Kopf.

»Aber wo ist der Unterschied?«, fragte er. »Was wird im

Herbst denn anders sein? Die Sozialdemokratie ist heute in der Minderheit und wird das im Herbst auch noch sein. Das war doch in der gesamten Nachkriegszeit so. Glauben denn die Zentralpartei, die Linken und die Christliche Volkspartei, dass sie im Herbst bei den Wahlen zusammen die Mehrheit haben werden?«

»Das wird sich zeigen«, rief der Mann von der Christlichen Volkspartei, aber der Moderator winkte energisch ab.

Auch der Konservative ließ sich nicht zum Verstummen bringen: »Dann ist es aber an der Zeit, dass wir Ihre Ansichten zu sehr zentralen Punkten erfahren. Die Wähler haben einen Anspruch darauf. Wie stellen Sie sich zum Ausbau der Energiegewinnung durch Gas? Was ist mit der finanziellen Unterstützung für Eltern, die ihre Kinder zu Hause betreuen? Und wie halten Sie es mit dem Krankengeld? Werden wir darüber überhaupt irgendetwas erfahren, ehe das Volk zu den Wahlurnen strömt?«

Dann redeten sie alle durcheinander.

»Wenn die Katze aus dem Haus ist, tanzen die Mäuse auf dem Tisch«, sagte Hanne.

»Aber die wollen doch überhaupt nicht tanzen«, sagte Billy T. »Die kleben an der Wand und haben totale Angst davor, dass sie zum Tanz aufgefordert werden könnten. Mir wird ganz schlecht.«

Das schien ihn aber nicht weiter zu stören, denn er nahm sich zum dritten Mal nach und kratzte den Topf aus.

»Kann ich nicht ein bisschen Musik auflegen?«, bat er.

»Nein, ehrlich gesagt finde ich das hier wichtiger.«

Endlich hatten die Männer ihren Streit beigelegt, oder zumindest durften sie ihn nicht fortsetzen. Nun wurde zu der Moderatorin im anderen Studio zurückgeschaltet, neben der jetzt Tryggve Storstein saß.

»Der sieht aber kaputt aus«, sagte Hanne leise und stellte ihr Bierglas ab, ohne den Inhalt angerührt zu haben.

Tryggve Storstein war so mitgenommen, dass nicht einmal die Kosmetikerinnen des Norwegischen Rundfunks viel hatten ausrichten können. Die dunklen Schatten unter den Augen wurden durch das grelle Licht noch betont, und sein Mund hatte einen traurigen, beinahe mürrischen Zug, den er während des gesamten Interviews beibehielt.

»Herr Storstein, trotz der tragischen Umstände sollten wir Ihnen wohl zum neuen Amt als Parteivorsitzendem gratulieren.«

Er murmelte etwas, das einem Dank ähnelte.

»Sie haben sich mit mir zusammen die Diskussion der Kollegen angehört. Werden Sie also am Freitag eine neue Regierung bilden?«

Tryggve Storstein räusperte sich kurz und nickte.

»Ja.«

Die Moderatorin war verwirrt durch diese kurze Antwort und fuchtelte heftig mit den Armen, ehe ihr eine neue Frage einfiel. Storstein blieb weiterhin knapp und wortkarg, zwischendurch wirkte er geradezu abweisend, und die Moderatorin musste sich große Mühe geben, um die für das Interview angesetzte Zeit irgendwie zu füllen.

Hanne Wilhelmsen fing an, den Tisch abzuräumen. »Kaffee?«

»Ja, gerne.«

»Dann kannst du welchen kochen.«

Jetzt war im Fernsehen wieder der Mann mit der Nackenlocke zu sehen. Bei ihm saßen drei Zeitungsredakteure, die allesamt mit gewaltigem Pathos die derzeitige Lage kommentierten.

»Wieso soll in einer solchen Zeit eine neue Regierung gebildet werden, wenn gleichzeitig polizeiliche Ermittlungen stattfinden, deren Ergebnis sein könnte, dass sich in dem Personenkreis, aus dem sich die künftige Regierung zusammensetzen wird, auch Mordverdächtige befinden?«, fragte der Moderator.

»Ich wünschte, die lernten endlich mal, nicht immer in Bandwurmsätzen zu reden«, sagte Hanne. Billy T. pfiff lautstark vor sich hin und machte sich an der Kaffeemaschine zu schaffen.

Der Redakteur von *Dagbladet* beugte sich eifrig vor und berührte mit dem Bart fast die Tischplatte.

»Es ist jetzt unerlässlich, dass die Polizei sich aus dem politischen Prozess heraushält. Natürlich darf die Arbeit der Polizei nicht behindert werden, aber andererseits dürfen wir auch nicht in eine Situation geraten, in der die regierungsbildende Partei dadurch kastriert wird, dass die meisten Ministerkandidaten Birgitte Volter gekannt haben.«

»Typisch«, seufzte Hanne Wilhelmsen. »Niemand glaubt, dass es jemand aus ihrem Umkreis war, obwohl alle Statistiken zeigen, dass Mörder fast immer aus der engsten Umgebung ihrer Opfer kommen. Und alle, die in Norwegen über Macht verfügen, haben Birgitte Volter doch gekannt. Und es ist wohl zu gefährlich, den Statistiken zu glauben.«

Sie stand auf und schaltete den Fernseher aus. »Musik?«, fragte Billy T. optimistisch.

»Nein. Ich will Ruhe. Okay?«

Da es kein richtiges Sofa gab, legten sie sich einander gegenüber ins Doppelbett im Schlafzimmer. Hanne lehnte den Kopf an die Wand, hatte im Rücken einen abgenutzten, mageren Sitzsack und nippte am Kaffee, den Billy T. ihr reichte.

»Bah!« Sie schnitt eine Grimasse. »Was ist denn das? Asphalt?«

»Zu stark?«

Ohne ihre Antwort abzuwarten, holte er Milch aus dem Kühlschrank und gab einen guten Schluck in ihre Tasse.

»So. Und jetzt können wir uns noch eine Weile wach halten.«

Er versuchte, im Bett eine bequeme Lage zu finden, aber es gab keine weiteren Kissen, und schließlich setzte er sich hin.

»Irgendwas ist los mit Ruth-Dorthe Nordgarden«, sagte er und kratzte sich am Ohr. »Verdammt, irgendwas hab ich da. Es tut manchmal verdammt weh.«

»Was meinst du mit irgendwas?«

»Na ja, eine Entzündung oder so.«

»Trottel. Ich meinte Ruth-Dorthe Nordgarden.«

Billy T. betrachtete mit zusammengekniffenen Augen seine Zeigefingerkuppe, aber dort war rein gar nichts zu sehen.

»Komische Frau«, sagte er. »Jede Menge nervöse Handbewegungen und seltsame Grimassen. Aber gleichzeitig wirkt sie ... kalt. Wie ein Fisch. Irgendetwas hat sie, wo ich gern weitermachen würde, aber ich weiß nicht, was es ist, und es gibt absolut keinen Grund zu der Annahme, dass sie am Mordabend in der Nähe des Büros der Ministerpräsidentin war.«

»War sie mit ihr befreundet?«

»Nein, das behauptet sie jedenfalls. Sie hat mir gesagt, sie hätten keinen privaten Kontakt gehabt. Verdammt komische Frau. Sie hat etwas ... Unheimliches an sich. Ich werde total nervös, wenn ich nur im selben Zimmer bin wie sie.«

Hanne Wilhelmsen sagte nichts dazu. Sie wärmte sich die Hände an der dampfenden Tasse und starrte eine an der Pinnwand befestigte Kinderzeichnung an. Ein ziemlich avanciertes Batmobil mit Flügeln und Kanonen.

»Und was mich ... «

»Pst!«, fiel Halme ihm lautstark ins Wort, und Billy T. verschüttete seinen Kaffee. Er murmelte einen Fluch, den Hanne jedoch ignorierte. Sie musterte die Wand hinter ihm, und Billy T. drehte sich, um herauszufinden, was sie denn so sehr faszinierte.

»Alexander«, sagte er unsicher. »Das hat Alexander gezeichnet.«

Plötzlich blickte sie ihm ins Gesicht. Ihre Augen wirkten noch größer als sonst, der schwarze Ring um die Iris war noch dunkler.

»Hat sie gesagt, dass sie keinen privaten Kontakt hatten?«

»Ja. Wieso?«

Hanne stand aus dem Bett auf und stellte die Kaffeetasse auf den Boden. Dann trat sie vor Alexanders Kunstwerk und starrte es an.

»Was ist denn mit dem Bild?«, fragte Billy T.

»Gar nichts«, sagte Hanne. »Es ist schön. Aber das meine ich ja auch gar nicht.«

Sie drehte sich zu ihm um, stemmte die Hand in die Seite und legte den Kopf schräg.

»Birgitte Volters Sohn Per ist ein ziemlich guter Schütze. Ich bin ihm einige Male auf dem Schießplatz Løvenskiold begegnet. Als er jünger war, hat sein Vater ihn oft begleitet. Ich kann nicht behaupten, ihn zu kennen, aber wir haben natürlich immer mal ein bisschen gequatscht. Und …«

Billy T. starrte sie an, während sein Finger noch immer in seinem Ohr herumbohrte.

»Wenn du eine Entzündung kriegst, solltest du die Finger davon lassen«, sagte Hanne und zog seine Hand weg. »Aber dann, vor einem Jahr oder so, nein, das war im November, kurz bevor wir in die USA geflogen sind, unmittelbar vor dem Regierungswechsel, da habe ich Roy Hansen und Ruth-Dorthe Nordgarden im Café 33 in Grünerløkka gesehen.«

»Im Café 33? In dem Loch?«

»Ja, das hat mich auch gewundert. Ich wollte einer Frau, die da arbeitet, etwas vorbeibringen, und da saßen die beiden beim Bier, ganz hinten in Lokal. Nein, das muss nach dem Regierungswechsel gewesen sein, vorher hatte ich doch so gut wie keine Ahnung von der Frau. Sie ist ja ganz ... hübsch; blond und so, fällt jedenfalls auf. Zuerst wollte ich Roy Guten Tag sagen, aber irgendetwas hat mich davon abgehalten, und ich bin gegangen, ohne dass er mich gesehen hätte.«

»Aber Hanne, wieso weißt du das noch so gut?«

»Weil ich an demselben Tag einen Artikel in der Zeitung gelesen hatte, ich glaube, in *Dagbladet*, über die Seilschaften, von denen die Presse im Moment dauernd berichtet. Ich glaube, ich hatte diese Zeitung sogar dabei, als ich im Café 33 war.«

»Verdammt«, murmelte Billy T. und rieb sich das Ohrläppchen. »Ich glaube, ich muss zum Arzt.«

»Aber ist es nicht seltsam, Billy T. ...«, sagte Hanne nachdenklich. »Ist es nicht ziemlich komisch, dass Ruth-Dorthe Nordgarden behauptet, privat keinen Kontakt zu Birgitte Volter gehabt zu haben, wenn sie noch vor einem halben Jahr mit deren Mann in einer Kneipe in Grünerløkka Bier getrunken hat?«

Billy T. starrte sie an und fuhr sich immer wieder mit der Hand über den Schädel.

»Doch«, sagte er schließlich. »Da hast du recht. Das ist komisch.«

DIENSTAG, 8. APRIL 1997

»Und du hast wirklich aufgehört zu rauchen, Hanne!«

»Du hast einen scharfen Blick, hast es schon nach zehn Minuten gemerkt. Billy T. ist es noch immer nicht aufgefallen. Und du bist zum Inspektor befördert worden. Toll.«

Håkon Sand nahm ihre Hand und drückte sie ganz fest, während er übers ganze Gesicht strahlte.

»Du musst uns so bald wie möglich besuchen. Hans Wilhelm ist schon so groß!«

Håkon hatte seinen kleinen Sohn nach Hanne Wilhelmsen benannt, und sie dankte den Gottheiten, an die sie nicht glaubte, dafür, dass sie nicht vergessen hatte, ein Geschenk für ihn zu besorgen. Genau genommen war es Cecilie gewesen, die noch daran gedacht hatte, in aller Eile auf dem Flugplatz ein Football-trikot für Billy T. und einen zitronengelben Riesenalligator für Hans Wilhelm zu kaufen.

»Willst du bei uns wohnen?«

Diese großartige Idee schien ihm ganz plötzlich gekommen zu sein, sein ganzes Gesicht öffnete sich zu einer herzlichen Einladung.

»Vielleicht wäre Karen nicht so glücklich über einen Logiergast«, winkte Hanne ab. »Ist es bei ihr nicht bald so weit?«

»Nächstes Wochenende«, murmelte Håkon und bedrängte sie nicht. »Aber du musst uns besuchen kommen. Bald.«

Es wurde kurz an die Tür geklopft, dann erschien ein uniformierter Polizist. Er blieb verdutzt stehen und starrte Hanne an.

»Schon wieder da? Willkommen! Seit wann denn? Fängst

du gleich wieder an zu arbeiten?« Er legte dem Polizeiinspektor einen Ordner hin.

»Nein. Nur Ferien.« Hanne lächelte kurz. »Für zwei Wochen.«

»Ich glaub ja nicht, dass du jetzt von der Wache wegbleiben kannst.«

Sie hörten ihn noch lachen, als er schon längst die Tür hinter sich geschlossen hatte.

»Was ist das?«, fragte Hanne und zeigte auf den Ordner.

Håkon Sand blätterte darin, und Hanne Wilhelmsen musste sich zusammenreißen, um ihm nicht über die Schulter zu schauen. Sie ließ ihm zwei Minuten. Dann hielt sie es nicht mehr aus.

»Was ist das denn? Was Wichtiges?«

»Die Waffe. Wir glauben zu wissen, aus was für einer Art Waffe die Kugel stammt.«

»Lass mal sehen«, sagte Hanne eifrig und versuchte, die Papiere an sich zu reißen.

»Na, hör mal«, protestierte Håkon und bedeckte den Ordner mit den Händen.

»Schweigepflicht, weißt du. Du bist schließlich beurlaubt. Vergiss das nicht.«

Für einen Moment schien sie zu glauben, er meine es ernst, und starrte ihn ungläubig an.

»Einmal Polizei, immer Polizei. Also wirklich!« Er lachte und reichte ihr den Ordner.

»Ein Nagant«, murmelte Hanne Wilhelmsen und blätterte weiter. »Vermutlich ein russischer M 1895. Komisch. Verdammt komisch.«

»Wieso das?«

Sie schloss den Ordner, behielt ihn aber auf dem Schoß.

»Eine ungewöhnliche Waffe. Ein Revolver mit einem ganz

ausgeklügelten Patent. Im Augenblick der Schussabgabe stülpt sich die Trommelbohrung über das Laufende, und die sich ausdehnende Hülse dichtet den Spalt zwischen Kammer und Lauf ab. So entsteht eine angeblich gasdichte Verbindung. Und das Witzigste daran ist, dass das Patent eigentlich von einem Norweger stammt.«

»Aha?«

»Hans Larsen in Drammen. Er erfand ein eigenes System für gasdichte Revolvergewehre, das er nach Lüttich in Belgien schickte, wo er die Waffen produzieren lassen wollte. Dort haben sie sich aber nicht für das Gewehr interessiert, sondern das Patent geklaut. Dann wurde es gegen Ende des 19. Jahrhunderts in Russland zu einem Revolver weiterentwickelt.«

»Du verblüffst mich immer wieder.«

Håkon Sand lächelte, wusste aber, dass einige Kollegen vor Jahren versucht hatten, sie als Waffenexpertin zum Fernsehquiz »Alles oder nichts« anzumelden. Hanne hatte sich geweigert, als das Fernsehen sein Interesse bekundet hatte, und es war nichts aus der Sache geworden.

»Und was bringt diese ... gasdichte Verbindung?«

»Größere Präzision«, erklärte Hanne. »Das Problem bei einem Revolver ist meistens, dass zwischen Waffenkammer und Lauf ein Druckverlust entsteht, und das verringert die Präzision. Normalerweise spielt das keine große Rolle, Revolver werden ja nicht auf große Entfernungen benutzt.«

Sie verstummte und las weiter.

»Hier steht, dass nur fünf Waffen dieser Art registriert sind. Aber ihr habt ein großes Problem, Håkon. Ein Riesenproblem.«

Sie klappte den Ordner zu. Für einen Moment schien sie ihn heimlich in eine Tasche stecken zu wollen, die neben ihrem Sessel stand. Aber dann legte sie ihn vor Håkon auf den Tisch.

»Soviel ich weiß, haben wir in diesem Fall mehr als nur ein Riesenproblem«, sagte Håkon und gähnte. »Die Probleme stehen Schlange, könnte man sagen. Aber welches meinst du denn jetzt?«

»Diese Waffe wurde über einen langen Zeitraum hinweg in Massen produziert. Deshalb gibt es sie in sehr vielen Ländern, vor allem im ehemaligen Ostblock. In den Fünfzigerjahren haben sie sie billig an ihre Verbündeten in Europa und Afrika verkauft, zum Beispiel an ...«

Sie zögerte und fuhr sich kurz über die Augen.

»An den Mittleren Osten. Und es gibt etliche in Norwegen. Auf jeden Fall mehr als fünf. In der Regel sind sie auf kuriose Weise hergekommen. Das Exemplar, das ich gesehen habe, gehörte einem Exilrussen, und der hatte es von seinem Vater. Der Vater hatte im Zweiten Weltkrieg in der Roten Armee gekämpft.«

»Eine nicht registrierte Waffe«, sagte Håkon leise und resigniert und blies seine Wangen auf. »Das hat uns gerade noch gefehlt.«

Hanne Wilhelmsen lachte herzlich und fuhr sich mit den Fingern durch die Haare.

»Aber du hast doch wohl nichts anderes erwartet, Håkon? Hast du gedacht, die norwegische Ministerpräsidentin sei mit einer Waffe ermordet worden, die in unserem löchrigen, restlos unbrauchbaren Waffenregister aufgeführt ist? Hast du das wirklich geglaubt?«

9.45, GESUNDHEITSMINISTERIUM

Eigentlich wusste niemand so recht, wieso Ruth-Dorthe Nordgaden Gesundheitsministerin geworden war, dachte Edvard Larsen, als sie mit einer seltsamen Grimasse – immer dieses

Zucken im Gesicht, wie ein Tick, eine plötzliche Gesichtsbewegung ohne erklärbare Ursache – die Besprechung beendete. Kaum jemand außerhalb der Regierungskreise hatte sie gekannt, als sie zur Gesundheitsministerin ernannt wurde, obwohl sie schon seit vier Jahren stellvertretende Parteivorsitzende gewesen war. Die Frau hatte Geschichte studiert und vor langer Zeit als Lehrerin gearbeitet. Sie war geschieden, hatte halbwüchsige Zwillingstöchter und war eine ganze Weile einfach nur Hausfrau gewesen. Danach war sie hier und dort aufgetaucht, bei der Gewerkschaft, bei anderen sozialdemokratischen Organisationen, jedoch niemals für längere Zeit. Ihre Position war immer stärker geworden, während sie sich zugleich auf bemerkenswerte Weise im Hintergrund gehalten hatte. Und in Gesundheitsfragen hatte sie sich niemals besonders profiliert. Doch dann war sie Gesundheitsministerin geworden.

Edvard Larsen konnte seine neue Chefin nicht leiden, was ihm arg zu schaffen machte.

»Damit wäre diese Besprechung beendet.«

Der Staatssekretär, der politische Berater und der Ministerialrat erhoben sich gleichzeitig mit Edvard Larsen.

»Gudmund! Du bleibst hier!«, sagte die Ministerin.

Der politische Berater, ein kräftiger junger Mann, wandte sich um und blickte den anderen, die das Zimmer verließen, neidisch hinterher.

Ruth-Dorthe Nordgarden verließ den Besprechungstisch und setzte sich in ihren geräumigen Schreibtischsessel. Dort blieb sie sitzen und starrte Gudmund Herland an. Sie hatte Ähnlichkeit mit einer ramponierten Barbie-Puppe, ihr Gesicht war leer, die Augen weit aufgerissen, und sie verzog die Oberlippe auf eine Weise, die den nervösen jungen Mann veranlasste, aus dem Fenster zu schauen.

»Diese Grinde-Sache«, sagte sie vage.

Der politische Berater wusste nicht, ob er sich setzen durfte, und seine Chefin war ihm auch keine Hilfe; deshalb blieb er stehen. Er kam sich vor wie ein Idiot.

»Warum weiß ich nichts davon, dass er mehr Geld wollte?«

»Ich habe doch versucht, es zur Sprache zu bringen ...«, setzte Gudmund Herland an.

»Versucht! Es ist ein Skandal, dass ich über so wichtige Angelegenheiten nicht informiert werde.«

Sie spielte mit einem Kugelschreiber herum, der unter ihrem harten, hektischen Zugriff zu zerbrechen drohte.

»Hör mal, ich habe dir doch gesagt, dass er einen Termin wollte, um darüber zu sprechen, aber du ...«

»Du hast nicht gesagt, worum es ging.«

»Aber ...«

»Damit ist dieses Gespräch beendet.«

Sie sagte das in einem energischen Tonfall und gestikulierte, ohne ihn anzusehen.

»Du musst dich zusammenreißen. Du musst dich wirklich zusammenreißen. Du kannst gehen.«

Gudmund Herland ging nicht. Er stand mitten im Raum und spürte, wie eine gewaltige Wut in ihm aufstieg, er kniff den Mund zusammen und schloss die Augen. Diese blöde Kuh, dieses verdammte Drecksstück. Er hatte sie nicht nur darüber informiert, dass Benjamin Grinde sie sprechen wollte, er hatte ihr sogar so inständig wie möglich geraten, ihn zu empfangen. Durch diesen Impfstoffskandal würde sie sich profilieren, ihre Tatkraft unter Beweis stellen können. Wenn diese Regierung etwas brauchte, dann genau das, Beweise für ihre Tatkraft. Aber sie hatte ihm gar nicht richtig zugehört und gleich abgewunken. Sie habe keine Zeit. Später vielleicht. Wie immer: später vielleicht. Diese Frau wusste nicht, was so ein Posten bedeutete. Sie glaubte, die üblichen Bürozeiten einhalten zu können, und war stocksauer, wenn sich ihr Abendessen mit ihren überaus wohlgeratenen Töchtern verspätete.

Er biss die Zähne so fest zusammen, dass es knackte und er seine Chefin fast nicht gehört hätte.

»Willst du den ganzen Tag hier herumstehen?«

Er öffnete die Augen. Jetzt sah sie aus wie ein Mitglied der Adams Family, ihre Wangen waren zu einer diabolischen Fratze verzogen. Sie war es nicht wert, an dieser Klippe sollte seine politische Karriere nicht scheitern. Wortlos drehte er sich auf dem Absatz um und ging. Eine winzige Freude gönnte er sich aber trotzdem; er knallte die Tür unnötig laut hinter sich zu.

Ruth-Dorthe Nordgarden griff zum Telefon und bat den Ministerialrat zu sich. Während sie wartete, ließ sie sich in den Sessel zurücksinken und legte die Füße auf den Papierkorb. Dabei musterte sie die Vorhänge. Sie gefielen ihr nicht, und sie ärgerte sich darüber, dass noch immer keine neuen aufgehängt worden waren, obwohl sie das schon mehrmals beantragt hatte.

Worüber hatte Benjamin Grinde mit ihr sprechen wollen? Was er stattdessen Birgitte Volter erzählt hatte? Ging es nur um Geld oder um mehr? Um etwas anderes?

Sie tunkte ein Stück Zucker in ihren Kaffee und ließ den süßen braunen Klumpen auf der Zunge zergehen. Gereizt und nicht ohne eine gewisse Besorgnis dachte sie an das Gespräch, das sie am Vorabend mit Liten Lettvik geführt hatte. Sie hatte nicht begriffen, worum es der Journalistin gegangen war. Das Gespräch hatte bei Ruth-Dorthe Nordgarden eine bohrende Unruhe ausgelöst, und durch den süßen Zucker hindurch musste sie sauer aufstoßen.

Der Ministerialrat stand in der Tür.

»Du wolltest mich sprechen?«

»Ja«, nuschelte Ruth-Dorthe und setzte sich gerade hin, der Zucker knirschte zwischen ihren Zähnen, und sie musste einige Male schlucken. »Ich will alle Unterlagen über die Kindersache. Und zwar unverzüglich.«

Der Ministerialrat nickte kurz und wusste, was eine solche Mitteilung bedeutete: Die Papiere hätten eigentlich schon gestern vorliegen müssen.

12.39, HAUPTWACHE OSLO

Der Chef des Polizeilichen Überwachungsdienstes, Ole Henrik Hermansen, lachte, ungewohnt und laut. Er war in jeder Hinsicht ein zugeknöpfter Mann, sein tadelloses Äußeres und sein mimikarmes Gesicht machten ihn zu einem Klischee eines Geheimagenten. Sein Gesicht war neutral und ohne besondere Kennzeichen, von den grauen, zurückgestrichenen Haaren bis zu den wasserblauen Augen und dem geraden, schmallippigen Mund; dieser Mann hätte mit jeder Menschenmenge in der westlichen Welt verschmelzen können.

»Wo hast du das denn her?«

Der Beamte vor ihm schaute an sich hinunter und lächelte verlegen.

»Ich benutze es nur hier oben. Nur im Dienst. Niemals draußen.«

Sein T-Shirt war grau, und in schwarzen Buchstaben zog sich quer über seine Brust die Aufschrift »Ich habe deine Akte«.

»Na, das will ich auch hoffen. So ein Hemd könnte uns ziemlichen Ärger machen.«

»Hier kommt noch mehr Ärger, Chef«, sagte der Beamte und legte einen Ordner auf den Tisch. Dabei blickte er fragend zu einem Stuhl hinüber.

»Setz dich. Was ist das denn?«

»Ein Bericht von den schwedischen Kollegen. Ziemlich beunruhigend.«

Er massierte sich mit der linken Hand die rechte Schulter und schnitt eine Grimasse. Der Überwachungschef rührte den Ordner nicht an, sondern ließ seinen Mitarbeiter nicht aus den Augen.

»Gestern Abend ist ein Flugzeug abgestürzt, eine kleine sechssitzige Cessna, und zwar in Norrland, Bezirk Västerbotten, zwischen Umeå und Skellefteå«, begann der Mann im T-Shirt. Er änderte seinen Griff und knetete sich mit der rechten Hand die linke Schulter.

»Wir hatten am Freitagabend alle Nachbarländer sofort informiert, und die Sicherheitsmaßnahmen um Göran Persson und Paul Nyrup Rasmussen wurden natürlich verschärft. Deshalb haben wir leider nicht erfahren …«

Er zögerte und starrte auf den Ordner, den er seinem Chef hingelegt hatte. Aber Ole Henrik Hermansen machte noch immer keine Miene, den Ordner auch nur berühren zu wollen. Nur eine fast unsichtbare Bewegung der Augenbrauen verriet, dass er ungeduldig auf den Rest wartete.

»In diesem Flugzeug hätte der schwedische Ministerpräsident Göran Persson sitzen sollen. Er sollte in Skellefteå eine große Bootsausstellung eröffnen, und weil er außerdem zum Parteitag musste, wollte er das Flugzeug nehmen. Zum Glück musste er absagen. Im letzten Moment. Der Pilot ist allein geflogen. Soviel ich weiß, hat er dort gewohnt. In Skellefteå. Der Pilot. Jetzt ist er tot.«

Endlich öffnete Hermansen den Ordner und blätterte schnell darin herum.

»Und was sagen unsere schwedischen Freunde? Sabotage?«

»Sie wissen es nicht. Erst mal sind sie glücklich darüber, dass die Geschichte nicht an die Öffentlichkeit gedrungen ist. Aber sie denken sich ja ihren Teil. Genau wie wir.«

Ole Henrik Hermansen erhob sich und ging zur Skandinavienkarte an der Wand, auf der an vielen Stellen rote Stecknadelköpfe in kleinen Gruppen angebracht waren. Die Karte war ziemlich abgenutzt. Er ließ seinen Finger an der schwedischen Ostküste entlangwandern.

»Weiter oben«, sagte der Beamte. »Da.«

Er stand neben seinem Chef und tippte mit einem stumpfen Zeigefinger auf die Karte.

»Wie viele wussten von diesem Flug?«, fragte Hermansen.

»Sozusagen niemand. Nicht einmal der Pilot.«

»Nicht einmal der Pilot«, wiederholte der Überwachungschef leise. »Machen sich die schwedischen Kollegen große Sorgen?«

»Ja, ziemlich große.«

Der Beamte zuckte mit den Schultern und wackelte mit dem Kopf.

»Und außerdem kommt Göran Persson zur Beisetzung nach Norwegen.«

Ole Henrik Hermansen atmete schwer.

»Ja, da kommen sie ja alle.«

Der Beamte ging zur Tür und hatte das Zimmer schon fast verlassen, als Hermansen plötzlich rief:

»Du!«

Der Beamte schaute sich um.

»Ja?«

»Zieh das T-Shirt aus. Eigentlich ist es ... doch nicht so komisch. Bitte, zieh es aus. Und pack es weg.«

»Hier habe ich gesessen. Ich habe ... einfach nur hier gesessen.«

Wenche Andersen schlug die Hände vors Gesicht und begann zu weinen, leise und verzweifelt. Ihre Schultern unter der rostroten Jacke bebten, und Tone-Marit Steen hockte sich neben sie und legte ihr eine Hand auf den Rücken. Die Sekretärin der Ministerpräsidentin war nun doch von den Ereignissen der letzten Tage gezeichnet, sie sah kleiner und viel älter aus.

»Kann ich Ihnen etwas bringen? Ein Glas Wasser vielleicht?«

»Ich habe einfach nur hier gesessen. Ich habe nichts gemacht.«

Sie ließ die Hände sinken. Unter ihrem linken Auge zeichnete sich ein schwarzer Strich ab, ihre Wimperntusche verlief.

»Wenn ich nur etwas getan hätte«, schluchzte sie. »Dann hätte ich sie vielleicht retten können.«

Szenen nachzustellen war nie leicht. Billy T. seufzte und schaute verstohlen zu Richter Grinde hinüber, der ebenfalls geschrumpft zu sein schien. Sein Anzug schlotterte, und sein Gesicht war nicht mehr sonnengebräunt. Auf den Wangen des Mannes war ein schwaches Muster aus geplatzten Äderchen zu sehen, der Mund war zu einem schmalen, unschönen Strich zusammengekniffen.

»Sie hätten sie doch nicht retten können«, tröstete Tone-Marit. »Sie war sofort tot. Das wissen wir inzwischen. Sie hätten nichts für sie tun können.«

»Aber wer kann es denn gewesen sein? Und wie sind sie hereingekommen? Sie müssen doch irgendwie an mir vorbeigekommen sein. Warum habe ich einfach nur hier herumgesessen?«

Wenche Andersen beugte sich über den Tisch, und Billy T. schaute an die Decke und suchte nach einer Geduld, die er schon längst verloren hatte. Der akustische Versuch hatte ungewöhnlich lange gedauert; ein Beamter hatte mehrere Schreckschüsse abgegeben. Doch so schwach sie auch durch die Doppeltür zu hören gewesen waren, war Wenche Andersen doch jedes Mal in die Höhe gefahren. Von den Toiletten aus konnte man jedoch nichts hören. Das Problem war, dass Wenche Andersen nicht genau wusste, um welche Uhrzeit sie ihren Platz verlassen hatte.

»Vielleicht sollten wir einfach anfangen«, schlug Billy T. vor. »Ist doch besser, wir bringen's hinter uns.«

Die Sekretärin schniefte laut und konnte einfach nicht aufhören zu weinen. Aber sie setzte sich immerhin gerade hin und nahm das Papiertaschentuch, das Tone-Marit Steen ihr hinhielt.

»Vielleicht«, flüsterte Wenche Andersen. »Vielleicht sollten wir einfach anfangen.«

Benjamin Grinde sah Billy T. an, dieser nickte, und Grinde ging auf den Flur.

»Warten Sie«, rief Billy T. »Kommen Sie erst, wenn ich es sage.«

Dann beugte er sich über Wenche Andersens Schreibtisch und fragte leise:

»Es war also sechzehn Uhr fünfundvierzig, ungefähr jedenfalls. Folgende Personen waren noch im Haus ...« Er blätterte in seinen Papieren.

»Øyvind Olve, Kari Slotten, Sylvi Berit Grønningen und Arne Kavli«, vervollständigte Wenche Andersen mit einem kurzen Aufschluchzen nach jedem Namen. »Aber die waren nicht die ganze Zeit hier. Sie sind im Lauf der nächsten halben Stunde gegangen. Allesamt.«

»Gut«, sagte Billy T., drehte sich zur Tür um und rief:

»Kommen Sie!«

Benjamin Grinde kam durch die Tür und versuchte, seinem

verzerrten Gesicht ein Lächeln zu entlocken. Er nickte Wenche Andersen zu.

»Ich bin mit der Ministerpräsidentin verabredet«, sagte er.

»Halt«, sagte Billy T. und kratzte sich im Ohr. »Wir brauchen hier nicht Theater zu spielen. Sagen Sie mir einfach, was Sie gemacht haben.«

»Na gut«, murmelte Benjamin Grinde. »Also, ich bin hereingekommen und habe gesagt, was ich eben gesagt habe. Ich wurde gebeten, einen Moment zu warten, und dann ... «

Er konzentrierte sich, und Wenche Andersen sprang abermals ein.

»Ich bin aufgestanden und zu Frau Volter gegangen, und sie hat ihn hereingewunken, und ich sagte ›Bitte sehr‹, und dann ging er an mir vorbei, so.«

Vorsichtig ging Benjamin Grinde auf Wenche Andersen zu. Sie konnten sich nicht einigen, auf welcher Seite er an ihr vorbeigehen sollte, und blieben deshalb stehen wie zwei Kampfhähne, die nicht wissen, wer der stärkere ist.

»Halt«, sagte Billy T. noch einmal mit tiefem Seufzen und einem vielsagenden Blick zum Polizeidirektor, der bisher noch gar nichts gesagt hatte«

Er sprach übertrieben langsam und deutlich, als habe er es mit fünfjährigen Kindern zu tun, die in die Kunst des Mensch-ärgere-Dich-nicht-Spiels eingeführt werden sollten.

»Nicht Theater spielen. Und ganz locker bleiben. Es ist nicht weiter wichtig, wo Sie hier gestanden haben oder wohin Sie gegangen sind. Also ... «

Er legte Benjamin Grinde seine Pranke auf die Schulter und führte ihn energisch durch die Tür zum Büro der Ministerpräsidentin.

»Sie kommen also herein und ... «

Brav ließ Benjamin Grinde sich an der Sitzgruppe vorbei und mitten ins Zimmer führen. Billy T. ließ ihn los und nickte. Das brachte nichts. Der Richter blieb hilflos stehen und wurde noch ein wenig bleicher.

»Sie haben sie doch sicher begrüßt«, regte Billy T. und wusste, dass er viel suggestiver war, als die Regeln es zuließen. »Haben Sie sie umarmt? Oder ihr die Hand gegeben?«

Benjamin Grinde gab keine Antwort, sondern starrte den Schreibtisch an, der jetzt aufgeräumt und gesäubert war und keine Spur der Tragödie aufwies, die sich am vergangenen Freitag dort abgespielt hatte.

»Haben Sie ihr die Hand gegeben, Grinde?«

Der Mann fuhr zusammen. Plötzlich schien er sich zu erinnern, wo er war und was von ihm erwartet wurde.

»Wir haben uns die Hand gegeben und uns kurz umarmt. Das wollte sie so. Die Umarmung, meine ich. Ich fand das ein wenig unnatürlich. Ich hatte Frau Volter doch seit vielen Jahren nicht mehr gesehen.«

Seine Stimme war angespannt und leise.

»Und dann?«

Billy T. machte eine rotierende Handbewegung, in der Hoffnung, Grinde damit weiterzubringen.

»Dann habe ich mich gesetzt. Hierhin.«

Er ließ sich in einen Sessel fallen und legte die weinrote Aktentasche vor sich auf den Schreibtisch.

»Haben Sie die dort hingelegt?«

»Was? Ach so, meine Tasche. Nein.«

Er schnappte sich die Tasche und lehnte sie an ein Sesselbein.

»So habe ich hier gesessen.«

»Eine Dreiviertelstunde lang«, sagte Billy. »Und gesprochen haben Sie über …«

»Das spielt hier keine Rolle, Billy T.«, schaltete sich der Polizeidirektor ein und räusperte sich. »Das ist kein Verhör. Richter Grinde hat seine Aussage schon gemacht.«

Ein serviles Lächeln in Richtung Benjamin Grinde, aber der Richter war mit seinen Gedanken weit weg.

»Na gut«, sagte Billy T., ohne seinen Ärger verbergen zu können. »Und dann? Nach der Unterredung?«

»Ich bin aufgestanden und gegangen. Mehr ist nicht passiert.«

Nun schaute er zu Billy T. hoch. Seine Augen waren dunkler als zuvor, das Braun der Iris verschwamm mit dem Schwarz der Pupillen. Das Weiße in seinen Augen war blutunterlaufen, der Mund schmaler denn je.

»Mehr gibt es nicht zu erzählen. Tut mir leid.«

Für einen Moment schien Billy T. nicht zu wissen, was er tun sollte. Er ging zum Fenster. Jetzt, wo es draußen hell war, kam ihm Oslo grauer und chaotischer vor als beim letzten Mal, als die vielen Lichter die Stadt schön gemacht hatten. Plötzlich drehte er sich wieder um.

»Was hat sie gesagt, als Sie gegangen sind?«

Benjamin Grinde, der noch immer im Sessel saß, starrte vor sich hin und sagte dann:

»Sie hat ›Schönes Wochenende‹ gesagt.«

»Schönes Wochenende? Nicht mehr und nicht weniger?«

»Nein. Sie hat mir ein schönes Wochenende gewünscht, und dann bin ich gegangen.«

Er stand auf, klemmte sich die Tasche unter den Arm und ging zur Tür.

»Richter Grinde kann doch sicher gehen?«

Das war der Polizeidirektor, und es war eher ein Befehl als eine Frage.

»Von mir aus«, murmelte Billy T.

Aber recht war ihm das gar nicht. Benjamin Grinde sprach nicht die Wahrheit. Der Mann war der erbärmlichste Lügner, der Billy T. jemals über den Weg gelaufen war. Seine Lügen fuhren mit Blaulicht und Sirene, sie waren offenkundig und dennoch unbegreiflich.

»Holt den Wachmann«, bat er einen uniformierten Polizisten und ging hinter Benjamin Grinde her.

Auf der Treppe legte er dem Richter wieder die Hand auf die Schulter. Grinde fuhr zusammen und erstarrte, drehte sich jedoch nicht um. Billy T. ging an ihm vorbei und blieb zwei Stufen unter ihm stehen; als er sich umdrehte, befanden beider Augen sich auf gleicher Höhe.

»Ich glaube, Sie lügen, Grinde«, sagte er leise.

Als der Richter die Augen niederschlug, überraschte Billy T. ihn damit, dass er ihm die Hand unters Kinn legte, nicht hart, nicht einmal unfreundlich, sondern ungefähr so, wie er es bei seinen Söhnen machte, wenn sie seinem Blick auswichen. Es war eine ungeheure Respektlosigkeit, aber aus irgendeinem Grund ließ Benjamin Grinde sich diese Demütigung gefallen. Billy T. wusste, warum. Er hob den Kopf des Richters an und hielt ihn fest, als er sagte:

»Ich glaube, Sie haben mir nicht die Wahrheit erzählt. Und wissen Sie was? Ich begreife nicht, warum. Ich bin ziemlich sicher, dass Sie Birgitte Volter nicht umgebracht haben. Aber Sie verschweigen etwas. Vermutlich etwas aus ihrem Gespräch. Etwas, das Licht in diese Mordsache bringen könnte.«

Grinde hatte sich wieder gefasst. Mit einer heftigen Bewegung befreite er sein Kinn aus Billy T.s Hand und trat einen Schritt zurück. Dann blickte er auf den Polizeibeamten hinab.

»Ich habe gesagt, was ich in diesem Fall zu sagen habe.«

»Sie geben also zu, dass Sie auch einiges nicht gesagt haben?«
Billy T. ließ seinen Blick nicht los.

»Ich habe gesagt, was ich zu sagen habe. Jetzt würde ich gerne gehen.«

Er ging an dem hochgewachsenen Polizisten vorbei und bog unten an der Treppe ab, ohne sich auch nur einmal umzuschauen.

»Scheiße«, flüsterte Billy T. vor sich hin. »Verdammte Scheiße.«

Der Wachmann war niemand, dem Billy T., um ein wenig Kooperationsbereitschaft zu erwecken, unters Kinn gefasst hätte. Er hätte ihn lieber übers Knie gelegt und windelweich geprügelt. Der Wächter war mürrisch und wirkte schrecklich nervös.

»Haben Sie die Klinke angefasst oder nicht?«

Billy T. und der Wächter standen in dem kleinen Aufenthaltsraum zwischen dem Büro der Ministerpräsidentin und dem Besprechungszimmer.

»Das habe ich doch schon tausendmal gesagt«, erwiderte der Wachmann wütend. »Ich habe die Tür nicht angefasst …«

»Aber wie erklären Sie sich dann, dass wir Ihre Fingerabdrücke dahinten«, Billy T. schwenkte seinen Zeigefinger vor einem kleinen Kreis am Türrahmen, »und dort gefunden haben? Auf der Klinke?«

»Ich bin doch früher schon hundertmal hier gewesen«, antwortete der Wächter und verdrehte die Augen. »Haben Sie einen Zeitmesser für Fingerabdrücke, oder was?«

Billy T. schloss die Augen und fing an zu zählen. Bei zehn riss er sie wieder auf.

»Was ist eigentlich los mit Ihnen? Kapieren Sie nicht, wie ernst die Sache ist?«

Er schlug mit der Faust gegen die Wand.

»Kapieren Sie das nicht?«

»Ich kapiere, dass Sie glauben, ich hätte die Volter umgebracht, aber das hab ich nicht, verdammt noch mal!«

Die Stimme schlug ins Falsett um, und die Unterlippe zitterte. Billy T. blieb stehen und starrte den Mann lange schweigend
an. Dann tat er es doch. Legte ihm die Hand unters Kinn und
zwang ihn zum Blickkontakt. Der Wächter versuchte, sich weg-
zudrehen, aber Billy T. hatte zu fest zugepackt.

»Sie wissen nicht, was gut für Sie ist«, sagte Billy T. leise.
»Sie kapieren nicht, dass wir uns gegenseitig helfen könnten.
Wenn Sie mir erzählen, was an dem Abend passiert ist, wird es
uns beiden danach besser gehen. Und noch eins: Wenn Sie Frau
Volter umgebracht haben, werde ich das herausfinden. Ich kann
Ihnen auf Ehre und Gewissen versprechen, dass ich es herausfin-
den werde. Aber ich glaube nicht, dass Sie das waren. Sie müssen
mir helfen. Kapiert?«

Er hatte das Gesicht des Mannes jetzt so hart gepackt, dass
sich um Billy T.s Finger weiße Flecken abzeichneten. Hinter
ihm brummte der Polizeidirektor warnend.

Aber Billy T. achtete nicht auf ihn. Er starrte in die braunen
Augen des Wächters, die von ungewöhnlich langen Wimpern
umkränzt waren. Billy T. sträubten sich die Nackenhaare, als
er das Funkeln im Blick des Wächters erkannte: die schiere
Angst.

Eine abgrundtiefe Angst.

»Verdammt, vor mir haben Sie doch keine Angst«, flüsterte
Billy T. so leise, dass nur der Wächter es hören konnte. »Wenn
Sie etwas Grips hätten, dann würden Sie mir sagen, wovor Sie
solchen Schiss haben. Denn den haben Sie. Warten Sie nur. Das
finde ich auch noch raus.«

Dann ließ er das Gesicht des Wächters mit einer heftigen, schmerzhaften Bewegung los.

»Sie können gehen«, sagte er mürrisch.

»Diese Frau lügt wenigstens nicht«, murmelte Billy T.

Wenche Andersen hatte mit tränenerstickter Stimme bis ins Kleinste geschildert, was passiert war zwischen dem Moment, als sie die Ministerpräsidentin zum letzten Mal lebend gesehen, und dem, als sie sie tot in ihrem Büro vorgefunden hatte. Drei Mal sei sie zur Toilette gegangen, erzählte sie, und errötend hatte sie hinzugefügt, es habe sich zweimal um klein und einmal um groß gehandelt. Tone-Marit lächelte freundlich und wies sie darauf hin, dass sie nicht alle Details gleichermaßen brauchten.

»Und dann habe ich die Polizei angerufen.«

Wenche Andersen war fertig und atmete auf.

»Sehr gut«, lobte Tone-Marit Steen; sie wirkte jetzt mehr denn je wie eine Vorschullehrerin, und Billy T. schloss die Augen und fuhr sich mit der Hand übers Gesicht.

Wenche Andersen bedankte sich für das Kompliment mit einem leisen Lächeln. Dann lief sie plötzlich knallrot an. Tone-Marit konnte förmlich sehen, wie die Aufregung die Frau überkam, ihre Halsschlagader schwoll an und pochte und pochte.

»Ich habe etwas vergessen«, sagte Wenche Andersen. »Ich habe schon wieder etwas vergessen.«

Dann rannte sie ins Büro der Ministerpräsidentin, ohne wie sonst um Erlaubnis zu fragen.

»Die Dose«, flüsterte sie und drehte sich zu Billy T. um, der ihr gefolgt war. »Die Pillendose. Haben Sie die mitgenommen?«

»Die Pillendose?«

Billy T. blickte den uniformierten Polizisten fragend an, und der zog die Liste von Gegenständen hervor, die zur näheren Untersuchung ins Labor gebracht worden waren.

»Davon steht hier nichts«, sagte der Wachtmeister und schüttelte den Kopf.

»Was für eine Pillendose?«, fragte Billy T. und legte den Kopf schräg, während er seine flache Hand ans Ohr presste, es tat bestialisch weh.

»So ein hübsches kleines Ding aus emailliertem Silber«, erklärte Wenche Andersen.

Sie zeichnete ein winziges Viereck in die Luft.

»Vergoldet und emailliert. Wenn es nicht sogar aus Gold war. Es sah sehr alt aus und stand immer hier auf dem Tisch.«

Sie zeigte auf die entsprechende Stelle.

»Ich ...«

Jetzt sah sie ganz verzweifelt aus, doch in ihre Verzweiflung mischte sich auch etwas wie Scham. Sie zögerte.

»Ich muss es wohl zugeben«, sagte sie dann endlich und starrte auf den Boden. »Einmal habe ich versucht, die Dose ...«

Wieder schlug sie die Hände vors Gesicht, und ihre Stimme klang verzerrt, wie durch einen Schalltrichter.

»Ich habe versucht, sie aufzumachen. Aber sie klemmte, und dann stand plötzlich die Ministerpräsidentin im Zimmer und ...«

Die Tränen strömten ihr übers Gesicht, und sie rang keuchend nach Atem.

»Es war entsetzlich peinlich«, flüsterte sie. »Ich durfte das doch nicht, und sie ... sie hat mir die Dose einfach weggenommen und den Vorfall nie wieder erwähnt.«

Billy T. lächelte die Frau im rostroten Kostüm freundlich an.

»Sie haben heute ganz große Arbeit geleistet«, tröstete

er. »Und die Neugier kann uns alle verleiten. Sie können jetzt gehen.«

Doch als alle anderen gegangen waren, stand er noch immer im Büro der Ministerpräsidentin.

»Eine Pillendose«, murmelte er. »Ob da wohl Pillen drin waren?«

17.10, OLE BRUMMS VEI 212

»Ich werde ungeheuer diskret sein«, sagte Hanne Wilhelmsen.

Billy T. war noch nicht so recht überzeugt, dass es richtig gewesen war, Hanne Wilhelmsen mit zu Roy Hansen zu nehmen.

»Sag bitte nichts«, murmelte er, als sie auf das gelbe Reihenhaus zugingen. »Und den Kollegen sagst du auf gar keinen Fall was.«

Als sie die Tür erreichten, glaubte Hanne, aus dem Augenwinkel heraus etwas zu sehen. Sie drehte sich zu einer halbhohen Hecke um, die den schmalen Vorgarten umgab. Aber dort war nichts zu sehen. Hanne schüttelte den Kopf und folgte Billy T., der bereits geklingelt hatte.

Nichts passierte.

Billy T. klingelte noch einmal, aber auch diesmal wurde nicht aufgemacht. Hanne ging das Treppchen wieder hinunter und schaute zum ersten Stock hoch.

»Es ist jemand zu Hause«, sagte sie leise. »Der Vorhang hat sich bewegt.«

Billy T. zögerte kurz, dann presste er den Zeigefinger noch einmal auf den Klingelknopf.

»Ja?«

Der Mann, der vor ihnen stand, nachdem er wütend die Tür aufgerissen hatte, hatte Zahnpasta in den Mundwinkeln und einen Dreitagebart. Seine Augen waren klein und verschlafen, als sei er eben erst aufgestanden. Er hatte Eierflecken auf dem Hemd, Flecken von altem, dunkelgelbem Eidotter. Hanne hasste Eier und musste sich kurz abwenden. Sie holte tief Luft und lächelte einem Apfelbäumchen zu, das gleich neben der Treppe stand.

»Roy Hansen?«, fragte Billy T., hob mit der linken Hand seinen Dienstausweis hoch und streckte die rechte zu einem Gruß aus. »Tut mir leid, dass wir Sie stören müssen. Dürfen wir eintreten?«

Der Mann machte einen Schritt auf sie zu und schaute sich rasch nach allen Seiten um.

»Von mir aus«, murmelte er. »Heute hat es schon vier Mal an der Tür geklingelt. Die Presse.«

Roy Hansen führte sie durch eine kleine Diele in ein halbdunkles Wohnzimmer, wo in der Sonne, die durch die vorgezogenen Vorhänge fiel, der Staub tanzte. Er ließ sich mit leisem Stöhnen aufs Sofa fallen und forderte seine Gäste auf, Platz zu nehmen.

Die Luft war schwer und klamm; es roch süßlich nach Blumen und verrottenden Zitrusfrüchten. Hanne starrte auf eine riesige Obstschüssel, in der die Apfelsinen grau-grüne Schimmelflecken aufwiesen. Neben der Schüssel lagen auf einem Büfett aus Kiefernholz Stapel von ungeöffneter Post. In einer Zimmerecke standen vierzig bis fünfzig Blumensträuße, die ebenfalls niemand angerührt hatte. Die Bilder an den Wänden, populäre, aber geschmackvolle Grafiken, wirkten matt und farblos; sie schienen den Versuch aufgegeben zu haben, ein wenig Freude ins Leben der Bewohner dieses Hauses zu bringen, das fast schon kein Zuhause mehr war.

»Kann ich Ihnen bei den Blumen behilflich sein?«, fragte Hanne Wilhelmsen, ohne sich zu setzen. »Die sollten jedenfalls nicht so herumstehen.«

Roy Hansen gab keine Antwort.

»Auf jeden Fall sollten wir die Karten herausnehmen«, schlug Hanne vor. »Damit Sie sich bedanken können. Später. Wenn Sie die Kraft dazu haben.«

Roy Hansen schüttelte resigniert den Kopf und deutete vage in Richtung der Blumen.

»Spielt keine Rolle. Morgen kommt die Müllabfuhr.«

Hanne setzte sich.

Dieses Zimmer war früher sicher einmal gemütlich gewesen. Im Tageslicht hätten die Möbel bunt und fröhlich ausgesehen, die Grünpflanzen hätten sich vor dem Aussichtsfenster gut gemacht. Die Wände, die jetzt grauweiß wirkten, waren eigentlich zartgelb, und wenn Licht und Luft ins Zimmer gekommen wären, hätten sie gut zu dem hellen Kiefernboden gepasst. Vor nur vier Tagen hatte dieses Zimmer den Mittelpunkt eines gemütlichen norwegischen Heims ausgemacht. Hanne schauderte bei dem Gedanken daran, was der Tod anrichten konnte: Nicht nur der Witwer vor ihr, sondern auch das Haus schienen von einem Gefühl der Leere überwältigt worden zu sein.

»Es tut mir wirklich sehr leid«, sagte Billy T., und ausnahmsweise saß er ganz still da und streckte brav die Beine aus. »Wir wollten Sie ja bis zur Beisetzung in Ruhe lassen. Aber es gibt da etwas, worüber ich sofort mit Ihnen sprechen muss. Übrigens, ehe ich dazu komme …«

Ein junger Mann von Anfang zwanzig kam die Treppe zum ersten Stock herunter. Er trug einen Trainingsanzug und schwarze Turnschuhe. Er war mittelgroß, blond, und das Gesicht wirkte in seiner auffälligen Normalität fast anonym.

»Ich lauf eben eine Runde«, sagte er leise und ging zur Tür, ohne die Gäste auch nur eines Blickes zu würdigen.

»Per! Warte!«

Roy Hansen streckte die Arme aus, wie um seinen Sohn zurückzuhalten.

»Du weißt, dass sie mit dir sprechen wollen«, sagte er und blickte hilflos zu Billy T. hinüber. »Sie halten uns an, wenn wir das Haus verlassen.«

Billy T. sprang verärgert auf.

»Blödes Journalistenpack«, murmelte er und lief zur Verandatür. »Können Sie nicht hier rausgehen? Und dann über die Hecke in den Nachbargarten springen?«

Er öffnete die Tür und starrte hinaus.

»Da«, sagte er und streckte die Hand aus. »Oder über den Zaun.«

Per Volter zögerte kurz, dann durchquerte er mit mürrischem Gesicht und gesenktem Blick das Wohnzimmer und ging durch die Verandatür nach draußen. Billy T. folgte ihm.

»Billy T.«, sagte er und streckte noch einmal die Hand aus. »Ich bin von der Polizei.«

»Weiß ich doch«, sagte der junge Mann, ohne die Hand zu nehmen.

»Kondoliere«, sagte Billy T., das Fremdwort machte ihm Probleme, aber ihm fiel kein besseres ein. »Schrecklich traurig.«

Der Junge sagte nichts, sondern trat auf der Stelle, als wolle er jetzt los, sei aber zu gut erzogen, um sich noch unhöflicher zu verhalten als ohnehin schon.

»Nur noch eins«, sagte Billy T. »Wo ich Sie gerade erwischt habe. Stimmt es, dass Sie Mitglied in einem Pistolenklub sind?«

»Schützenverein«, korrigierte Per Volter. »Ich bin stellvertretender Vorsitzender des Schützenvereins von Groruddalen.«

Zum ersten Mal huschte etwas wie ein Lächeln über das Gesicht des jungen Mannes.

»Kennen Sie alle anderen Mitglieder?«

»Fast alle. Jedenfalls alle, die einigermaßen aktiv sind.«

»Und Sie nehmen an Wettbewerben teil?«

»Ja. Das heißt, im Moment vor allein bei militärischen Meisterschaften. Ich gehe auf die Unteroffiziersschule.«

Billy T. nickte. Dann zog er ein Bild aus der Tasche.

Ein Polaroidfoto, das ohne Genehmigung gemacht worden war, so schnell, dass der Wächter aus dem Regierungsgebäude nicht mehr hatte protestieren können.

»Kennen Sie diesen Mann?«

Er reichte Per Volter das Bild, der sein Getrabe unterbrach und sich das Foto einige Sekunden lang ansah.

»Nein«, sagte er dann zögernd. »Ich glaube nicht.«

»Aber Sie sind nicht sicher?«

Per starrte das Bild noch eine Weile an. Dann schüttelte er heftig den Kopf, gab das Bild zurück und schaute Billy T. in die Augen.

»Doch, ganz sicher. Ich habe diesen Mann noch nie gesehen.«

Er nickte kurz und sprintete durch den Garten zu einem anderthalb Meter hohen Zaun, den er mit einem eleganten seitlichen Sprung hinter sich ließ, und verschwand dann im Gebüsch.

Billy T. schaute ihm hinterher, runzelte die Stirn und kehrte zu Hanne Wilhelmsen und Roy Hansen zurück.

»Haben Sie die Schlüsselkarte gefunden?«, fragte er und setzte sich.

»Nein. Tut mir leid. Hier kann sie nicht sein.«

Billy T. und Hanne tauschten einen blitzschnellen Blick. Jetzt konnte Billy T. nicht mehr still sitzen. Er beugte sich vor, und der niedrige Sessel zwang ihn beinahe in die Hocke, was sehr unangenehm war.

»Wissen Sie, ob Ihre Frau eine Pillendose aus Silber oder Gold hatte?«

»Emailliert«, fügte Hanne hinzu. »Eine kleine Dose, ungefähr so groß.«

Sie zeigte die Größe mit Daumen und Zeigefinger. Roy Hansen blickte sie verständnislos an.

»So ein winziges Kästchen«, erklärte Hanne. »Vermutlich ziemlich alt. Vielleicht ein Erbstück?«

Roy Hansen legte den Kopf schräg und kratzte sich an der Wange. Dann sprang er plötzlich auf und zog ein Fotoalbum aus dem Regal. Er setzte sich wieder und blätterte eine Weile darin herum.

»Hier«, sagte er plötzlich. »Meinen Sie vielleicht das hier?«

Er beugte sich über den Tisch, legte das Album zwischen sich und Hanne Wilhelmsen und zeigte auf ein großes Schwarz-Weiß-Foto. Es war offenbar von einem professionellen Fotografen mit einem großformatigen Film aufgenommen worden; auch kleine Details waren deutlich zu sehen. Eine sehr junge und sehr glückliche Birgitte Volter stand in Brautkleid und Schleier neben einem breit lächelnden Roy Hansen, der ziemlich lange Haare hatte und eine schwarze Hornbrille trug.

Das Brautpaar stand neben einem reichen Gabentisch mit zwei Bügeleisen, einer großen Glasschüssel, zwei Tischdecken, einem Milchkännchen und einer Zuckerdose, vermutlich aus Bleikristall, und noch allerlei anderen Gegenständen, die nicht so leicht zu identifizieren waren. Und richtig, ganz vorne lag eine kleine Dose.

»Man kann sie kaum erkennen«, bedauerte Roy Hansen. »Und um ganz ehrlich zu sein, hatte ich sie vergessen. Ich habe sie seit vielen Jahren nicht mehr gesehen. Ich weiß nicht einmal mehr, von wem sie sie damals bekommen hat.«

»Können Sie sich an die Farbe erinnern?«

Roy Hansen schüttelte den Kopf.

»Und Sie wissen wirklich nicht, von wem sie stammt? Ganz sicher nicht?«

Der Mann schüttelte weiter den Kopf. Er starrte vor sich hin und schien in einer vergessenen, eingestaubten Nische seines Gehirns nach den Erinnerungen an die Hochzeit zu suchen. Er schaute das Bild an, diese glückliche Szene, und an seinem linken Auge hing plötzlich eine Träne.

»Na gut«, sagte Billy T. »Dann wollen wir Sie nicht weiter stören.«

Plötzlich ging die Türklingel. Roy Hansen fuhr zusammen, die Träne löste sich und lief zu seinem Mundwinkel, und er wischte sie mit dem Handrücken weg.

»Soll ich aufmachen?«, fragte Hanne.

Roy Hansen erhob sich langsam und schwerfällig und fuhr sich mehrere Male mit den Händen übers Gesicht.

»Nein, danke«, flüsterte er. »Ich erwarte meine Mutter.«

Staub, Halbdunkel und schwere Luft schienen etwas an der Akustik zu verändern. Das müde Ticken einer alten Tischuhr klang, als sei die Uhr in Watte eingewickelt, das ganze Zimmer wirkte wie in Watte gepackt. Die Stimmen, die vom Flur her zu hören waren, zerschnitten die weiche Lautlosigkeit wie Messer.

»Wer sind Sie?«, hörten sie Roy Hansen fragen, sehr laut, wie ein Hilfeschrei.

Hanne Wilhelmsen und Billy T. sprangen auf und rannten auf den Flur. Über Roy Hansens gebeugten Rücken hinweg konnte Billy T. einen hochgewachsenen Mann von Anfang vierzig sehen, mit einer ungekämmten Mähne und einem gigantischen Blumenstrauß, den er zwischen sich und Birgitte Volters Ehemann hielt. Roy Hansen wich aus purer Verwirrung zurück.

Der Mann mit den Blumen nutzte diese Gelegenheit und stand schon fast im Haus. Billy T. drängte sich an Roy Hansen vorbei und berührte den Brustkorb des Mannes mit der flachen Hand.

»Wer sind Sie?«, fragte auch er.

»Wer ich bin? Ich komme von *Se & Hør*, wir wollten nur unser Beileid aussprechen und uns ein bisschen mit Herrn Hansen unterhalten.«

Billy T. fuhr herum und sah Roy Hansen an. Der Mann hatte auf ihn einen elenden Eindruck gemacht. Er hatte geweint. Billy T. fand es schrecklich, ihn belästigen zu müssen, aber die Sache mit der Pillendose war zu wichtig. Jetzt war Roy Hansen aschfahl, und seine Stirn war von Schweiß bedeckt.

»Wieso zum Teufel platzen Sie einfach hier rein?«, brüllte Billy T. den Journalisten an.

Hanne Wilhelmsen zog Roy Hansen ins Wohnzimmer und schloss die Tür.

»Machen Sie, dass Sie wegkommen«, fauchte Billy T. »Hauen Sie ab, und zwar sofort.«

»Schreien Sie doch nicht so herum. Wir wollten nur nett sein.«

»Nett«, sagte Billy T. und versetzte dem anderen einen Stoß vor die Brust, worauf dieser ins Schwanken geriet und seinen Blumenstrauß fallen ließ. »Weg hier, habe ich gesagt.«

»Immer mit der Ruhe. Ich geh ja schon.«

Der Mann wich zurück und bückte sich, um den Strauß aufzuheben.

»Könnten Sie die hier wohl in Wasser stellen?«

Billy T. schlug nicht zu. In seiner Wut hatte er schon allerlei Dinge zerstört, Papierkörbe und Lampenschirme, Fensterscheiben und Autospiegel. Doch er hatte, seit er sich als Junge mit seiner Schwester gerauft hatte, nie mehr Hand an einen

Menschen gelegt. Auch diesen Mann schlug er nicht. Aber sein saftiger Schwinger verfehlte ihn nur um Haaresbreite. Er hielt ihm die Fäuste vors Gesicht und fauchte:

»Wenn ich Sie noch ein Mal hier in der Gegend sehe ... wenn ich Sie und Ihr Schmierblatt auch nur rieche, dann ...«

Er schloss die Augen und zählte bis drei.

»Hauen Sie ab. Und zwar sofort.«

Billy T. knallte die Tür zu und versuchte keuchend, die Kontrolle über sich selbst zurückzugewinnen.

»Hier können Sie nicht bleiben«, sagte er zu Roy Hansen, als er sich endlich klar genug im Kopf fühlte, um wieder ins Wohnzimmer zu gehen. »Passiert so was die ganze Zeit?«

»Nein, nicht die ganze Zeit. Heute war es am schlimmsten. Es kommt mir so vor ... als erwarteten sie, dass meine Trauerzeit jetzt vorüber ist. Nach gerade mal drei Tagen.«

Er senkte den Kopf und brach in Tränen aus.

Hanne Wilhelmsen wollte gehen. Sie wollte weg von hier, weg von diesem stickigen, beengenden Zimmer und den beiden trauernden Menschen, die nicht miteinander sprechen konnten. Roy Hansen brauchte Hilfe. Aber weder Hanne noch Billy T. konnten ihm diese Hilfe bieten.

»Soll ich jemanden anrufen?«, fragte sie leise.

»Nein. Meine Mutter kommt ja bald.«

Hanne und Billy T. tauschten einen Blick und beschlossen, Roy Hansen allein zu lassen. Aber sie blieben noch eine Dreiviertelstunde vor dem Haus im Ole Brumms vei 212 im Auto sitzen, bis eine alte Frau mithilfe eines Taxifahrers die Haustür erreicht hatte. Ohne von irgendwelchen Presseleuten angesprochen zu werden.

Vermutlich wirkte das Blaulicht auf dem Dach des Streifenwagens doch zu abschreckend.

Sie saßen ganz hinten in dem indischen Restaurant und aßen Papadam, während sie auf das Tandoori-Hähnchen warteten. Die dünnen, krossen Scheiben waren stark gewürzt, was ein wenig Farbe in Øyvind Olves Gesicht brachte. Er hatte seit Freitag kaum geschlafen und merkte, dass ihm schon drei Schluck Bier zu Kopf stiegen.

»Schön, dich zu sehen«, sagte er und trank Hanne Wilhelmsen zu. »Wann kommt Cecilie?«

Hanne Wilhelmsen wusste nicht so recht, ob sie sich darüber ärgern sollte, dass alle, die sie und ihre Mitbewohnerin kannten, wissen wollten, wann Cecilie nach Hause kommen würde, ehe sie sich für irgendein anderes Thema interessierten. Sie beschloss, sich nicht zu ärgern.

»Erst zu Weihnachten. Ich fahre auch wieder in die USA zurück. Demnächst. Das hier ist nur eine Art Urlaub.«

Der Mann vor ihr ging auf die vierzig zu und sah aus wie ein Teddy. Er war zwar nicht besonders groß oder dick, aber die Ohren standen munter von seinem kugelrunden Kopf mit der schwarzen Stoppelfrisur ab, und die Augen hinter den kleinen runden Brillengläsern schienen noch nie etwas vom Leid dieser Welt gesehen zu haben. Was nicht stimmte, denn er war ein ungeheuer fähiger Politiker. Bis zum letzten Freitag war er Staatssekretär im Büro der Ministerpräsidentin gewesen. Und er war ein guter Freund von Cecilie. Er stammte aus Kvinnherad, von einem Bauernhof, in dessen Nachbarschaft Cecilies Eltern ihr Ferienhaus hatten. Hanne Wilhelmsens Lebensgefährtin hatte Øyvind und dessen Schwester Agnes, die Sommerbekanntschaften aus ihrer Kindheit, in ihr Erwachsenenleben mitgenommen. Hanne Wilhelmsen dagegen hatte keinerlei Kontakt zu ihrer Kindheit. Der Tag, an dem sie und Cecilie zusammengezogen waren, markierte in ihrem Leben eine klare Grenze. Und dieser Tag lag sehr, sehr lange zurück. Als Ersatz für ihre eigenen Freunde durfte sie Cecilies teilen.

»Was wirst du jetzt machen?«

Er antwortete nicht sofort, sondern starrte sein Bierglas an und drehte es immer wieder um die eigene Achse. Dann fuhr er sich über den Kopf und lächelte.

»Weiß der Geier. Wieder in die Parteizentrale gehen, nehme ich an. Aber erst mal ... erst mal mache ich Urlaub.«

»Das hast du dir sicher verdient. Wie war das letzte halbe Jahr eigentlich?«

Ehe er antworten konnte, strahlte sie ihn an.

»Fahr doch einfach zu Cecilie! Kalifornien ist wunderbar zu dieser Jahreszeit. Wir haben viel Platz, und der Strand ist nur fünf Minuten entfernt.«

»Ich werd's mir überlegen. Vielleicht kommt es ungelegen. Für Cecilie, meine ich.«

»Natürlich kommt es nicht ungelegen. Sie würde sich sehr freuen. Alle versprechen, uns zu besuchen, aber niemand kommt.«

Er lächelte, ließ das Thema aber fallen.

»Es war das turbulenteste halbe Jahr in meinem ganzen bisherigen Leben. Alles, was schieflaufen konnte, ist ja auch schiefgelaufen. Aber ...«

Wieder fuhr er sich durch die Haare, diese Verlegenheitsgeste war typisch für ihn.

»Es war aber auch spannend. Es hat uns zusammengeschweißt. Ob du's glaubst oder nicht, aber die vielen Anpfiffe haben Birgitte nichts anhaben können. Sie hat uns zusammengehalten. Uns gegen die anderen gewissermaßen. Die Verantwortungsvollen gegen die Leichtfertigen.«

Ein hochgewachsener Mann brachte das Essen. Das feuerrote Hähnchen dampfte und duftete vor ihnen, und Hanne Wilhelmsen merkte, dass sie seit dem Frühstück nichts mehr gegessen hatte. Sie nahm sich ein Stück Fladenbrot und sprach mit vollem Mund.

»Wie war Birgitte Volter? Als Mensch, meine ich? Du hast doch viele Jahre mit ihr zusammengearbeitet, oder?«

»Mmm.«

Øyvind Olve war ein bedächtiger Mann aus Westnorwegen. Er hatte sich durch seine proletarische Herkunft, durch ehrliche Arbeit und durch seine Fähigkeit, im richtigen Moment die Klappe zu halten, in der Partei nach oben gearbeitet. Jetzt wusste er nicht so recht, was er sagen sollte. Hanne Wilhelmsen war zwar eine gute Freundin, aber sie war auch bei der Polizei. Er war bereits zweimal vernommen worden, von einem riesigen Kerl, der in anderer Kleidung wie auf einem Propagandaplakat der Nazis ausgesehen hätte.

Øyvind Olve merkte, dass ihm vom Alkohol schwindlig war.

»Sie war einer der interessantesten Menschen, die ich je kennengelernt habe«, sagte er schließlich. »Sie war fürsorglich und tüchtig, sie hatte Pläne und Visionen. Und das Bemerkenswerteste an ihr war vielleicht ihr extremes Verantwortungsgefühl. Sie ließ die Arbeit niemals herumliegen. Immer übernahm sie Verantwortung. Und außerdem ... sie war wirklich sehr lieb.«

»Lieb?«

Hanne lachte.

»Gibt es liebe Leute in der Politik? Was verstehst du unter lieb?«

Øyvind Olve schien kurz zu überlegen, dann bat er den Kellner um ein weiteres Bier.

»Birgitte war ehrlich davon überzeugt, dass es die Aufgabe der Politik sei, für so viele Menschen wie möglich eine bessere Gesellschaft zu schaffen. Nicht nur in ihren Reden, nicht nur auf dem Papier. Es ging ihr wirklich um die Menschen. Sie wollte zum Beispiel jeden Brief lesen, in dem ihr die Leute ihre Probleme vorlegen wollten. Und das waren ziemlich viele, das kann ich dir sagen. Wir konnten ja nicht sehr viel für solche Leute tun. Aber sie hat alle Briefe gelesen, und manches davon hat ihr arg zu schaffen gemacht. Manchmal hat sie auch eingegriffen. Was die Bürokraten ungeheuer geärgert hat.«

»War sie bei ihnen unbeliebt? Bei den Bürokraten, meine ich?«

Øyvind Olve starrte sie lange an. Dann aß er weiter.

»Weißt du, das ist schwer zu sagen. Ich habe nie loyalere Leute gesehen als die Beamten im Büro der Ministerpräsidentin. Es lässt sich ganz einfach nicht sagen, ob sie sie mochten oder nicht. Und vielleicht ist das auch gar nicht so interessant.«

Er rieb sich die Augen wie ein müdes kleines Kind.

»Was war mit ihrem Privatleben?«, fragte Hanne.

Diese Frage überraschte ihn, er ließ die Hände sinken und starrte sie fast erschrocken an.

»Mit ihrem Privatleben? Ich kann nicht behaupten, sie privat gekannt zu haben.«

»Aber du hast doch viele Jahre eng mit ihr zusammengearbeitet.«

»Gearbeitet, ja. Das ist nicht dasselbe. Das müsstest du doch wissen.«

Er lächelte und registrierte, dass Hanne leicht errötete. Sie arbeitete seit dreizehn Jahren auf der Osloer Hauptwache, und nur zwei Kollegen hatten je einen Fuß in die Wohnung gesetzt, die sie mit Cecilie teilte.

»Aber ihr wart doch zusammen auf Parteifesten und so«, beharrte Hanne. »Und du bist mit ihr um die halbe Welt gereist.«

»Was willst du eigentlich genau wissen?«

Hanne Wilhelmsen legte Messer und Gabel weg und wischte sich mit einer großen Stoffserviette den Mund.

»Fangen wir woanders an«, sagte sie leise. »Hat Birgitte Volter sich für Ruth-Dorthe Nordgarden als Gesundheitsministerin entschieden?«

Jetzt lief Øyvind Olve rot an. Er machte sich an einem Stück Fladenbrot zu schaffen und tunkte es in die Soße; rote Tropfen fielen ihm aufs Hemd.

»Das würde ich dir nicht erzählen, wenn sie noch lebte«, murmelte er und gab sich alle Mühe, den Fleck zu entfernen, doch das Reiben mit der trockenen Serviette ließ ihn nur noch anwachsen.

»Eine Regierungsbildung ist ein ungeheuer kompliziertes Puzzlespiel«, fing Øyvind Olve an. »Natürlich kann die Ministerpräsidentin nicht alles allein entscheiden. Allerlei Rücksichten müssen genommen werden.«

Er versuchte, einen Rülpser zu unterdrücken.

»Die Gewerkschaften wollen ein Wort mitreden. Wichtige Parteimitglieder. Der Parteisekretär. Und so weiter und so weiter.«

Er musste aufstoßen und fasste sich ans Schlüsselbein. »Sodbrennen«, entschuldigte er sich.

»Aber was ist mit Ruth-Dorthe Nordgarden?«, fragte Hanne noch einmal. Sie hatte ihren Teller beiseitegeschoben und stemmte die Ellbogen auf den Tisch. »Wer hat sie denn nun ausgesucht?«

Øyvind Olve zog ein Tütchen aus der Tasche und versuchte, dessen Inhalt so diskret wie möglich zu verzehren. Das war nicht leicht.

»Du solltest nicht indisch essen gehen, wenn du Magenprobleme hast«, sagte Hanne. »Was war mit Nordgarden?«

»Birgitte wollte sie jedenfalls nicht haben. Ruth-Dorthe Nordgarden wurde ihr aufgezwungen.«

»Von wem?«

Er blickte sie lange an, dann schüttelte er den Kopf. »Wirklich, Hanne. Du bist doch nicht mal in der Partei.«

»Aber ich wähle euch«, sagte sie grinsend. »Jedes Mal.«

Sie wusste jedoch, dass sie nicht mit mehr Informationen rechnen konnte. Nicht zu diesem Thema, das sie vielleicht am allermeisten interessierte.

»Hatte Ruth-Dorthe Nordgarden ein Verhältnis mit Roy Hansen?«, fragte sie plötzlich.

»Du solltest über solche Gerüchte erhaben sein, Hanne«, sagte er leise.

»Du hörst es also nicht zum ersten Mal?«

Øyvind Olve verdrehte die Augen.

»Wenn ich dir erzählte, wer in der norwegischen Politik angeblich mit wem ins Bett geht, dann könnten wir für den Rest der Woche hier sitzen bleiben«, sagte er mit einem leichten Lächeln.

»Wo Rauch ist, ist auch Feuer«, erwiderte Hanne.

»Ich sag dir eins, Hanne«, sagte Øyvind und beugte sich vor. Seine Stimme klang jetzt sehr angespannt. »Ich habe Zimmer gesehen, die von Rauch geradezu überquollen, wo aber nicht die allerkleinste Flamme zu finden war. Das habe ich schon längst begriffen. Und du solltest es auch wissen. Wie viele Männer sind dir schon als Liebhaber angedichtet worden, bis endlich jemand die Wahrheit ahnte? Und wie viele Frauen hat dir die Gerüchteküche schon zugeschrieben?«

Es war wirklich nicht mehr gemütlich. Die Tandoori-Reste

rochen unangenehm, das Bier war schal geworden. Es war zu warm im Restaurant, und sie zupfte an ihrem Rollkragen und schaute auf die Uhr.

»Eins noch«, sagte sie. »Haben sie einander gekannt? Birgitte Volter und Ruth-Dorthe Nordgarden?«

»Nein«, sagte Øyvind Olve. »Nicht privat. Sie waren Parteigenossinnen.«

»Und du weißt nicht, inwieweit Ruth-Dorthe ... meine Güte, was für ein Name!«

Sie lächelte und fuhr dann fort:

»Ob sie Roy Hansen überhaupt gekannt hat?«

»Nicht dass ich wüsste.«

Øyvind Olve schüttelte den Kopf.

»Wenn ich dir also erzähle, dass ich ...«

Der Kellner brachte die Rechnung und legte sie nach kurzem Zögern vor Hanne auf den Tisch, obwohl Øyvind darum gebeten hatte.

»Da siehst du, welche Autorität du ausstrahlst«, grinste Øyvind.

»Wenn ich dir erzähle, dass ich Ruth-Dorthe Nordgarden und Roy Hansen vor einem halben Jahr beim Biertrinken im Café 33 gesehen habe, bist du dann überrascht?«

Er sah sie mit einer tiefen Furche zwischen seinen Teddyaugen an.

»Ja«, sagte er und legte den Kopf schräg. »Das überrascht mich sehr. Bist du ganz sicher, dass sie das waren?«

»Ganz sicher«, antwortete Hanne Wilhelmsen und schob die Rechnung auf die andere Seite des Tisches. »Ich hab im Moment keine feste Arbeit.«

»Ich auch nicht«, murmelte Øyvind Olve, nahm die Rechnung aber trotzdem.

»Du musst mir helfen«, flüsterte der Wächter. »Verdammt, Brage, ich brauche Hilfe.«

Brage Håkonsen trug ein kreideweißes T-Shirt und eine Hose in Tarnfarben. Er traute seinen Augen nicht. Vor seiner Tür stand der Wächter aus dem Regierungsgebäude. Er sah unmöglich aus. Seine Haare standen struppig und ungepflegt nach allen Seiten ab, er riss die Augen auf, als habe er vor zwei Minuten einen leibhaftigen Vampir gesehen. Die Kleider schlotterten um seinen Leib, und seine Schultern schienen in dem viel zu großen Militärmantel verschwunden zu sein.

»Hast du denn völlig den Verstand verloren?«, fauchte Brage. »Einfach herzukommen. Gerade jetzt! Hau ab und lass dich nie wieder hier blicken.«

»Aber Brage«, jammerte der Wachmann. »Verdammt, ich brauche Hilfe. Ich habe ...«

»Ich scheiß drauf, was du getan hast.«

»Aber Brage«, quengelte der Wachmann noch einmal. »Hör mir doch erst mal zu. Lass mich rein und hör mir zu.«

Brage Håkonsen legte seine Riesenfaust auf die Brust des Wächters, der einen Kopf kleiner war als er.

»Zum letzten Mal: Mach, dass du wegkommst!«

Unten wurde die Tür geöffnet. Brage Håkonsen fuhr zusammen und schob den Wachmann unter den Treppenabsatz. Dann knallte er die Tür zu, und der Wachmann hörte die Sicherheitskette klirren.

Ein junger Mann kam die Treppe hinauf. Der Wachmann klappte den Jackenkragen bis an die Ohren hoch und starrte die Wand an, als der Mann an ihm vorüberging. Dann blieb er stehen und horchte auf die Schritte, die im vierten Stock verhallten.

Was sollte er tun? Ihm standen die Tränen in den Augen, seine Lippen zitterten. Er fühlte sich elend und musste sich auf die Treppe setzen.

»Ich muss weg von hier«, sagte er zu sich. »Verdammt, ich muss weg von hier.«

Schließlich stand er auf und wankte unsicher hinaus in die Osloer Nacht.

MITTWOCH, 9. APRIL 1997

8.32, HAUPTWACHE OSLO

Die Waffe steckte in einem gefütterten Umschlag. Auf dem Umschlag stand mit grobem Filzstift »Hauptwache Oslo«. Die Sendung war unfrankiert. Der Beamte, der in der Tür zum Büro von Polizeiinspektor Håkon Sand stand, schnappte nach Luft.

»Das lag im Hauptpostamt«, keuchte er. »Die Postler haben kapiert, dass es wichtig sein könnte, und es sofort hergebracht.«

Håkon Sand trug Latexhandschuhe. Der Umschlag war bereits geöffnet worden, an sich ein grobes Dienstvergehen, er hätte schließlich eine Bombe enthalten können. Håkon Sand zog einen Revolver heraus und legte ihn ungeheuer vorsichtig auf ein weißes Blatt Papier.

»Ein Nagant«, flüsterte Billy T. »Ein russischer M 1895.«

»Nicht auch noch du«, seufzte Håkon. »Spielst du mit Hanne samstagabends Quiz, oder was?«

»Dreimal darfst du raten«, sagte Billy T. leise. »Über Waffen und Motorräder. Darüber weiß sie doch alles.«

»Nicht anfassen«, mahnte Håkon Sand, als Billy T. sich über den Revolver beugte.

»Spinnst du«, murmelte Billy und studierte die Waffe aus

zehn Zentimeter Entfernung. »Außerdem wette ich, dass von dieser Waffe ganz gewissenhaft alles entfernt worden ist, was uns weiterhelfen könnte. Sie ist so sorgfältig gewienert worden, dass sie fast wie neu ist.«

»Da hast du wohl recht«, seufzte Håkon. »Aber fass sie trotzdem nicht an. Und den Umschlag auch nicht. Das geht jetzt alles an die Spurensicherung.«

Billy T. strahlte plötzlich. »Wenn die im Hauptpostamt abgegeben worden ist – was ist dann mit den Videos? Dieses ganze Dreckshaus ist doch mit Kameras vollgehängt.«

»Hab ich mir auch schon überlegt«, log Håkon. »Du.«

Er zeigte auf den Beamten, der noch immer in der Tür stand und den Hals reckte.

»Geh doch mal die Videoaufnahmen der letzten beiden Tage durch.«

»Und mit viel Mühe finden wir einen nichtssagenden, undeutlichen Kerl, der schlau genug war, sich abzuwenden«, murmelte Billy T.

»Wenn du einen besseren Vorschlag hast«, sagte Håkon ein wenig zu laut.

Billy T. zuckte nur die Schultern und ging zurück in sein eigenes Büro.

12.03, JENS BJELKES GATE 13

Natürlich war die Krankschreibung idiotisch gewesen. Aber der Chef hatte ihn immerhin besorgt gemustert und behauptet, er sehe schlecht aus. Ungefähr so schlecht, wie er sich fühlte, nahm er an.

Er musste weg, das Land verlassen. Aber das würde Verdacht erregen, das war ihm klar. Er könnte nach Tromsø fahren. Zum Skilaufen. Das würde ihm guttun. Morten war sein bester

Kumpel und hatte ihn schon so oft eingeladen. Und in diesem Winter lag da oben verdammt viel Schnee.

Er packte einen großen Rucksack und fuhr auf gut Glück zum Flughafen Fornebu. An einem Mittwoch im April konnten doch unmöglich alle Flüge ausgebucht sein. Auf jeden Fall nicht mitten am Tag.

DONNERSTAG, 10. APRIL 1997

VORMITTAG, REGIERUNGSVIERTEL

»Alle tippen, dass die neue Regierung so aussehen wird wie die alte, abgesehen davon, dass Joachim Hellseth, derzeit finanzpolitischer Sprecher im Parlament, Finanzminister wird. Sonstige Umbesetzungen wären eine große Überraschung.«

Der Landwirtschaftsminister schaltete das Radio aus und ließ sich in seinen Schreibtischsessel zurücksinken. Der Rundfunksprecher hatte vermutlich recht.

Das Telefon klingelte.

Er betrachtete es eine Weile, lächelte es dann strahlend an; er fühlte sich ruhig und wohl in seiner Haut und wusste, das würde so bleiben, egal, wie die Botschaft nun lauten mochte. Dann nahm er ab.

»Tryggve Storstein«, sagte die Vorzimmerdame.

»Durchstellen«, sagte der Landwirtschaftsminister und fügte nach einer kurzen Pause hinzu:

»Hallo Tryggve, wie geht's?«

»Besser. Jetzt schlafe ich immerhin. Sechs Stunden letzte Nacht. Komme mir vor wie ein neuer und besserer Mensch.«

Der Landwirtschaftsminister schmunzelte und griff nach seiner Schnupftabakdose.

»Churchill hat sich mit vier begnügt. Und sein Leben war friedlicher als deins.«

Er glaubte, das Lächeln am anderen Ende der Leitung hören zu können.

»Na«, sagte Tryggve Storstein. »Du spielst doch sicher weiter mit?«

Der Landwirtschaftsminister merkte, dass seine Hand, die den Hörer hielt, jetzt zitterte. War der Posten ihm doch wichtiger, als er sich eingestehen mochte? Er schluckte und hustete kurz.

»Natürlich. Wenn du willst«

»Ich will. Die Partei will.«

»Das freut mich, Tryggve. Vielen Dank.«

Die Kulturministerin blätterte in den vier Faxen, die eben auf ihren Schreibtisch gelegt worden waren. Sie steckte sich eine Prince Mild an und registrierte verärgert, dass sie mehr geraucht hatte, als sie es sich sonst vor dem Mittagessen gestattete.

Es handelte sich um Stellenangebote. Von zwei Fernsehsendern und einer Zeitung. Und von einer großen internationalen Gesellschaft, die jemanden für die Öffentlichkeitsarbeit brauchte. Sie überflog die Seiten, ohne sie richtig zu lesen. Dann faltete sie sie zusammen und schob sie in eine Schublade mit der Aufschrift »privat«.

Das Telefon klingelte.

Sie hob ab und führte ein Gespräch, das genau fünfundvierzig Sekunden dauerte.

Als sie auflegte, lächelte sie über das ganze Gesicht. Dann rief sie ihre Sekretärin und reichte ihr die vier Faxe, die sie eben erst in die Schublade gelegt hatte.

»Für den Reißwolf«, sagte sie.

Die ältere Frau seufzte erleichtert.

»Herzlichen Glückwunsch«, sagte sie und kniff das rechte Auge zu. »Das freut mich aber wirklich.«

Gesundheitsministerin Ruth-Dorthe Nordgarden schaffte gar nichts. Jedes Mal, wenn das Telefon klingelte, stürzte sie sich darauf und wurde jedes Mal von Neuem enttäuscht. Inzwischen war sie nicht mehr enttäuscht. Sie war wütend.

Sie hatte schon mit dem Gedanken gespielt, die anderen anzurufen und zu fragen, ob sie etwas gehört hätten. Andererseits wäre es die größte Demütigung, auf diese Weise zu erfahren, was ihr langsam zur Gewissheit wurde: Die anderen durften weitermachen, sie nicht.

Zornig griff sie zu ihrer großen Handtasche und wühlte darin herum. Dann fand sie das Gesuchte, eine in Butterbrotpapier eingewickelte Möhre.

Ein schmerzhaftes Knacken erfüllte ihren Kopf, als sie hineinbiss.

14.46, HAUPTWACHE OSLO

»Das kann kein Zufall sein. Das ist ganz einfach unmöglich.«

Der Beamte, der ohne anzuklopfen ins Büro des Überwachungschefs platzte, war eifrig und außer Atem, er schlug mit der rechten Hand auf die Unterlagen, die er Ole Henrik Hermansen hingelegt hatte.

»Die schwedischen Kollegen halten es für Sabotage. Eine Benzinleitung war beschädigt. Keine Materialermüdung. Kein Betriebsschaden. Das ganze Flugzeug war erst wenige Stunden zuvor gründlich durchgecheckt worden.«

Ole Henrik Hermansen zeigte jetzt nicht mehr sein Pokergesicht. Seine Miene war angespannt und hellwach, er runzelte die Stirn, und seine Augen funkelten voller Sorge.

»Steht das fest? Oder, um genauer zu sein, wie fest steht das?«

»Natürlich wissen sie es noch nicht. Sie ermitteln weiter. Aber das ist noch nicht alles.«

Der Beamte holte aus seinem Diplomatenkoffer einen roten Ordner hervor und nahm ein Bild heraus. Ein großes, grobkörniges Farbbild. Ein junger Mann mit blonden, zurückgekämmten Haaren starrte an der Kamera vorbei; er trug eine randlose Brille und hatte eine Zigarette im Mundwinkel.

»Tage Sjögren«, stellte der Beamte vor. »Zweiunddreißig Jahre alt, aus Stockholm. Leitet eine rechtsextreme Gruppe namens ›Weißer Kampf‹. Sie hatten schon häufiger Ärger mit der Polizei, vor allem bei Krawallen am Geburtstag Karls XII. und so. In den letzten Jahren schienen sie aber ziemlich abgetaucht zu sein. Die Kollegen hatten sie aus den Augen verloren, wussten aber, dass es sie noch gab. Und vor einer Woche ...«

Jetzt war der Beamte so eifrig, dass er lachte, er erinnerte seinen Chef an dessen Sohn, wenn er vor den Sommerferien mit seinem Zeugnis angerannt kam.

»... ist Tage Sjögren nach Norwegen gekommen.«

Ole Henrik Hermansen hielt den Atem an. Das merkte er erst, als seine Ohren rauschten, und sofort stieß er die Luft durch seine zusammengekniffenen Lippen wieder aus. »Wissen wir irgendetwas darüber, wo in Norwegen er gewesen ist?«

Der Beamte ließ sich in den Sessel zurücksinken und verschränkte die Hände hinter dem Kopf.

»Nein. Das Dumme ist, dass die schwedischen Kollegen den jungen Tage nicht interessant genug gefunden haben, um uns Bescheid zu sagen. Sie wissen nur, dass er hier war und dass er jetzt wieder in Schweden ist, und zwar seit Samstagvormittag.«

Ole Henrik Hermansen starrte seinen Mitarbeiter an. Lange.

»Hol mir den Chef der schwedischen Sicherheitspolizei ans Telefon«, sagte er dann. »Wir müssen sie bitten, den Mann zu vernehmen. Und zwar sofort.«

22.30, GESUNDHEITSMINISTERIUM

Der Fahrer wartete seit fünf Uhr nachmittags unten in der Tiefgarage. Sie wusste, dass sich alle über ihre Benutzung des Dienstwagens ärgerten, aber sie hatten ja keine Ahnung, wie nervig es war, sich mit allen möglichen Taxifahrern unterhalten zu müssen, die sich selbst als Stimme des Volkes betrachteten. Einige Vorteile musste dieser Job doch auch mit sich bringen.

Außerdem schien dieser Tag der letzte zu sein, an dem sie die Vorzüge eines eigenen Fahrers würde genießen können. Tryggve Storstein hatte noch immer nicht angerufen.

Inzwischen machte sich auch die Presse ihre Gedanken. Liten Lettvik hatte sie auf ihrem privaten Mobiltelefon erreicht und gefragt, ob es zutreffe, dass sie nicht um ihre weitere Mitarbeit gebeten worden sei. Ruth-Dorthe Nordgarden hatte die Verbindung sofort gekappt. Die Fernsehnachrichten hatten sich zwar sehr vorsichtig ausgedrückt, jedoch ein Fragezeichen neben ihr Bild gesetzt, als sie ihre Vermutungen für die neue Regierung darlegten.

Sie brauchte noch eine Möhre. Wütend durchwühlte sie ihre Tasche, fand aber nichts. In der Teeküche lag noch eine Tüte.

In der Tür zum Vorzimmer blieb sie für einen Moment stehen. Würde sie auch in der Küche das Telefon hören können? Noch ehe sie sich entscheiden konnte, klingelte es. Sie hatte alle Anrufe auf ihren eigenen Apparat umgestellt und ihre Mitarbeiter nach Hause geschickt. Bei ihrer großen Demütigung wollte sie keine Zeugen haben.

»Hallo«, schrie sie in den Hörer. Sie war zum Schreibtisch

gestürzt und stand jetzt auf der falschen Seite, wo es keine Sitzgelegenheit gab.

»Hallo?«

Die Stimme im Hörer klang überrascht.

»Mit wem spreche ich?«

Es war Tryggve.

»Hallo, Tryggve. Ich bin's, Ruth-Dorthe.«

»Noch immer bei der Arbeit?«

»Ich räume ein bisschen auf.«

Pause.

»Damit kannst du aufhören. Du machst weiter mit.« Noch eine lange Pause.

»Vielen Dank, Tryggve. Das werde ich nie vergessen. Diesen Tag, meine ich.«

Tryggve Storstein spürte, wie sich seine Nackenhaare sträubten.

Ruth-Dorthes Dankesworte hörten sich fast an wie eine Drohung.

FREITAG, 11. APRIL 1997

10.55, STORTORVET

Seit der Beisetzung von König Olav im Januar 1991 hatte in der Osloer Innenstadt kein solches Gedränge mehr geherrscht. Die Straßen, die zu Stortorvet führten, waren für den Autoverkehr gesperrt, und ein Heer von uniformierten, schlecht gelaunten Polizisten versuchte, die Kirkegata offen zu halten, damit die in wenigen Minuten erwartete Wagenkolonne dort passieren konnte. Überall waren Fernsehkameras aufgebaut, und Brage Håkonsen entdeckte hier und dort die lächerlich leicht erkennbaren Leute vorn Überwachungsdienst, die mit Knopf im Ohr und Sonnenbrille ausgestattet waren, trotz des trüben Wetters.

Zwei Polizeipferde trippelten elegant und nervös den Straßenrand entlang. Das machte sich bezahlt, die Menschen wichen vor den großen Tieren zurück, die Schaum vor dem Maul hatten und die Augen so verdrehten, dass nur noch das Weiße zu sehen war. Plötzlich bogen vier Motorräder um die Ecke und fuhren durch die Kirkegata. Ihnen folgte die Wagenkolonne aus dunklen Limousinen.

In viel zu hohem Tempo ging es zum Osloer Dom, wo die Autos zum Halten kamen. Prominente Gäste aus aller Welt wurden schnell und bisweilen reichlich brutal von Polizisten mit und ohne Uniform in die Vorhalle geschoben. Brage Håkonsen grinste, als er von seinem Standort an der Kreuzung Grensen und Kirkegata sah, dass Helmut Kohl nicht am Arm gepackt werden wollte; er versetzte dem übereifrigen Beamten – der einen Kopf kleiner war als er – einen Stoß und drehte sich um, um irgendwelche Bekannten zu begrüßen.

Nun zog die Gardemusik auf. Chopins Trauermarsch legte sich wie eine stille Decke über die Menschenmenge. Brage Håkonsen nahm die Mütze ab, nicht aus Respekt, sondern weil er wusste, dass es hier galt, sich wie alle anderen zu verhalten.

Danach fuhr ein schwarzes Auto mit norwegischer Flagge auf der Motorhaube vor. Auf Birgitte Volters weißem Sarg lag ein Kranz aus tiefroten Rosen, der an einen Ring aus dickem, geronnenem Blut erinnerte. Brage Håkonsen hörte vereinzeltes Schluchzen. Aus irgendeinem Grund, den er nicht erklären und schon gar nicht akzeptieren konnte, spürte auch er den Ernst der Stunde, ein Gefühl von Feierlichkeit und Trauer.

Gereizt schüttelte er dieses Gefühl ab und ging vor der Menschenmenge her in Richtung Stortorvet.

Und dann geschah es: Vier Männer und sieben Frauen sprangen johlend und schreiend vor den Trauerzug, ehe die Polizei reagieren konnte.

»Stop the whaling«, brüllten sie. »Killers! Killers!«

Brage blieb stehen und starrte in die Augen eines riesigen Gummiwals, der immer dicker wurde, während ein Demonstrant eine Heliumpumpe betätigte.

»Stop the whaling NOW! Stop the whaling NOW!«

Die rhythmischen Rufe übertönten fast die Gardemusik, doch die Gardisten waren die Einzigen weit und breit, die sich nicht aus der Ruhe bringen ließen. Sie spielten ihren schweren, traurigen Marsch, trotz des Gebrülls. Der Wal, der inzwischen fast seine natürliche Größe erreicht hatte, wackelte immer heftiger und sah aus, als wolle er in den Dom schwimmen. Einer der Demonstranten packte einen Eimer, den eine junge Frau ihm reichte. Blitzschnell stemmte er den Deckel mit einem Schweizer Offiziersmesser auf, und mit einer ausholenden, demonstrativen Bewegung kippte er die rote Farbe über den Leichenwagen. Der Fahrer hatte die Lage jedoch erfasst und setzte zurück. Die Farbe traf auf den Asphalt, und nur wenige Tropfen erreichten den Wagen mit Birgitte Volters sterblichen Überresten.

Trotz ihrer Überraschung konnte die Polizei die Aktion sehr bald beenden. Zwanzig Beamte stürzten sich auf die Demonstranten, sie brauchten nur fünf Minuten, um ihnen Handschellen anzulegen, ein Loch in den Wal zu stechen und die Demonstranten mit ihrem schlaffen Pottwal in einen Polizeiwagen zu stecken.

»He«, schrie Brage Håkonsen und zerrte an seinen Handschellen. »Ich hab doch nichts damit zu tun!«

Er wehrte sich, so gut er konnte, als drei Männer ihn in den Wagen zwangen.

»Ich hab nichts damit zu tun, hört ihr nicht?«

»Halt die Fresse«, fauchte eine uniformierte Frau, die vorne im Auto saß. »Ihr habt ja überhaupt keinen Anstand. Eine … eine Beerdigung zu stören! Schämt ihr euch denn überhaupt nicht?«

»Aber ich hab doch nichts damit zu tun, verdammt«, schrie Brage noch einmal und schlug immer wieder mit dem Kopf gegen die Wand. »Lasst mich raus, zum Teufel!«

Doch die einzige Antwort darauf waren das Brummen des Wagenmotors und das gemurmelte Mantra der anderen Verhafteten:

»Stop the whaling NOW! Stop the whaling NOW!«

12.13, OSLOER DOM

»Es war wunderschön. Und so rührend!« Schluchzend hing Lerche Grinde am Arm ihres Sohnes. Sie bemühte sich, leise zu sprechen, aber ihre Stimme war so schrill, dass sogar ihr Flüstern meterweit zu hören war. Ihre gesamte Kleidung war schwarz, ihre Stöckelschuhe, ihre Netzstrümpfe, ihr Kleid, ihr Umhang. Zu allem Überfluss trug sie einen funkelnden Pillboxhut mit einem steifen schwarzen Schleier.

»Nimm dich doch zusammen, Mutter«, flüsterte Benjamin Grinde. »Kannst du dich nicht wenigstens ein bisschen zusammennehmen?«

In der Vorhalle des Doms standen Roy Hansen und Per Volter, beide im dunklen Anzug. Der Sohn war einen halben Kopf größer als der Vater, beide sahen verhärmt aus und starrten auf den Fußboden. Sie streckten ihre Hände aus, ohne hinzusehen, und viele Trauergäste gingen nach kurzem Zögern weiter, ohne ihr Beileid auszusprechen. Andere blieben stehen und sagten einige leise Worte, die meisten Ministerinnen umarmten die beiden lange und herzlich.

Liten Lettvik stand mit einigen anderen Presseleuten etwas entfernt und betrachtete die Trauernden. Als Ruth-Dorthe Nordgarden als letzte Ministerin vortrat, wandte Roy Hansen sich ab, anscheinend musste er gerade jetzt weinen und konnte erst damit aufhören, als Ruth-Dorthe aufgegeben hatte und durch das schwere Eichenportal verschwunden war. Per Volter dagegen hatte sich offen geweigert, die ausgestreckte Hand der Frau zu ergreifen, und sich demonstrativ zum Bischof von Oslo umgedreht, der in vollem Ornat neben den Trauernden aufragte; er sah aus wie ein in die Jahre gekommener Adler mit geliehenen Federn.

»Roy!«, flüsterte Lerche Grinde, als sie ihn endlich erreicht hatte. »Roy! Was für eine Tragödie!«

Liten Lettvik bewegte sich Richtung Ausgang. Wer war die alte Frau an Richter Grindes Arm?

»Ausgerechnet Birgitte«, sagte Lerche Grinde jetzt, und die Umstehenden drehten sich zu ihr um. »Wie entsetzlich! Die kleine Birgitte. Die kleine, unschuldige Birgitte!«

Sie schniefte laut und wandte sich Per Volter zu, der diese seltsame Frau, die er noch nie in seinem Leben gesehen hatte, verwundert anstarrte.

»Per! Wie groß und elegant!«

Sie versuchte, den jungen Mann zu umarmen, aber der wich erschrocken zurück.

»Gott, ich glaube, ich falle in Ohnmacht«, keuchte die alte Frau Grinde.

Benjamin Grinde umklammerte den Arm seiner Mutter, ein Polizist packte sie um die Taille und richtete sie auf.

»Ich helfe Ihnen hinaus, gnädige Frau«, sagte er höflich und führte sie, ohne auf Antwort zu warten, durch die Tür und die Menschenmenge. Benjamin Grinde stapfte hinterher und schlug sich den Mantelkragen vors Gesicht.

Die Presse in der Vorhalle schmunzelte über diesen Auftritt. Alle außer Liten Lettvik, die sich in einem kleinen Block notierte:

»Alte Frau mit BG. Interessant?«

13.00, SLOTTSBAKKEN

Die Journalisten hatten recht behalten. Sie hatten alle sechzehn Ministerposten korrekt erraten. Die Regierungspatience war ohne größere Überraschungen aufgegangen. Tryggve Storstein stand mitten in der langen Reihe seiner Kolleginnen und Kollegen, hielt einen großen Strauß roter Rosen in der Hand und lächelte zurückhaltend, wie es der Anlass erforderte. Schließlich war seine Vorgängerin erst vor einer Stunde zur letzten Ruhe gebettet worden.

Es nieselte, und die Verkehrsministerin schien den Fototermin möglichst bald hinter sich bringen zu wollen. Immer wieder schaute sie auf die Uhr und ging zu früh auf die schwarzen Regierungswagen zu. Tryggve Storstein packte sie am Arm und hielt sie zurück.

Endlich war alles vorüber; die Versammlung zerstreute sich. Liten Lettvik fasste Ruth-Dorthe am Arm und erzwang sich eine Umarmung.

»Mobiltelefon, heute Abend«, flüsterte sie ihr ins Ohr.

17.15, HAUPTWACHE OSLO

»Erst lädt er die Polente zur Waffenbesichtigung ein, und dann verduftet er. Kapierst du nicht, dass das ganz einfach zum Himmel stinkt, Håkon?«

Håkon Sand trommelte demonstrativ mit der rechten Hand einen Wirbel auf seinem Schreibtisch.

»Dass sich jemand, der krankgeschrieben ist, nicht in seiner

Wohnung aufhält, würde ich nicht als verduften bezeichnen, Billy T. Er kann überall sein. Beim Arzt. Bei seiner Freundin. Von mir aus sogar bei seiner Mutter.«

»Aber er geht auch nicht ans Telefon. Ich habe ihn seit gestern immer wieder angerufen, er kann doch nicht rund um die Uhr beim Arzt sein!«

»Im Krankenhaus vielleicht. Oder bei seiner Freundin, wie gesagt.«

»Der Typ hat keine Freundin. Das schwör ich.«

Håkon Sand fuhr sich durch die Haare und forderte Billy T. auf, sich zu setzen.

»Was glaubst du eigentlich, diesem Wächter vorwerfen zu können?«, fragte er müde.

»Erstens: Er war zur fraglichen Zeit am Tatort. Zweitens: Er besitzt Waffen. Laut Waffenregister sogar vier Stück. Und noch merkwürdiger ist ...«

Billy T. streckte die Hand nach einer halb leeren Colaflasche aus und leerte sie, ohne ihren Besitzer um Erlaubnis zu fragen.

»Wohl bekomm's«, sagte Håkon sauer.

»Noch merkwürdiger ist«, sagte Billy T., »dass der Mann sich die Sache anders überlegt hat.«

»Was meinst du mit ›anders überlegt‹?«

Håkon hielt eine Streichholzschachtel in der Hand; er riss ein Hölzchen an, ließ es auflodern und verlöschen und nahm sich dann das nächste vor.

»Er hat zuerst gesagt, ich könnte zu ihm nach Hause kommen und mir die Waffen ansehen. Dann hat er sich die Sache anders überlegt. Er hat gesagt, er würde sie herbringen. Dieses Angebot habe ich dankend angenommen. Und jetzt hat er sich krankschreiben lassen. Ha!«

»Du meinst also«, sagte Håkon langsam, »dass wir einen

Mann einbuchten sollen, gegen den nichts weiter vorliegt, als dass er am vergangenen Freitag seine Arbeit gemacht, sich dann herausgenommen hat, nicht wie versprochen zu Billy T. gerannt zu kommen, und außerdem krank geworden ist. Das ist wirklich ein gewaltiges Verbrechen.«

Er ließ die Streichholzschachtel auf den Tisch fallen, warf den Kopf in den Nacken und legte die Hände auf die Armlehnen.

»Dafür solltest du dir einen anderen Juristen suchen als mich. Ein Hausdurchsuchungsbefehl bedeutet zugleich ein Haftbefehl. Und wir haben schon einen übereilten Haftbefehl ausgestellt. Außerdem ist das hier nicht dein Job. Du hast genauso große Probleme wie Hanne, wenn es darum geht, dich auf deine Arbeit zu beschränken. Es ist nicht deine Aufgabe, die Rolle des Wächters in diesem Fall zu beurteilen.«

»Verdammt, Håkon!«

Billy T. schlug mit der Faust auf den Tisch. »Tone-Marit wollte doch unbedingt, dass ich diesen Typen vernehme.«

»Hilft nix«, grinste Håkon. »Vergiss es. Geh in dein Büro zurück und such dir ein paar weitere Freunde von Frau Volter, mit denen du dich unterhalten kannst.«

Billy T. sagte kein Wort, sondern knallte beim Gehen die Tür hinter sich zu.

Erst als Håkon zwei Telefongespräche geführt hatte und sich wieder an seine Arbeit machen wollte, ging ihm auf, dass Billy T. ihn ausgetrickst hatte.

Die Kopie des Obduktionsberichtes, der Billy T. nun wirklich nichts anging, den er jedoch unbedingt hatte sehen wollen, lag nicht mehr auf dem Schreibtisch.

Offenbar hatte Billy T. ihn ganz einfach geklaut.

»Willst du nicht die Nachrichten sehen, Hanne?«

Billy T. nahm sich ein kaltes Bier aus dem Kühlschrank und blickte sich zufrieden in seinem Wohnzimmer um. Obwohl er nie auf die alten orangen Vorhänge geachtet hatte, fand er die neuen kornblumenblauen gemütlicher, vor allem jetzt, wo Hanne außerdem ein ebenfalls blaues Sofa angeschafft hatte. Auf dem Dachboden hatte sie einige alte Plakate gefunden. Woher sie die Rahmen hatte, wusste er nicht, aber sie machten sich gut an der Wand über dem Sofa. Die Pflanzen dagegen wären nicht nötig gewesen. Auch wenn die Töpfe mit dem Indianermuster ganz hübsch waren, so würden die grünen Wedel in weniger als drei Wochen eingegangen sein. Das wusste er genau. Er hatte schon früher sein Glück mit Topfblumen versucht.

Hanne gab keine Antwort. Sie vertiefte sich in die Kopie des Obduktionsberichtes und kaute auf ihrem Kugelschreiber herum.

»Hallo! Erde ruft Hanne Wilhelmsen! Willst du die Nachrichten sehen?«

Er tippte ihr mit der Flasche an den Kopf und schaltete den Fernseher ein. Aus den Lautsprechern dröhnte der Trauermarsch.

»Von mir aus. Aber stör mich nicht.«

Gereizt rieb sie sich die Stelle, wo die Flasche sie berührt hatte, gönnte aber dem Bildschirm keinen einzigen Blick. Billy T. stöhnte und setzte sich auf den Boden, um besser sehen zu können. Plötzlich brüllte er vor Lachen.

»Sieh dir das an!«

Ein unruhiges Bild fing die wütenden Demonstranten ein, und eine Stimme berichtete, dass nach der Demonstration vor dem Osloer Dom ein Norweger, drei Niederländer, zwei Franzosen und sechs US-Bürger festgenommen worden seien.

»Amis, die gegen den Walfang demonstrieren! Wo bei denen Menschen gegrillt, vergast und vergiftet werden! Und wo Millionen von Einwohnern hungern!«

Der Nachrichtensprecher teilte mit, der Norweger sei auf freien Fuß gesetzt worden, da er nichts mit der Aktion zu tun gehabt habe, die anderen jedoch würden noch festgehalten.

»Was suchst du da eigentlich?«, fragte Billy T. und zeigte zum ersten Mal mehr als nur höfliches Interesse für Hannes Beschäftigung.

»Nichts«, seufzte Hanne und faltete die Unterlagen zusammen, um sie dann in eine Plastikhülle zu schieben. »Ich dachte, ich hätte eine geniale Idee, die alle unsere Fragen beantworten würde. Aber wie üblich war sie nicht besonders genial. Der Obduktionsbericht spricht dagegen. Immerhin war es richtig, das zu überprüfen. Danke, dass du mir den Bericht besorgt hast. Spielen wir eine Runde?«

»Yes!«

Billy T. sprang auf und holte das riesige, altmodische Tischfußballspiel aus dem Schlafzimmer.

»Ich bin England«, rief er, während er den Tisch mit den auf Stahlstangen aufgespießten Gummifiguren ins Wohnzimmer schleppte.

»Von mir aus. Und ich die Niederlande.«

21.30, OLE BRUMMS VEI 212

Roy Hansen starrte das Bild von Birgitte an, das auf dem Büfett stand. Die Kerze daneben war die einzige Lichtquelle im Raum und übte auf ihn eine beinahe hypnotische Wirkung aus.

Die letzte Woche war unwirklich gewesen. Er hatte sich nie für New Age oder übersinnliche Phänomene interessiert, und religiös war er auch nicht. Aber während der letzten Tage war er dem Erlebnis, seinen eigenen Körper zu verlassen, so nahe gekommen, wie er es überhaupt nur für möglich hielt. Tryggve Storstein war zu Besuch gekommen, verlegen und erschöpft, aber doch mit einer aufrichtigen Trauer, die Roy Hansen auf seltsame Weise gefreut hatte. Tryggve hatte ihn gerührt. Sie hatten lange miteinander gesprochen und noch länger miteinander geschwiegen. Die beiden Vertreter der Protokollabteilung des Außenministeriums waren weniger willkommen gewesen. Aber immerhin hatten sie ein Reinigungsunternehmen verständigt, und das Haus war inzwischen wenigstens aufgeräumt und sauber.

Alle hatten an diesem Nachmittag versucht, sich ihm aufzudrängen. Sie wollten ihm helfen, das wusste er. Aber er wollte niemanden sehen. Nur Per. Der jedoch weigerte sich, mit ihm zu sprechen. Entweder lief er seine endlos langen Touren, saß allein in seinem Zimmer, ohne irgendetwas zu tun, oder führte ausgiebige Telefongespräche, von denen Roy nicht wusste, mit wem.

Er hatte den Empfang im Rathaus verlassen, sobald die Protokollabteilung es erlaubt hatte. Die Parteisekretärin und drei andere aus der Parteizentrale waren zusammen mit ihm aufgebrochen. Danach hatten sich noch andere Gäste eingestellt, die aber zum Glück begriffen hatten, dass er allein sein wollte. Und sie hatten alles ordentlich hinterlassen.

Roy Hansen hatte den Fernseher eingeschaltet. Dort aber gab es nur endlose Berichte über die Beisetzung. Und das hatte ihn an seine letzte, brennende Niederlage erinnert: Nicht einmal, als sie dort gelegen hatte, unter einem weißen Holzdeckel in einem schweren Sarg, hatte sie ihm gehört, sondern dem Staat, der Öffentlichkeit, der Partei. Statt einer ruhigen, stillen Zusammenkunft im engsten Kreis mit den Menschen, die die

Frau, mit der er sein Leben geteilt hatte, geliebt hatten, war aus Birgittes Beerdigung ein politisches Gipfeltreffen geworden.

Plötzlich ging ihm auf, dass er Birgittes Eltern vermisste. Sie waren beide Ende der Achtzigerjahre gestorben, und das war vermutlich besser so. So hatten sie den Mord an ihrer Tochter nicht miterleben müssen. Auch von Birgittes immer stärkerer Distanz zu allen in ihrer Umgebung, von ihrer wachsenden Entfernung von allen, die sie liebten, hatten sie nichts mehr erfahren. Jetzt jedoch wäre es schön gewesen, sie bei sich zu wissen. Vielleicht hätten sie seine Trauer mit ihm teilen können. Per war dazu offenbar nicht in der Lage.

Die Stunden bis zum vergangenen Samstagvormittag, als Per endlich vor ihm stand, in Uniform und mit vollgestopftem Tornister, waren unerträglich gewesen. Doch als er dann endlich gekommen war, da war Pers Gesicht hart und verschlossen gewesen.

»Gute Nacht. Ich wollte nur warten, bis Oma einschläft. Ich gehe jetzt schlafen.«

Roy Hansen hatte nicht einmal den Wagen kommen hören. Er starrte die Umrisse seines Sohnes in der Türöffnung an; im Kerzenlicht war der junge Mann nur undeutlich zu erkennen.

»Aber Per«, flüsterte Roy. »Kannst du dich nicht ein bisschen zu mir setzen? Nur ein paar Minuten?«

Der junge Mann in der Tür rührte sich nicht. Sein Gesicht war nicht zu sehen. »Setz dich doch. Nur ein paar Minuten.«

Plötzlich strömte Licht von der Decke. Per hatte zum Lichtschalter gegriffen, und als Roy wieder klar sehen konnte, erlitt er einen Schock.

Per, der liebe, wohlerzogene Junge, der nicht einmal als Teenager seinen Eltern irgendeinen Kummer gemacht hatte. Per, der sein Junge, sein Trost und eigentlich auch seine Verantwortung gewesen war; Birgittes lange Abwesenheit hatte kurz nach Pers zehntem Geburtstag begonnen. Dieser Junge war nicht wiederzuerkennen.

»Wenn du wirklich ums Verrecken mit mir reden willst, dann von mir aus.«

Sein Gesicht war verzerrt, seine Augen quollen hervor wie bei einem toten Kabeljau, und beim Reden spritzte Speichel aus seinem Mund.

»Eigentlich wollte ich nichts sagen. Aber glaubst du denn im Ernst, ich wüsste es nicht?«

Drohend stand er vor seinem Vater, mit geballten Fäusten.

»Du bist ein … du bist ein verdammter Heuchler! Weißt du, Papa, du bist ein … ein …«

Jetzt weinte der Junge. Während der Beisetzung hatte er nicht eine einzige Träne vergossen. Aber jetzt liefen ihm die Augen förmlich über, und sein Gesicht war fleckig, als habe ihn eine unbekannte Seuche entstellt.

»Glaubst du, ich wüsste nicht, warum Mama nie hier war? Warum sie es hier im Haus einfach nicht aushalten konnte?«

Roy Hansen versuchte, seinem Sohn auszuweichen, aber Pers heftige Faustbewegungen machten ihm Angst, er erstarrte.

»Ausgerechnet Ruth-Dorthe Nordgarden! Mit ihrer Dolly-Parton-Visage! Was glaubst du eigentlich, was das für ein Gefühl für Mama war, den Ohrring im Bett zu finden?«

»Aber …«

Roy versuchte, sich aufzurichten. Wieder hob Per die Hände zum Schlag, die Fäuste hingen nur einen halben Meter über Roy in der Luft und nagelten ihn fest.

»Und ich habe euch gehört. Du hast an dem Abend gedacht, ich wäre nicht zu Hause, aber das war ich.«

»Per …«

»Komm mir nicht so! Ich hab euch gehört.«

Der junge Mann weinte noch immer. Er hustete und schniefte, und was er sagte, war kaum noch zu verstehen.

»Beruhige dich doch, Per. Schrei nicht so!«

»Nicht so schreien? Und beruhigen soll ich mich? Du, Papa, du hättest an dem Abend im letzten Herbst die Ruhe bewahren sollen. Du und diese miese Hure!«

Plötzlich war es vorbei. Per Volter ließ langsam die Fäuste sinken, er stand in einer Art militärischer Ruhehaltung da und rang nach Atem.

»Ich will nie mehr mit dir reden.«

Per ging zur Tür.

Roy Hansen erhob sich langsam. Er hatte keine Stimme mehr.

»Aber Per«, flüsterte er. »Es gibt so viel, was du nicht weißt. So unendlich viel, was du nicht weißt.«

Er bekam keine Antwort, und gleich darauf hörte er den Wagen über die Einfahrt jagen. Die Kerze war erloschen, und das Zimmer war in ein erbarmungsloses, kreideweißes Licht getaucht.

SAMSTAG, 12. APRIL 1997

10.15, ODINS GATE 3

Er konnte einfach nicht aufstehen. Er hatte ein doppeltes Kissen unter dem Kopf, und das Atmen fiel ihm schwer. Er starrte seine nackten Füße an und suchte das Loch, aus dem seine Kräfte entwichen waren. Er fühlte sich wie tot. Er verspürte eine Trauer, wie er sie noch nie empfunden hatte.

Es gab keine Rettung. Benjamin Grindes Welt war in Auflösung begriffen. Die vergangene Woche war ein einziger langer

Leidensweg ins Nichts gewesen. Es war so, als hätte ihn etwas Unbewegliches wie eine Haut umschlossen: Die Kollegen sprachen nicht mit ihm, ließen nur die notwendigsten Bemerkungen fallen. Der Zeitungsartikel hatte alles ruiniert. Obwohl der Haftbefehl nicht gerechtfertigt gewesen war. Obwohl die Polizei beteuerte, dass kein Verdacht gegen ihn bestehe. Doch das andere war weitaus schlimmer.

Würde er denn niemals aus dieser Schicksalsgemeinschaft mit Birgitte befreit werden? Sollte es niemals ein Ende nehmen? Sie hatten beide versucht, sich zu retten, sie waren in verschiedene Richtungen geflohen und hatten es beide auf ihre Weise sehr weit gebracht.

Krampfhaft versuchte er, sich zusammenzureißen. Er hob die Beine aus dem Bett und richtete sich mühsam auf. Der Bronzelöwe, der seine Schlafzimmertür bewachte, schien ihn anzufauchen. Seine Mähne war blank poliert und leuchtete wie Gold, sein Maul war schwarz und mit Patina besetzt. Grinde hatte den Löwen in Teheran gekauft. Er war fasziniert von diesem fremdartigen Wesen, das zugleich etwas Urnorwegisches war, das offizielle Symbol Norwegens. Es fauchte im Landeswappen über dem Eingang zum Regierungsgebäude. Zwei Löwen lagen vor dem Parlament – zahme, zahnlose Löwen, die versuchten, ungeheuer wichtig zu wirken, ohne wirklich jemandem Angst einjagen zu können. Die allerschönste jedoch war die Löwin mit den üppigen Brüsten, die das Besprechungs- und Repräsentationszimmer des Obersten Gerichts bewachte.

Benjamin Grinde starrte die Bronzefigur an. Sie nagelte ihn ans Bett, und aus ihrem Maul schien ein abstoßender Gestank zu quellen. Mühsam kam er auf die Beine und ging in die Küche.

»Ich habe nie hineingeschaut«, fiel ihm plötzlich ein, während er nach Kaffee suchte. »Was mag wohl drinnen sein?«

Das große Eichenbüfett mit den Glastüren und den Traubenreliefs wirkte im Dämmerlicht fast schwarz. Die Vorhänge
waren vorgezogen, das Leben fand draußen statt, hier drinnen
gab es nichts.

Hinter den alten Decken der Urgroßmutter lag die kleine
Dose, die er besser an ihrem ursprünglichen Platz gelassen hätte.

Eine hübsche kleine Pillendose aus emailliertem Gold.

Er zog sie heraus und versuchte sie zu öffnen.

11.00, HAUPTWACHE OSLO

»Und dieser Mann war gestern hier? Auf der Wache?« Von
dem sonst so korrekten, neutralen Überwachungschef war nicht
mehr viel übrig. Er lief hektisch in seinem Büro auf und ab und
fuhr sich mit den Fingern durch die Haare.

»Wann ist er entlassen worden?«

»Gestern Nachmittag. Er hatte nichts mit der Demonstration zu tun. Er war einfach zur falschen Zeit am falschen Ort.«

»Brage Håkonsen«, murmelte Ole Henrik Hermansen verbissen. »Liegt schon etwas gegen ihn vor?«

»Wenig.«

Der Beamte versuchte, seinen Chef im Auge zu behalten,
aber das war nicht leicht, denn Hermansen wirbelte förmlich
durch das Zimmer.

»Und was ist dieses Wenige?«

»Er gehört einwandfrei in die rechtsextreme Szene. Früher
war er Mitglied der ›Arischen Macht‹, aber das ist schon eine
Weile her. In den letzten zwei Jahren war er fast unsichtbar. Wir
haben den Verdacht, dass er eine eigene Gruppe leitet, aber wir
wissen nichts Näheres.«

Der Überwachungschef blieb abrupt stehen, unmittelbar
hinter dem Rücken seines Mitarbeiters.

»Und Tage Sjögren hat ihn also besucht. Letzte Woche.«

Der Beamte begnügte sich mit einem Kopfnicken, obwohl er wusste, dass der andere das nicht sehen konnte.

»Bring alles über den Kerl heraus«, fauchte Ole Henrik Hermansen, lief zu seinem Schreibtischsessel und setzte sich. »Im Notfall kannst du ihn einfach verhaften.«

15.32, TINDFOTEN, TROMSDALEN BEI TROMSØ

Der Schnee war nicht mehr weiß. Er umwirbelte ihn in einem Grauton, den er noch nie gesehen hatte. Das viele Grau verschwamm zu einem übergangslosen Nichts; er konnte kaum noch seine Skispitzen erkennen. Sie hätten die Schutzhütte nicht verlassen dürfen. Er hatte Morten davor gewarnt; so, wie das Wetter sich entwickelt hatte, seit sie Snarbydalen verlassen hatten, hätten sie in der Hütte bleiben sollen.

»Aber es geht doch fast die ganze Zeit bergab«, hatte Morten protestiert. »Zwanzig Minuten leichter Hang, dann eine gute halbe Stunde toller Abfahrtslauf. Zu Hause wartet schon das Bier auf uns. Was willst du denn hier?«

Morten hatte auf die Regale in der kleinen Hütte gezeigt. Einige Tüten Blumenkohlsuppe und vier Konservendosen mit Eintopf wirkten sehr viel weniger verlockend als ein blutiges Steak und ein kaltes Bier in Mortens Wohnung in Skattøra.

»Aber die Lawinengefahr«, hatte der Wachmann eingewandt. »Es könnte doch Lawinen geben.«

»Himmel! Ich bin hier schon hundertmal unterwegs gewesen. Hier gibt's keine Lawinen. Jetzt komm schon!«

Er hatte nachgegeben. Jetzt wusste er nicht, wo Morten war. Er blieb stehen und stützte sich auf seine Skistöcke.

»Morten! Morten!«

Das graue Schneegestöber schien seinen Ruf zu verschlucken: Er machte vor seinem Mund kehrt und flog wieder hinein.

»Morten!«

Er wusste nicht einmal, wo er war.

Noch immer ging es leicht bergauf, obwohl er seit fast einer Stunde unterwegs war. Morten hatte gesagt, dass die Abfahrt nach zwanzig Minuten beginnen würde. Bei diesen Schneemengen waren die Laufverhältnisse sicher erbärmlich. Es lag mehr Schnee als sonst, der Wetterbericht für Nordnorwegen meldete fast täglich neue Rekorde.

Wurde es hier nicht ein wenig flacher? Er blieb stehen, um sich zu vergewissern. Der peitschende Schnee drang jetzt durch seine Kleider, keiner von ihnen hatte sich auf einen Sturm eingestellt.

»Morten!«

Dem Wachmann aus dem Regierungsgebäude wurde schwindlig; er wusste kaum noch, wo oben und wo unten war. Die Orientierung nach Himmelsrichtungen hatte er schon längst aufgegeben. Immerhin ging es jetzt geradeaus. Der Hang war zu Ende.

Plötzlich hörte er ein Geräusch. Etwas anderes als den heulenden Wind und das Klappern seiner Rucksackschnalle. Etwas mit niedriger Frequenz, etwas Bedrohliches; er stand wie erstarrt da und spürte, wie die Angst seine Beine hochkroch.

Ob er an einer Böschung stand? Oder an einer Felswand?

Verzweifelt lief er los, schnell, zielstrebig, auch wenn er nicht wusste, wohin er unterwegs war. Dann verlor er das Gleichgewicht.

Der Boden bewegte sich, langsam und träge. Das Brummen war zu einem ohrenbetäubenden Gebrüll geworden; und ehe der Wächter sich von seinem Sturz wieder aufgerappelt hatte, kamen die Schneemassen. Es war wie ein Weltuntergang. Er wurde hin und her geschleudert, lag plötzlich auf dem Rücken, um dann auf dem Bauch weitergeschoben zu werden. Der Schnee drang überall ein – nicht nur durch die Kleidung, sondern auch in Ohren, Mund und Nase. Plötzlich wusste er, dass er sterben musste.

Der Druck über ihm erhöhte sich noch, er segelte nicht mehr auf dem Schnee den Hang hinunter. Er lag darunter. Um ihn herum war es nicht mehr grau. Es war pechschwarz. Er hatte das Gefühl, als würden ihm die Augen in den Kopf gepresst, und er schnappte nach Luft, die es nicht gab. Schnee füllte seine Atemwege.

»Jetzt werden sie es nie erfahren.«

Ein letztes Mal versuchte er, seine schmerzende, zusammengepresste Lunge mit Luft zu füllen. Dann wurde ihm schwarz vor Augen, und nur drei Minuten später war er tot.

16.10, KIRKEVEIEN 129

Ruth-Dorthe Nordgarden saß in einem schönen alten Empiresessel und dachte nach.

Sie starrte das Mobiltelefon in ihrer rechten Hand an. Dann knallte sie es auf den Tisch und griff zum normalen Apparat, einem schnurlosen, mit dem sie sich noch nicht richtig auskannte.

Sie würde sich rächen. Vielleicht nicht sofort; aber irgendwann würde sie sich rächen. Tryggve Storstein hatte sie nicht in seiner Regierung haben wollen, sie wusste, dass andere ihre Ernennung durchgesetzt hatten.

»Hallo!«

»Hallo?«

»Hier ist Ruth-Dorthe.«

»Meinen Glückwunsch.«

Die Stimme klang neutral. Aber sie wusste genau, was sie von ihm zu halten hatte. Natürlich war auf ihn kein Verlass. Auf niemanden war Verlass. Trotzdem gehörte er ihr. Er hatte ihr immer geholfen, hatte für sie gesorgt, sie unterstützt, hatte gewusst, dass ihre Karrieren miteinander verbunden, dass sie politisch gesehen siamesische Zwillinge waren. Auch Gunnar Klavenæs saß in der Parteileitung.

»Was in aller Welt ist denn passiert?«, fragte sie. »Vergiss es. Immerhin ist es gut gegangen. Zu guter Letzt.«

Schweigen. Sie konnte die Spülmaschine hören, die irgendwo im Programm festhing und spülte und spülte. Sie ging mit dem Telefon in die Küche.

»Moment mal.«

Die Spülmaschine klang wie ein gewaltiger Regenguss, ein Orkan in einer Blechdose. Hilflos starrte sie die Knöpfe und Schalter an, ohne sie jedoch zu berühren. Schließlich schaltete sie die Maschine aus. Die Windstärke flaute ab, jetzt war nur noch ein Sickern zu hören, und auch das wurde immer leiser.

»Hallo?«

»Ja, ich bin immer noch dran.«

»Er hält nicht lange durch«, sagte sie tonlos.

»Ich glaube, da verrechnest du dich, Ruth-Dorthe«, sagte der Mann am anderen Ende der Leitung. »Seine Position ist stärker, als du denkst.«

»Nicht, wenn er alle Probleme aus Birgittes Zeit erbt. Denn das tut er. Die Wahlen im Herbst werden ihn den Kopf kosten.«

»Sicher nicht. Dieser Mord wird uns Wählerstimmen bringen. Bei den schwedischen Sozialdemokraten war das doch auch so.«

Sie kniff die Augen zusammen und betrachtete einen Baum im Hinterhof, an dem sich erste grüne Blattspitzen zeigten.

»Wir werden sehen«, murmelte sie. »Ich rufe eigentlich nur an, um zu fragen, ob du mit mir essen gehst. Heute Abend.«

»Heute geht das nicht. Ich habe im Moment so verdammt viel zu tun. Kann ich nicht lieber dich anrufen, wenn ich etwas mehr Luft habe?«

»Sicher«, sagte sie eingeschnappt. »Ich dachte, es würde dich interessieren, was ich zu erzählen habe.«

»Tut es ja auch, Ruth-Dorthe. Aber das heben wir uns auf, ja?«

Ohne zu antworten, drückte sie auf den grünen Knopf mit dem Symbol eines winzigen Telefons.

Sie hielten sie für ein Auslaufmodell. Auch ihre Anhänger. Einige zumindest. Sie hatte es nur Gros Rücktritt zu verdanken, dass sie immer noch stellvertretende Parteivorsitzende war. Die ersten vier Jahre hatten ihre Erwartungen nicht erfüllt, ihr Freundeskreis war geschrumpft, und die Klagen derer, die ihr nicht wohlgesinnt waren, waren lauter geworden. Auf dem Parteitag zwei Wochen nach dem Regierungswechsel hatten alle unnötigen Ärger vermeiden wollen. Die alte Parteileitung durfte im Amt bleiben, und Ruth-Dorthe Nordgarden wusste, dass sie nur um ein Haar davongekommen war. Und sie wusste, dass ihr größter Gegner Tryggve Storstein hieß. Damals war er nur stellvertretender Parteivorsitzender gewesen, genau wie sie. Jetzt war er Parteichef. Und Ministerpräsident.

Aber sie wusste noch immer, an welchen Fäden sie ziehen konnte.

Sie schaute auf die Uhr. Ihre Töchter würden erst in einigen Stunden zurückkommen. Ruth-Dorthe Nordgarden holte sich eine Tasse Kaffee. Er war zu stark, sie rümpfte die Nase und stapfte wieder in die Küche, um Milch hineinzugeben. Der Kühlschrank roch unangenehm, als sie ihn öffnete, die Mädchen waren derzeit pflichtvergessener denn je. Ärgerlich stellte sie fest, dass das Verfallsdatum der Milch bereits überschritten war. Sie roch daran und goss dann ein wenig davon in ihren Kaffee.

Während sie noch dastand und an dem schmutzig braunen Getränk nippte, wanderten ihre Augen vom Mobiltelefon zum schnurlosen Gerät. Ihr war völlig unklar, wieso Mobiltelefone abhörsicher sein sollten; bei der heutigen Technik konnte es doch nicht sein, dass irgendeine Art von Telefongespräch keinem Lauscher zugänglich war. Das Mobiltelefon kam ihr einfach nicht sicher vor, es knackte und rauschte, und ab und zu hatte sie in der Leitung fremde Stimmen gehört. Schließlich griff sie doch danach.

»Sie wollten mich sprechen«, sagte sie tonlos, als sich am anderen Ende der Leitung jemand meldete.

Sie würde die Fenster putzen müssen. Die schräg stehende Abendsonne drang kaum bis zu ihrem Schreibtisch vor, und Staubkörner tanzten im trüben Licht. Sie hörte lange zu, was die Stimme am anderen Ende der Leitung zu sagen hatte.

»Sie sprechen von internen Dokumenten«, sagte sie endlich. »Das ist natürlich schwierig. Fast schon unmöglich.«

Was nicht stimmte. Das wussten sie beide. Aber Ruth-Dorthe Nordgarden wollte überredet werden. Sie wollte wissen, was dabei für sie herausspringen würde.

Fünf Minuten später beendete sie das Gespräch.

Sie kritzelte einige Worte in ihren Terminkalender, auf die Seite für den kommenden Montag. Sie musste die Spülmaschine so bald wie möglich reparieren lassen. Sie würde ihren politischen Ratgeber bitten, das in die Wege zu leiten.

»Ich bin skeptisch. Ich möchte das nur gesagt haben, ich bin skeptisch.«

Lerche Grinde runzelte ihre dunkelbraune Stirn und spitzte den Mund. Doch Liten Lettvik entdeckte trotzdem ein neugieriges Funkeln in den Augen der alten Frau.

»Nachdem Ihre Zeitung diese schrecklichen Dinge über Ben geschrieben hat, ist es doch klar, dass ich von Ihrem Besuch nicht gerade begeistert bin. Andererseits ... «

Lerche Grinde zog sich in ihre winzige Diele zurück und bedeutete Liten Lettvik, ihr zu folgen.

»Wenn ich auf irgendeine Weise klarstellen könnte, dass Ben nichts mit dieser schrecklichen Geschichte zu tun hat, dann wäre das natürlich wunderbar.«

Die Frau, die weit über siebzig sein musste, trug enge Jeans, die auf faszinierende Weise zeigten, wie sich ein alternder Körper verändert. Ihre Beine wirkten kraftlos und mager, ihre Waden waren dünn wie Pfeifenreiniger. Zwischen den engen Hosenbeinen und den Plateausandalen war ein Stück braune Wade mit straffer, glänzender Haut und dunklen Altersflecken zu sehen. Unter dem lockeren rosa Angorapullover, der Lerche Grinde bis halb über das Gesäß reichte, hatte das Alter die gesamte Sitzmuskulatur weggenagt. Vor zehn Jahren, dachte Liten Lettvik, konntest du solche Kleidung sicher noch tragen.

»Setzen Sie sich doch«, befahl Lerche Grinde, und Liten Lettvik spürte den unangenehmen Blick unter den Augenbrauen der alten Frau, die zu zwei dünnen Bogen auf ihrer hohen Stirn gezupft waren. »Etwas zu essen lehnen Sie sicher nicht ab.«

Als sie aus der Küche zurückkam, hielt sie in der einen Hand einen Teller mit Broten, in der anderen eine Plätzchenschale mit hohem Fuß.

»Ich habe immer auf die schlanke Linie geachtet, wie Sie sehen. Für mich gibt es nur Portwein. So.«

Sie schenkte sich ein großzügiges Glas ein; die rotbraune Flüssigkeit schwappte fast über. Liten Lettvik nickte kurz und bekam ein halbes Glas.

»Sie sind ja sicher mit dem Auto gekommen«, erklärte Lerche Grinde. »Greifen Sie zu. Na los!«

Sie schob der Journalistin die Speisen hin.

Es sah lecker aus. Liten Lettvik hatte Hunger. Sie hatte immer Hunger. Vor langer Zeit hatte sie in einer populärwissenschaftlichen Zeitung gelesen, dass Hunger das Gewissen ersetzen könne. Sie hatte versucht, den Artikel zu vergessen. Sie nahm sich ein Brot mit Lachs und Rührei und hätte gern gewusst, ob diese seltsame Frau immer solche Leckerbissen in der Küche bereithielt, schließlich war sie nur zehn Minuten dort gewesen.

Es gefiel ihr nicht, auf dem Sofa essen zu müssen, unter dem Adlerblick der Frau, die sie über ihrem Portweinglas aus braunen, intensiven Augen anstarrte, und Liten Lettvik gab auf, als sie das halbe Brot verzehrt hatte.

»Wie konntet ihr das bloß schreiben?«, fragte Lerche Grinde. »Da wusstet ihr doch schon, dass die Anklage ein Fehler gewesen war.«

»Der Haftbefehl«, korrigierte Liten Lettvik. »Das war ein Haftbefehl. Und wir haben doch geschrieben, dass der nicht haltbar war. In dem Artikel stand die reine Wahrheit.«

Lerche Grinde machte einen zerstreuten Eindruck. Sie glotzte Liten Lettvik zwar ungeniert an, ihre Gedanken aber schienen sich keineswegs um die Tatsache zu drehen, dass ihr Sohn erst vor wenigen Tagen irrtümlicherweise für einen Mörder gehalten worden war. In ihrem Gesicht zeigte sich ein neuer, seltsamer Zug, eine Mischung aus Belustigung und Verlegenheit, der Liten Lettvik verwirrte.

»Und inzwischen ist es doch vergessen«, sagte sie. »Alle vergessen so schnell. Das kann ich Ihnen versichern. Aber Sie könnten mir vielleicht ein wenig über Ihren Sohn ...«

Der Blick der anderen war inzwischen unerträglich. Sie starrte Liten an und betupfte sich dabei immer wieder den Mund mit einer Stoffserviette.

»Stimmt was nicht?«

»Sie haben Rührei am Kinn«, flüsterte Lerche Grinde und beugte sich über den Couchtisch. »Hier.«

Sie zeigte auf ihr eigenes Kinn, und Liten Lettvik machte eine blitzschnelle Handbewegung.

»Sie haben übrigens eine Serviette«, sagte Lerche Grinde pikiert.

»Danke«, murmelte Liten Lettvik und zog eine Leinenserviette aus einem großen, ziselierten Silberring.

Liten Lettvik fühlte sich nur selten ausgetrickst. Sie ließ sich von ihrem Aussehen nie beeinträchtigen. Das war ihr egal. Das Einzige, was sie beschäftigte und sie bisweilen sogar freute, war die Tatsache, dass sie eigentlich niemanden wirklich liebte; sie interessierte sich nicht einmal besonders für andere Menschen. Ihr Anliegen, ihr Kreuzzug, ihr großes Projekt war die Wahrheit. Die Wahrheit war wie eine Besessenheit, und sie lachte höhnisch über die blödsinnigen Versuche anderer Presseleute, Grundsatzdiskussionen über journalistische Ethik zu führen. Nur zwei Mal in ihrer langen, erfolgreichen Karriere hatte sie Dinge drucken lassen, die sich als unrichtig erwiesen hatten. Das war hart für sie gewesen und hatte ihr noch Monate später zu schaffen gemacht.

Die Wahrheit konnte niemals unmoralisch sein. Wie man sie ermittelte und welche Folgen das für andere Menschen hatte, war von zweitrangiger Bedeutung. Es spielte keine Rolle, ob sie zu Lüge und Unmoral griff, um die Wahrheit herauszufinden. Die Wahrheit hatte nur eine Seite: die objektive. Wenn jedes Wort in einem ihrer Artikel richtig war, dann war der Artikel damit legitim.

Die Gewissheit über ihre eigene ewige Wahrheitssuche machte sie unverwundbar. Aber in diesem Moment, vor dieser Hexe von Frau, vor diesem kleinen, eitlen, lächerlichen Eichhörnchen, das auf der anderen Seite des schweren Mahagonitisches seine Schnurrhaare bewegte, gerade jetzt empfand Liten Lettvik einen ungewohnten Anflug von Unsicherheit.

Ihr schauderte, und sie ließ sich in den Sessel zurücksinken, um ihren Bauch einziehen zu können.

»Ich dachte nur, Sie könnten mir vielleicht etwas über Ihren Sohn erzählen«, sagte sie schließlich. »Wir möchten unseren Lesern doch ein korrektes Bild von ihm vermitteln. Er ist in einer sehr exponierten Position, und sein Leben ist in höchstem Grad von öffentlichem Interesse, finden Sie nicht?«

Lerche Grinde lachte, ein lautes, perlendes, scharfes Lachen.

»Ich habe mich wirklich schon gefragt, warum die Presse sich bisher so wenig für ihn interessiert hat. Wissen Sie ...«

Lerche Grinde beugte sich wieder vor, als wolle sie eine vertrauliche Stimmung schaffen.

»Ben hat als Erster in Norwegen sowohl das medizinische Staatsexamen als auch einen Doktor in Jura gemacht. Als Allererster. Schauen Sie her!«

Sie erhob sich vom Sofa, ging zu einem Bücherregal und zwitscherte dabei weiter. Mit steifen Bewegungen ging sie in die Hocke und zog ein Album heraus.

»Ich finde ja, dass das damals viel zu wenig Aufmerksamkeit erregt hat.«

Sie legte das Album vor Liten Lettvik auf den Tisch.

»Nur eine kleine Meldung in *Aftenposten*«, schnaubte sie und zeigte mit einem rot lackierten Fingernagel darauf. »Es war ein Ereignis, das kann ich Ihnen sagen. Aber ...«

Sie ließ sich wieder aufs Sofa fallen.

»Als Ben sein Abitur machte, gab es einen größeren Artikel.«

Lerche Grinde gab Liten Lettvik ein Zeichen, weiter im Album zu blättern.

»Zwar nur in der Lokalzeitung, aber immerhin.«

Liten Lettvik blätterte. Plötzlich sah sie den jungen Benjamin Grinde, auf einem großen, grob gerasterten und verblichenen Zeitungsfoto. Er lächelte verlegen in die Kamera, und trotz seiner langen Mähne und den nackten Augen eines Achtzehnjährigen war er sofort zu erkennen. Der Mann war im Laufe der Jahre zwar schöner geworden, doch schon auf dem alten Foto war sein gutes Aussehen zu erkennen, unfertig, verletzlich und anziehend.

»Himmel«, murmelte Liten Lettvik. »So gute Noten hatte er?«

»Sehr gut in allen Fächern.« Lerche Grinde kicherte glücklich. »Auf der Osloer Kathedralschule. Dem besten Gymnasium der Stadt ... ja, ich würde fast sagen, dem besten im Land. Damals zumindest. Inzwischen ist es ja auch damit bergab gegangen.«

Sie verzog missbilligend den Mund.

»Wer ist das?«

Liten Lettvik legte das schwere Album vor Benjamin Grindes Mutter hin. Lerche Grinde nahm eine Brille mit halbmondförmigen Gläsern aus einem Lederetui und betrachtete das Bild.

»Das«, seufzte sie, »das ist doch Birgitte, die arme Birgitte, sehen Sie doch nur, wie reizend sie war.«

Birgitte Volter hatte einen Arm um den achtzehnjährigen Benjamin Grinde gelegt. Der junge Mann stand stocksteif da, seine Hände hingen unschlüssig vor seinen Oberschenkeln; er starrte auf einen Punkt neben der Kamera. Birgitte Volter, mit halblangen Haaren und wippendem Röckchen, Pumps und einer Brille wie Katzenaugen, lachte in die Kamera. Auf dem anderen Arm trug sie einen Säugling. Das Kind lag nicht besonders gut da, und sein Kopf hing zu weit am Rand. Auf den grau-schwarzen Bogen war mit weißer Tinte in eleganter und gut leserlicher Schrift geschrieben: »Klein-Livs erster Tag an der Sonne.«

»Sehen Sie«, sagte Lerche Grinde eifrig und blätterte weiter im Album. »Hier sind wir allesamt am Strand. Sie wissen doch, Birgitte Volter war eine sehr enge Freundin der Familie. Ihre Eltern – wunderbare Menschen, sie sind seit einigen Jahren leider tot – waren unsere nächsten Nachbarn. Es war eine wunderbare Zeit.«

Sie seufzte und ließ sich lächelnd ins Sofa zurücksinken. Dabei starrte sie sehnsüchtig aus dem Fenster.

»Was für eine wunderschöne Zeit«, wiederholte sie, eher an sich gerichtet als an Liten Lettvik.

Diese hörte ihr auch gar nicht zu.

»Wer ist das?«, fragte sie laut und zeigte auf ein anderes Bild.

Lerche Grinde gab keine Antwort. Sie starrte noch immer aus dem Fenster, ihr Gesicht hatte sich verändert, ihre Augen wirkten jetzt sanft, und ihr Lächeln schien von tief innen zu kommen, aus einem seit Langem verschlossenen Raum.

»Verzeihung«, sagte Liten Lettvik laut. »Frau Grinde!«

»Ach«, die alte Frau fuhr zusammen. »Tut mir leid. Was haben Sie gesagt?«

»Wer ist das?«

Liten Lettvik wollte keineswegs die Aufmerksamkeit auf ihre

abgeknabberten Nägel lenken und klopfte deshalb mit dem Fingerknöchel auf das Bild eines Säuglings. Das Kind lag auf dem Rücken auf einem Frotteehandtuch, hatte die nackten Knie an die Brust gezogen und blickte unzufrieden mit zusammengekniffenen Augen in die Sonne. Auf der einen Seite des Kindes saß Birgitte Volter, noch immer lächelnd, auf der anderen saß ein tiefernster Benjamin Grinde. Hinter dem Kind hockte mit einem strahlenden Lächeln und einer Hand unter dem Kopf des Kindes ein breitschultriger Mann, den Liten Lettvik sofort erkannte: Roy Hansen.

»Wer ist dieses Kind?«

Lerche Grinde schaute sie verwirrt an.

»Das Kind? Aber das ist doch Liv.«

»Liv?«

»Ja, die kleine Tochter von Birgitte und Roy.«

»Die Tochter? Aber sie haben doch nur ein Kind. Einen Jungen, nicht wahr? Per.«

»Per ist doch erst Anfang zwanzig«, erklärte Lerche Grinde. »Und das hier war 1965. In diesem Jahr ist die kleine Liv gestorben. Eine entsetzliche Tragödie. Einfach so ...«

Sie versuchte, mit den Fingern zu schnipsen.

»Ohne irgendeine Ursache. Wir haben alle so darunter gelitten. Die armen alten Volters, das hat sie krank gemacht. Nur gut, dass Birgitte so jung war. Und Roy natürlich auch, obwohl ich eigentlich nie begriffen habe, was Birgitte an ihm gefunden hat. Aber junge Leute, wissen Sie ... junge Leute kommen immer wieder auf die Beine. Und Ben, der liebe Junge. Er war außer sich. Der arme Ben. Er ist so empfindsam. Das war sein Vater auch. Er war Fotograf, wissen Sie, und eigentlich eine Künstlernatur.«

»Und das war also 1965, haben Sie gesagt«, sagte Liten Lettvik und schluckte. »Wie alt war das Kind?«

»Nur drei Monate. Die arme Kleine. Ein wunderbares Kind. Bezaubernd. Sie war zwar nicht gerade geplant, wenn Sie verstehen, was ich meine ...«

Lerche Grinde zwinkerte kurz mit dem rechten Auge.

»Aber sie war ein kleiner Sonnenschein. Und dann starb sie einfach. Plötzlicher Kindstod. Heißt das nicht heutzutage so? Wir haben es einfach als Tragödie bezeichnet. Damals gab es nicht so viele schöne Wörter, wissen Sie.«

Liten Lettvik hustete heftig, ein lautes, heiseres Husten, schlug sich beide Hände vor den Mund und keuchte:

»Könnte ich wohl einen Schluck Wasser haben?« Lerche Grinde wirkte ganz verstört, als sie in die Küche lief.

Liten hustete weiter. Gleichzeitig packte sie das Album und ließ es in die große Tasche fallen, die sie immer bei sich hatte. Mit einem letzten, wilden Aufhusten schloss sie den Reißverschluss.

»Hier«, zwitscherte Lerche Grinde, die mit einem Kristallrömer aus der Küche zurückgekommen war. »Trinken Sie aber ganz vorsichtig. Rauchen Sie, Frau Lettvik? Das sollten Sie sich abgewöhnen.«

Liten Lettvik schwieg und leerte das Glas.

»Danke«, murmelte sie. »Jetzt muss ich aber gehen.«

»Schon?«

Lerche Grinde konnte ihre Enttäuschung nicht verbergen.

»Aber Sie kommen vielleicht wieder? Ein andermal?«

»Natürlich«, beteuerte Liten Lettvik. »Aber jetzt muss ich los.«

Einen Augenblick spielte sie mit dem Gedanken, sich schnell noch eins von den leckeren Broten zu schnappen. Aber dann riss sie sich zusammen. Irgendwo musste es schließlich Grenzen geben.

MONTAG, 14. APRIL 1997

2.00, REDAKTION VON AFTENAVISEN

Liten Lettvik beugte sich über den Bildschirm des Computers und studierte den Entwurf der nächsten Titelseite. Vor allem war sie mit dem Foto zufrieden, dem Hochzeitsbild von Birgitte Volter und Roy Hansen, aufgenommen von Benjamin Grindes Vater, dem Fotografen Knut Grinde.

»Woher hast du eigentlich diese Bilder?«, murmelte der Schlussredakteur.

Er rechnete nicht mit einer Antwort und bekam auch keine. Liten Lettvik lächelte nur nachsichtig und bat um einen Ausdruck.

»Den kannst du dir selber machen«, sagte der Kollege sauer.

Aber nichts konnte Liten Lettvik in dieser Nacht aus ihrer guten Laune bringen. Sie lief in ihr Büro und klickte sich in ihrem Computer zur nächsten Ausgabe durch.

Jugendfreund untersucht Familientragödie
Bislang unveröffentlichte Bilder der Ministerpräsidentin
Birgitte Volter
Von Liten Lettvik. Foto: Privat

Als einzige Zeitung zeigt *Aftenavisen* heute bislang unbekannte Seiten der verstorbenen Ministerpräsidentin Birgitte Volter. Die Bilder aus Volters Jugendzeit sind noch nie veröffentlicht worden.

Gänzlich unbekannt war auch, dass Birgitte Volter und ihr Mann Roy Hansen 1965 unter tragischen Umständen ihre drei Monate alte Tochter Liv verloren haben. Birgitte Volter war bei der Geburt ihres Kindes erst neunzehn, konnte aber dennoch ihr Abitur machen. Studiert hat sie bekanntlich nicht, zwei Monate nach Livs Tod nahm sie ihre Berufstätigkeit als Sekretärin in einer staatlichen Spirituosenhandlung auf. Erst 1975 kam ein weiteres Kind zur Welt, Per Volter, der derzeit die Unteroffiziersschule besucht. Die Familie hat sich gegenüber der Öffentlichkeit niemals zu Livs Tod geäußert. Personen, zu denen *Aftenavisen* Kontakt aufgenommen hat und die nach eigener Aussage der Familie Volter / Hansen sehr nahestehen, sagen aus, nichts von diesem tragischen Ereignis gewusst zu haben. Der Witwer Roy Hansen stand für einen Kommentar nicht zur Verfügung.

Unbekannt war bisher auch, dass Birgitte Volter und Benjamin Grinde in ihrer Jugend eng befreundet waren. Über dreißig Jahre später leitet eben dieser Benjamin Grinde die Kommission, die die Ereignisse des Jahres 1965, als in Norwegen außergewöhnlich viele Kleinkinder starben, näher untersuchen soll.

Liten Lettvik zündete sich ein Zigarillo an und blätterte ein paar Seiten weiter.

»Äußerst bedenklich«, sagt Professor Fred Brynjestad
Von Liten Lettvik und Bent Skulle (Foto)
Es besteht aller Grund zur Skepsis, was Richter Benjamin Grindes Unbefangenheit als Leiter der Untersuchungen zu dem möglichen Impfstoffskandal von 1965 angeht. Das behauptet zumindest Dr. jur. Fred Brynjestad, Professor des öffentlichen Rechts, im Gespräch mit *Aftenavisen*.
»Wenn Birgitte Volter im fraglichen Jahr eine Tochter

verloren hat und damals eng mit Benjamin Grinde befreundet war, dann sollten wir vorsichtig sein«, meint Prof. Dr. jur. Fred Brynjestad. »Ministerpräsidentin Volter hätte auf diese belastenden Tatsachen hinweisen müssen, ehe Grinde mit der Leitung der Kommission betraut wurde.«

»Noch schlimmer ist jedoch, dass Grinde das nicht selbst übernommen hat«, sagt Brynjestad. »Ihm als fähigem Juristen hätten diese äußerst bedenklichen Umstände sofort auffallen müssen.«

Brynjestad fügt hinzu, dass Grinde zwar nicht zwangsläufig befangen sein müsse, dass er den Auftrag aber in jedem Fall hätte ablehnen müssen.

»Wir sehen in unserer Gesellschaft die bedauerliche Tendenz«, sagt Professor Brynjestad, »dass die Elite in immer höherem Grad intern verbandelt ist, sodass für den normalen Bürger die Grenzen zwischen Macht und Einfluss verwischt werden. Es gibt ein unsichtbares Netzwerk aus Kräften, die wir nicht kontrollieren können.«

Die von *Aftenavisen* in der letzten Woche vorgenommenen Untersuchungen zeigen uns Benjamin Grinde als graue Eminenz des norwegischen Gesellschaftslebens. Ein Jugendfreund Birgitte Volters, eng befreundet mit wichtigen Personen aus Parlament und Justiz.

Die Abgeordnete Kari-Anne Søfteland von der Zentralpartei ist zutiefst entrüstet darüber, dass diese Verhältnisse nicht früher ans Licht gekommen sind.

»Jetzt müssen wir uns überlegen, ob wir nicht eine ganz neue Kommission einsetzen sollten«, sagte sie gegenüber *Aftenavisen*. »Vermutlich hätte auch diese Kommission vom Parlament eingesetzt werden müssen. Und es wäre

sehr bedauerlich, wenn es zu Verzögerungen in der Ermittlungsarbeit der Kommission käme.«

Liten Lettvik schaltete den Computer aus. Dann zog sie das
Fotoalbum aus einer Schreibtischschublade. Zerstreut blätterte
sie darin herum. An einigen Stellen klafften Löcher; die Foto-
ecken, in denen Familienbilder gesteckt hatten, bildeten sinnlose Rahmen um ein Nichts.

Liten Lettvik hatte nur ein Problem: Wie sollte sie das Album zurückbringen?

Sie dachte eine Weile nach, während das Zimmer sich langsam mit leichtem weißen Tabakrauch füllte.

»Genau genommen ist das eigentlich egal«, beschloss sie
schließlich. »Ich könnte den ganzen Kram ja auch verbrennen.«

Das Album nahm sie mit nach Hause. Sicherheitshalber.

7.00, BOTANISCHER GARTEN, TØYEN

Hanne Wilhelmsen mochte das Gefühl, wenn der Schweiß
strömte und ihr Herz protestierte. Auf dem nicht besonders
steilen Trondheimsvei hatte sie einen Zahn zugelegt und war
danach durch den Botanischen Garten zum Zoologischen Mu-
seum gelaufen. Sie suchte sich eine Bank unter einem exotischen
Baum, dessen Namen sie nicht kannte.

Sie war noch nie in so guter Form gewesen. Sie schloss die
Augen und atmete den Duft der Bäume ein. Cecilie hatte recht
gehabt: Ihr Geruchssinn hatte sich gebessert, seit sie das Rauchen aufgegeben hatte.

Ein alter Mann kam auf sie zu. In der einen Hand hielt er
einen Rechen, in der anderen einen Blumenspaten.

»Schönes Wetter«, nickte er ihr zu und lächelte zum Himmel hoch, der grau und feucht über ihnen hing; es nieselte.

Hanne Wilhelmsen lachte.

»Sie haben gut reden!«

Der Mann sah sie an und fasste einen Entschluss. Er setzte sich neben sie auf die Bank und fischte einen Priem hervor, den er sorgfältig unter seiner Oberlippe verstaute.

»Das ist das beste Wetter«, murmelte er. »Morgens Regen, nachmittags Sonne.«

»Meinen Sie?«, fragte Hanne skeptisch und legte den Kopf in den Nacken.

Der Nieselregen legte sich wie ein feuchtes Tuch auf ihr Gesicht.

»Garantiert«, sagte der Mann schmunzelnd. »Schauen Sie doch.«

Er zeigte nach Westen, wo die Sofienbergkirche im grauweißen Licht aufragte.

»Sehen Sie, da wird es heller.«

Hanne nickte.

»Wenn es dahinten überm Holmenkollen heller wird und wenn kein Wind weht, so wie jetzt, dann können wir einige Stunden später mit gutem Wetter rechnen.«

»Aber der Wetterbericht ist da anderer Meinung«, sagte Hanne, stand auf und reckte sich. »Die haben Regen bis zum Mittwoch gemeldet.«

Der alte Mann lachte und spuckte braunen Tabaksaft aus.

»Ich arbeite seit zweiundvierzig Jahren hier«, sagte er fröhlich. »Seit zweiundvierzig Jahren kümmere ich mich um meine Pflanzen. Ich weiß, was sie brauchen. An Wasser und Sonne und Pflege. Das ist eine schöne Arbeit, wissen Sie, junge Frau. Angeblich brauchen die Bäume und Pflanzen wissenschaftliche Betreuung. Aber in Wirklichkeit ... brauchen sie noch mehr.«

Lange sah er sie an. Sie ließ die Arme sinken und blickte zurück. Sein Gesicht war runzlig und braun, und sie staunte darüber, dass er noch immer berufstätig war. Er hätte sicher schon vor Jahren in Rente gehen können. Er war eine angenehme Gesellschaft, denn er strahlte eine Ruhe aus, die von ihr nicht viele Worte verlangte.

»Der Instinkt ist am wichtigsten, wissen Sie. Ich bekomme von denen Bücher und Artikel und was weiß ich. Aber die brauche ich nicht. Ich weiß, was jede einzelne kleine Blume und jeder große Baum in diesem Garten brauchen. Ich habe diesen Instinkt, wissen Sie, junge Frau. Ich weiß, wie das Wetter wird, und ich weiß, was sie brauchen. Jede einzelne kleine Blume.«

Er stand auf und ging zu einer kleinen Pflanze hinter der Bank.

»Sehen Sie sich diesen Busch hier an, junge Frau«, sagte der Gärtner. »Der kommt aus Afrika. Ich brauche keine Bücher zu lesen, um zu wissen, dass dieses kleine Wesen besonders viel Wärme und Pflege braucht. Er hat doch Heimweh, das arme Ding, nach der Wärme und den Freunden unten in Afrika.«

Er fuhr mit der Hand über den Stamm, und Hanne kniff die Augen zusammen, als sie sah, dass der Strauch diese Berührung offenbar genoss. Die Hand war groß und grob, berührte die Pflanze jedoch mit sanfter, sinnlicher Aufmerksamkeit.

»Sie lieben diese Pflanzen«, sagte Hanne und lächelte. Der Gärtner richtete sich mühsam auf und stützte sich auf seinen Rechen.

»Sonst geht die Arbeit nicht«, sagte er. »Ich mach das jetzt schon seit zweiundvierzig Jahren, wissen Sie. Und was machen Sie?«

»Ich bin bei der Polizei.«

Der Mann lachte laut, ein polterndes, ansteckendes Lachen.

»Ja, da haben Sie sicher genug zu tun. Wo doch die arme Birgitte Volter krepiert ist und überhaupt. Haben Sie denn da überhaupt noch Zeit, sich in Parks rumzutreiben?«

»Ach, eigentlich bin ich gerade beurlaubt.« Hanne wollte gerade anfangen zu erzählen, unterbrach sich jedoch. »Aber ich muss ja trotzdem in Form bleiben, wissen Sie. Immer.«

Der Mann zog eine riesige Taschenuhr hervor.

»Na, ich muss machen, dass ich weiterkomme«, sagte er. »Der Frühling ist die anstrengendste Jahreszeit, das können Sie sich sicher denken. Schönen Tag noch.«

Er lächelte und hob den Rechen zu einem Gruß. Ein Stück weiter unten am Hang drehte er sich um und kam noch einmal zurück.

»Hören Sie«, sagte er ernst. »Ich hab ja keine Ahnung von solchem Polizeikram. Ich kümmere mich nur um meinen Garten. Aber bei euch ist das doch sicher nicht anders, oder? Dass es auf den Instinkt ankommt, meine ich?«

»Ich glaube, da haben Sie recht«, sagte sie leise. Wieder hob der alte Mann den Rechen und trottete weiter.

Hanne Wilhelmsen holte tief Atem. Die Luft war kühl, feucht und ein bisschen wie Kosmetik von innen. Ihr Kopf wurde leicht, die Gedanken erschienen ihr klarer als sonst.

Sie kam sich vor wie Hercule Poirot. Sie war auf ihre »kleinen grauen Zellen« angewiesen. Normalerweise verfügte sie über alle Informationen, die zu einem Fall gehörten. Jetzt kannte sie nur Bruchstücke; sogar Billy T. hatte sich über das frustrierende Gefühl beklagt, in einer Gruppe zu arbeiten, die so groß war, dass nur die allerwenigsten über alle Informationen verfügten. Zwar hatte Håkon einen guten Gesamtüberblick, aber er stand total unter Stress und war vor allem nervös, weil das Kind noch immer nicht gekommen war.

Das Opfer hatte zwei Identitäten: die Ministerpräsidentin Birgitte Volter und der Privatmensch Birgitte. Welche von beiden war nun eigentlich ermordet worden?

Hanne lief weiter. Den Hang hinab, vorbei an dem alten Mann, der auf den Knien lag und im Boden grub; er bemerkte sie nicht einmal. Dann steigerte sie ihr Tempo.

Bei keiner dieser beiden Identitäten schien es ein Motiv zu geben. Auf jeden Fall keins, das auf der Hand lag. Hanne hielt nichts von dem internationalen Motiv, auf dem die Zeitungen weiterhin herumritten. Die Extremistenspur kam ihr wahrscheinlicher vor, obwohl der Polizeiliche Überwachungsdienst in dieser Hinsicht offenbar nicht viel zu bieten hatte. Andererseits, wer wusste schon, was die Jungs im obersten Stock so trieben.

Billy T. hatte Birgitte Volters Privatleben ganz einfach als langweilig beschrieben. Darin gab es keine Skandale, denn ihr öffentliches Leben hatte sie voll und ganz ausgefüllt. Wenn sie einen heimlichen Geliebten gehabt hatte, dann musste das der allerheimlichste Geliebte der Weltgeschichte sein. Die Gerüchte, die ihr irgendwelche Liebschaften andichteten, waren vage und nicht zu verifizieren, und außerdem bezogen sie sich alle auf längst vergangene Zeiten.

Es hatte auch keinerlei Gründe gegeben, die Ministerpräsidentin zu ermorden. In Norwegen wurden keine Regierungsoberhäupter umgebracht. Allerdings hatte Olof Palme das vermutlich auch über Schweden gedacht, als er an jenem schicksalhaften Abend im Februar 1986 ohne Leibwächter ins Kino gegangen war.

Hanne hatte den Sofienbergpark erreicht, und es regnete nicht mehr. Sie schaute nach Westen. Die hellen Stellen am Himmel, die der alte Mann ihr gezeigt hatte, waren inzwischen größer, jetzt prangte dort schon ein kleines Stück blauer Himmel. Sie setzte sich auf eine Schaukel und bewegte sich langsam hin und her.

Die Wenigen, die Zugang zum Büro der Ministerpräsidentin gehabt hatten, kamen eigentlich nicht als Mörder infrage. Wenche Andersen hätte ihre Chefin auf kaltblütige Weise ermorden müssen, um sich damit einen Oscar als beste weibliche Nebenrolle im Umgang mit der Polizei zu verdienen. Ausgeschlossen. Benjamin Grinde? Der nach Hause ging, um alles für seinen fünfzigsten Geburtstag vorzubereiten, und laut Protokoll bei seiner Festnahme ganz ruhig geblieben war, bis er erfahren hatte, dass Birgitte Volter tot war? Auch er konnte es nicht gewesen sein. Alle anderen Mitarbeiter hatten hieb- und stichfeste Alibis. Sie waren bei Besprechungen, im Rundfunkstudio, im Restaurant gewesen.

Sie hatte sich der Lösung so nah gefühlt, als sie um den Obduktionsbericht gebeten hatte. Eine ganze schlaflose Nacht hatte sie mit diesem Gedanken gekämpft: Selbstmord, ganz einfach. Aber wie sollte ein Selbstmordopfer die eigene Tatwaffe entfernen, um sie dann einige Tage später per Post an die Polizei zu schicken? Hanne Wilhelmsen glaubte nicht an ein Leben nach dem Tode. Und schon gar nicht an ein dermaßen aktives Leben. Sie hatte sich im Bett hin und her geworfen und immer neue Theorien aufgestellt. Aufgeregt hatte sie darum gebeten, den Obduktionsbericht lesen zu dürfen. Aber der hatte ihre Theorie gleich wieder ruiniert. Niemand kann Selbstmord begehen, ohne Spuren zu hinterlassen. Der Obduzent hatte Birgitte Volters Hände auf Spuren untersucht, die auf einen Kampf hingedeutet hätten, und auf andere Anzeichen, die einen Selbstmord ausschließen könnten. Und die hatte er gefunden: An ihren Händen hatte es keinerlei Schmauchspuren gegeben. Und damit war diese Theorie eingestürzt wie ein Kartenhaus.

Hanne Wilhelmsen mochte nicht mehr joggen. Sie machte sich auf den Heimweg, zur Stolmakergata 15 und Billy T.s seltsamer Behausung.

Würde die Frage, *warum* die Waffe der Polizei geschickt worden war, das Mordrätsel lösen können? Gab es jemanden, der der Polizei gern etwas erzählt hätte?

Gereizt schüttelte Hanne den Kopf. Wieder geriet alles in Unordnung, die Gedanken wirbelten durcheinander, ohne in dem unklaren Muster, an dem sie während des gesamten Wochenendes gewebt hatte, einen passenden Platz zu finden.

Der Mord an Birgitte Volter war ein Fall ohne Motiv. Auf jeden Fall war kein Motiv zu sehen. Noch nicht. Was hatten sie überhaupt? Nur eine exklusive Sammlung verschwundener Gegenstände und eine Tote. Sie hatten einen gereinigten Revolver unbekannter Herkunft. Die ballistischen Untersuchungen hatten ergeben, dass es wirklich die Mordwaffe war, die im Briefumschlag gesteckt hatte.

Ein Tuch war verschwunden. Und eine Pillendose aus emailliertem Silber oder Gold. Und eine Schlüsselkarte. Bestand zwischen all dem ein Zusammenhang?

Hanne Wilhelmsen dachte plötzlich an den alten Mann im Botanischen Garten. Instinkt. Sie blieb stehen, schloss die Augen und horchte in sich hinein. Sie kannte sich aus mit ihrem eigenen Instinkt. Mit dem Gefühl im Bauch. Mit ihren Rückenmarksreflexen. Jetzt spürte sie nichts anderes als eine Blase an ihrer linken Ferse.

Trotzdem lief sie in schnellem Tempo nach Hause.

»Das kann doch kein Zufall sein, Håkon!«

Billy T. stürzte ins Büro des Polizeiinspektors, wobei er viel zu laut redete. In den Armen hielt er etwas Riesiges und Undefinierbares; es war rot und offenbar aus Gummi.

»Was ist denn das?«, gähnte Håkon Sand.

»Der Wal«, grinste Billy T. und packte den roten Gummiwal, aus dem die Luft entwichen war, in eine Ecke. »Meine Jungs wollen im Sommer bestimmt gern damit spielen. Die größte Badeente am ganzen Strand.«

»Mensch, Billy T., du kannst doch nicht einfach beschlagnahmte Gegenstände an dich reißen.«

»Nicht? Soll er denn einfach da rumliegen, dieser Wal ...«

Er versetzte der roten Masse einen Stups mit der Stiefelspitze, und der Wal quiekte leise und traurig.

»... ganz allein im finsteren Keller? Da hat er es bei meinen Jungs doch viel besser.«

Håkon Sand schüttelte den Kopf und gähnte noch einmal.

»Hör zu, Håkon«, sagte Billy T. und beugte sich über ihn. »Das kann doch kein Zufall sein. Der Wächter aus dem Regierungsgebäude ist tatsächlich am Samstag bei dem Lawinenunglück ums Leben gekommen. Jetzt ist der Typ tot, also können wir uns in seiner Bude umsehen.«

Billy T. knallte ein blaues Formular auf den Tisch des Polizeijuristen.

»Hier. Schreib mir einen Durchsuchungsbefehl.«

Håkon Sand schob den Zettel weg, als wäre er eine Schachtel voller lebender Skorpione.

»Wie lange kann der Termin wohl überschritten werden, ohne dass es gefährlich wird?«, murmelte er.

»Hä?«

»Der Geburtstermin. Wie lange?«

Billy T. grinste breit.

»Nervös, was? Du hast das doch schon mal mitgemacht, Håkon. Das geht schon gut.«

»Aber Hans Wilhelm ist eine Woche zu früh gekommen.«

Håkon Sand versuchte, ein weiteres Gähnen zu unterdrücken.

»Ich dachte, der Stichtag wäre erst gestern gewesen«, sagte Billy T.

»Ja«, murmelte Håkon und rieb sich das Gesicht. »Aber das Kind ist nicht gekommen.«

»Herrgott, Håkon. Der Stichtag kann gut um eine oder zwei Wochen überschritten werden, ohne dass die Lage kritisch wird. Und der Arzt kann sich auch verrechnet haben. Reg dich ab. Füll lieber das hier aus.«

Wieder versuchte er, Håkon das Papier aufzudrängen.

»Lass das!«

Håkon wollte das Papier zurückschieben, doch als ihm das nicht gelang, riss er es mit wütenden, hektischen Bewegungen in Fetzen.

»Ich sage es dir jetzt zum letzten Mal: Der Wächter fällt nicht in dein Ressort!« Håkon schlug mit der flachen Hand auf den Tisch. »Wenn du jetzt versuchst, dir von Tone-Marit die Kastanien aus dem Feuer holen zu lassen ... dann *reicht es mir endgültig*! Es gibt keine Grundlage für einen Haftbefehl. Und auch keine für die Annahme, dass es bei dem Wächter zu Hause etwas zu beschlagnahmen gäbe. Hier.«

Håkon fuhr herum und schnappte sich eine der vier Gesetzessammlungen im Regal hinter sich. Er knallte sie so energisch auf den Tisch, dass die Fensterscheiben klirrten.

»Strafprozessordnung, Paragraf 194. Lies selber!«

Billy T. rutschte in seinem Sessel hin und her. »Verdammt, reg dich doch nicht so auf.«

Håkon Sand seufzte tief.

»Manchmal habe ich Hanne und dich so satt. Ich weiß, dass ihr tüchtig seid. Ich weiß sogar, dass ihr in der Regel recht habt. Es ist nur ...«

Er ließ sich in seinem Schreibtischsessel zurücksinken und schaute aus dem Fenster. Zwei Möwen auf der Fensterbank schauten herein, sie legten die Köpfe schräg und schienen ihn zu bedauern.

»Nicht ihr bekommt Ärger, wenn wir die Gesetze nicht einhalten, sondern ich. Weißt du, wie die anderen Juristen hier im Haus mich inzwischen nennen?«

»Den Laufburschen«, murmelte Billy T. und versuchte, sich ein Grinsen zu verkneifen.

»Das ist mir egal. Im Grunde finde ich es sogar in Ordnung. Ich freue mich über die Beziehung zwischen dir und mir und Hanne. Und wir haben ja auch einige große Fälle gemeinsam gelöst.«

Jetzt lächelten sie beide. Die Möwen vor dem Fenster schrien heiser.

»Aber könntet ihr mir nicht etwas ... etwas Respekt entgegenbringen? Ab und zu?«

Billy T. musterte seinen Kollegen mit ernster Miene. »Jetzt liegst du aber verdammt daneben, Håkon. Ich kann dir sagen ...«

Er beugte sich vor und nahm Håkons Hand. Håkon wollte sie zurückziehen, aber Billy T. ließ sie nicht los.

»Wenn Hanne und ich einem einzigen Juristen hier im Haus Respekt entgegenbringen, dann dir. Sonst keinem. Und weißt du, warum?«

Håkon betrachtete schweigend ihre Hände. Billy T.s war groß und behaart und überraschend weich und warm, seine eigene dagegen war knochig und hart.

»Wir mögen dich, Håkon. Du erweist uns Respekt. Du bist bereit, dieses Geschreibsel da ein wenig großzügig auszulegen ... «

Billy T. nickte zu dem großen roten Buch hinüber.

»Weil du weißt, dass wir die bösen Buben sonst nicht zu fassen kriegen. Du hast Dutzende von Malen für Hanne und mich den Kopf hingehalten. Du irrst dich wirklich, wenn du glaubst, wir respektierten dich nicht. Wirklich. «

Håkon Sand wurde es warm, und tief unten in seinem Bauch hatte er ein gutes Gefühl, ähnlich dem längst vergessenen Glücksgefühl seiner Kindheit. Aber er empfand auch eine unbeschreibliche Müdigkeit. Ihm fielen die Augen zu, und ihm war schwindlig.

»Verdammt, was bin ich müde. Hab die ganze Nacht kein Auge zugetan. Hab immer nur Karens Bauch angestarrt. Bist du sicher, dass es nicht gefährlich ist? «

»Ich schwör's dir«, sagte Billy T. und ließ die Hand los. »Aber jetzt musst du mir zuhören. «

Er fuhr sich mit den Fingerknöcheln über den Schädel.

»Birgitte Volter ist tot. Und dann kommt der Wächter plötzlich bei einem Lawinenunglück ums Leben. Er war genau zum kritischen Zeitpunkt in ihrem Büro. Er war sauer und mürrisch, er hatte Waffen und zeigte sie nicht vor, wie er es versprochen hatte. Es kann um Leben und Tod gehen, Håkon. Ich brauche diesen blauen Wisch! «

Håkon Sand erhob sich. Er blieb stehen, streckte die Arme Richtung Decke und wippte auf den Füßen auf und ab.

»Vergiss es, Billy T. Von mir bekommst du keinen Durchsuchungsbefehl. Aber wenn dir das vielleicht ein Trost ist ... «

Er ließ sich geräuschvoll auf die Hacken fallen.

»… am vergangenen Freitag wurde ein Auslieferungsbefehl gegen den Wächter erlassen. Mit anderen Worten, er wurde amtlich zu dem aufgefordert, worum du ihn so höflich gebeten hattest. Jetzt müssen seine Erben das entscheiden. Wenn Tone-Marit belegen kann, dass der Wächter uns weiterbringt, dann werde ich mit ihr sprechen. Mit Tone-Marit. Nicht mit dir.«

»Aber Håkon!«

Billy T. wollte sich nicht geschlagen geben.

»Der Tod des Wächters kommt doch viel zu gelegen. Kapierst du das nicht?«

Jetzt lachte Håkon Sand.

»Du glaubst also an eine Terrororganisation, die für Nordnorwegen den Schneefall des Jahrhunderts bestellen kann, um danach einen unerwarteten Sturm und eine gewaltige Lawine auszulösen?«

Wieder lachte er, ausgiebig und herzlich.

»Gar nicht leicht, so ein Wetterchen zu inszenieren. Nein, du irrst dich, Billy T. Dieses eine Mal irrst du dich ganz einfach.«

Er hatte recht. Billy T. schmollte. Er sprang auf, ging in die Hocke und umarmte den Gummiwal.

»Mir ist das alles scheißegal«, sagte er sauer und verließ das Büro.

»Und den Wal legst du dahin zurück, wo du ihn hergenommen hast!«, brüllte Håkon Sand hinter ihm her. »Ist das klar? Leg ihn zurück!«

12.15, OBERSTES GERICHT

Fünf Richter saßen in ihrem Aufenthaltsraum und ließen sich in der sogenannten »großen Pause« Tee und Butterbrote schmecken. Zwei von ihnen hatten sich noch nicht an den Kaffeeverzicht gewöhnen können. Beim Obersten Gericht wurde Tee getrunken. Das Zimmer war groß und schön; mit zwei Sitzgruppen aus hellem Birkenholz, bezogen mit apfelgrünem Wollstoff, der gut mit den Wänden harmonierte, die in einem warmen Gelb gehalten waren. An den Wänden hingen mehrere Bilder in ansprechenden Farben. Die dünnen weißen Porzellantassen klirrten leise, und ab und zu war ein behutsames Schlucken zu hören.

»Hat heute schon irgendwer Benjamin Grinde gesehen?«

Der Gerichtspräsident runzelte die Stirn und verriet damit die leichte Unruhe, die ihn seit zwei Stunden quälte.

»Ich habe vorhin noch in seinem Büro nachgeschaut«, sagte er dann. »Er soll als Erster sein Votum zu dem Versicherungsfall vom letzten Mittwoch bekannt geben, oder?«

Drei andere Richter nickten kurz.

»Ich habe ihn auch nicht gesehen«, sagte Richter Sunde und rückte seinen kreideweißen Kragen zurecht.

»Ich auch nicht«, fügten die beiden anderen wie aus einem Munde hinzu.

»Aber er soll doch heute Nachmittag sein Votum vortragen«, sagte Richter Løvenskiold. »Wir haben für sechzehn Uhr einen Termin. Das ist wirklich ...«

»Seltsam«, fügte einer der anderen hinzu. »Ausgesprochen seltsam.«

Der Gerichtspräsident erhob sich und ging müde zu dem Telefon neben der Eingangstür. Nach einem kurzen, leisen Gespräch legte er auf und drehte sich zu den anderen um.

»Das ist wirklich besorgniserregend«, sagte er laut. »In seinem Vorzimmer sagen sie, dass sie ihn heute wie immer erwartet haben, dass er aber noch immer nicht gekommen ist. Und abgemeldet hat er sich auch nicht.«

Die Richter starrten in ihre Teetassen.

»Ich muss etwas unternehmen«, murmelte der Gerichtspräsident. »Und zwar sofort.«

Konnte Benjamin Grinde krank geworden sein? Es sah ihm einfach nicht ähnlich, unentschuldigt im Gericht zu fehlen. Der Gerichtspräsident ging in sein eigenes Büro und wählte Grindes Privatnummer. Er wusste, dass der Apparat in der Odins gate 3 jetzt klingeln müsste, aber der Lärm traf offenbar auf taube Ohren. Er gab auf und legte den Hörer vorsichtig wieder auf die Gabel.

Er hatte noch zwei Telefonnummern von Grindes Mutter, seiner nächsten Angehörigen. Eine im Ausland, die Landesvorwahl sagte dem Gerichtspräsidenten jedoch nichts. Die andere Nummer begann wie alle Osloer Nummern mit 22. Diese Nummer wählte er, langsam und sorgfältig.

»Hallo, hier Grinde«, wurde am anderen Ende der Leitung gezwitschert. »Womit kann ich behilflich sein?« Der Gerichtspräsident stellte sich vor.

Lerche Grinde fühlte sich obenauf. Am Vortag hatte sie Besuch von einer Journalistin gehabt, heute rief der Präsident des Obersten Gerichts persönlich an.

»Nein, wie reizend«, kreischte sie, und der Gerichtspräsident musste den Hörer sofort von seinem Ohr weghalten. »Womit kann ich Ihnen denn behilflich sein?«

Er erklärte ihr sein Problem.

»Ich kann mir nur vorstellen, dass Ben Ruhe braucht«, sagte sie beruhigend. »Er ist so erschöpft, wissen Sie. Diese Sache mit der Polizei hat ihm entsetzlich zu schaffen gemacht. Ich weiß ja nicht, ob Ihnen das aufgefallen ist, aber er ist ja so empfindsam, wissen Sie. Das liegt in der Grinde-Familie. Sein Vater zum Beispiel ...«

Der Gerichtspräsident fiel ihr ins Wort.

»Sie glauben also, dass er vielleicht einfach nur schläft? Aber er hat nicht Bescheid gesagt.«

»Wir wissen beide, dass das Ben überhaupt nicht ähnlich sieht. Aber vielleicht hat er verschlafen. Ich kann …«

Sie unterbrach sich kurz, aber wirklich nur kurz.

»Ich kann heute Nachmittag in seiner Wohnung vorbeischauen. Das schaffe ich vor dem Theater gerade noch. Ich muss gleich zum Friseur, wissen Sie, aber heute Nachmittag …«

»Danke«, abermals fiel er ihr ins Wort, »ich wäre Ihnen wirklich sehr verbunden.«

»Natürlich«, sagte Lerche Grinde, und der Gerichtspräsident glaubte aus ihrer Stimme eine leichte Pikiertheit herauszuhören.

»Adieu«, sagte er und legte auf, ehe sie noch etwas sagen konnte.

17.30, GESUNDHEITSMINISTERIUM

»Aber das kann ich doch machen, meine Liebe.«

Die Sekretärin der Gesundheitsministerin sah entsetzt aus, als ihre Chefin sich über das Faxgerät beugte und mit zusammengekniffenen Augen zu begreifen versuchte, wie es funktionierte.

»Das sind Privatsachen«, kläffte Ruth-Dorthe Nordgarden und wies die nervöse Sekretärin aus dem Zimmer.

Endlich war das Fax dann verschickt, und Nordgarden ging mit dem Original wieder in ihr Büro.

»Schicken Sie sie rein«, befahl sie einer ihrer Vorzimmerdamen, ehe sie sich ans Kopfende des Besprechungstisches in ihrem Büro setzte, eine halbe Stunde nachdem die Besprechung hätte anfangen sollen.

Niemand derjenigen, die hereinkamen, sah sie an. Die Stimmung war gedrückt. Die Ministerin lächelte angespannt und bat die anderen, Platz zu nehmen.

»Ich muss als Erstes sagen, dass ich mich mit diesen Dingen nicht auskenne«, sagte sie. »Versuchen Sie also, sich klar auszudrücken. Also, fangen wir an. Nein, Moment mal.«

Sie starrte die anderen an und fragte: »Wo ist Grinde? Ist der noch nicht da?«

Dann schaute sie auf die Uhr.

Die anderen wechselten überraschte Blicke.

»Ich bin davon ausgegangen«, sagte Ravn Falkanger, ein älterer Professor der Pädiatrie, »ich dachte, Richter Grinde sei bereits zu einer Vorbesprechung ...«

»Keineswegs«, fiel Ruth-Dorthe Nordgarden ihm ins Wort. »Ich weiß von keiner Vorbesprechung.«

Noch einmal schaute sie demonstrativ auf die Uhr; sie zog an ihrem Jackenärmel und hob den Arm unnötig weit.

»Na gut. Wenn er nicht kommt, müssen wir eben einfach anfangen. Ich habe das hier gelesen.«

Sie schwenkte den elfseitigen Bericht, den sie am selben Morgen von der Sekretärin der Kommission erhalten hatte, einer wissenschaftlichen Assistentin, die unglücklich und viel zu jung wirkte.

»Und ich muss sagen, dass diese vielen medizinischen Fachausdrücke mir das Verständnis doch sehr erschweren.«

Der ältere der beiden Männer, Edward Hansteen, Professor der Toxikologie, räusperte sich kurz.

»Das liegt daran, Frau Ministerin, dass sich die Arbeit der Kommission nach und nach in eine andere Richtung verlagert hat, als es ursprünglich geplant war. Auf unserer Seite gibt es inzwischen den Wunsch, auch ausländische Archive einzubeziehen. Darüber wollte Benjamin Grinde mit Ihnen sprechen, aber wenn ich das richtig verstanden habe ... «

Wieder räusperte er sich, diesmal etwas stärker, und starrte auf seine Papiere.

»Ich habe das so verstanden, dass Ihre sonstigen Verpflichtungen eine solche Besprechung mit Herrn Grinde nicht zugelassen haben. Ich nehme an, deshalb hat er sich an Ministerpräsidentin Volter gewandt. Sie verstehen, Frau Ministerin ... Es geht um eine so brisante Angelegenheit, dass Herr Grinde bereits vorher mit der politischen Leitung darüber sprechen wollte. «

In der peinlichen Pause, die auf diese Aussage folgte, brach der Kommissionssekretärin der Schweiß aus. Vergeblich versuchte sie, die Schweißperlen auf ihrer Stirn unter ihren langen blonden Haaren zu verbergen.

»Nun ja«, sagte Ruth-Dorthe Nordgarden. »Das ist doch eigentlich alles Schnee von gestern. Sprechen wir also über das Hier und Jetzt. «

Wieder nickte sie Dr. Hansteen zu.

Die Besprechung dauerte eine Dreiviertelstunde. Die Stimmung besserte sich nicht. Alle sprachen gedämpft, nur die Ausrufe »Das verstehe ich nicht ganz« oder »Können Sie das bitte wiederholen« der Ministerin und Edward Hansteens gleichmäßige, sonore Stimme waren etwas lauter. Die Sozialmedizinerin Synnøve von Schallenberg löste ab und zu ihren Kollegen ab, ebenfalls mit besorgter Miene und raschen Seitenblicken auf die Ministerin.

»Wie Sie sicher verstehen«, schloss Dr. Hansteen, »stehen wir vor dem Ergebnis, dass wahrscheinlich ziemliche Ungeheuerlichkeiten stattgefunden haben. «

Diese Aussage unterstrich er durch dreimaliges Klopfen auf seine Unterlagen.

Ruth-Dorthe Nordgarden starrte den Bericht an, den sie an diesem Morgen erhalten hatte. Sie hatte ihn gelesen. Aber vielleicht nicht sonderlich gründlich. Nicht gründlich genug. Nie im Leben hätte sie ihn an Liten Lettvik faxen dürfen. Und schon gar nicht vom Büro aus. Ob sich das nachweisen ließe?

Sie schnitt eine für die anderen unbegreifliche Grimasse und zupfte sich an den Haaren.

»Ja, aber ... «

Ihre Mundwinkel zitterten heftig.

»Bedeutet das Ärger, rein politisch gesehen?«

Die wissenschaftliche Assistentin vertiefte sich in die Maserung der Tischplatte, die anderen tauschten verlegene Blicke. Gesundheitsministerin Ruth-Dorthe Nordgarden begriff eine Sekunde zu spät, dass sie zu weit gegangen war. Die Kommission war nicht hier, um ihr politisch behilflich zu sein, sondern um ihr die Tatsachen vorzulegen.

»Sie können gehen«, sagte sie. »Danke für ... «

Der Rest verschwand im Scharren der Stuhlbeine, als die Versammlung sich erhob. Die Kommissionssekretärin stieß dabei zu allem Überfluss ihren Stuhl um. Ruth-Dorthe Nordgarden stand tatenlos und mit Tränen in den Augen da. Aber das fiel niemandem von den anderen auf.

19.30, STOLMAKERGATA 15

Obwohl es fantastisch war, dass Hanne Wilhelmsen bei ihm wohnte, genoss Billy T. es jetzt, ganz allein zu sein. Niemand zwang ihn, sich die Fernsehnachrichten anzusehen, und er konnte lauwarmen Eintopf aus der Dose essen, ohne dass irgendwer die Nase rümpfte. Es war so praktisch: Er hielt einfach die Dose unter fließendes heißes Wasser, und schwupp, schon war der Tisch gedeckt.

Er hatte sich den Sitzsack aus dem Schlafzimmer geholt, denn er hatte sich noch nicht so recht an das blaue Sofa gewöhnen können. Er lag mit dem Rücken auf dem Sack und streckte Arme und Beine nach allen Seiten aus. Es bekümmerte ihn nicht, dass seine verärgerten Nachbarn an die Wand klopften, und er drehte die Lautstärke mit der Fernbedienung noch etwas höher.

Madame Butterfly ging dem Ende entgegen. Er litt bei ihrer tiefsten Niederlage mit ihr. Der Mann, den sie liebte und auf den sie viele Jahre gewartet hatte, war endlich wieder da – mit einer anderen. Und diese andere, die ihr den Geliebten genommen hatte, würde ihr auch ihren einzigen wirklichen Schatz rauben, ihren Sohn. Ihr einziges Kind.

Die Musik steigerte sich, verdichtet, dramatisch. Billy T. schloss die Augen, und er spürte, wie die Musik ihn erfüllte; sogar seine Zehen schienen zu vibrieren.

Con onor muore chi non può serbar vita con onore!

»In Ehren stirbt, wer nicht länger in Ehren leben kann«, flüsterte Billy T.

Das Telefon zerriss das Finale.

»Verdammt!«

Er sprang auf, riss den Hörer von der Gabel und brüllte:

»Moment mal!«

Er legte den Hörer neben das Telefon und trat wieder mitten ins Zimmer.

Madame Butterfly sang für ihren Sohn, intensiv und voller Schmerzen, für ihn wollte sie sterben.

Dann war es zu Ende.

Mit so sanfter Stimme, dass Tone-Marit Steen sich einen Moment fragte, ob sie vielleicht die falsche Nummer erwischt hatte, fragte er:

»Hallo, wer ist denn da?«

Aber seine Stimme klang wieder wie sonst, als er gleich darauf brüllte:

»Verdammt! Benjamin Grinde ist tot?«

DIENSTAG, 15. APRIL 1997

8.30, CAFÉ MARKVEIEN

Hanne Wilhelmsen las »Calvin & Hobbes« und schmunzelte. Der Comic war immer das Erste, was sie in der Zeitung las. Sie hatte alles gegessen, was ihr aufgetischt worden war, eine Frikadelle mit Zwiebeln und Bratkartoffeln, und hatte dazu einen halben Liter Milch getrunken. Sie unterdrückte ein Aufstoßen und bereute, die Kartoffeln aufgegessen zu haben.

Billy T. hatte keine Zeitung abonniert. Es ärgerte Hanne, dass er nicht einmal diese eine Grundbedingung für ein zivilisiertes Leben erfüllte. Die Ignoranz ihres Freundes glich sie dadurch aus, dass sie nach ihrer morgendlichen Lauftour in einem Café frühstückte und sich dort in sämtliche Zeitungen vertiefte.

Der Kaffee war nicht gut, aber stark. Sie rümpfte die Nase, aber daran konnten auch die vielen Nachrufe auf Richter Grinde schuld sein. *Dagbladet* brachte über dem Bild des Toten eine fette rote Schlagzeile, und Hanne folgte dem Hinweis und blätterte weiter auf Seite 4. Diese Seite schrie ihr förmlich entgegen, aber alles, was dort stand, wusste Hanne schon längst. Sie mochte nicht mehr weiterlesen. Immerhin musste sie zugeben, dass die Zeitungen ausnahmsweise einmal nicht ganz unrecht hatten: Es war auffällig, dass Benjamin Grinde nur acht Tage nach Ministerpräsidentin Volter das Zeitliche gesegnet hatte. Der Wutausbruch des Polizeipräsidenten hatte offenbar Früchte getragen; soweit Hanne sehen konnte, hatte keine Zeitung in Erfahrung bringen können, dass die Gerichtsmediziner den Zeitpunkt des Todes für Samstagnachmittag berechnet hatten. Und das war wirklich ein seltsamer Zufall.

Der Wächter. Benjamin Grinde. Birgitte Volter. Alle waren innerhalb einer guten Woche gestorben. Eine mit dem Revolver erschossen. Einer von einer Lawine mitgerissen. Der Letzte hatte wahrscheinlich Selbstmord begangen, das hatte ihr jedenfalls Billy T. zugeflüstert, als er gegen vier Uhr morgens neben ihr ins Bett gefallen war. Er hatte erzählt, der Mann habe im Bett gelegen, neben sich ein leeres Pillenglas. Hanne fischte einen Kugelschreiber aus ihrer Handtasche, stellte ihren leeren Teller auf den Nebentisch und zeichnete ein Dreieck auf ihre Serviette: Grinde, der Wächter und Volter, jeweils in eine Ecke. Darunter zeichnete sie ein Tuch, einen Revolver, eine Schlüsselkarte und eine Pillendose. Hier lag die Antwort. Das wusste sie genau.

Sie ließ ihren Kugelschreiber von Gegenstand zu Gegenstand und von Person zu Person wandern. Dabei ergab sich ein unordentliches und unbegreifliches Muster. Nach einiger Zeit bekam sie Kopfschmerzen. Seit sie im Jahre 1993 bei den Ermittlungen zu einem Drogenskandal vor ihrem Büro zusammengeschlagen worden war, quälten diese Kopfschmerzen sie in unregelmäßigen Abständen.

Mit dem letzten Rest Milch spülte sie zwei Kopfschmerztabletten hinunter.

Aftenavisen überschlug sich geradezu. Endlich hatte auch die politische Redaktion Interesse an Liten Lettviks Kreuzzug, und von dem, was auf den insgesamt sechs Seiten zu dieser Angelegenheit stand, war der politische Kommentar der auffälligste.

Können wir die Wahrheit ertragen?

Norwegen ist in der letzten Woche von Ereignissen heimgesucht worden, die sich in ihren dramatischen Auswirkungen mit nichts in der norwegischen Nachkriegsgeschichte vergleichen lassen. Am vergangenen Freitag wurde Ministerpräsidentin Volter in ihrem Büro erschossen aufgefunden. Gestern Abend fand man einen Richter des Obersten Gerichts tot in seiner Wohnung.

Diese Ereignisse lassen sich natürlich aus verschiedenen Blickwinkeln betrachten. Manche werden sicher die Augen verschließen und sich einreden, dass auch Personen in leitenden Positionen der allgemeinen Gewalteskalation in unserer Gesellschaft zum Opfer fallen, gegen die unsere Politiker ja offenbar erfolglos ankämpfen. Eine solche Betrachtungsweise wäre naiv und würde die wahren Ereignisse verschleiern, statt sie ans Licht zu bringen.

Die norwegische Presse hat während der letzten Woche zahllose Theorien lanciert, laut denen die norwegische Ministerpräsidentin das Opfer von internationalen Terrororganisationen geworden sein soll. Aber wenn wir uns zu sehr auf diese Möglichkeit konzentrieren, besteht die Gefahr, dass wir für näherliegende Erklärungen blind werden.

Aftenavisen hat als einzige Zeitung selbstständig die Umstände von Birgitte Volters Tod untersucht. Wir haben uns nicht damit begnügt, lediglich die offiziellen Verlautbarungen abzudrucken, mit denen die Polizei die Allgemeinheit abzuspeisen versucht. Durch unseren beispiellosen Einsatz konnten wir an die Öffentlichkeit bringen, dass Benjamin Grinde vermutlich der Letzte war, der die Ministerpräsidentin lebend gesehen hat. Wir haben ans

Tageslicht gebracht, dass er einige Stunden lang des Mordes an Volter verdächtigt wurde. Später haben wir nachweisen können, dass sehr enge Verbindungen zwischen Richter Grinde und der Ministerpräsidentin bestanden haben. Heute nun können wir die Tatsache enthüllen, dass die Grinde-Kommission höchst bedenkliche Verhältnisse im norwegischen Gesundheitswesen aufgedeckt hat. Die entscheidende Frage ist jetzt: Wagen Politiker, Presse und Polizei, aus den nunmehr offengelegten Fakten die nötigen Schlussfolgerungen zu ziehen?

In einer schweren Zeit wie dieser muss sich Norwegen als Rechtsstaat erweisen. Wenn wir diese Prüfung bestehen wollen, brauchen wir klare Grenzen zwischen Presse, Polizei, Gerichten und Politikern. Das erfordert vor allem eine Presse, die bereit ist, den Mund aufzumachen und die Wahrheit zu suchen, egal, was die etablierten Instanzen davon halten.

Wir müssen von anderen Ländern lernen, die ähnliche nationale Traumata verarbeiten mussten. Schweden hat das vor elf Jahren erlebt, als Olof Palme auf offener Straße erschossen wurde. Während der ersten Zeit konzentrierten sich die Ermittlungen fast ausschließlich auf die sogenannte »Kurdenspur«. Andere Möglichkeiten wurden erst in Betracht gezogen, als es schon zu spät war. Die Ermittlungen haben unter fehlender Professionalität und vorgefassten Meinungen gelitten. Und das hat dazu geführt, dass Schwedens nationales Mordrätsel wohl nie gelöst werden wird.

Belgien wurde erst kürzlich von einem Pädophilieskandal mit Verzweigungen bis tief hinein in die Polizei und vermutlich auch die Politik erschüttert. Die Hohenpriester der Macht waren so eng miteinander verbunden, dass sie die Aufklärung dieser grauenhaften Verbrechen jahrelang behindern konnten.

Wir müssen dafür sorgen, dass etwas Vergleichbares hierzulande unmöglich bleibt.

Die Informationen, die *Aftenavisen* heute als einzige Zeitung der norwegischen Bevölkerung vorlegen kann, zeigen, dass die überdurchschnittlich hohe Sterblichkeit von Säuglingen im Jahre 1965 vermutlich auf gravierenden Fehlern staatlicher Stellen beruhte. Das Staatliche Institut für Volksgesundheit hat tödliche Impfstoffe an vermutlich mehrere Hundert Kinder verteilt. Eine staatliche Behörde hat einen Massenmord in die Wege geleitet und verwaltet. Die wichtigste Politikerin des Landes und der Vorsitzende der Kommission haben nachweislich vor einer guten Woche über diesen Skandal gesprochen. Jetzt sind beide tot. Sind wir bereit, der Wahrheit ins Auge zu sehen?

Hanne Wilhelmsen hatte zum ersten Mal seit langer Zeit Lust auf eine Zigarette. Der Besitzer des kleinen Cafés hatte offenbar noch nie vom allgemeinen Rauchverbot gehört, alle Gäste pafften an ihren Glimmstängeln. Von dem Impfstoffskandal hatte sie zum ersten Mal gehört, kurz bevor sie in die USA gegangen war. Und sie hatte natürlich gewusst, dass Grinde die Kommission leiten sollte. Und dass er Volter an ihrem Todestag besucht hatte. Aber hatte dieser Besuch etwas mit dem Mord zu tun?

Wieder starrte sie ihre Serviette an. Das Muster war unbegreiflicher denn je. Vorsichtig zeichnete sie ein kleines Kreuz über den Wächter. Die Linie zwischen Benjamin Grinde und Birgitte Volter wurde verstärkt, wobei das weiche Papier zerriss. Aber der Wächter wollte nicht verschwinden. Sie strich ihn ganz durch, aber nun stimmte die Zeichnung erst recht nicht mehr. Irgendetwas wollte die Skizze ihr verraten. Hanne begriff nur nicht, was. Ihre Kopfschmerzen stellten sich wieder ein, und sie wollte nicht noch mehr Medikamente nehmen.

»Hanne! Hanne Wilhelmsen!«

Ein Mann schlug ihr mit einer Zeitung auf den Kopf. Sie hob schützend die Arme, doch dann öffnete ihr Gesicht sich zu einem breiten Lächeln.

»Varg! Was machst du denn hier? Setz dich!«

Der Mann trug einen weiten, abgenutzten Mantel, den er mit weltmännischer Geste über die Stuhllehne warf, als er sich setzte. Dann legte er die Unterarme vor sich auf den Tisch, faltete die Hände und starrte sie an.

»Unglaublich. Du wirst im Laufe der Jahre immer hübscher.«

»Was machst du denn hier? Ich dachte, du verlässt die schöne Stadt zwischen den sieben Bergen nur im alleräußersten Notfall.«

»Im Siebengebirge, Hanne, nicht die sieben Berge. Eine verdammt komische Sache bringt mich her. Ein junger Ausreißer, den niemand haben will und der offenbar das reinste Computergenie ist. Das Jugendamt findet immer wieder seine Spuren im Internet, aber sie haben keine Ahnung, wo er steckt. Er ist zwölf.«

Er winkte dem Wirt und bat um Kaffee.

»Nimm lieber Tee«, flüsterte Hanne.

»Den Teufel werd ich tun. Morgens brauch ich meinen Kaffee. Und du? Was machst du so?«

Varg und Hanne wussten nicht, woher sie einander kannten. Er war Privatdetektiv und kam nur selten nach Oslo. Sie waren entfernte Bekannte, und zweimal hatten sie beruflich miteinander zu tun gehabt. Sie waren einander auf den ersten Blick sympathisch gewesen, was sie beide gleichermaßen überrascht hatte.

»Ich bin eigentlich beurlaubt«, sagte Hanne, ohne das weiter zu erklären. »Aber ich beschäftige mich trotzdem ein wenig mit dem Fall Volter. Das kann ich einfach nicht lassen.«

»Bemerkenswert, was heute in den Zeitungen gestanden hat«, sagte er und nickte zu den wild auf dem Tisch herumliegenden Blättern hinüber. »Dieser Impfstoffskandal scheint ja wirklich ein ziemlicher Hammer zu sein.«

»Ich bin eigentlich noch nicht weit gekommen«, sagte Hanne. »Worum geht es denn da?«

»Ach«, sagte er, während er ungeduldig nach dem Wirt winkte. »Offenbar ist damals eine außergewöhnlich große Anzahl von Säuglingen an ›plötzlichem Kindstod‹ gestorben. Das scheint eine Art Reservediagnose zu sein, wenn alle anderen Todesursachen ausgeschlossen werden können. Alle Kinder hatten dieselbe Impfung hinter sich. Eine Dreifachimpfung im Alter von drei Monaten. Und der Impfstoff war offenbar ...«

Er riss *Aftenavisen* an sich und blätterte eifrig darin, während er sich immer wieder den Zeigefinger anfeuchtete.

»Verunreinigt. Hier steht's: ›Vermutlich handelt es sich um ein Derivat des Konservierungsmittels.‹ Das Derivat ähnelt dem Wirkstoff des Impfmittels, hat aber eine ganz andere Wirkung. Es kann die Herzen der Säuglinge angegriffen und zum Stillstand gebracht haben.«

»Zeig mal«, sagte Hanne und nahm ihm die Zeitung weg.

Mehrere Minuten war sie dann in den Artikel vertieft, und Varg hatte schon die halbe Tasse Kaffee ausgetrunken, als sie wieder aufblickte.

»Das ist ja verdammt ernst«, sagte Hanne leise und faltete die Zeitung zusammen. »Sie wissen ja nicht mal, wo sie den Impfstoff herhatten.«

»Nein, und auch das ist ein Skandal. Die Kommission hat

offenbar darum gebeten, in ausländischen Archiven weiter-
forschen zu dürfen. Die hierzulande vorhandenen Unterlagen
weisen bedauerliche Mängel auf. Aller Wahrscheinlichkeit nach
stammte der Impfstoff aus irgendeinem Uga-Buga-Land, wo sie
sich mit Hygiene einfach nicht richtig auskannten.«

Er kippte den Rest seines Kaffees hinunter und sprang auf.
»Ich muss los. Aber hör mal.«

Er zögerte kurz, dann lächelte er und sagte:
»Ich werde im Herbst fünfzig. Kannst du dann nicht mal
nach Bergen kommen? Ich möchte ein bisschen feiern.«

»Im Herbst bin ich in den USA«, bedauerte Hanne und
machte eine resignierte Handbewegung. »Aber ich wünsche
dir einen schönen Geburtstag. Bis demnächst!«

Er hüllte sich in seinen Mantel und war verschwunden. Hanne riss ein Blatt aus ihrem Terminkalender und zeichnete ihr
Dreieck noch einmal. Volter – Grinde – Wächter. Im Artikel
hatte Gesundheitsministerin Ruth-Dorthe Nordgarden versi-
chert, die Sache werde sehr ernst genommen und der Kommission würden die nötigen Mittel und Befugnisse zur Verfügung gestellt werden, um die ausländischen Spuren zu verfolgen. Hanne
zögerte kurz, ehe sie die Initialen RDN zwischen Grinde und
Volter setzte. Der Wächter kam ihr plötzlich überflüssig vor, seine Anwesenheit auf dem Papier störte das neue Dreieck. Wenn
Benjamin Grinde Selbstmord begangen hatte, was mochte ihn
dazu veranlasst haben? Falls es mit dem Impfstoffskandal zu tun
hatte, war das eigentlich unlogisch. Er hätte doch stolz darauf
sein müssen, dass bereits so viel geklärt war. Die Schlagzeilen der
letzten Woche waren für ihn zwar zweifellos sehr unangenehm
gewesen, aber sich deswegen gleich das Leben zu nehmen ...

Jetzt waren ihre Kopfschmerzen unerträglich. Plötzlich
strich sie ihre Zeichnung durch und riss sie in Fetzen.

»Das hat doch alles keinen Sinn«, sagte sie sich und ging hinaus, vielleicht würde die frische Luft ihr ja helfen.

Draußen wählte sie eine Nummer auf ihrem Mobiltelefon. Ohne ihren Namen zu nennen, fragte sie: »Sehen wir uns heute Abend?«

Und einige Sekunden später beendete sie das Gespräch:

»Gut. Um sieben. Im Restaurant Tranen. Auf dem Alexander Kiellands Plass.«

Dann wählte sie Billy T.s Nummer.

»Hallo, ich bin's. Ich lass dich auch heute allein. Muss essen gehen.«

»Ist das off the record oder on the record, falls Cecilie anruft und nach dir fragt?«, lachte Billy T. am anderen Ende der Leitung.

»Dussel. Ich bin mit Deep Throat verabredet. Das kannst du Cecilie ruhig erzählen.«

Jetzt waren die Kopfschmerzen mörderisch; sie presste die Fingerspitzen gegen ihre Schläfen und beschloss, in die Stolmakergata zu gehen und eine Runde zu schlafen.

11.15, ODINS GATE 3

Die Leute von der Spurensicherung waren am Vorabend stundenlang dort gewesen. Überall hatten sie ihre winzigen Zeichen hinterlassen; kaum merkliche Hinweise darauf, dass diese Wohnung von Leuten, die nicht dort wohnten, auf den Kopf gestellt worden war, auch wenn sie alles wieder aufgeräumt hatten. Abgesehen von dem leeren Pillenglas mit der Aufschrift »Sarotex 25 Milligramm«, das neben einem halb vollen Glas Wasser auf Grindes Schreibtisch gestanden hatte, und dem Bettzeug, das auf eine genauere Untersuchung wartete. Billy T. stand mit einem kurzen Untersuchungsbericht in der Hand mitten im Zimmer. Der Tote war im Bett gefunden worden, nur mit

Boxershorts bekleidet. Nichts wies auf einen Einbruch hin, die Tür war von innen abgeschlossen gewesen, die Sicherheitskette vorgelegt. Die Mutter des Verstorbenen hatte einen Schlosser angerufen, als sie die Tür nicht öffnen konnte, doch der hatte dann geistesgegenwärtig zuerst die Polizei verständigt.

Billy T. faltete den Bericht zweimal zusammen und steckte ihn in die Hosentasche. Er hatte sich seine Anwesenheit erquengelt; Tone-Marit war ihm noch etwas schuldig gewesen, schließlich hatte er auf ihren Wunsch den Wächter verhört.

»Sarotex?«, fragte er Tone-Marit. »Hat der Bursche Antidepressiva benutzt?«

»Sieht eigentlich nicht so aus«, antwortete sie. »Er weiß einfach, wie man's macht. Er hat zwei Valium genommen, um sich zu beruhigen, und danach eine Handvoll Sarotex. Die Packung hat er am Freitag gekauft. Er hatte das Rezept auf den Namen seiner Mutter ausgestellt und hat in der Apotheke erzählt, sein Vater sei gerade gestorben, und die Mutter brauche für die erste Zeit ein Beruhigungsmittel. Er war ja schließlich auch Arzt. Solche Leute wissen, was sie brauchen, und fast alles bekommen sie in der Apotheke.«

Die Küche war das beeindruckendste Zimmer in der Wohnung. Die Schränke waren aus Kirschbaumholz, die Arbeitsflächen sahen aus wie dunkler Marmor. Ein breiter amerikanischer Kühlschrank mit Gefrierfach auf der einen und Kühlabteilung auf der anderen Seite war in einen der rotbraunen Kirschbaumschränke integriert. Aus einer Öffnung mitten im Gefrierfach konnte Eiswasser entnommen werden. Er öffnete die Tür. Die Päckchen im Gefrierfach trugen Aufschriften wie »Elchfilet, 1996«, »Preiselbeeren, 1995« und »Fettuccine, selbst gemacht, 20. März« und verhießen einen ebenfalls delikat gefüllten Kühlschrank. Was jedoch nicht der Fall war. Dort fanden sich nur ein angeschimmelter Brie, eine welke Paprika, drei Flaschen Mineralwasser und zwei Flaschen Weißwein. Billy T. schnupperte an einem Karton Magermilch im Türfach, zog eine Grimasse und schüttelte den Kopf. Grinde hatte seit einer Weile nicht mehr gegessen. Über einem Zweipersonentisch neben dem Fenster hing eine Lithografie, und die Spülmaschine sah aus wie in der Großküche auf der Hauptwache. Es war eine großartige, aber ziemlich unpersönliche Küche.

Das Wohnzimmer war da schon gemütlicher. In den Bücherregalen an der einen Längswand waren alle Genres vertreten, und Billy T. drückte auf einen Knopf der Stereoanlage, um die CD herauszuholen: Benjamin Brittens Oper »Peter Grimes«. Billy T. schüttelte kurz den Kopf: Der Fischer Peter Grimes, der bei Sturm hinausfuhr und den Waisenknaben, die ihm helfen sollten, das Leben zur Hölle machte, entsprach nicht gerade seinem Geschmack. Eine so dramatische Geschichte war ganz sicher nicht das Richtige für eine Seele in Selbstmordqualen.

Tone-Marit stand an dem großen, schweren Büfett und machte sich an einigen kleinen Figuren zu schaffen. Auch Billy T. nahm eine von ihnen aus dem Fach, konnte aber nichts damit anfangen.

»Japanische Netsuke«, sagte Tone-Marit lächelnd. »Miniaturen, die ursprünglich als Gürtelknöpfe dienten, später dann zur Dekoration und als Sammlerstücke.«

Billy T. starrte erst den kleinen, beängstigenden Shinto-Gott in seiner Handfläche und dann Tone-Marit verwundert an.

»Diese Exemplare sind wirklich schön«, sagte sie. »Vermutlich auch echt. Dann stammen sie aus der Zeit vor 1850 und sind wirklich wertvoll.«

Behutsam stellte sie die Figuren wieder an ihren Platz hinter den geschliffenen Glastüren zurück, eine neben die andere.

»Mein Großvater hat mit japanischen Kunstwerken gehandelt«, erklärte sie beinahe verlegen.

Billy T. ging in die Knie und öffnete die doppelten Türen mit den Traubenreliefs. Dahinter lagen steife, gebügelte Tischdecken mit Hohlsaum.

»Ein Ordnungsmensch, dieser Grinde«, murmelte er und schloss die Türen wieder.

Dann ging er ins Schlafzimmer, das ebenfalls aufgeräumt war – bis auf das Bett, das nicht mehr bezogen war. Eine Hose hing an der Wand in einem elektrischen Hosenbügler. Über einem kleinen Sessel hingen ein Hemd und ein Schlips. Eine Tür führte aus dem Schlafzimmer ins Badezimmer. Das Bad war durch und durch maskulin geprägt, mit dunkelblauen Fliesen auf dem Boden. Die weißen Wände waren in Schulterhöhe mit einem blauen und goldfarbenen Fries in einem ägyptischen Muster versehen, das sich um das ganze Zimmer zog. Es duftete leicht und frisch nach Mann. Eine Zahnbürste. Ein altmodischer Rasierpinsel und echte Rasierseife. Billy T. sah sich den Rasierer an, der aus Silber zu sein schien und in dessen Griff die Initialen BG eingraviert waren.

Er kam sich vor wie ein Eindringling. Plötzlich sah er ein Schreckensbild vor sich. Wenn er nun der Tote wäre! Wenn irgendein Polizist sein Badezimmer untersuchte, sich an seinen Dingen zu schaffen machte, seine allerintimsten Habseligkeiten betrachtete! Er schauderte und zögerte kurz, ehe er den Schrank öffnete.

Dort lag sie.

Er zweifelte nicht eine Sekunde.

»Tone-Marit«, brüllte er. »Komm sofort her und bring eine Tüte mit!«

Gleich darauf stand sie in der Tür.

»Was ist los?«

»Schau mal!«

Sie kam auf ihn zu, und ihre Blicke folgten seinem Zeigefinger zu einer kleinen vergoldeten und emaillierten Pillendose.

»Oh«, sagte sie und riss die Augen auf

»Das kannst du wohl sagen«, grinste Billy T., während er die Dose in die Plastiktüte steckte, die sofort luftdicht verschlossen wurde.

15.45, HAUPTWACHE OSLO

Der Überwachungschef sah aus wie ein Bestattungsunternehmer. Sein Anzug war zu dunkel, sein Hemd zu weiß. Der schmale kohlrabenschwarze Schlips hing wie ein Ausrufezeichen vor diesem unpassenden Aufzug. Sie waren zwar mit Birgitte Volters Angehörigen verabredet, aber die Beisetzung lag immerhin schon vier Tage zurück.

Die Anwesenden im Besprechungszimmer des Polizeipräsidenten hatten das noch nie erlebt. Natürlich hatten die meisten von ihnen schon häufiger mit den Hinterbliebenen eines Mordopfers gesprochen, aber nicht so offiziell. Und schon gar nicht nach dem Mord an einer Regierungschefin.

»Alle Achtung«, sagte der Polizeipräsident.

Ungläubig starrte er Billy T. an, der eine gebügelte graue Wollhose, ein weißes Hemd und ein offenes dunkelgraues Sakko trug. Sein Schlips war in gedämpften Herbstfarben gehalten, er war einfach ein ganz anderer. Er hatte sich sogar das Petruskreuz aus dem Ohr genommen und durch einen winzigen Diamanten ersetzt.

Der Abteilungsleiter kam mit rotem Gesicht atemlos ins Zimmer gestürzt.

»Der Fahrstuhl geht nicht«, stöhnte er und fuhr sich mit den Händen über die Oberschenkel.

Roy Hansen stand in der Tür, die Sekretärin des Polizeipräsidenten hatte sich freundlich seiner angenommen. Er ließ seinen Blick über die Versammelten wandern, und das Händeschütteln wurde im Gewirr der Stühle so lang und kompliziert, dass Billy T. sich vorsichtshalber an dieser peinlichen Runde nicht beteiligte. Er setzte sich, nickte dem Witwer zu und fragte auch nicht, wo Per Volter bleibe.

Der kam fünf Minuten zu spät. Seine Kleidung sah aus, als habe er darin geschlafen. Was vermutlich auch der Fall war; der Gestank von altem Schweiß vermischte sich mit einer unverkennbaren Alkoholfahne, die versuchsweise mit Pfefferminzzahnpasta übertönt worden war. Sein Blick flackerte, und er hob die Hand zu einem kollektiven Gruß, statt die Hände zu schütteln, die ihm zögernd hingestreckt wurden. Seinen Vater würdigte er keines Blickes.

»Ich komme zu spät«, murmelte er und ließ sich in einen Stuhl fallen, demonstrativ und mit dem Rücken zu seinem Vater. »Tut mir leid.«

Der Polizeipräsident erhob sich, ohne so recht zu wissen, was er sagen sollte. Zu einer Besprechung über die genauen Umstände des Mordes an einer Ehefrau und Mutter konnte er ja nicht gut willkommen heißen. Er starrte Roy Hansen an, dessen Blick seinerseits am Rücken seines Sohnes klebte; es war ein dermaßen nackter und verzweifelter Blick, dass der Polizeipräsident sofort den Mut verlor und am liebsten die ganze Unterredung abgesagt hätte.

»Diese Besprechung wird sicher ziemlich unangenehm«, sagte er dann endlich. »Was ich zutiefst bedauere. Aber ich – und meine Mitarbeiter – gehen davon aus, dass Sie lieber aus erster Hand über den Stand unserer Ermittlungen informiert werden möchten.«

»Wir wissen ja wohl noch weniger als die unten auf der Straße«, fiel Per Volter ihm laut ins Wort.

»Wie bitte?«

Der Polizeipräsident fasste sich an die Schulter und starrte den Jungen an.

»Unten auf der Straße?«

»Ja, die Journalisten. Das war der reine Spießrutenlauf für mich. Meinen Sie vielleicht, ich lass mich im Moment besonders gern fotografieren?«

Der Polizeipräsident musterte einen Punkt vor seinen Schuhspitzen und schluckte einige Male.

»Ich kann das alles nur bedauern. Es sollte niemand von unserem Termin erfahren. Tut mir leid.«

»Ewig tut irgendwem irgendwas leid!«

Per Volter schob seinen Stuhl zurück und hing wie ein trotziger Halbwüchsiger mit dem Hintern auf der äußersten Kante, während seine Schultern die Rückenlehne berührten und seine Beine ins Zimmer hineinragten. Er hieb mit der Faust gegen die Wand. Dann schlug er die Hände vors Gesicht.

Roy Hansen räusperte sich. Jetzt war er graubleich, und seine Augen wirkten bedrohlich feucht. Die anderen Männer im Zimmer saßen mucksmäuschenstill da, nur Billy T. wagte es, Vater und Sohn anzusehen.

»Per«, sagte Roy Hansen leise. »Du kannst doch …«

»Quatsch mich nicht an«, brüllte Per Volter. »Hab ich dir das nicht gesagt? Hab ich nicht gesagt, dass ich nie wieder mit dir reden will?«

Wieder schlug er die Hände vors Gesicht.

Der Überwachungschef war knallrot angelaufen. Er machte sich an einer Zigarette zu schaffen, schaffte es jedoch nicht, sie anzuzünden, und starrte auf sein eines Knie. Der Abteilungsleiter hatte den Mund aufgerissen, ohne das selbst zu bemerken, erst als ein Speicheltropfen aus seinem Mundwinkel lief, klappte er den Mund wieder zu und wischte sich schnell mit dem Ärmel über das Kinn.

Der Polizeipräsident schaute nachdenklich aus dem Fenster und schien nach einem möglichen Fluchtweg zu suchen.

»Per Volter!«

Das war Billy T.s Stimme. Tief und eindringlich.

»Schauen Sie mich an!«

Der Junge auf der anderen Seite des Tisches wiegte sich jetzt nicht mehr hin und her, hatte aber noch immer die Hände vors Gesicht geschlagen.

»Schauen Sie mich an!«, brüllte Billy T. und schlug mit der Faust so heftig auf den Teakholztisch, dass die Fensterscheiben klirrten.

Der Junge fuhr zusammen und ließ die Hände sinken.

»Wir wissen, wie dreckig es Ihnen geht. Alle hier in diesem Zimmer kapieren, wie schrecklich das alles ist.« Billy T. beugte sich vor. »Aber Sie sind nicht der einzige Mensch in der Weltgeschichte, der seine Mutter verloren hat. Also reißen Sie sich gefälligst zusammen!«

Wütend richtete Per Volter sich auf.

»Nein, aber ich bin der Einzige hier, dessen gesamtes Familienleben in den Zeitungen breitgetreten wird.«

Jetzt weinte er, ein leises Weinen, unterbrochen von kurzem Schluchzen, er rieb sich immer wieder die Augen, aber das half nichts.

»Da haben Sie recht«, sagte Billy T. »Ich kann mir sicher nicht vorstellen, was das für ein Gefühl ist. Aber Sie müssen uns trotzdem unsere Arbeit tun lassen. Im Moment besteht unsere Arbeit darin, Ihnen und Ihrem Vater zu erzählen, wie weit wir mit unseren Ermittlungen gekommen sind. Wenn Sie zuhören wollen, gut. Wenn nicht, finde ich, dass Sie gehen sollten. Ich kann Sie zum Hinterausgang bringen lassen, dann umgehen Sie die Presse.«

Der junge Mann sagte nichts dazu, er weinte noch immer.

»He«, sagte Billy T. leise. »Per!«

Per Volter schaute hoch. Die Augen des Polizisten sahen seltsam aus; sie hatten eine helle eisblaue Farbe, die man eigentlich eher bei einem bissigen Hund oder in einem Horrorfilm erwartet hätte. Sein Mund jedoch verzog sich zu einem leisen Lächeln, das eine Art von Verständnis zeigte, wie Per Volter es seit dem Tod seiner Mutter vermisst hatte.

»Wollen Sie gehen oder lieber bleiben? Oder wollen Sie vielleicht in meinem Büro warten, dann können wir uns später unter vier Augen unterhalten?«

Per Volter rang sich ein Lächeln ab.

»Entschuldigung. Ich bleibe.«

Dann putzte er sich mit einem Papiertaschentuch, das der Überwachungschef ihm hingehalten hatte, die Nase, setzte sich dann gerade hin, schlug ein Bein über das andere und starrte den Polizeipräsidenten an, als frage er sich ungeduldig und überrascht, warum die Besprechung beendet zu sein schien, noch ehe sie wirklich angefangen hatte.

Es dauerte nicht lange. Der Polizeipräsident erteilte nach einer kurzen Einführung dem Überwachungschef das Wort, der sich ebenfalls ziemlich kurz fasste. Billy T. wusste, dass diese Informationen nach allen Regeln der Kunst ausgewählt worden waren, eigentlich erzählte Ole Henrik Hermansen so gut wie gar nichts. Interessant war höchstens, dass sich sein Mund auf ganz besondere Weise verzog, als er auf die Extremistenspur zu sprechen kam; er sah viel unsicherer aus als sonst.

Der Wächter, dachte Billy T. Sie wissen irgendetwas über den Wächter.

»Oh, Entschuldigung«, sagte er, als der Polizeipräsident dreimal seinen Namen genannt hatte, ohne dass er reagiert hätte. »Die Pillendose, ja, richtig.«

Er fischte eine kleine Plastiktüte aus der Jackentasche und legte sie vor Roy Hansen hin. Der Witwer hatte seit Pers Ausbruch kein Wort gesagt, und auch jetzt schwieg er. Er schaute sich die Plastiktüte an, ohne eine Miene zu verziehen.

»Kennen Sie diese Dose?«, fragte Billy T. »Hat die Ihrer Frau gehört?«

»Die hab ich noch nie gesehen«, sagte Per Volter, noch ehe sein Vater antworten konnte.

Der junge Mann beugte sich vor und streckte die Hand nach der Tüte aus. Billy T. bedeckte sie blitzschnell mit der Hand.

»Noch nicht. Kennen Sie sie?«

Er zog die Dose aus der Tüte und hielt sie Roy Hansen hin.

»Die gehört uns«, flüsterte der Witwer. »Wir haben sie zur Hochzeit bekommen. Birgitte und ich. Ein Hochzeitsgeschenk. Das ist die Dose vom Foto.«

»Sicher?«

Roy Hansen nickte langsam und ließ die Dose nicht aus den Augen.

»Ich habe sie noch nie gesehen«, wiederholte Per Volter.

»Woher haben Sie die?«, fragte Roy Hansen und hielt Billy T. seine Handfläche hin.

»Aus Benjamin Grindes Wohnung«, antwortete Billy T. und legte die Dose in Roy Hansens Hand.

»Was?« Per Volter ließ seinen Blick vom einen zum anderen wandern. »Bei diesem Richter?«

Alle Polizisten nickten eifrig, als wollten sie damit dieser Aussage ein besonderes Gewicht verleihen.

»Bei Benjamin Grinde?«, sagte Roy Hansen. »Wieso denn das?«

Er blickte von seiner eindringlichen Musterung der kleinen Pillendose auf.

»Wir hatten eigentlich gehofft, dass Sie uns das erklären könnten«, sagte Billy T. und spielte an dem Diamanten in seinem Ohr herum.

»Keine Ahnung«, murmelte Roy Hansen.

»Nicht die geringste Vermutung?«

Die Verzweiflung war jetzt der Aggression gewichen. Roy Hansen sprach jetzt lauter.

»Vielleicht hat Benjamin sie ganz einfach gestohlen. Geklaut. Irgendwann. Was weiß ich? Er kann sie auch schon vor vielen Jahren mitgenommen haben, ich weiß wirklich nicht mehr, wann ich sie zuletzt gesehen habe.«

»Nein. Das müsste dann an dem Tag gewesen sein, an dem Ihre Frau ermordet worden ist«, widersprach Billy T. ruhig. »Ihre Sekretärin kann sich erinnern, dass die Dose auf dem Schreibtisch lag.«

Er schaute Per Volter an. Der zuckte mit den Schultern und schüttelte den Kopf.

»Keine Ahnung«, sagte er. »Hab sie noch nie gesehen.«

»Ihnen ist sicher aufgefallen, dass sie sich nur schwer öffnen lässt«, sagte Billy T. jetzt zu Roy Hansen. »Aber wir haben es geschafft. In der Dose liegt eine Locke. Und die scheint von einem Baby zu stammen ...«

Per keuchte auf und schien sich gewaltig zusammenreißen zu müssen, um nicht wieder loszuweinen.

»Wir dachten«, sagte Billy T., »wir glaubten, vielleicht ...

es fällt mir nicht leicht, Sie das zu fragen, Herr Hansen, aber ...«

Roy Hansen schien geschrumpft zu sein, und er hatte die Augen geschlossen.

»Wir haben doch betont, dass wirklich alle Auskünfte über Ihre Frau für den Fall von Bedeutung sein können, und deshalb muss ich Sie fragen ...«

Billy T. hob die Handfläche an seinen rasierten Schädel und bewegte sie langsam hin und her. Er sah den Polizeipräsidenten ganz bewusst nicht an; er wusste, was sein Vorgesetzter sagen würde.

»Warum haben Sie nichts von Ihrem toten Kind erzählt?«, fragte er schnell. »Von Ihrer Tochter?«

»Billy T.«, sagte der Polizeipräsident mit scharfer Stimme, wie Billy T. es erwartet hatte. »Das hier ist keine Vernehmung. Sie brauchen diese Frage wirklich nicht zu beantworten, Herr Hansen.«

»Aber das will ich!«

Roy Hansen sprang auf. Mit steifen Schritten ging er zum Fenster, dann drehte er sich zu den anderen um.

»Sie haben eben gesagt, dass Sie nicht wissen, was es für ein Gefühl ist, sein Leben in allen Zeitungen breitgetreten zu sehen. Da haben Sie völlig recht. Sie haben keine Ahnung. Ganz Norwegen beschäftigt sich mit Birgitte. Auch Sie beschäftigen sich mit Birgitte. Das nehme ich hin. Aber es gibt auch noch Dinge, die nur mich angehen. Nur mich. Ist das klar?«

Jetzt stützte er sich mit einer Hand auf den Tisch und schaute Billy T. in die Augen.

»Warum ich nichts über Liv gesagt habe, wollen Sie wissen. *Weil Sie das nichts angeht.* Okay? Livs Tod war unsere Tragödie. Birgittes und meine.«

Seine Wut legte sich so schnell, wie sie gekommen war. Plötzlich schien er nicht so recht zu wissen, wo er war und warum er dort war. Er blickte sich verwundert um und ging dann zu seinem Stuhl zurück.

Es war still, sehr lange.

»Na gut«, sagte Billy T., schob vorsichtig die Pillendose in die Tüte und steckte beides in die Jackentasche. »Lassen wir das erst mal. Es tut mir leid, wenn ich etwas Verletzendes gesagt habe. Und jetzt ist da nur noch eins ... «

Er blickte den Polizeipräsidenten an, der ihn mit resigniertem Nicken zum Weiterreden aufforderte.

»Wir haben etwas, das um nichts in der Welt an die Öffentlichkeit gelangen darf. Wir haben es bisher vor der Presse verbergen können, und wir möchten diese Information noch eine Weile für uns behalten. Wir haben ... «

Er zog einen Umschlag aus seinem Ordner und zeigte Vater und Sohn den Inhalt.

»Wir wissen, dass es sich hierbei um die Mordwaffe handelt«, sagte er und zeigte auf die beiden Fotos. »Es ist ein russischer ... «

»Nagant«, fiel Per Volter ihm ins Wort. »Ein russischer Nagant M 1895.«

Er starrte das Bild an.

»Wo ist diese Waffe?«

»Wieso?«, meinte Billy T.

»Wo ist diese Waffe?«, fragte Per Volter noch einmal, und seine Wangen glühten wie bei einem Fieberkranken. »Ich will diese Waffe sehen.«

Schon nach wenigen Minuten klopfte ein Polizist an die Tür, reichte Billy T. einen Revolver, nickte und verschwand wieder.

»Darf ich sie anfassen?«, fragte Per Volter und blickte Billy T. an, der ihm zunickte.

Mit geübten Handbewegungen untersuchte Per Volter die Waffe, die seiner Mutter das Leben genommen hatte. Er untersuchte das Magazin, stellte fest, dass es leer war, zielte auf den Boden und drückte ab.

»Kennen Sie diesen Waffentyp?«, fragte Billy T.

»Ja«, sagte Per Volter. »Ich kenne diese Waffe sehr gut. Sie gehört mir.«

»Ihnen?«

Der Überwachungschef hatte fast gebrüllt.

»Ja. Dieser Nagant gehört mir. Kann mir jemand sagen, wieso er hier ist?«

17.30, STENSPARK

Es ärgerte ihn schrecklich, dass er nicht auf einem anderen Treffpunkt bestanden hatte. Brage Håkonsen hasste den Stenspark. Er konnte die kleine grüne Lunge zwischen Stensgate und Pilestredet kaum durchqueren, ohne von dem Abschaum belästigt zu werden, der sich immer hier herumtrieb, von widerlichen Schwulen, die ihn immer für ihresgleichen hielten, egal, wie er sich kleidete oder verhielt.

Außerdem hätte er einen späteren Zeitpunkt vorschlagen sollen. Es war doch noch hell. Der Lieferant hatte jedoch nicht mit sich reden lassen, er sei unterwegs ins Ausland und wolle die Sache hinter sich bringen.

Brage Håkonsen hatte drei Runden durch den Park gedreht. Er konnte nicht stehen bleiben, denn dann kamen sie angekrochen. Die Termiten der Gesellschaft.

Endlich. Der Mann im dunklen, knöchellangen Mantel machte eine winzige Bewegung in Håkonsens Richtung. Brage

Håkonsen sah sich so diskret wie möglich nach allen Seiten um und ging dann auf den anderen zu. Im Vorübergehen merkte er, dass etwas in seine Tasche fiel, ein Nylonbeutel, in dem sein Trainingsanzug lag. Er hatte den einen Handgriff gerade im richtigen Moment losgelassen.

Jetzt packte er ihn wieder und lief zu den beiden Mülleimern am Parkausgang. Er öffnete den einen und ließ einen zerfetzten Umschlag hineinfallen.

Fünftausend waren gar nicht schlecht. Nicht für eine unregistrierte, effektive Waffe. Als Brage Håkonsen den Park verließ, sah er aus dem Augenwinkel, dass der Mann im langen Mantel auf die Mülleimer zuging. Brage lächelte und packte seine Tasche noch fester.

Plötzlich lief es ihm eiskalt den Rücken hinunter. Den Mann dort hinten, der Zeitung lesend unter einem hohen Baum stand, hatte er schon einmal gesehen. Am selben Tag. Vor Kurzem erst. Er versuchte sich genauer zu erinnern. Am Kiosk? In der Straßenbahn? Er lief schneller und schaute über die Schulter, um zu sehen, ob der Zeitungsleser ihm folgte. Das tat er nicht. Er schaute ihm nur hinterher, um sich dann wieder seiner Lektüre zu widmen.

Er war bestimmt einer von den Schwulen. Brage atmete erleichtert auf und ging in Richtung Tiermedizinisches Institut weiter.

Aber der Gedanke an den Zeitung lesenden Mann ließ ihm keine Ruhe. Eigentlich wollte er zur Hütte fahren und die Waffe dort verstecken. Bis auf Weiteres. Bis sein Plan feststand. Der Plan war fast komplett, aber eben nur fast. Er wusste nicht so recht, wen er hinzuziehen sollte. Allein würde er die Sache nicht durchziehen können. Aber er wollte nur einen Helfer dabeihaben. Je mehr mitmachten, desto größer war die Gefahr, dass alles den Bach hinunterging.

Jetzt, da die Ministerpräsidentin erledigt war, war als Nächstes die Parlamentspräsidentin an der Reihe. Das würde von gewaltigem symbolischem Wert sein. Aber als er seine Wohnungstür aufschloss, kamen ihm Zweifel. Er konnte nicht zur Hütte fahren. Niemand wusste, dass er die hatte – bis auf die alte Dame aus dem Erdgeschoss, für die er einkaufte und die Treppe putzte und die ihm zum Dank die Schlüssel für die Hütte gegeben hatte. Sie war kinderlos und uralt und kannte kaum andere Menschen als die, die ihr dreimal in der Woche Essen auf Rädern brachten. Er hatte eigentlich keine Hintergedanken gehabt, als er angefangen hatte, sich ab und zu mit ihr zu unterhalten, aber dann hatte sich herausgestellt, dass ihr Mann sich im Krieg an die Ostfront gemeldet hatte und dort gefallen war. Und seitdem half er ihr. Um die eigenen Leute hatte man sich zu kümmern. Das war Ehrensache.

Er wollte zur Hütte. Aber eine innere Stimme sagte ihm, dass er das lieber nicht tun solle. Sie sagte ihm auch, dass die Waffe keinesfalls in seiner Wohnung oder in seinem Kellerraum liegen dürfe.

Er ging in den Keller hinunter, schloss Frau Svendsbys Raum auf und legte die noch eingepackte Pistole hinter vier Gläser Marmelade des Jahrgangs 1975.

Er hatte sich die Waffe nicht einmal näher angesehen, als er den Raum wieder verschloss und den Schlüssel zwischen zwei Deckenbalken verstaute.

Frau Svendsby hatte kaputte Hüftgelenke und war seit über fünfzehn Jahren nicht mehr in ihrem Keller gewesen.

19.10, RESTAURANT TRANEN

Hanne Wilhelmsen saß in der verräucherten Kneipe, schaute auf die Uhr und versuchte, sich nicht zu ärgern. Endlich kam Øyvind Olve atemlos hereingestürzt. Er schaute sich verwirrt um und entdeckte Hanne Wilhelmsen erst, als sie ihm zuwinkte. Erleichtert ließ er sich ihr gegenüber auf einen Stuhl fallen. Dann knallte er seine Tasche auf den Tisch.

»Aber Øyvind«, sagte sie mit vorwurfsvollem Lächeln. »Wann legst du dir endlich eine schönere zu?«

Er starrte beleidigt seine Tasche an, einen kleinen Diplomatenkoffer aus rotem und schwarzem Nylon, geschmückt mit dem Logo der sozialdemokratischen Partei.

»Ja, aber mir gefällt die nun mal.«

Hanne Wilhelmsen legte den Kopf in den Nacken und lachte laut.

»Die gefällt dir? Die ist doch einfach scheußlich. Hast du die von einem Parteitag mitgebracht, oder was?«

Øyvind Olve nickte verwirrt und stellte die Tasche auf den Boden, wo die Hauptkommissarin sie nicht sehen konnte.

»Warum hast du mich denn in dieses Loch bestellt?«, flüsterte er und verdrehte die Augen.

»Weil das der einzige Ort in Oslo ist, wo du ganz sicher sein kannst, dass du nicht belauscht wirst«, flüsterte sie zurück und schaute sich verschwörerisch um. »Hier hat sich noch nicht mal der Überwachungsdienst etabliert.«

»Kann man hier denn wirklich essen?«, murmelte er und starrte die fettige Speisekarte an.

»Wir gehen danach woanders hin«, erklärte sie. »Und das Bier ist so gut wie überall. Also, erzähl.«

Sie nippte an ihrem Glas, stützte die Ellbogen auf den Tisch und leckte sich die Lippen.

»Worum um Himmels willen geht es eigentlich bei diesem Impfstoffskandal? Was läuft hier wirklich ab?«

»In solchen Fällen läuft fast immer ein Machtkampf ab. Und irgendwer füttert heimlich die Presse.«

»Meinst du, den Leuten von der Presse werden Informationen zugespielt?«

»Das, was heute in der Zeitung stand«, sagte Øyvind und malte einen Kreis auf sein beschlagenes Bierglas, »das war nicht einmal im Büro der Ministerpräsidentin bekannt. Irgendwer scheint es auf uns abgesehen zu haben.«

»Auf euch abgesehen? Aber stand da denn nicht die Wahrheit?«

»Doch, wahrscheinlich schon. Und wenn es stimmt, dann wäre es auch veröffentlicht worden. Es geht darum, dass die Sache von der zuständigen Kommission untersucht werden muss, und wenn schon jetzt so viel herauskommt, dann ist es schwer für uns, uns vernünftig zu verhalten.«

»Für uns? Meinst du die Partei?«

Øyvind Olve lächelte, fast verlegen.

»Ja, im Grunde schon. Aber vor allem meine ich die Regierung.«

»Wie kann das denn der Regierung schaden? Das Ganze ist doch vor über dreißig Jahren passiert.«

»Alles wird der Regierung angehängt. Die Regierung hat die Verantwortung für die Untersuchungen übernommen, und wir konnten nur mit Mühe verhindern, dass das Parlament sich auch diese Geschichte unter den Nagel gerissen hat. Zum Glück hat Ruth-Dorthe rasch gehandelt und eine Kommission einberufen, noch ehe sich die Leute im Parlament besonnen hatten.«

Er trank einen großen Schluck Bier und stöhnte.

»Sieh dir doch den Überwachungsskandal damals an«, sagte er dann mit noch leiserer Stimme. »Als der Bericht der Kommission endlich vorlag …«

Wieder hob er sein Glas an den Mund und leerte es zur Hälfte.

»Hast du nicht gesehen, wie sie versucht haben, das zu ihrem Sieg zu erklären?«

»Wer denn?«

»Die Opposition. Die Mittelparteien. Und auch andere. Als ob das Parlament die ganze Arbeit geleistet hätte und nicht eine Kommission aus lauter fähigen Leuten. Als ob wir nicht ebenso dringend hätten wissen wollen, wer in Norwegen alles ohne Erlaubnis überwacht worden ist.«

»Aber«, protestierte Hanne, »die Regierung hatte die Sache doch auch schon untersucht und so gut wie gar nichts herausgebracht.«

»Ja«, sagte Øyvind Olve und knallte sein Glas auf den Tisch. »Aber das war doch nicht der Fehler der Regierung. Es war doch nicht Gro persönlich, die die Akten und Unterlagen überprüft hat.«

Gereizt bestellte er noch zwei Bier.

»Du warst mitten in deinem Bericht«, sagte Hanne, als das Bier gekommen war, und goss den letzten Rest aus ihrem alten Glas in das neue.

»Regieren ist ein unbehaglicher Balancegang«, sagte Øyvind. »In jeder Hinsicht. Vor allem, wenn die Belastungen so groß sind wie bei unserer Partei. Alles wird uns angekreidet. Alles Negative. Das Land fließt über von Milch und Honig, aber trotzdem sind alle sauer auf die Sozialdemokraten. Dieser Impfstoffskandal ... «

Er schaute auf die Uhr und legte sich die flache Hand auf den Bauch.

»Hunger?«, fragte Hanne Wilhelmsen.

»Mmm.«

»Nachher. Erzähl erst weiter.«

»Na ja«, sagte Øyvind Olve. »Wenn 1965 wirklich etwas

schiefgelaufen ist, wollen wir das natürlich aufklären. Aus vielen Gründen. Es muss festgestellt werden, wer die Verantwortung trägt, und vor allem müssen wir aus solchen Fehlern lernen, auch aus solchen, die vor so langer Zeit passiert sind. Wenn aber solche Mengen an Informationen an die Presse durchsickern, wird die Regierung in die Defensive gezwungen ... das Büro der Ministerpräsidentin hat nichts von dem gewusst, was heute in der Zeitung gestanden hat.«

»Ich kapiere das immer noch nicht«, sagte Hanne. »Wer war 1965 eigentlich an der Macht?«

»Erst wir, dann die Konservativen«, murmelte Øyvind. »Aber darum geht es nicht. Es geht darum, dass die Regierung eine schlechte Figur macht, denn sie weiß viel weniger als die Presse, und das ist in den Augen der Leute immer ein Zeichen von Schwäche. Oder zumindest in den Augen der Presse. Und das will etwas heißen.«

Er musste aufstoßen.

»Du musst etwas mit deinem Magen machen«, sagte Hanne.

»Und wenn sie heute den Impfstoffskandal mit dem Mord an Birgitte in Verbindung bringen, dann haben wir wirklich Ärger.«

Jetzt beugte er sich so weit vor, dass sein Gesicht nur noch zwanzig Zentimeter von Hannes entfernt war.

»Aber das ist doch bestimmt nur Unsinn«, protestierte Hanne.

»Unsinn? Ja, sicher, aber das spielt doch keine Rolle. Solange die Zeitungen beides zu einem einzigen Fall zusammenrühren, wird es von der Öffentlichkeit auch für einen Fall gehalten. Vor allem, wenn es so aussieht, als ob ...«

Plötzlich ließ er sich auf seinem Stuhl zurücksinken und starrte zum Tresen hinüber. Er schien nicht weiterreden zu wollen.

»Wenn es so aussieht, als ob was?«

Hanne flüsterte jetzt.

»Als ob die Polizei keine Ahnung hätte, was diesen Mord betrifft«, sagte Øyvind langsam. »Oder wisst ihr etwa irgendwas?«

Hanne zeichnete in die feuchte Stelle, die ihr Bierglas auf dem Tisch hinterlassen hatte, ein Herz.

»Du solltest mich nicht mit der Polizei gleichsetzen«, sagte sie. »Da arbeite ich zurzeit nicht.«

Øyvind Olve bückte sich und hob seinen albernen Nylonkoffer auf den Tisch. Er machte sich am Reißverschluss zu schaffen, dann legte er Hanne drei Bögen hin.

»Genau. Da arbeitest du nicht. Also erzähl mir, was ich hiermit anfangen soll.«

Er schob ihr die Unterlagen zu.

»Was ist das?«, fragte sie und drehte sie zu sich hin.

»Das habe ich in Birgitte Volters Büro gefunden. Ich musste alle Unterlagen durchsehen, viele waren ja von ziemlicher politischer Brisanz. Und das hier steckte zwischen zwei roten Mappen.«

»Roten Mappen?«

»Gesperrten Unterlagen.«

Die Bogen enthielten eine Reihe von Namen, die jeweils mit einem Datum versehen waren.

»Geburts- und Todesdaten«, erklärte Øyvind Olve. »Offenbar eine Liste der plötzlichen Todesfälle des Jahres 1965. Und sieh hier ...«

Er zog die Papiere zurück, suchte kurz, schob sie dann wieder Hanne hin und zeigte auf eine Stelle.

»Liv Volter Hansen. Geboren am 16. März 1965, gestorben am 24. Juni 1965. Über allerlei Umwege und mit vielen Notlügen habe ich erfahren, dass die Grinde-Kommission diese Liste angelegt hat. Die Eltern dieser Kinder wurden von einem Computer ausgesucht, sie sollten ausführlich über Gesundheit, Verhalten, Essensgewohnheiten und so weiter ihrer Kinder befragt werden. Eine repräsentative Auswahl, mit anderen Worten. Und zufällig landete die Ministerpräsidentin in dieser Gruppe. Noch interessanter ist, dass die Liste am 3. April fertig war. Am Tag vor Birgittes Tod. Sie kann diese Liste nur von Benjamin Grinde bekommen haben. Ich habe alle anderen Möglichkeiten überprüft. Posteingang, Protokolle von Besprechungen, absolut alles. Sie muss die Liste von Grinde bekommen haben. Und schau her ... «

Wieder zeigte er auf eine Stelle auf dem Bogen. Am Rand der ersten Seite war handschriftlich ein Vermerk angebracht.

»Neue Person?« Und: »Was sagen?«

»Was in aller Welt soll das denn bedeuten?«, fragte Hanne, mehr sich selbst als Oyvind.

»Ich weiß es nicht«, sagte er. »Aber es ist Birgittes Handschrift. Was soll ich tun?«

»Das, was du sofort hättest tun sollen«, sagte Hanne mit lauter, vorwurfsvoller Stimme. »Du wirst diese Unterlagen der Polizei bringen. Jetzt, sofort.«

»Aber wir wollten doch essen gehen«, klagte Øyvind Olve.

20.00, HAUPTWACHE OSLO

Per Volters Haare wurden schon dünn. Billy T. konnte das deutlich sehen, oben auf dem Kopf waren sie schütter. Es war nur eine Frage der Zeit, bis der junge Mann mit einer Halbglatze rechnen könnte.

Billy T. wusste nicht so recht, was er tun sollte. Per Volter saß seit fast zehn Minuten an seinem Schreibtisch, hatte den Kopf auf die Arme gelegt und weinte wie ein Kind. Und all das hatte eine kleine Behauptung von Billy T. verursacht: »Ich glaube, Sie haben mir einiges zu erzählen.«

»Glauben Sie etwa, ich hätte meine Mutter umgebracht?«, hatte Per Volter gerufen, um dann in Tränen auszubrechen.

Nichts hatte geholfen. Billy T. hatte beteuert, dass das nicht der Fall sei. Zum einen hatte Per Volter ja ein hieb- und stichfestes Alibi, zwanzig Soldaten und drei Offiziere konnten beschwören, dass der Junge sich auf der Hardangervidda aufgehalten hatte, als im Büro der Ministerpräsidentin der Schuss gefallen war. Zum Zweiten hatte er nicht die Spur von einem Motiv. Und drittens hätte er wohl kaum die Tatwaffe als seine eigene identifiziert, wenn er wirklich der Mörder wäre.

Das hatte Billy T. immer wieder gesagt, aber nichts hatte geholfen. Am Ende gab er auf und beschloss, Per Volter in Ruhe weinen zu lassen.

Billy T. musterte seine Fingernägel und spielte mit dem Gedanken, aufs Klo zu gehen. Als er seinen Entschluss gefasst hatte und schon aufstehen wollte, schniefte Per Volter energisch und richtete sich zögernd auf. Sein Gesicht war rot und verquollen.

»Geht's ein bisschen besser?«, fragte Billy T. und glitt lautlos wieder auf seinen Sitz.

Per Volter gab keine Antwort, sondern wischte sich als Geste der Zustimmung das Gesicht am Pulloverärmel ab.

»Hier«, sagte Billy T. und bot ihm ein Papiertaschentuch an. »Sie haben wirklich eine bemerkenswerte Ordnung in Ihren Waffen, Per.«

»Habt ihr da nachgesehen?«, murmelte Per und starrte das feuchte Taschentuch an.

»Ja. Zwei Beamte waren bei Ihrem Vater und haben einen Bericht geschrieben, in dem von vorbildlicher Aufbewahrung die Rede ist. Die Waffen in einem verschlossenen Schrank, die Munition in einem anderen. Und alle fünf Waffen sind bei uns registriert.«

»Dieses Register ist eigentlich ein Witz«, murmelte Per Volter. »Soviel ich weiß, gilt es nur für diesen Bezirk, und ihr habt es noch nicht einmal im Computer.«

»Wir warten auf ein neues Waffengesetz«, sagte Billy T., goss aus einer Thermoskanne Kaffee in zwei Tassen und schob Per eine schwarze mit dem Bildnis Franz Kafkas zu.

»Aber warum ...«, sagte er und zögerte dann.

»Warum was?«

»Warum haben Sie den Nagant nicht registrieren lassen?«

Per blies in seine Tasse. Da der Kaffee weiterhin zu heiß blieb, stellte er sie vorsichtig auf den Tisch.

»Das hat sich einfach nicht so ergeben. Die anderen Waffen habe ich gekauft. Der Nagant war ein Geschenk. Zu meinem achtzehnten Geburtstag. Der Revolver hat meiner Großmutter gehört. Die war im Krieg ziemlich aktiv, und wir haben den Nagant immer als ihren Orden bezeichnet.«

Jetzt lächelte der junge Mann kurz und sah ein bisschen stolz dabei aus.

»Sie hat einen verletzten Russen operiert und ihm damit das Leben gerettet. Und dabei war sie nicht einmal Ärztin. Das war im Herbst '43, und der Mann konnte ihr zum Dank nichts anderes geben als seine Waffe. Er hieß Kliment Davidowitsch Raskin.«

Jetzt strahlte er.

»Als Kind fand ich diesen Namen toll. Viele Jahre nach Kriegsende hat meine Großmutter versucht, ihn zu finden. Über das Rote Kreuz, die Heilsarmee und so. Sie hat ihn nicht finden können. Ich war sechzehn, als sie gestorben ist. Fantastische Frau. Sie ...«

Wieder traten ihm die Tränen in die Augen, und er versuchte noch einmal sein Glück mit dem Kaffee.

»Meine Mutter hat mir dann später den Nagant geschenkt«, murmelte er in seine Tasse. »Es war das schönste Geschenk, das ich je bekommen habe.«

»Haben Sie auch schon mal damit geschossen?«

»Ja. Er braucht eine ganz besondere Munition, die musste ich erst bestellen. Ich habe mit dieser Waffe vielleicht ... vielleicht sechs- oder siebenmal geschossen. Eigentlich eher aus Pflichtbewusstsein. Sie ist ziemlich unpräzise. Und sie ist eben alt. Meine Großmutter hatte sie nie benutzt.«

Wieder überwältigte ihn die Erinnerung an eine Tote. Aus seinem linken Auge floss eine Träne, aber er blieb aufrecht sitzen.

»Warum sind Sie so wütend auf Ihren Vater, Per?«

Kaum hatte Billy T. diese Frage gestellt, als seine inneren Alarmsirenen auch schon schrillten. Der Junge musste erst erfahren, dass er gegen seine eigene Familie nicht auszusagen brauchte. Trotzdem zog Billy T. seine Frage nicht zurück.

Per Volter starrte aus dem Fenster. Er hielt sich die Tasse vors Gesicht, trank aber nicht. Der Dampf schien ihm gutzutun, denn er schloss die Augen und fand die Feuchtigkeit, die sein Gesicht überzog, offenbar angenehm.

»Wütend ist noch viel zu milde gesagt«, sagte er leise. »Der Mann ist ein Arsch. Er hat meine Mutter betrogen und mich belogen.«

Plötzlich schaute er Billy T. voll ins Gesicht. Seine Augen waren blau, und einen unangenehmen Moment lang hatte Billy T. das Gefühl, ein Gespenst anzustarren, denn der Junge hatte große Ähnlichkeit mit seiner Mutter.

»Mein Vater hatte ein Verhältnis mit Ruth-Dorthe Nordgarden.«

Aber Billy T. war zu erschöpft. Er konnte nicht mehr. Er schloss die Augen und fragte sich, wie er es bis in sein Bett schaffen sollte.

»Ich lass Sie nach Hause fahren«, sagte er leise.

»Ich will nicht nach Hause«, antwortete Per Volter. »Ich weiß nicht, wohin ich will.«

23.30, VIDARS GATE 11C

Er konnte nicht schlafen.

Er dachte an die Waffe hinter den Marmeladengläsern in Frau Svendsbys Kellerraum. Obwohl sie dort sicherer war als in seinem eigenen, war ihm nicht wohl in seiner Haut. Sie gehörte in die Hütte.

Er grübelte über den Mann mit der Zeitung nach. Er hatte nicht ausgesehen wie die anderen. Er hatte desinteressiert gewirkt, hatte ihn aber trotzdem im Auge behalten. Und das machte ihm arg zu schaffen.

Brage Håkonsen drehte sich um und merkte, dass sein Bettzeug klamm war. Er stöhnte genervt und stand auf. Am liebsten hätte er Tage angerufen. Er brauchte Hilfe von außen. Das wäre am sichersten so. Aber er konnte ihn nicht anrufen. Vielleicht wurde das Telefon abgehört. Das Mobiltelefon war zwar eine abhörsichere Alternative, aber dafür konnte die Polizei feststellen, wo er telefoniert hatte. Deshalb waren sie auf Telefonzellen angewiesen. Und auf kryptische Briefe, die nach dem Lesen sofort verbrannt wurden.

Er hatte das Gefühl, Ameisen im Bauch zu haben. Seine Haut brannte und juckte, er kratzte sich und lief unruhig in seinem kleinen Wohnzimmer auf und ab. Schließlich setzte er sich auf seinen Heimtrainer und fuhr los. Er strampelte und strampelte, und nach zwei Kilometern merkte er, dass seine Muskeln sich lockerten. Sein halb nackter Körper war von Schweiß bedeckt, und er atmete schwer und rhythmisch.

Da ging die Türklingel.

Brage Håkonsen erstarrte und ließ die Pedale los, die sich von ganz allein weiterdrehten.

Er hatte keine Ahnung, wer vor der Tür stehen könnte, aber die unangenehme Spannung von vorhin meldete sich wieder, sein Zwerchfell krampfte sich zusammen, und er zitterte. Langsam und leise legte er sich wieder ins Bett, wagte aber nicht, das Licht auszuknipsen. Eine von außen sichtbare Veränderung würde verraten, dass jemand zu Hause war.

Wieder wurde geklingelt, hart und energisch.

Er lag starr und ganz ruhig da. Er würde nicht öffnen. So spät durfte man nicht klingeln. Es war sein gutes Recht, nicht zu öffnen. Plötzlich fielen ihm seine Pornozeitschriften ein, und als er sich leise auf einen Ellbogen erhob, bereiteten die ihm größere Sorgen als die Pistole im Keller. Er stand wieder auf, hob die Matratze an und stopfte die Zeitschriften zwischen Polster und Lattenrost.

Jetzt wurde wieder geklingelt, wütend und fast eine Minute lang.

Er hatte nichts in der Wohnung, wofür man ihn einbuchten könnte. Er hatte bei niemandem eine Rechnung offen.

Er musste aufmachen.

Er warf einen dunkelblauen Bademantel mit schwarzen Streifen über und verknotete den Gürtel, als er zur Tür ging.

»Komm ja schon«, murmelte er und nahm die Sicherheitskette ab.

Vor der Tür standen zwei Männer. Beide waren um die vierzig, der eine trug einen graubraunen Anzug mit Krawatte, der andere Hose, Jacke und ein am Hals offenes Hemd.

»Brage Håkonsen?«, fragte der Mann im Anzug.

»Ja.«

»Polizei.«

Beide hielten ihm ihre Dienstausweise hin.

»Sie sind verhaftet.«

»Verhaftet? Wieso denn?«

Brage Håkonsen wich unwillkürlich zurück, und die beiden Männer betraten seine Wohnung. Der Polizist ohne Krawatte schloss leise die Tür.

»Illegaler Waffenbesitz.«

Der Mann reichte ihm einen blauen Zettel.

»Waffenbesitz? Ich habe doch gar keine Waffen.«

»Einen Waffenschein haben Sie jedenfalls nicht«, sagte der Größere der Polizisten. »Trotzdem haben Sie heute Nachmittag im Stenspark eine Pistole gekauft.«

Verdammt. Verdammter Mist. Der Zeitungsmann war keine Schwuchtel gewesen, sondern ein Bulle.

»Hab ich nicht«, sagte Brage Håkonsen, ging sich aber trotzdem anziehen.

Er durfte nicht allein in sein Schlafzimmer; der großgewachsene Polizist folgte ihm und starrte ihn an, bis er sich fertig gemacht hatte, um die Beamten zur Wache zu begleiten.

MITTWOCH, 16. APRIL 1997

9.15, HAUPTWACHE OSLO

»Long time no see.« Billy T. grinste Severin Heger an und bückte sich, um dem Mann beim Aufheben der zu Boden gefallenen Ordner zu helfen.

»Pass doch auf«, sagte Heger, lächelte aber trotzdem.

»Wo steckst du denn so im Moment?«, fragte Billy T. und sah seinen Kollegen erwartungsvoll an.

Severin Heger arbeitete schon seit fast vier Jahren beim Polizeilichen Überwachungsdienst. Er war der Einzige dort, mit dem Billy T. sich verstand, und das hatte eine ganz besondere Vorgeschichte. Sie waren gleichaltrig und hatten ihre Ausbildung zusammen gemacht. Beide waren über zwei Meter groß, beide fuhren eine Honda Goldwing, und als Billy T. 1984 beim Karate inoffizieller norwegischer Meister geworden war, war Severin auf dem zweiten Platz gelandet. Als sie ihre letzte Prüfung bestanden hatten und ihre nackten Uniformschultern stolz mit einem goldenen Streifen versehen durften, waren sie mit anderen durch die Stadt gezogen. Zu einem späteren Zeitpunkt in dieser Nacht hatte Severin in ziemlich betrunkenem Zustand einen unbeholfenen sexuellen Annäherungsversuch gemacht. Billy T. hatte das Angebot weitaus taktvoller und eleganter abgelehnt, doch als Severin darauf in heftiges Schluchzen ausgebrochen war, hatte Billy T. ihm den Arm um die Schultern gelegt und ihn nach Hause gebracht. Billy T. hatte im Laufe dieser Nacht drei Kannen Kaffee gekocht und den verzweifelten Severin mit vielen Worten getröstet. Als die Sonne im Osten die Wolkendecke durchbrach und beide ganz ausgenüchtert auf dem Balkon der kleinen Wohnung in Etterstad saßen, sprang Severin plötzlich auf, holte einen kleinen Silberpokal mit einer Gravur und rief:

»Der ist für dich, Billy T. Das ist mein allererster und allerschönster Pokal. Vielen Dank.«

Seither hatten sie nur wenig miteinander zu tun gehabt; ab und zu tauschten sie einen Gruß und ein Schulterklopfen, und noch viel seltener trafen sie sich bei einem kühlen Bier. Keiner von beiden hatte den Frühlingsabend, der nun schon viele

Jahre zurücklag, je wieder erwähnt. Der Silberpokal stand im Regal in Billy T.s Schlafzimmer, zusammen mit einem Eierbecher, den er zur Taufe geschenkt bekommen hatte, und einem Babyschuh seines ältesten Sohnes. Soviel Billy T. wusste, hatte Severin damals in der Nacht eine Entscheidung getroffen, eine ganz andere, als Billy T. ihm geraten hatte. Severin Heger lebte im Zölibat, und Billy T. hatte niemals irgendwelchen boshaften Klatsch über seinen alten Kumpel gehört.

»Ich mache vermutlich dasselbe wie du«, sagte Severin Heger. »Das tun wir doch derzeit fast alle, oder?«

»Geh ich mal von aus. Wie geht's sonst?«

Severin Heger biss sich auf die Unterlippe und schaute sich nach allen Seiten um. Kollegen eilten an ihnen vorbei, manche hoben die Hand zum Gruß, andere schmetterten im Vorübergehen ein munteres Hallo.

»Hast du Zeit für eine Tasse Kaffee?«, fragte Severin plötzlich.

»Eigentlich nicht, aber gerne«, grinste Billy T. »Kantine?«

Sie setzten sich nach ganz hinten, vor die Türen zur Dachterrasse. Es war kühl, und der Himmel drohte mit Regen, deshalb waren sie hier allein.

»Ihr genießt das da oben bestimmt«, sagte Billy T. und nickte Richtung Decke. »Habt euch wahrscheinlich noch nie dermaßen amüsiert«

Severin blickte ihn mit ernster Miene an.

»Ich begreife einfach nicht, warum du so eine schlechte Meinung von uns hast«, sagte er. »Meine Kollegen sind anständige, hart arbeitende Menschen, genau wie ihr.«

»Von dir habe ich überhaupt keine schlechte Meinung. Aber ich kann eure Geheimniskrämerei nicht ausstehen. Jetzt zum Beispiel habe ich ein ziemlich starkes Gefühl, dass nicht einmal unsere Ermittlungsleiter wissen, von welchen Theorien ihr ausgeht. Bei diesem Fall ist besonders frustrierend, dass offenbar niemand den Überblick hat. Aber wir anderen versuchen zumindest, uns gegenseitig zu informieren.«

Severin sagte nichts, starrte Billy T. aber weiterhin an und kratzte sich dabei den Handrücken.

»Woran denkst du?«, fragte Billy T. und goss sich so energisch Cola ins Glas, dass die schwarze, schäumende Flüssigkeit auf den Tisch schwappte.

»Verdammt«, murmelte er, wischte mit der Hand über den Tisch und trocknete sie dann an seiner Hose ab.

Severin beugte sich zu ihm vor und betrachtete die Colalache.

»Wir haben gestern einen Extremisten eingebuchtet«, sagte er leise. »Einen, der in einem Park eine unregistrierte Waffe gekauft hat und von dem wir glauben, dass er eine Neonazigruppe leitet. Er hat auf jeden Fall Kontakte zu einem schwedischen Gesinnungsgenossen, und der Schwede ...«

Severin zog ein Taschentuch hervor und trocknete damit den Tisch ab.

»Dieser Schwede kam drei Tage vor dem Mord an Birgitte Volter nach Norwegen, besuchte unseren Freund hier in Oslo und verschwand am Tag nach dem Mord wieder ins Nachbarland.«

Billy T. sah aus, als habe Severin Heger soeben seine Verlobung mit Prinzessin Märtha Louise verkündet. »Was sagst du da?«

Severin Heger bedachte Billy T. mit einem blitzschnellen, warnenden Blick, als zwei Frauen vorüberkamen, die feststellen wollten, ob man nicht doch auf der Terrasse sitzen könnte. Sie überlegten es sich jedoch schnell anders und gingen zum Tresen, der ein ganzes Stück weiter hinten im Raum war.

»Und damit nicht genug.« Jetzt flüsterte Severin fast schon.

»Wir haben Grund zu der Annahme, dass der Typ, den wir eingebuchtet haben, irgendwelche Kontakte zu dem Wächter aus dem Regierungsgebäude hatte. Zu dem, der bei dem Lawinenunglück umgekommen ist. Weißt du was über ihn?«

»Ob ich was über ihn weiß?«

Billy T. versuchte, leise zu sein, aber der Eifer verzerrte seine Stimme, und er fauchte: »Und ob ich was über ihn weiß. Ich hab den Typen doch vernommen, zum Henker. Und ich hab mir den Mund fransig geredet, damit wir ihn uns näher ansehen. Stimmt das wirklich? Gibt es da wirklich eine Verbindung?«

»Das wissen wir nicht«, sagte Severin und machte eine beruhigende Handbewegung. »Aber wir haben Grund zu der Annahme. Sagt man das nicht so, wenn man nicht verraten darf, woher man etwas weiß?«

»Aber habt ihr was aus dem Typen rausholen können?«

»Nix, nothing. Wir haben seine ganze Bude auf den Kopf gestellt. Da gab es aber nur suspekte Literatur im Regal und Pornos unter der Matratze. Keine Waffen. Nichts Strafbares.«

»Aber könnt ihr ihn festhalten?«

»Wohl kaum. Es dauert doch so lange, bis das neue Waffengesetz in Kraft tritt. Und das derzeit geltende Strafmaß ist so niedrig, dass wir ihn wohl heute irgendwann laufen lassen müssen. Die schwedische Sicherheitspolizei hat Tage Sjögren verhört, diesen Schweden, du weißt schon. Sie haben ihn zwei Tage lang festgehalten und ordentlich durch die Mangel gedreht. Aber der Typ sagt nichts, und sie mussten ihn laufen lassen.«

Plötzlich sah er auf die Uhr und strich mit dem Daumen über das Glas.

»Ich muss los.«

»Du, Severin!«

Billy T. packte Severin am Arm, als er an ihm vorbeiwollte.

»Wie sieht denn dein Leben aus?«, fragte er leise.

»Ich habe kein Leben, ich bin beim Polizeilichen Überwachungsdienst.«

Severin Heger lächelte kurz, befreite sich aus Billy T.s Griff und lief aus der Kantine.

17.19, VIDARS GATE 11C

Brage Håkonsen wusste, dass er während der nächsten Tage keinen einzigen unbeobachteten Schritt tun würde. Überall würde es Augen geben, und sein ganzes Tun und Lassen würde gebührend registriert werden und in einem Ordner in der obersten Etage des Polizeigebäudes landen. Irgendwie musste er damit leben. Er war bei Weitem nicht so verzweifelt, wie er erwartet hatte, im Grunde war es viel schlimmer gewesen, aus Versehen als Walschützer festgenommen zu werden. Jetzt ging es trotz allem um eine Sache, an die er glaubte, und es wäre doch naiv gewesen, zu denken, dass er niemals ins Visier der Polizei geraten würde. Er würde in Zukunft eben noch vorsichtiger sein müssen.

Es war vernünftig gewesen, die Klappe zu halten. Sein Anwalt hatte ihm dazu geraten, ein alter Knacker, der eigentlich etwas trottelig wirkte, jedoch in vielen Punkten dieselben Meinungen wie er selbst vertrat. Die Bullen waren stocksauer gewesen und hatten von ihm verlangt, sich einen anderen Anwalt zu nehmen, und erst nach einigen Stunden hatten sie in Ruhe miteinander reden können. Schließlich hatte der Anwalt ihm geraten, sich in der nächsten Zeit in Acht zu nehmen. Und dabei hatte er mit dem rechten Auge gezwinkert.

Die Bullen hatten die Waffe nicht gefunden. Er hatte sich zwar nicht getraut, im Keller nachzusehen, aber sie hätten ihm die Pistole bestimmt gezeigt, wenn sie sie entdeckt hätten. Er musste die Waffe im Keller liegen lassen. Vorläufig zumindest.

Seine Festnahme bedeutete vor allem, dass er das Attentat aufschieben musste. Das war aus mehreren Gründen bedauerlich. Zum einen würde die Wirkung nachlassen, wenn der nächste Anschlag erst längere Zeit nach dem Tod der Ministerpräsidentin stattfände. Zum anderen war es immer verdammt ärgerlich, einen so detaillierten Plan ändern zu müssen. Allerdings hatte er ja schon beschlossen, sich einen anderen Mitarbeiter zu suchen. Auf Reidar war zwar Verlass, aber Brage hatte nicht lange gebraucht, um festzustellen, dass der Junge nicht sonderlich hell im Kopf war. Als Tage zum Abschied beteuert hatte, jederzeit zur Verfügung zu stehen, und die Wichtigkeit der Zusammenarbeit über die Landesgrenzen hinweg betont hatte, war ihm sofort der Gedanke gekommen: Sie würden das zusammen machen, Tage und er. Und dann konnte es von Vorteil sein, die Sache aufzuschieben. Tage hatte vielleicht Änderungsvorschläge für seinen Plan.

Der bloße Gedanke machte ihn glücklich, und er lächelte, als er aus dem Fenster schaute und in einem alten Volvo auf der anderen Straßenseite zwei Männer sitzen sah.

Er wusste, wie er trotz allem ungesehen die Hütte erreichen würde. Er brauchte nur zwei Tage zu warten.

FREITAG, 18. APRIL 1997

12.07, PRESSEKONFERENZRAUM
IM REGIERUNGSVIERTEL
»Das hat ja gerade noch geklappt.«

Edvard Larsen musste sich zusammennehmen, um nicht erleichtert aufzuseufzen, als er an den Fotografen vorüberging, die vor dem Saal auf die Ministerin warteten.

Er hatte seine im Laufe vieler Jahre erarbeitete Klugheit und List anwenden müssen, um ihr klarzumachen, dass er recht hatte. Ruth-Dorthe Nordgarden hatte sich lange gewehrt. Larsen sollte, so meinte sie, ihre Verlautbarung vorlesen, dann wollte sie dazustoßen und zehn Minuten lang Fragen beantworten.

»Aber Frau Nordgarden«, hatte er ihr zu erklären versucht. »Es würde einen seltsamen Eindruck machen, mich als Angestellten im Ministerium eine Verlautbarung von Ihnen, der Politikerin, vorlesen zu lassen. Es würde einen sehr seltsamen Eindruck machen.«

»Aber ich will einfach nichts laut vorlesen, wenn ich dabei von einem Haufen Leute angestarrt werde«, hatte sie gejammert. »Ist das denn so schlimm, wenn es einen etwas ungewöhnlichen Eindruck macht? Das Wichtigste ist doch, dass sie erfahren, was wir bisher unternommen haben.«

Er hatte eine halbe Stunde gebraucht, um sie zu überreden, und während dieser halben Stunde hätte er sich eigentlich vorbereiten müssen. Immerhin hatte sie dann endlich Vernunft angenommen.

Larsen bahnte sich einen Weg durch die Journalisten und stieg dann aufs Podium. Sein Schlips hing schief, ein Hemdzipfel war aus seinem Hosenbund gerutscht. Diskret versuchte er, ihn wieder hineinzustopfen, nachdem eine gute Freundin, eine Fernsehreporterin, ihn durch ihre Grimassen dazu gebracht hatte, an sich hinunterzublicken.

Vor ihm auf dem Tisch lagen die aktuellen Tageszeitungen. Er hatte sie schon gelesen. Sehr gründlich. Alle berichteten ausgiebig über den Impfstoffskandal, und *Aftenavisen* widmete ihre gesamte Titelseite dem Farbbild eines Ehepaars von Anfang sechzig, das neben einem kleinen weißen, von einem Engel gezierten Marmorgrabstein kniete. In goldenen Buchstaben war der Name Marie in den Stein eingraviert, darunter stand: »Geboren am 23. Mai 1965, gestorben am 28. August 1965.« Über dem Bild schrie ihm förmlich die Schlagzeile entgegen:

»WER TRÄGT DIE VERANTWORTUNG FÜR DEN TOD DER KLEINEN MARIE?«

Edvard Larsen setzte sich und schaute zur Tür. Endlich hielt Ruth-Dorthe Nordgarden in gewaltigem Blitzlichtgewitter ihren Einzug. Sie hielt sich den Arm vors Gesicht, als werde sie unter dem Verdacht eines ernsthaften Verbrechens dem Untersuchungsrichter vorgeführt und wolle nicht erkannt werden.

Herrgott, dachte Larsen. Das werden ja fantastische Bilder.

Er fuhr sich kurz mit der Hand über die Augen und führte danach Ruth-Dorthe Nordgarden zu ihrem Platz. Sie betrachtete die Versammlung mit zusammengekniffenen Augen und fuchtelte wieder mit der Hand, um die Blitze zum Erlöschen zu bringen. Dann hüstelte sie und versenkte sich in ihre Unterlagen.

»Willkommen zu dieser Pressekonferenz«, sagte Larsen, der jetzt aufgestanden war. »Ministerin Nordgarden wird zuerst kurz unser derzeitiges Wissen über die Todesfälle von dreimonatigen Säuglingen im Jahre 1965 zusammenfassen. Das wird etwa zehn Minuten in Anspruch nehmen. Danach können Sie Fragen stellen.«

Er nickte Ruth-Dorthe Nordgarden aufmunternd zu, doch die war noch immer in ihre Unterlagen vertieft. Er trat neben sie und legte ihr vorsichtig die Hand auf die Schulter.

»Bitte sehr, Frau Ministerin.«

Ihre Stimme klang dünn und hörbar nervös. Ihre großen babyblauen Augen irrten durch die Versammlung, bis sie schließlich auf dem vor ihr liegenden Manuskript zur Ruhe kamen. Und nun fiel ihr das Reden etwas leichter.

»Vor dem Hintergrund der Pressemeldungen der letzten

Tage erscheint es mir notwendig, mich zu den Umständen zu äußern, unter denen der norwegische Staat in den Jahren 1964 und 1965 Dreifachimpfstoff gekauft hat. Ich betone, dass meine Verlautbarungen die Arbeit der Untersuchungskommission nicht berühren werden, die ja bekanntlich noch längst nicht beendet ist, hier handelt es sich um eine Verlautbarung rein faktischen Charakters.«

An dieser Stelle schaute sie plötzlich von ihren Papieren auf, eine einstudierte Geste, die ihr nicht sonderlich gut gelang, denn sie fand danach nicht wieder in ihren Text zurück.

»Die Regierung möchte alles ans Licht bringen«, sagte sie, als sie endlich den Faden wiedergefunden hatte. »Innerhalb kurzer Zeit hat das Ministerium beträchtliche Arbeit geleistet, um weitere Spekulationen zu verhindern. Ich hoffe, dass wir diese Angelegenheit bald für beendet erklären und uns aktuelleren Problemen zuwenden können.«

Larsen schloss resigniert die Augen. Er hatte diesen Satz gestrichen und Ruth-Dorthe Nordgarden höflich zu erklären versucht, dass sie diesen Fall um nichts in der Welt bagatellisieren dürfe. Aber offenbar hatte sie seinen Rat in den Wind geschlagen.

»Für die Impflinge des Jahres 1965 wurde eine begrenzte Menge Dreifachimpfstoff gekauft, und zwar beim renommierten niederländischen Pharmaunternehmen Achenfarma. Zuständig für den Einkauf war das Staatliche Institut für Volksgesundheit. Ende 1965 kamen die ersten Berichte über eine ungewöhnlich hohe Sterblichkeit von dreimonatigen Säuglingen in diesem Jahr. Der Dreifachimpfstoff wurde vom Markt genommen, obwohl ich betonen möchte ...«, jetzt schlug ihre Stimme in eine schrille Tonlage um, und sie musste sich zweimal räuspern, ehe sie weitersprechen konnte. »Ich betone, dass zwischen den Todesfällen und dem Dreifachimpfstoff zuerst keinerlei Zusammenhang nachzuweisen war. Es war einfach eine Sicherheitsmaßnahme. Genauere Untersuchungen haben dann erwiesen, dass das Konservierungsmittel im Impfstoff verunreinigt war. Für die Impflinge des nächsten Jahres wurde deshalb der Impfstoff bei einer Firma in den USA bestellt, die einen äußerst guten Ruf genießt.«

Ruth-Dorthe Nordgarden redete jetzt immer schneller, so schnell, dass einige Journalisten ihr nicht mehr folgen konnten, weshalb sich im Saal ein unzufriedenes Gemurmel ausbreitete. Larsen schrieb ein Wort auf einen gelben Klebezettel und schob ihn der Ministerin so diskret wie möglich hin.

Das verwirrte sie abermals, doch sie hatte immerhin begriffen. Als sie sich wieder gefasst hatte, las sie langsamer weiter:

»Die schädlichen Folgen des Impfstoffs von Achenfarma waren der Öffentlichkeit bisher nicht bekannt. Das Institut für Volksgesundheit weist darauf hin, dass die Bevölkerung Vertrauen zu den staatlichen Impfprogrammen haben muss. Wenn sich mehr als zehn Prozent der Bevölkerung nicht mehr impfen lassen, verlieren unsere Programme ihre vorbeugende Wirkung. Ich möchte daran erinnern, dass die in Norwegen routinemäßig durchgeführten Impfungen vor ernsthaften und teilweise lebensgefährlichen Krankheiten schützen sollen und dass keinerlei Grund ...«, und das betonte sie, indem sie auf den Tisch schlug, »... keinerlei Grund besteht, den heutigen Impfstoffen für Kinder und Jugendliche zu misstrauen.«

Als sie geendet hatte, war es zunächst ganz still im Raum. Dann brach der Sturm los. Larsen musste aufspringen, versicherte über eine Minute lang mit lauter Stimme, dass alle zu Wort kommen würden, und konnte damit endlich wieder Ordnung ins Verfahren bringen. Die Fragen hagelten nur so, es ging dabei um alles von der Möglichkeit von Entschädigungszahlungen für die Betroffenen bis zu der Frage, ob Achenfarma weiterhin existiere. *Dagbladet* wollte wissen, ob das Gesundheitsministerium die ganze Zeit über von dem Zusammenhang zwischen Todesfällen und Impfstoff gewusst oder ob man von dem Skandal erst durch die Arbeit der Kommission erfahren habe. *Bergens Tidende* war vertreten durch einen Hitzkopf, der seine Fragen unnötig detailliert, unnötig provozierend und auch unnötig konspirativ klingen ließ.

Ruth-Dorthe Nordgarden überraschte Larsen durch eine Ruhe und Klarheit, wie er sie nie bei ihr erlebt hatte. Sie ließ sich nicht aus dem Konzept bringen und antwortete ausgesprochen plausibel. Er atmete auf, alles in allem würde diese Konferenz doch nicht zum Fiasko werden. Das Einzige, was ihm noch ein wenig Sorgen machte, war, dass Liten Lettvik ganz still in der ersten Reihe saß und sich nicht eine einzige Notiz machte. Erst als der Hagelschauer von Fragen ein wenig nachgelassen hatte, sprang sie plötzlich auf und bat um das Wort.

»Ich habe mit großem Interesse registriert, dass Sie alle historischen Tatsachen ans Licht bringen möchten«, sagte sie und stellte voller Zufriedenheit fest, dass die anderen verstummten und sie anstarrten.

Sogar die Fotografen legten eine Pause ein. Alle wollten Liten Lettvik hören, sie hatte den Stein ja schließlich ins Rollen gebracht.

»Und das mit dem Einkauf der Impfstoffe ist ja wirklich interessant. Sind Sie sicher, dass Achenfarma den Impfstoff hergestellt hat?«

Ruth-Dorthe Nordgarden sah verwirrt aus, ein leichtes Zucken wanderte auf ihrer linken Wange auf und ab.

»Ja«, sagte sie. »Der Impfstoff wurde tatsächlich dort gekauft.«

»Ich habe nicht gefragt, wo der Impfstoff gekauft wurde«, sagte Liten Lettvik. Sie stand breitbeinig da, ihre struppigen Haare standen nach allen Seiten ab, und ihr ganzer Körper sah so eifrig aus wie der eines in die Jahre gekommenen, übergewichtigen Jagdhundes, der den Welpen zeigen will, wie man's macht. »Ich frage, wer ihn hergestellt hat.«

»Na ja«, sagte Ruth-Dorthe Nordgarden und blätterte in ihren Unterlagen. Dort fand sie keine Antwort und blickte deshalb Edvard Larsen Hilfe suchend an. Er schüttelte den Kopf und zuckte leicht mit den Schultern.

»Also, hergestellt ... gibt es denn in der pharmazeutischen Industrie auch Zwischenhändler?«

»Dürfen wir das als Frage auffassen?«, fragte Liten Lettvik. »In dem Fall kann ich mitteilen, dass der Impfstoff, der 1965 etwa tausend Säuglinge das Leben gekostet hat, in der DDR hergestellt wurde. Von einer Firma namens Pharmamed, die noch immer existiert, inzwischen jedoch privatisiert worden ist.«

Nach einem Moment totaler Stille wurde es laut. Die Fernsehjournalisten wanderten durch den Saal, hielten Liten Lettvik ihre Mikrofone hin und erteilten ihren Kameraleuten leise den Befehl, zwischen ihr und der Ministerin zu wechseln.

»Wir von *Aftenavisen* haben nämlich das geschafft, was der Grinde-Kommission bisher nicht gelungen ist«, sagte Liten Lettvik jetzt mit einem breiten Lächeln. »Wir haben ausländische Archive untersucht. Das war ganz einfach.«

Wieder lächelte sie, herablassend und boshaft, und ging dann zum Podium, wo sie vor der Ministerin einige Papiere auf den Tisch fallen ließ.

»Der VEB Pharmamed erhielt 1964 die Exportlizenz für eine Partie Impfstoff, die an Achenfarma gehen sollte. Doch der Dreifachimpfstoff gelangte niemals auf den niederländischen

Markt. Er wurde lediglich mit einer neuen Verpackung versehen, dann wurde die gesamte tödliche Ware nach Norwegen weiterverkauft.«

Ein junger Mann kam hereingestürzt, blieb einen Moment lang stehen und schaute sich mit wilden Blicken um. Dann entdeckte er Liten Lettvik, lief auf sie zu und reichte ihr eine Zeitung.

»Danke, Knut«, sagte sie und gestattete sich einen arroganten Blick.

Dann hielt sie die Zeitung hoch.

»Das ist die Sonderausgabe von *Aftenavisen*, die in diesem Moment an die Kioske kommt«, sagte sie und ließ ihren Blick über ihre Kollegen schweifen. »Da könnt ihr alles Weitere lesen.«

Sie lachte kurz, atmete zweimal tief durch und fügte hinzu:

»Ich habe auch einen Brief gefunden. Vom norwegischen Sozialministerium an Achenfarma, datiert vom 10. April 1964. In diesem Brief wird der Impfstoff angemahnt. Und ganz am Ende steht, ich übersetze es der Einfachheit halber ins Norwegische: ›Das Sozialministerium bestätigt, dass ein Teil der Summe direkt an den Zwischenhändler gezahlt wird.‹«

Ruth-Dorthe Nordgarden schien gar nicht mehr zu atmen. Larsen hätte für sein Leben gern die Pressekonferenz abgebrochen, er wusste jedoch, dass das alles nur noch schlimmer machen würde.

»Ich möchte alle Anwesenden daran erinnern«, sagte Liten Lettvik, und jetzt wandte sie sich gleichermaßen an ihre Kollegen wie an die Ministerin, »dass das während der kältesten Jahre des Kalten Krieges war. Drei Jahre nach dem Bau der Berliner Mauer. Damals war die DDR politisch isoliert, und alle NATO-Länder hatten Handelsrestriktionen verhängt.«

Liten Lettvik legte eine Kunstpause ein.

»Könnten Sie uns verraten, warum all das in Ihrer Verlautbarung von vorhin mit keinem Wort erwähnt wurde, wo doch die historischen Tatsachen ans Licht gebracht werden sollten?«

Ruth-Dorthe Nordgarden riss sich zusammen.

»Es ist nicht meine Aufgabe, vollkommen unbestätigte Behauptungen zu kommentieren.«

»Unbestätigt? Lesen Sie *Aftenavisen*, Frau Ministerin. Und ich möchte, wenn ich darf, der Regierung noch einen freundschaftlichen Rat erteilen. Sehen Sie sich doch einmal genauer an, in welche Länder damals Eisenerz aus Narvik exportiert wurde. Sehen Sie sich das mal genauer an. Das haben wir nämlich getan.«

Sie setzte sich wieder.

Niemandem fiel so schnell eine weitere Frage ein, worauf Edvard Larsen augenblicklich die Pressekonferenz für beendet erklärte.

Ruth-Dorthe Nordgarden stürzte vor einem Tross von Fotografen aus dem Zimmer, die übereinander stolperten, fluchten und schrien. Keiner von ihnen registrierte allerdings, dass Ruth-Dorthe Nordgarden die Tränen übers Gesicht strömten.

23.52, EIDSVOLL

»Schläfst du, Liebes?«, flüsterte er von der Tür her. Seine Frau setzte sich im Bett auf.

»Nein«, schluchzte sie. »Ich schlafe nicht. Ich denke.«

Es tat ihm weh, ihre Stimme zu hören. Die Verzweiflung, die daraus sprach. Die Trauer. Sie hatten so viele Jahre gebraucht, um damit leben zu lernen. Irgendwie war es ihnen gelungen, aus der Trauer etwas zu machen, das sie aneinanderband, etwas Großes und Schweres, das nur ihnen gehörte. Das Bild der kleinen Marie hing über dem Sofa an der Wand: Das Mädchen lag nackt auf einem Schaffell, mit großen, kugelrunden Augen und einem weit aufgerissenen Mund mit etwas Speichel an der Unterlippe. Es war ihr einziges Foto des Kindes. Im Laufe der Jahre war es verblasst, so, wie ihr ganzes Leben nach Maries Tod verblasst war, als Kjell und Elsa Haugen aus irgendeinem Grund keine Kinder mehr bekommen hatten. Ein Jahr nach dem Tod des Kindes hatte er aus dem Kinderzimmer ein Arbeitszimmer gemacht, was Elsa stillschweigend hingenommen hatte. Aber er wusste, dass sie in einem Schuhkarton Erinnerungen an das Kind aufbewahrte, eine blassrosa Strampelhose, eine Stoffwindel, eine Rassel, eine Locke, die sie ihr nach ihrem Tode abgeschnitten hatten. Der Karton stand unten im Kleiderschrank, aber für Kjell bedeutete er keine Anklage, auch wenn Elsa ihn nicht mit ihm teilen wollte. Der Karton enthielt die Erinnerungen einer Mutter, das verstand und akzeptierte er. Im Laufe der Jahre hatten sie aufgehört, Maries Geburtstag zu begehen, und irgendwann war das Leben wieder erträglich geworden. Jedes Jahr zu Heiligabend besuchten sie das Grab ihrer Tochter, sonst nie. Es war besser so, darüber waren sie sich einig.

Er starrte seine Hände an. Sein Trauring hatte sich tief in den Ringfinger der rechten Hand eingeschnitten.

»Komm, wir machen uns einen Kaffee«, sagte er. »Wir können ja doch nicht schlafen.«

Sie lächelte ihn zaghaft an, wischte sich mit einem großen, zerknüllten Taschentuch die Tränen ab und folgte ihm in die Küche. Sie setzten sich einander gegenüber an den Esstisch, den Alltagstisch, an dem nur zwei Stühle standen.

»Es ist so seltsam«, sagte sie. »In meinen Gedanken ist Marie immer ein Baby. Aber jetzt wäre sie ja erwachsen. Zweiunddreißig Jahre alt. Vielleicht wären wir ... «

Die Tränen liefen ihr über die verhärmten Wangen, und sie drückte seine Hand.

»Vielleicht wären wir jetzt sogar schon Großeltern. Und eins von den Enkelkindern könnte den Hof übernehmen.«

Sie sah ihren Mann an. Er war vierundfünfzig Jahre alt. Mit fünfzehn Jahren hatten sie sich auf einem Fest im Dorf kennengelernt und waren seither immer zusammen gewesen. Ohne Kjell hätte ihr Leben an dem Morgen geendet, an dem sie aufgewacht war und Marie tot in ihrem Bettchen gefunden hatte. Vier Stunden lang hatte sie ihr Kind noch gewiegt, sie hatte es nicht hergeben wollen, als der Bezirksarzt gekommen war. Kjell hatte sie am Ende dazu bringen können, es loszulassen. Kjell hatte drei Tage lang neben ihr gelegen und sie im Leben festgehalten. Kjell hatte es ihr mit der Zeit ermöglicht, beim Gedanken an das Kind, das sie trotz allem einige Monate lang gehabt hatten, zu lächeln.

»Tja«, sagte Kjell und schaute aus dem Fenster. Es war nicht mehr so winterlich schwarz, ein grauer Schimmer in der Nacht kündigte den nahenden Frühling an. »Es hilft nichts, so zu denken, Elsa. Es hilft einfach nichts.«

»Du hättest diese Journalistin nicht kommen lassen dürfen, Kjell«, flüsterte sie. »Du hättest sie nicht kommen lassen dürfen. Alles wird ... alles ist jetzt ...«

Er drückte ihre Hände noch fester. »Aber, aber«, sagte er und versuchte zu lächeln.

»Ich habe das Gefühl, dass alles wieder hochkommt«, schluchzte sie leise. »Alles Schlimme. Das, was wir doch ...«

»Schschsch«, flüsterte er. »Ich weiß es doch, Liebes. Ich weiß es. Es war dumm von mir. Aber am Telefon wirkte sie so anständig. Es schien ihr so wichtig zu sein, dass ... was hat sie noch gesagt? Diesen Impfskandal ins rechte Licht zu rücken.

Mir kam es richtig vor, so, wie sie es sagte. Sie wirkte so interessiert und mitfühlend.«

»Hier war sie dann nicht mehr besonders mitfühlend«, sagte Elsa. Sie sprach jetzt lauter und ließ die Hände ihres Mannes los, um sich die Nase zu putzen. »Hast du gesehen, wie sie das Bild von Marie angestarrt hat? Unverschämt war das, dass sie es ausleihen wollte. Richtig unverschämt!«

Sie sprang wütend auf und griff zur Kaffeekanne. Sie schenkte ihnen beiden ein, doch statt sich wieder zu setzen, blieb sie, an den Spülstein gelehnt, stehen.

»Und dann diese Fotografie! Wie sie sich auf dem Friedhof aufgeführt hat! Hast du gesehen, dass sie die Blumen zertrampelt hat? Verzeihung, sagte sie nur und trat mitten ins frisch angelegte Grab von Herdis Bråttom. Was für ein Benehmen!«

Kjell Haugen schwieg. Er nippte an seinem Kaffee und ließ Elsa wütend sein. Für einen kurzen Moment konnte das ihre Trauer lindern. Er bereute das alles zutiefst. Die Frau von *Aftenavisen* war kaum eine halbe Stunde geblieben, und zugehört hatte sie ihnen auch nicht. Jedenfalls nicht bei dem, was sie wirklich gesagt hatten. Sie interessierte sich nicht für Kjell und Elsa, ihr war es nur um Einzelheiten gegangen, die sie in wildem Tempo auf ihrem Block notiert hatte, ohne ihre Gegenüber auch nur anzusehen. Und obwohl Elsa extra für sie eine Sahnetorte gebacken hatte, hatte sie Kaffee und Kuchen abgelehnt.

»Es ist wie ein Messer«, flüsterte sie. »So, als ob jemand eine Narbe aufschneidet, die viele Jahre gebraucht hat, um zu verheilen.«

Kjell Haugen erhob sich mit steifen Bewegungen und ging ins Wohnzimmer. Er nahm *Aftenavisen* vom Tisch. Dann zerriss er sie und warf die Fetzen in den Ofen. Er griff nach einer

Streichholzschachtel, aber seine Hände zitterten so, dass er kein Feuer machen konnte.

»Ich mach das«, sagte seine Frau ruhig hinter seinem Rücken. »Gib mir die Streichhölzer.«

»Es war dumm«, flüsterte er in die Flammen, als sie aufloderten und sein Gesicht gelb-rot färbten. »Aber am Telefon wirkte sie so sympathisch.«

SAMSTAG, 19. APRIL 1997

4.20, TIEF IM WALDGEBIET NORDMARKA BEI OSLO

Er hatte sie ausgetrickst, es war lächerlich einfach gewesen. Natürlich hatte er eine Weile gebraucht, um herauszufinden, wo sie sich befanden. Jetzt standen nach seinen überflüssigen Ausflügen in den kleinen Laden an der Ecke sechs Liter Milch im Kühlschrank. Die würden alle sauer werden, aber das spielte keine Rolle. Die Polizei behielt den Ausgang zur Vidars gate im Auge. Das war's. Sie wussten offenbar nicht, dass man durch den Keller ins Nachbarhaus gelangen konnte, wo eine Kellerluke es ermöglichte, vorn Hinterhof aus über den Zaun zu springen und durch das übernächste Haus auf die Straße zu gehen. Niemand hatte ihn gesehen. Um ganz sicherzugehen, war er mit drei Bussen und einer Straßenbahn in verschiedene Richtungen gefahren und im letzten Moment plötzlich abgesprungen, um schließlich in ein Sportgeschäft zu gehen und sich ein billiges Fahrrad zu kaufen.

Er war dann mit dem Rad zur Hütte gefahren. Dort war er erst spät am vorigen Abend eingetroffen. Es war schon stockfinster gewesen. Zuletzt war ihm kein Mensch mehr begegnet, das unfreundliche Frühlingswetter konnte offenbar nicht einmal die eifrigsten Wandervögel aus ihren Nestern locken. Er hatte ein wenig gelesen und war dann nur mit Mühe eingeschlafen. Mehrere Male war er aufgestanden, um sich selbst zu beruhigen. Doch niemand war draußen gewesen. Ab und zu hörte er am anderen Ufer des Weihers irgendein Tier rufen, und eine Stunde lang war ein leichter Frühlingsregen herabgerauscht. Ansonsten war alles still.

Nachdem er drei Stunden sehr unruhig geschlafen hatte, war er noch immer müde, beschloss aber aufzustehen. Er durchschwamm zweimal den Teich, und danach war sein Körper hellwach, während sein Kopf schwer blieb. Er kochte Kaffee und machte sich vier Brote mit billigem Kaviar.

Er schaltete das Radio ein, aber es war nur laute Popmusik zu hören. Brage Håkonsen gefiel das nicht. Er nahm sich ein Buch von David Irving und las beim Essen.

Bestimmt hatte er seinen Job verloren. Jetzt hatte er schon vier Tage unentschuldigt gefehlt, und sein ewig vergrätzter Lagerchef würde ihn sicher anspucken, wenn er sich noch einmal sehen ließe. Aber das hatte er nicht vor. Zumindest wollte er jetzt nicht an diese Möglichkeit denken. Er hatte Geld auf der Bank und lebte genügsam.

Draußen war es inzwischen ganz hell, und er schaute aus dem Fenster. Es wäre vernünftig, zum Kartoffelkeller zu gehen, solange es noch früh war. Ab und zu kamen an den Wochenenden Leute hier vorbei, obwohl der Weg über zweihundert Meter entfernt war. Der Weiher lockte die wenigen Wanderer an, die sich so tief in den Wald hineinwagten, und er hatte den Versuch aufgegeben, sie mit »Angeln und Baden verboten«-Schildern zu verscheuchen. Die Forstverwaltung entfernte die Schilder ja doch immer wieder.

Er zog einen Pullover über und stieg in seine Turnschuhe.

Die Morgenluft duftete leicht nach Erde und Wald, und ihm wurde davon schwindlig, obwohl er doch schon draußen gewesen war. Er lief die vierzig Meter zu dem kleinen Hang weiter im Osten. Die Tür zum Kartoffelkeller war von Tannenzweigen und Reisig verdeckt; wer nicht wusste, dass sie sich dort befand, hätte sie nicht gefunden.

Er legte sie frei, stapelte die Zweige neben der Tür auf und zog den Schlüssel zu dem riesigen Hängeschloss aus einer kleinen Tasche in einem seiner Turnschuhe. Das Schloss war gut geschmiert, und ohne Probleme konnte er die schwere Türe heben, deren Angeln dabei ein wenig ächzten. Brage hielt einen Moment inne und horchte. Dann atmete er auf, legte die Tür vorsichtig neben der Lukenöffnung ab und stieg in das schwarze Loch. Seine Augen mussten sich erst an die Dunkelheit gewöhnen, und er schaltete seine Taschenlampe ein.

Dann hörte er etwas. Zweige brachen. Er hörte Schritte.

»Komm raus da«, rief eine Stimme laut und gebieterisch.

Einen Moment lang schätzte er seine Möglichkeiten ab. Er hatte die eben erworbene Pistole in der Tasche. In der Hand hielt er Munition. Vor ihm lagen vier G3 und zwei Schrotgewehre, dazu vier Salongewehre. Und im Regal hatte er Munition für alle. Er würde noch laden können. Er könnte sich den Weg freischießen.

»Komm sofort raus«, brüllte der Mann draußen.

Barge Håkonsen spürte, wie die Angst sein Zwerchfell packte. Er versuchte, das Paket mit den Pistolenkugeln zu öffnen, aber seine Finger waren klamm und gehorchten ihm nicht.

Ich trau mich nicht, dachte er plötzlich. O verdammt, ich trau mich nicht.

Mit zusammengebissenen Zähnen verließ er rückwärts den Kartoffelkeller. Ihm standen die Tränen in den Augen, aber er schluckte und schluckte und konnte dadurch eine gewisse Kontrolle behalten.

Draußen warfen sie sich auf ihn. Er lag platt wie eine Kröte auf dem Boden und spürte den Geschmack des Waldbodens, als Tannennadeln in seine Nase und seinen Mund eindrangen. Es tat weh, als sich die Handschellen um seine Handgelenke schlossen.

»Die sind zu eng«, schrie er und spuckte aus. »Scheiße, die sind zu eng!«

Der eine Mann war schon im Kartoffelkeller gewesen.

»Schau mal«, sagte er, während sein Kollege Brage auf die Füße zog. »Was haben wir denn hier?«

In der einen Hand hielt er eine G3. In der anderen den Kasten mit den Unterlagen. Den Plänen. Den großen Ideen.

»Ich glaube, wir haben dich ganz schön über den Tisch gezogen, was?«, sagte der Mann und lachte laut. »Du hast uns wohl für Dilettanten gehalten, die nur die Haustür überwachen.«

Das Lachen hallte über dem Weiher wider, und auf der anderen Seite schrie ein großer Vogel.

»Scheißschwuler«, fauchte Brage.

Der Polizist, der ihn festhielt, ein kräftiger Bursche von vielleicht fünfzig, grinste breit.

»Selber Scheißschwuler«, sagte er und zog Brage hart und energisch in Richtung Hütte.

Severin Heger war schon vorgelaufen, um Verstärkung zu holen.

9.40, KIRKEVEIEN 129

Diese Kopfschmerzen würden sie noch umbringen. In ihre Schläfen schienen sich spitze Nägel zu bohren, und ihre Augen litten unter einem Druck, dessen Herkunft sie einfach nicht identifizieren konnte. Am Vorabend hatte sie nichts getrunken, seit dem fatalen Abend, an dem Birgitte Volter gestorben war, hatte sie wirklich keinen Tropfen mehr angerührt. Dieser Schmerz war neu, fremd und äußerst beängstigend. Die beiden Paracetamoltabletten hatten nichts geholfen, und sie suchte in ihrer Handtasche nach einem stärkeren Mittel.

Die Zeitungsbuchstaben tanzten vor ihren Augen, als sie sich an den Küchentisch setzte. Der Kaffee schmeckte ranzig, aber nach einer halben Tasse verspürte sie trotzdem ein gewisses Gefühl der Erleichterung. Ob das am Kaffee lag oder an dem mit Fusseln beklebten Paralgin forte, konnte sie nicht sagen.

Der Fall war inzwischen nicht mehr das alleinige Eigentum von *Aftenavisen*. Obwohl die noch immer eine Nasenlänge vor den anderen lag, hatten sich jetzt alle großen Zeitungen darauf gestürzt. Und das führte zu neuen Herangehensweisen, Blickwinkeln, Theorien. Jetzt kannten die Spekulationen der pessimistischen, schwermütigen Kommentatoren kaum noch Grenzen. Obwohl noch immer niemand wagte, einen Mörder beim Namen zu nennen, stellte nun die gesamte Presse eine enge Verbindung zwischen dem Impfstoffskandal und dem Mord an Birgitte Volter her. Zwischen den Zeilen tauchte immer wieder der Name Benjamin Grinde auf. Alle bezeichneten die Freundschaft zwischen Volter und Grinde als Beweis für die Vetternwirtschaft in der Staatsverwaltung und als Folge der langjährigen Herrschaft der Sozialdemokraten. Dass mitten im Kalten Krieg in einem Ostblockland Impfstoff gekauft worden war, wurde unverblümt zum größten Skandal der norwegischen Nachkriegsgeschichte erklärt, für unvergleichlich viel schlimmer als die illegalen Lauschangriffe oder das Atomwaffenunglück in der Kings Bay. Durch ihre stechenden Kopfschmerzen hindurch musste Ruth-Dorthe Nordgarden zugeben, dass die Zeitungen in dieser Hinsicht nicht ganz unrecht hatten, der Kauf hatte ja möglicherweise mehrere Hundert Leben gekostet. Wenn das alles stimmte.

Obwohl die anderen Zeitungen im Grunde nichts Neues brachten, war die gestrige Sonderausgabe von *Aftenavisen* so inhaltsreich gewesen, dass die anderen unzählige Seiten mit Kommentaren von Fachleuten und Laien, von Politikern und unermüdlichen Meinungsverkündern füllen konnten. Professor Dr. jur. Fred Brynjestad ritt wie immer heftige Attacken, auch wenn die aufmerksame Leserschaft nicht so genau erkennen konnte, gegen wen diese sich richteten.

Einige Kommentatoren befassten sich auch mit Ruth-Dorthe Nordgardens Rolle in der ganzen Angelegenheit. Nicht, dass sie zur Mörderin ausgerufen worden wäre – 1965 war sie ein zwölfjähriges Pfadfindermädel gewesen –, aber trotzdem wurde ihr jetziges Verhalten hinterfragt. Besonders sauer stieß ihr auf, dass die Presse aus »sicheren Quellen« wusste, dass sie sich einige Tage vor Grindes Besuch bei Birgitte Volter geweigert hatte, sich mit diesem zu treffen. Die Spekulationen der Presse für den Grund dieser Absage waren ebenso fantasievoll wie unzutreffend.

»Ich hatte einfach keine Zeit«, murmelte sie vor sich hin. »Ich hab das nicht geschafft.«

Auch die Parlamentsabgeordneten meldeten sich zu Wort, manche schwerfällig und zögernd, andere preschten vor, ohne an etwas anderes zu denken als die Wahlen, die in fünf Monaten stattfinden sollten. Wie üblich machten sie zunächst mehr oder weniger sinnlose Vorbehalte geltend. Sinnlos, da sie danach ihre tiefe Enttäuschung über wirklich alles vorbrachten – über das Verhältnis der Sozialdemokraten zum Ostblock während der Sechzigerjahre, über die Rolle der Polizei in den Ermittlungen zum Mord an Volter, über die Arbeit der Grinde-Kommission und deren Zusammensetzung und nicht zuletzt darüber, was der Mord für die norwegische Gesellschaft im Allgemeinen und die norwegische Politik im Besonderen für Folgen haben werde. Die Schonzeit sei einwandfrei zu Ende, und die Opposition wolle nun dafür sorgen, den Sozialdemokraten vor den Wahlen einen allzu heftigen Palme-Effekt unmöglich zu machen.

»Als ob der Mord die Unfähigkeit der Sozialdemokraten beweisen würde«, seufzte Ruth-Dorthe Nordgarden, griff sich an die Stirn und kniff die Augen zu. »Als ob der Mord irgendetwas über die Sozialdemokratie aussagen würde. Und vor einem halben Jahr ist uns noch vorgeworfen worden, wir hätten in den Sechzigerjahren die Kommunisten verfolgt. Jetzt dagegen sollen wir mit ihnen unter einer Decke gesteckt haben.«

Wütend und resigniert schlug sie mit der Zeitung nach einer dreisten und von der Frühlingsluft benommenen Fliege, die auf die Marmeladenschale zukrabbelte.

»Ich bin dann weg, Mama«, sagte ein blonder, zerzauster Kopf, der plötzlich durch die Türöffnung lugte.

»Hast du gefrühstückt?«

»Bis nachher!«

»Frühstück!«

Sie seufzte demonstrativ und ließ sich auf ihren Stuhl zurücksinken. Die hohe Lärche vor dem Fenster zog ihr Frühlingskleid an, noch vor dem Nationalfeiertag würde sie strahlend grün sein.

»Ist Astrid schon los?«

Ein weiterer und womöglich noch struppigerer Kopf starrte sie sauer an.

»Du gehst erst, wenn du gefrühstückt hast.«

»Aber ich muss jetzt wirklich los.«

Auf das Knallen der Wohnungstür folgte ein Vakuum der Stille, und sie wusste nicht, ob dieses Vakuum ihr gefiel oder ob sie es lieber mit etwas anderem gefüllt hätte. Sie brauchte nicht lange darüber nachzudenken. Ihr Mobiltelefon stand in der Lademulde, starrte sie aus einem bösen grünen Auge an und schien genau zu wissen, welche Überwindung es sie kostete, es zu benutzen.

Sie wusste die Nummer auswendig.

»Ich hoffe, Sie haben gut geschlafen«, sagte sie mürrisch, als sich am anderen Ende der Leitung endlich jemand meldete.

»Danke der Nachfrage«, lautete die zuckersüße Antwort. »Es war der holde Schlaf der Gerechten.«

»So was können Sie doch einfach nicht schreiben«, explodierte Ruth-Dorthe Nordgarden. »Ausgerechnet Sie schreiben so über mich, wo Sie doch ... «

»Wo ich was? Wo ich so gute Hilfe an Ihnen hatte, meinen Sie? Aber ist das denn nicht im Dienste der Pressefreiheit passiert?«

»Sie wissen ganz genau, was ich meine.«

»Nein, ehrlich gesagt, das weiß ich nicht. Sie haben mir den Bericht der Kommission geschickt. Und zwar freiwillig. Ich habe Ihnen keinerlei Gegenleistungen versprochen.«

»Aber Sie haben doch ... Sie haben doch meinen guten Ruf ruiniert! Und vielleicht nicht nur meinen, sondern den der ganzen Regierung! Man muss sich doch nur anschauen, was *Aftenposten* heute geschrieben hat! Dass ... «

Sie raschelte mit ihren vielen Zeitungen.

»Hier. ›Mit tiefem Bedauern müssen wir feststellen, dass sich in unserer größten Partei die Kultur der Seilschaften einfach nicht ausrotten lässt. Der einzige Unterschied zu früher scheint zu sein, dass die Seilschaften damals auch Walter Ulbricht einbezogen haben. Wir wissen wirklich nicht, was schlimmer ist.‹«

Sie warf die Zeitung auf den Boden.

»Im Leitartikel! Was haben Sie da bloß angerichtet, Frau Lettvik? Wir hatten doch eine Abmachung.«

»Irrtum. Wir hatten keine Abmachung. Ich habe Ihnen geholfen, wenn mir das angebracht erschien. Und Sie mir. Dass diese gegenseitigen Nettigkeiten nun leider ein Ende haben müssen, buchen wir auf dem Konto für freie Presse und lebendige Demokratie. Dafür sind wir doch beide, oder?«

»Ich ...«

Sie musste sich zusammenreißen und verstummte. Ihre Kopfschmerzen dröhnten wieder, und ihr war schlecht.

»Ich werde in meinem ganzen Leben kein Wort mehr mit Ihnen reden«, flüsterte Ruth-Dorthe ins Telefon.

Aber dort hörte sie nur ein Summen, das sich für dieses zu spät abgelegte Versprechen nicht zu interessieren schien.

Das Telefon klingelte, und sie fuhr zusammen. »Hallo?«

Das Mobiltelefon war mausetot, aber trotzdem klingelte es weiter.

Verwirrt schaute sie sich im Zimmer um und presste sich das Mobiltelefon an die Wange, wie ein tröstendes Schmusetuch in einer bösen Zeit.

Was da klingelte, war das andere Telefon, das schnurlose.

»Hallo«, versuchte sie es noch einmal, diesmal mit dem richtigen Hörer. »Ach, hallo, Tryggve. Ich wollte dich auch gerade anrufen. Ich würde gern mal mit dir über diesen Impfstoffsk-... ach?«

Sie knabberte am Nagel ihres linken kleinen Fingers.

»Alles klar. Am Montag um vier. In deinem Büro. Aber da bin ich ... egal. Ich komme. Um vier.«

Sie hatte den Nagel zu weit abgebissen, und ein brennender Schmerz jagte durch den Finger. Ein wenig Blut quoll hervor, und sie steckte die Fingerspitze in den Mund. Dann machte sie sich auf die Suche nach einem Pflaster.

»Sieh an, sieh an«, sagte Severin Heger sanft und zufrieden.

Er versuchte, den Blick seines Gegenübers einzufangen, aber der junge Mann starrte seine Hände an und murmelte irgendetwas Unverständliches.

»Was haben Sie gesagt?«, fragte der Polizist.

»Die hier sind doch wohl nicht notwendig«, sagte der Mann noch einmal und hielt ihm die Handgelenke hin. »Handschellen, hier im Haus.«

»Wenn Sie nicht auf dem Weg hierher an die zehn Fluchtversuche unternommen hätten, würde ich mit mir reden lassen. Aber so nicht.«

Mit strahlendem Lächeln servierte er Brage Håkonsen eine Cola.

»Wie soll ich das denn mit den Dingern hier trinken?« Brage Håkonsen war inzwischen beinahe den Tränen nahe.

»Das ist doch kein Problem«, versicherte Severin Heger. »Das habe ich selber schon mal probiert. Und was haben wir hier?«

Er war in Papierbogen vertieft, die einzeln in Plastikmappen steckten. Sie waren mit der Maschine beschrieben und in einer ziemlich gestelzten und beinahe etwas altertümlichen Sprache abgefasst.

»Das haben Sie geschrieben, was?«

Der Polizist lächelte noch immer, und seine Stimme klang freundlich, fast schon fröhlich.

»Kann Ihnen doch scheißegal sein«, murmelte der Festgenommene leise.

»Wie meinen?«

Severin Heger lächelte nicht mehr. Er beugte sich plötzlich über den Schreibtisch und packte Brages Flanellhemd.

»Noch ein Wort von dieser Sorte, und das Ganze wird Ihnen sehr viel weniger Spaß machen«, fauchte er. »Und jetzt antworten Sie höflich auf alle meine Fragen. Kapiert?«

»Ich will mit einem Anwalt sprechen«, sagte Brage. »Ich sage kein Wort, solange ich nicht mit einem Anwalt gesprochen habe.«

Severin Heger sprang auf und starrte Brage Håkonsen so ausgiebig an, dass der in seinem Sessel hin und her rutschte.

»Aber sicher«, sagte der Polizist endlich. »Natürlich können Sie mit einem Anwalt sprechen. Das ist Ihr gutes Recht. Es dauert eine Weile, und ich kann Ihnen sagen, dass ich in ein paar Stunden um einiges weniger freundlich und geduldig sein werde. Wir haben ziemlich viel in der Hand gegen Sie. Diese Unterlagen. Und diese Waffen. Genug, um Sie richtig in die Pfanne zu hauen. Aber das ist Ihre Sache. Eine schnelle, klare Runde mit mir wäre natürlich das Beste für Sie, aber sicher ... wenn Sie einen Anwalt wollen, dann kriegen Sie auch einen. Die haben an den Wochenenden zwar meistens frei, aber bis morgen Vormittag wird sich schon irgendwas in die Wege leiten lassen.«

Brage Håkonsen starrte in sein Colaglas und versuchte, es mit beiden Händen an den Mund zu heben.

»Sehen Sie! Das ist doch kein Problem. Jetzt bringe ich Sie in die Zelle, und dann können wir auf Ihren Anwalt warten.«

»Nein«, sagte Brage leise.

»Wie meinen?«

»Nein. Wir können auch jetzt noch ein bisschen reden. Wenn ich dann später einen Anwalt kriege, meine ich.«

»Ganz sicher? Und nachher gibt's kein Gequengel, weil Sie Ihre Rechte nicht wahrnehmen konnten oder so?«

Der junge Mann schüttelte leicht den Kopf.

»Vernünftig.« Severin Heger lächelte und setzte sich wieder. »Geboren am 19. April 1975, richtig?«

Brage nickte.

»Lagerarbeiter, ledig, wohnhaft Vidars gate 11c?«

Brage nickte wieder.

»Und jetzt erzählen Sie mir ein bisschen über diese Papiere.«

Brage Håkonsen räusperte sich und setzte sich gerade hin.

»Was ist die Höchststrafe für so was?«, fragte er leise. Severin Hegers linke Hand machte eine abwehrende Bewegung.

»Sie werden angeklagt, weil Sie Paragraf 4 des Strafgesetzbuches übertreten haben: ›wer in einer bla bla Organisation militärischen Charakters bla bla durch Sabotage, Gewaltanwendung oder andere ungesetzliche Mittel die gesellschaftliche Ordnung stört, bla, bla‹. Das Gesetz sollten Sie doch kennen. So belesen, wie Sie sind.«

Er starrte die Inventarliste über Brages Bücherregal an und nickte anerkennend.

»Bis zu zwei oder bis zu sechs Jahren. Kommt drauf an«, erklärte Severin Heger, als ihm aufging, dass Brage Håkonsen erst weiterreden würde, wenn er eine Antwort hätte. »Aber denken Sie jetzt nicht daran. Antworten Sie mir ganz einfach. Haben Sie das hier geschrieben?«

Brage Håkonsen starrte mit bleichem Gesicht vor sich hin.

»Sechs Jahre«, flüsterte er. »Sechs Jahre.«

»Sind Sie jetzt nicht ein bisschen voreilig?«, meinte der Polizist.

»Das sind meine Papiere«, fiel Brage ihm ins Wort. »Ich habe sie geschrieben. Nur ich, ganz allein.«

»Ach, wie ärgerlich«, sagte Severin Heger trocken und fügte gleich darauf hinzu:

»Aber es ist ziemlich gescheit von Ihnen, gleich alles zuzugeben. Sehr gescheit, würde ich sagen. Die Parlamentspräsidentin umzubringen wäre dagegen nicht so gescheit gewesen.«

Er blätterte drei Seiten weiter.

»Noch unangenehmer ist das hier«, sagte er und legte Brage das Blatt hin. »Ein kompletter Plan für den Mord an Ministerpräsidentin Volter. Im Rimi-Supermarkt.«

»Da kauft sie immer ein. Hat sie immer eingekauft, meine ich.«

»Aber es ist ja nicht im Supermarkt passiert«, sagte Severin Heger. »Sondern in ihrem Büro.«

»Ich war das ja auch nicht«, sagte Brage Håkonsen tonlos. »Das waren andere.«

Severin Heger hörte das Blut in sein Gehirn strömen, sein ganzer Körper schien zu begreifen, dass das hier der entscheidende Moment war. Das Rauschen in seinen Ohren war so laut, dass er unwillkürlich den Kopf schräg legte, ehe er fragte:

»Und wissen Sie, wer?«

»Ja.«

Er hörte Schritte auf dem Gang und bereute für eine entsetzliche Sekunde, dass er vergessen hatte, das Schild mit der Aufschrift »Vernehmung – bitte nicht stören« anzubringen. Er atmete langsam auf, als die Schritte sich wieder entfernten.

»Und wer war es?«

Er versuchte, ganz normal zu klingen. Er griff nach seinem eigenen Colaglas, wie um zu betonen, dass das für ihn eine ganz alltägliche Situation war. Dass er fast jeden Tag mit Rechtsextremen sprach, die wussten, wer wichtige Personen aus der norwegischen Gesellschaft umgebracht hatte. Die Cola schwappte über, als er sich nachschenkte.

Zum ersten Mal huschte die Andeutung eines Lächelns über Barge Håkonsens Gesicht.

»Ich weiß, wer das war. Ich weiß auch, wer euch die Waffe geschickt hat. In einem großen braunen Umschlag, schwarz beschriftet und unfrankiert. Der Umschlag wurde am Hauptpostamt eingeworfen, oder? Was ich jetzt schon sagen kann, ist, dass das zwei verschiedene Typen waren.«

Diese Details hatte die Polizei nicht an die Öffentlichkeit dringen lassen. Nicht einmal unter den Kollegen wussten viele davon. Dass die Waffe aufgetaucht war, das war auch in der Presse breitgetreten worden. Aber nicht, dass sie am Hauptpostamt aufgegeben worden war. Und schon gar nicht, dass sie in einem unfrankierten braunen Umschlag gesteckt hatte.

»Aber Namen wollen Sie mir nicht nennen?«

»Nein.«

Jetzt strahlte Brage Håkonsen, und Severin Heger musste sich an der Tischkante festhalten, um ihm nicht eine zu scheuern.

»Nein. Ich weiß, wer die Volter umgebracht hat. Und wer die Waffe geschickt hat. Zwei Namen kann ich euch bieten. Aber ihr kriegt erst was von mir, wenn wir uns auf den Preis geeinigt haben.«

»Sie haben zu viele Filme gesehen«, fauchte Severin Heger. »So läuft das in Norwegen nicht!«

»Na«, sagte Brage Håkonsen. »Irgendwann passiert alles zum ersten Mal. Und jetzt möchte ich gern mit einem Anwalt sprechen.«

19.00, STOLMAKERGATA 15

Billy T.s vier Söhne, Alexander, Nicolay, Peter und Truls, sahen im Schlafanzug bezaubernd aus. Wenn sie schliefen. Aber auch nur dann. Ansonsten waren sie spannend und witzig, zäh und fantasievoll, aber vor allem laut, sehr laut. Hanne Wilhelmsen fasste sich diskret an die Stirn, rasch und unmerklich, wie sie glaubte.

»Müde?«, fragte Billy T., während er die Näpfe seiner Sprösslinge mit Haferbrei füllte. Die Kinder hatten Hannes Bewegung gesehen und saßen jetzt einigermaßen still da, abgesehen davon, dass Peter Truls mit einer Würstchenzange, die er aus der untersten Küchenschublade geholt hatte, in den Oberschenkel kniff.

»Nicht doch.« Sie lächelte. »Nur ein wenig ... müde.« Die Kinder waren am vorigen Abend zur Tür hereingestürzt, johlend und erwartungsvoll. Truls als Indianer verkleidet, denn er kam gerade von einem Kostümfest, die drei Älteren in Trainingsanzügen und nassen Badehosen darunter.

»Also wirklich, Billy T.«, hatte Hanne gemahnt. »Es ist April!«

Beschämt hatte er gemurmelt, er habe sie doch abgetrocknet. Dabei hatte er Truls' Federkrone an die Wand gehängt. Seither war es Schlag auf Schlag gegangen. Hanne wusste nicht, was das Schlimmste gewesen war. Vermutlich, dass Billy T. darauf bestanden hatte, Karabinerhaken mit Seilenden an der Decke zu befestigen, um zu sehen, wie weit die Jungen kommen würden. Alexander hatte sich vom Badezimmer zur Küche und zurück gehangelt, ohne einmal loszulassen, zur tiefen Bewunderung seiner jüngeren Brüder und zum lauten Applaus seines Vaters. Truls war nach dem dritten Griffwechsel heruntergefallen, und sie waren morgens im Krankenhaus gewesen, um den Arm in Gips legen zu lassen.

Und diese unglaubliche Aktivität machte sie jedenfalls todmüde. Truls achtete nicht einmal auf die Würstchenzange; ihm fielen die Augen zu, und er kaute so langsam auf seinem Haferbrei herum, als ob er schon schliefe.

»He, Junge«, brüllte Billy T. »Du musst noch Zähne putzen!«

Eine halbe Stunde später schliefen sie wie die Murmeltiere.

»Drei Namen aus der russischen Zarenfamilie, und dann Truls«, flüsterte Hanne, als sie im Kinderzimmer nachsahen, ob alles in Ordnung war. »Ich wollte immer schon wissen, warum.«

»Seine Mutter meinte, er brauche einen echten, unbestreitbar norwegischen Namen.«

»Das ist aber ein dänischer.«

»Hä?«

»Truls. Das ist kein norwegischer Name, sondern ein dänischer.«

»Egal. Er ist doch sowieso nicht ganz wie alle anderen. Also brauchte er einen sozialdemokratischen, skandinavischen Namen. Um nicht außen vor zu stehen, meine ich. Seine Mutter wollte das so. Ich habe doch erst von seiner Existenz erfahren, als er schon drei Monate alt war. Bis ich das Besuchsrecht hatte, hab ich eine ziemliche Hölle erlebt. Aber jetzt läuft alles gut.«

Truls war nicht wie die anderen. Er war schwarz. Billy T.s älteste Söhne sahen ihrem Vater sehr ähnlich: Sie hatten blonde Haare, eine klare Haut und große hellblaue Augen. Peter, der Zweitjüngste, hatte rote Haare und ein sommersprossiges Gesicht. Truls war schwarz, so dunkel, dass niemand auf einen weißen Vater getippt hätte. Doch wenn er die Mundwinkel zu einem schrägen Lächeln verzog, dann war er seinem Vater wie aus dem Gesicht geschnitten.

»Feine Kinder, Billy T. Das muss man dir lassen. Du machst feine Kinder.«

Hanne Wilhelmsen streichelte vorsichtig Nicolays Bettdecke und wollte Billy T. aus dem Zimmer ziehen.

Er wehrte sich und setzte sich auf das untere Bett, in dem

Truls mit offenem Mund schlief. Seinen frisch eingegipsten Arm hatte er sich wie einen Schutzschild über die Augen gelegt.

»Ob er wohl Schmerzen hat, was meinst du?«, flüsterte Billy T. »Merkt er das? Ob ich ihm ein Schmerzmittel geben sollte?«

»Du hast doch gehört, was der Arzt gesagt hat. Glatter, sauberer Bruch, heilt in drei Wochen, und du sollst ihm nur etwas geben, wenn er ganz eindeutig Schmerzen hat. Jetzt schläft er tief. Also kann es unmöglich sehr wehtun.«

»Aber er hält den Arm doch sonst nie so.«

Billy T. versuchte, den Arm neben die Decke zu legen, aber der Arm fuhr sofort zurück, und der Junge wimmerte leise.

»Ich hätte ihm ein Schmerzmittel geben sollen«, sagte Billy T. verzweifelt.

»Du hättest dieses Rennen unter der Zimmerdecke nicht veranstalten dürfen. Oder zumindest etwas auf den Boden legen sollen, Matratzen oder so. Siehst du nicht, dass Truls viel schmächtiger ist als die anderen? Er wird nie im Leben so groß wie du.«

»Er ist eben der Jüngste«, sagte Billy T. mürrisch. »Er ist so klein, weil er erst sechs ist. Er wird noch wachsen. Warte nur.«

»Er ist kleiner als die anderen, Billy T. Und er ist dein Junge, auch wenn er kein athletisches Ungeheuer ist. Jetzt hör endlich auf.«

»Seine Mutter wird mich umbringen, wenn sie den Arm sieht«, murmelte er und fuhr sich mit der Hand durchs Gesicht. »Sie findet, ich springe zu hart mit ihm um.«

»Tust du ja vielleicht auch«, flüsterte Hanne. »Komm jetzt.«

Er wollte nicht. Er blieb auf der Bettkante sitzen, gebückt und mit gesenktem Kopf, weil der Abstand zum Bett darüber einfach nicht groß genug war. Dann ließ er seine Hand vorsichtig von seinem Gesicht auf den Kopf des Jungen sinken. Immer wieder streichelte er die schwarzen, wolligen Locken.

»Wenn ihm etwas Schlimmes passiert«, sagte er leise. »Wenn einem von meinen Kindern etwas Schlimmes passiert, dann weiß ich nicht, was ich ...«

Hanne setzte sich vorsichtig auf Peters Bett und schob den Jungen behutsam zur Seite. Ein kreideweißer Arm mit Myriaden von Sommersprossen legte sich auf die Decke; der Junge hustete im Schlaf und runzelte die Stirn.

»Überleg mal, wie das für Birgitte Volter gewesen sein muss«, sagte sie und schob den Arm des Jungen unter die Decke, denn es war kühl im Schlafzimmer, und seine Haut fühlte sich kalt an.

»Birgitte Volter?«

»Ja. Zuerst, als ihr Kind gestorben ist. Und dann, als über dreißig Jahre später alles wieder aufgewühlt wurde. Ich glaube ...«

Im oberen Bett bewegte Alexander sich.

»Papa.«

Billy T. sprang auf und fragte den Jungen, was er wolle. Alexander kniff im Licht, das durch die geöffnete Tür hineinfiel, die Augen zusammen.

»Durst«, murmelte er. »Cola.«

Billy T. grinste und gab Hanne ein Zeichen, ins Wohnzimmer zu gehen. Er holte für den Jungen ein Glas Wasser und ließ sich gleich darauf neben Hanne auf das blaue Sofa fallen.

»Was glaubst du?«, fragte er und griff nach der Bierdose, die sie ihm reichte. »Du hast vorhin irgendetwas über Volter gesagt.« Er rülpste leise und fuhr sich mit dem Handrücken über den Mund.

»Das tote Kind. Überleg doch mal, wie sie gelitten haben

muss. Aus irgendeinem Grund werde ich den Gedanken nicht los, dass dieser Tod etwas mit dem Fall zu tun haben muss. Aber dann ... «

Billy T. griff zur Fernbedienung, die vor ihnen lag, um Musik einzuschalten. Hanne nahm sie ihm gerade noch rechtzeitig aus der Hand und legte sie außer Reichweite.

»Also wirklich, Billy T.«, sagte sie ärgerlich. »Selbst du musst doch einmal ein Gespräch führen können, ohne dass im Hintergrund zweihundert Dezibel aus den Lautsprechern dröhnen.«

Er sagte nichts, sondern nahm einen großen Schluck Bier.

»Vielleicht sollten wir genauer feststellen, wie Birgitte ihr Leben gesehen hat«, sagte Hanne leise. »Wie hat sie die letzten Tage ihres Lebens erlebt? Das müssten wir feststellen. Statt wild herumzufragen, wie es allen anderen zum Zeitpunkt der Tat zumute war. Wir müssten feststellen, was diese Bemerkungen auf der Liste bedeuten. ›Neue Person‹ mit Fragezeichen, war das nicht so? Und was war noch das andere?«

Billy T. schien nicht richtig zugehört zu haben.

»Aber der Wächter«, sagte er in die Luft hinein. »Nach allem, was Severin mir gestern erzählt hat, bin ich verdammt sicher, dass der Wächter auf irgendeine Weise mit der Sache zu tun hat. Und dann ist es ziemlich unwichtig, ob diese Birgitte glücklich war oder nicht.«

»Jetzt bist du gemein. Noch vor ein paar Minuten wärst du fast durchgedreht bei der Vorstellung, deinem eigenen Kind könnte etwas passieren, und jetzt lässt es dich eiskalt, dass Birgitte Volter diesen Albtraum am eigenen Leib erleben musste. Fehlendes Einfühlungsvermögen nennt man so was. Du brauchst eine Therapie!«

»Du!«

Er kniff sie in den Oberschenkel.

»Du hast jede Menge Einfühlungsvermögen, das kann ich dir sagen, aber wir kommen nicht weiter, wenn wir uns bei unseren Ermittlungen in Gefühle verrennen.«

»Doch«, sagte Hanne Wilhelmsen und schob seine Hand weg. »Ich glaube, nur so können wir der Sache auf den Grund gehen. Wir müssen wissen, wie ihr zumute war, was sie wirklich empfand, wie ihr Leben an diesem Tag ausgesehen hat. Am 4. April 1997. Und dann müssen wir feststellen, welche Rolle der Wächter bei der ganzen Sache gespielt hat.«

»Und wie sind Eure Majestät eigentlich auf diese Gedanken gekommen?«, fragte er und stand auf, um sich ein Stück Brot zu holen. »Willst du eins mit Makrele?«

Sie gab keine Antwort, sondern sagte:

»Ich habe ganz stark das Gefühl, dass der Tod ihres Kindes mehr mit dem Fall zu tun hat als der Impfstoffskandal insgesamt. Ich glaube, wir starren uns an den anderen toten Babys nur blind. Außerdem hast du mit dem Wächter schon recht. Irgendetwas stimmt nicht mit ihm. War er Jahrgang 1965?«

»Nein. Er war viel jünger.«

»Der alte Mann hatte recht.«

»Hä?«, fragte Billy mit dem Mund voller Brot und Makrele.

»Der alte Mann im Park. Vergiss es. Ich glaube, ich will doch ein Brot. Und ein Glas Milch.«

»Musst du wissen«, murmelte Billy T. und öffnete noch eine Dose Bier.

23.15, OLE BRUMMS VEI 212

»Kannst du dich nicht setzen, Per?«

Die Stimme war heiser vom Whisky und den vielen Zigaretten, und beim Aufstehen musste er sich auf die Armlehne stützen. Er hätte nicht so viel trinken dürfen. Andererseits suchte er doch einen Ausweg aus den vielen Schmerzen, und nichts anderes bisher hatte geholfen. Der Arzt hatte ihm vor zwei Tagen Valium verschrieben, aber das ging ihm denn doch zu weit. Er wollte keine Tabletten nehmen. Ein Whisky war da schon weniger gefährlich. Inzwischen hatte er sechs getrunken.

Per musterte ihn voller Verachtung. Der Junge trug seinen Trainingsanzug, obwohl er unmöglich vom Joggen kommen konnte. Roy Hansen hatte vor sechs Stunden seinen Sohn türenschlagend das Haus verlassen hören.

»Säufst du?«, fragte Per mit schneidender Stimme. »Das hat uns ja gerade noch gefehlt!«

Jetzt reichte es. Roy Hansen schlug mit der Faust gegen die Wand, stieß dabei eine Stehlampe neben dem Sofa um, und der gläserne Lampenschirm zersprang in tausend Stücke.

»Jetzt setzt du dich«, schrie er und rieb sich die Brust, wie um sich auf diese Weise unter seinen Kleidern zusammenzureißen; er trug sie schon zwei Tage zu lange, und gebügelt waren sie auch nicht. »Jetzt setzt du dich und redest mit mir!«

Per Volter starrte seinen Vater verdutzt an, dann zuckte er mit den Schultern und ließ sich ihm gegenüber in einen Sessel fallen. Roy setzte sich aufs Sofa, plötzlich nüchtern, fuhr sich mit den Fingern durch die Haare und beugte sich vor, als sei er auf dem Sprung.

»Jetzt hörst du auf, mich zu bestrafen«, sagte er. »Findest du nicht, dass es bald reicht?«

Der Sohn sagte nichts dazu, er machte sich an einem großen Tischfeuerzeug aus Zinn zu schaffen, das jedoch leer war und lediglich ein leises, sinnloses Zischen hören ließ.

»Es geht mir ganz schrecklich, Per. Genau wie dir. Ich sehe, dass du leidest, und ich würde alles tun, um dir zu helfen. Aber du bestrafst mich nur und stößt mich weg. Wir wissen beide, dass das so nicht weitergehen kann. Wir müssen irgendeine ... irgendeine Möglichkeit finden, um miteinander zu sprechen.«

»Und was würdest du mir dann sagen?«, fragte der Junge plötzlich und unerwartet und schlug mit dem Feuerzeug auf den Tisch.

Roy ließ sich auf dem Sofa zurücksinken und legte die Hände in den Schoß. Mit seinem gesenkten Kopf und den ineinander verflochtenen Fingern schien er eine höhere Macht um Hilfe anzuflehen.

»Ich würde wohl sagen, wie traurig ich bin. Ich würde um Verzeihung bitten. Für die Sache im letzten Herbst. Das mit ... «

»Ruth-Dorthe Nordgarden«, sagte Per giftig. »Aber nicht mich solltest du um Verzeihung bitten, sondern Mama! Die hättest du um Vergebung anflehen müssen. Aber davon hatte sie sicher keine Ahnung.«

»Da irrst du dich.«

Roy Hansen steckte sich noch eine Zigarette an. Als er daran zog, schnitt er eine unzufriedene Grimasse; er schien erst jetzt zu merken, wie scheußlich es schmeckte. Aber er rauchte trotzdem weiter.

»Deine Mutter hat alles gewusst. Es war das einzige Mal in unserer Ehe, dass ich so etwas getan habe. Ich weiß nicht, warum es passiert ist, es ist einfach ... «

Er stieß den Rauch durch die Nase aus und sah seinem Sohn ins Gesicht.

»Es kommt mir nicht richtig vor, dir das zu erklären. Aber du sollst wissen, dass ich Birgitte alles erzählt habe. Als sie von dieser Tagung in Bergen zurückkam. Ich saß hier auf dem Sofa, bis sie nach Hause kam. Um zwei Uhr nachts, sie war zuerst noch im Büro gewesen, und als sie nach Hause kam, habe ich ihr alles erzählt.«

Per starrte seinen Vater mit einer Miene an, die verriet, dass er das soeben Gehörte nicht für die volle Wahrheit hielt.

»Aber ... was hat sie denn gesagt?«

»Das geht nur deine Mutter und mich etwas an. Aber sie hat mir verziehen. Nach einer Weile. Lange vor ihrem Tod. Das solltest du auch tun. Ich wünschte, du könntest mir verzeihen, Per.«

Eine Weile blieben sie schweigend im Halbdunkel sitzen. Draußen rauschte der Regen. Eine Dachrinne war seit Kurzem leck, das Wasser sprudelte wie ein Wasserfall über die Nordwestecke des Hauses. In der Ferne bellte ein großer Hund. Er bellte tief und warnend und übertönte damit sogar den strömenden Regen. Zugleich erinnerte das heftige Kläffen sie daran, dass es draußen etwas gab, etwas, zu dem sie gehörten und mit dem sie bald wieder konfrontiert sein würden.

»Wenn ich im Herbst wieder nach Hause ziehe, möchte ich mir gern einen Hund zulegen«, sagte Per plötzlich.

Roy merkte, wie ihn eine unbeschreibliche Müdigkeit überkam. Ihm war schwindlig, und er konnte kaum die Augen offen halten.

»Natürlich kannst du einen Hund haben«, sagte er und versuchte zu lächeln, doch selbst das erforderte einen nahezu unmöglichen Kraftaufwand. »Willst du einen Jagdhund?«

»Mmm. Ich glaube, einen Setter. Stimmt das wirklich?«

»Ja, natürlich kannst du einen Hund haben. Du bist erwachsen und entscheidest selber.«

»Das meine ich nicht. Hast du es Mama wirklich erzählt?«

Roy drückte seine Zigarette aus und hüstelte.

»Ja. Deine Mutter und ich ... wir hatten nicht viele Geheimnisse voreinander. Einige gab es natürlich. Aber nicht viele. Und nicht solche.«

Per stand auf und ging in die Küche. Roy blieb sitzen, noch immer mit geschlossenen Augen. Sein Junge war wieder da. Und im Herbst würde er wieder zu ihm ziehen. Hierher, in das Haus, in dem die kleine Familie seit Pers Geburt gelebt und sich gestritten und geliebt hatte.

Vielleicht war er eingeschlafen. Auf jeden Fall schien nur eine Sekunde vergangen zu sein, als plötzlich mit einem Klirren ein Teller auf den Tisch gestellt wurde.

»Kann ich eins haben?«, fragte Roy.

Per gab keine Antwort, schob aber den Teller mit den Broten einige Zentimeter auf ihn zu.

»Wie war sie eigentlich?«, fragte Per.

»Mama? Birgitte?«

Roy war verwirrt.

»Nein. Liv. Meine Schwester. Wie war sie?«

Roy Hansen legte sein unangebissenes Brot auf den Tisch. Er kratzte sich am Bauch und fühlte sich plötzlich hellwach.

»Liv war wunderbar.«

Er lachte kurz und leise.

»Das sagen sicher alle über ihre Kinder. Aber sie war so ... so klein! So winzig und zart. Ganz anders als du. Du warst ... du warst so sehr Junge. Groß und stark. Wenn du Hunger hattest, hast du vom ersten Tag an geschrien wie ein Schwein. Liv war ... sie hatte Lachgrübchen und blonde Haare. Ja, ich glaube ... ja, sie waren blond. Beinahe weiß.«

»Haben wir irgendwo ein Bild von ihr?«

Langsam schüttelte Roy den Kopf.

»Es gab jede Menge Bilder«, sagte er nach einer Weile.

»Benjamin Grindes Vater, ja, du weißt schon … Also, der Vater war Fotograf, und sie wohnten direkt neben Oma und Opa, und da wohnten ja auch Birgitte und ich, in den ersten beiden Jahren, ehe wir … es gab jede Menge Bilder. Ich glaube, Birgitte hat sie alle verbrannt. Ich habe jedenfalls nie mehr eins gesehen. Aber … «

Er schaute zu seinem Sohn hinüber, der die Brote ebenfalls noch nicht angerührt hatte und ihn mit einer fragenden, fast verlegenen Miene musterte.

»Vielleicht liegen noch welche auf dem Dachboden«, sagte Roy dann. »Ich werde demnächst alles in Ruhe durchgehen. Ein wenig aufräumen. Ich glaube, ich gehe auch bald wieder zur Arbeit. Am Dienstag oder Donnerstag vielleicht. Wann musst du zurück in die Schule?«

»Bald.«

Schweigend aß jeder drei Brote, und sie tranken Milch und Kaffee. Ab und zu wechselten sie einen Blick. Jedes Mal lächelte Roy, jedes Mal wandte Per den Blick ab. Aber das Böse war nicht mehr da. Sein hasserfüllter Blick war verschwunden. Draußen steigerte sich das Unwetter, der Regen trommelte hart und wütend gegen das große Fenster zum Garten.

»Wo ist sie begraben, Papa? Liv, meine ich. Hat sie einen Grabstein?«

»Auf Nesodden. Wir können ja mal hinfahren.«

»Bald, ja? Sehr bald?«

»Bald, mein Junge. Bald.«

Als der Junge schlafen ging, wünschte er seinem Vater nicht gute Nacht. Aber bald würde er das wieder tun.

MONTAG, 21. APRIL 1997

Seltsamerweise gefielen Billy T. die Vollversammlungen inzwischen. Normalerweise hasste er diese Art von Besprechungen, aber es war im Grunde gar nicht schlecht, dass sich die Leiter so vieler Ermittlergruppen zweimal die Woche trafen. So konnten sie Fäden sammeln und ihr weiteres Vorgehen koordinieren, und außerdem war es inzwischen auch möglich, bei diesen Treffen zu diskutieren. Alle machten mit, sogar Tone-Marit Steen. Warum, wusste niemand so recht, schließlich leitete sie keine Untersuchungsgruppe, jedenfalls nicht offiziell, aber sie hatte in gewisser Weise eine Funktion übernommen, die zu ihr passte. Sie war beredt, gründlich und hatte den Überblick. Niemand brachte gegen ihr Auftauchen Einwände vor.

Der Einzige, der in der Regel kurz angebunden war und den anderen gegenüber etwas zu verschweigen schien, war der Überwachungschef. Aber etwas anderes wäre wohl auch nicht zu erwarten gewesen. An diesem Tag war die Generalstaatsanwältin anwesend, aber Billy T. beschloss, sich von dem mürrischen, unfreundlichen Verhalten der seiner Meinung nach starrköpfigsten Frau der Welt nicht den Tag verderben zu lassen. Sie war tüchtig, langweilig und stur und hatte es zu einer Tugend werden lassen, sich von keiner anderen Meinung irgendeines Menschen beeindruckt zu zeigen. Egal, wie diese Meinung aussehen mochte. Jetzt blätterte sie in ihren Unterlagen, blickte Billy T. sauer an, als er den Raum betrat, und gönnte ihm nicht einmal ein kleines Nicken. Ihm war das nur recht, das konnte er auch, und er grüßte sie ebenfalls nicht.

Er goss aus einer Thermoskanne Wasser in eine weiße Tasse mit dem Aufdruck »Staatliche Kantinen«. Den Teebeutel ließ er genau anderthalb Minuten darin liegen und schaute auf die Uhr, ehe er ihn mit den Fingern ausdrückte und in den Papierkorb in der Ecke warf. Das Wasser war nur lauwarm, der Tee schmeckte nach nichts.

Endlich hatten alle sich eingefunden, nur Polizeiinspektor Håkon Sand fehlte noch. Niemand hatte etwas von ihm gehört oder gesehen, und sie waren schon zehn Minuten zu spät dran. Der Polizeipräsident wollte nicht mehr warten.

»Die letzte Woche hat uns einige Überraschungen gebracht«, sagte er. »Billy T. Fängst du an?«

Billy T. stellte die Teetasse weg und trat ans Ende des Tisches. Er lehnte sich an die Wand und schob sich die Arme hinter den Rücken.

»Wir glauben, dass die Familie aus dem Fall herausgenommen werden kann«, sagte er. »Per, der Sohn, hat ein hieb- und stichfestes Alibi. Wir haben natürlich an ein Komplott gedacht, er hätte im Grunde nicht im Büro von Birgitte Volter sein müssen, als der Schuss gefallen ist, aber für ein Komplott gibt es absolut keinen Anhaltspunkt. Was die Waffe angeht ... wir haben die Komplott-Theorie noch einmal aufgegriffen, als sich herausstellte, dass sie Per gehört. Aber wir müssen einfach davon ausgehen, dass sie der Familie auf irgendeine Weise gestohlen worden ist. Nein ... «

Er stieß sich mit den Händen von der Wand ab, wippte auf den Fußballen auf und ab und starrte kurz zu Boden.

»Per Volter ist ein sehr unglücklicher junger Mann, dessen Leben über Nacht auf den Kopf gestellt worden ist. Aber ein Mörder ... nein, dafür halte ich ihn nicht. Auch Roy Hansen können wir vernachlässigen. Das habe ich ja schon erklärt ... «

Er sah den Polizeipräsidenten an, der kurz nickte.

»Er kann sich wohl kaum an den Wächtern vorbeigeschlichen, seine Frau ermordet und uns dann die Waffe seines Sohnes geschickt haben. Außerdem wissen wir, dass er um 18.40 von seinem Haus aus mit seiner Mutter telefoniert hat. Das bestätigen die Gesprächslisten des Fernmeldeamtes. Allein das schließt ihn im Grunde schon aus, sie wohnen ja in Groruddalen. Der Mord muss ungefähr um diese Zeit geschehen sein. Selbst wenn ... «

Wieder blickte er den Polizeipräsidenten an, wieder nickte der, diesmal jedoch verärgert.

»Es macht wenig Spaß, schmutzige Wäsche in der Öffentlichkeit zu waschen, aber wir müssen doch erwähnen, dass Roy Hansen im letzten Herbst einen kleinen Seitensprung hatte. Mit der Gesundheitsministerin Ruth-Dorthe Nordgarden.«

Leises Gemurmel kam auf, selbst die Generalstaatsanwältin hinter ihrer wenig kleidsamen, altmodischen Stahlbrille schien interessiert.

»Aber die Affäre hat nicht lange gedauert. Und ich halte es für höchst zweifelhaft, ob eine solche Beziehung ein Mordmotiv darstellen kann. Nein ... «

Billy T. ging auf seinen Stuhl zu, blieb jedoch auf halber Strecke stehen.

»Die Familie Volter / Hansen ist eine ganz normale norwegische Familie. Mit ihren Freuden und Sorgen und ihren düsteren Geheimnissen. Wie alle anderen auch. Und was diesen Impfstoffskandal angeht ... «

Er fuhr sich über den Schädel, wie immer, wenn er resignierte.

»Den müssen wohl andere bewerten. Ich kann nur sagen, dass ... «

Sein Gespräch mit Hanne Wilhelmsen vom Samstagabend, als die Kinder schon schiefen, lief wie ein Video im Zeitraffer vor seinem inneren Auge ab.

»Wenn dieser Skandal mit dem Mord in Zusammenhang stehen sollte, dann geht es wohl kaum um den Skandal in seiner Gesamtheit. Birgitte war damals eine blutjunge Mutter. Falls die Todesfälle von 1965 etwas mit diesem Mord zu tun haben, dann müssen wir wohl nach etwas suchen, das Birgitte Volters eigenes kleines Mädchen betrifft. Aber ich glaube das alles nicht, wie gesagt.«

Er setzte sich und murmelte:

»Der Wächter. Der war's.«

Er hielt dabei die Hand vor den Mund und wollte von niemandem gehört werden. Der Wächter fiel nicht in sein Ressort. Tone-Marit saß neben ihm und konnte sich ein Lächeln nicht verkneifen.

»Du gibst nicht auf«, flüsterte sie und erhob sich auf ein Zeichen des Polizeipräsidenten hin.

»Billy T. hat die Waffe nicht erwähnt«, sagte sie laut. »Den Nagant-Revolver, mit der der Mord verübt wurde und von dem wir jetzt mit Sicherheit wissen, dass er Per Volter gehört. Wir haben den Waffenschrank im Haus der Familie untersucht. Dort haben wir die Fingerabdrücke aller Familienmitglieder gefunden, was ja kein Wunder ist. Ansonsten kann ich noch hinzufügen, dass es im Hause ansonsten kaum Abdrücke gab. Kein Wunder, schließlich hat das Außenministerium eine der leistungsstärksten Reinigungsfirmen hingeschickt, ehe wir das Haus untersuchen konnten.«

Tone-Marit legte eine vielsagende Pause ein.

»Ein ziemlicher Patzer, das können wir getrost sagen. Also, ich glaube, im Moment müssen wir uns mit der Feststellung begnügen, dass die Waffe aus dem Haus der Familie entwendet wurde, auch wenn nichts auf einen Einbruch hinweist. Leider wissen wir nichts über den Zeitpunkt des Diebstahls, da Per den Waffenschrank seit Weihnachten nicht mehr geöffnet hatte.«

Sie setzte sich auf die Tischkante und blickte die anderen Anwesenden an.

»Billy T. hat sich ziemlich in diesen Wächter aus dem Regierungsgebäude verbissen«, sagte sie und lächelte ihren Kollegen an. »Und ich stimme ihm da eigentlich zu. Da gibt es irgendetwas, das wir noch nicht zu fassen bekommen. Aber ich bin davon überzeugt, dass dieser Bursche gelogen hat. Es war wirklich ärgerlich, dass er einfach gestorben ist. Rücksichtslos geradezu.«

Einige von den anderen schmunzelten, die Generalstaatsanwältin jedoch bedachte Tone-Marit mit einem tödlichen Blick. Tone-Marit machte ein aufgesetzt ernstes Gesicht und zwinkerte Billy T. zu.

»Wir wissen immerhin, dass er im Gegensatz zu den meisten anderen, die in diesen Fall verwickelt sind, wirklich am Tatort war. Was nicht unwichtig ist, denn unser größtes Problem abgesehen vom fehlenden Motiv ist, herauszufinden, wie irgendwer Frau Volter ermordet haben könnte. Wir versuchen also festzustellen, ob er zu einer bestimmten Szene gehört. Und dabei könnte ich mir durchaus eine engere Zusammenarbeit ... mehr Hilfe von ...«

Tone-Marit blickte den Überwachungschef herausfordernd an, der jedoch saß da wie eine Sphinx. Billy T. war beeindruckt. Tone-Marit fürchtete sich wirklich vor nichts und niemandem.

»Und nun zu diesem Benjamin Grinde«, sagte sie und ließ ihren Blick zum Polizeipräsidenten weiterwandern. »Soll ich das machen oder vielleicht der Polizeidirektor ...?«

Der Polizeipräsident machte mit der rechten Hand eine ungeduldige, rotierende Bewegung, und Tone-Marit sagte:

»Was die Pillendose angeht, so weist sie von außen Fingerabdrücke auf – von Birgitte Volter, Wenche Andersen und Benjamin Grinde. Was bedeutet, dass sie Grinde vermutlich vor relativ kurzer Zeit in die Hände geraten ist. Und das stimmt mit Wenche Andersens Aussage überein. Innen gibt es keine Abdrücke. Was die Dose bedeutet und ob sie überhaupt etwas bedeutet, lässt sich noch nicht sagen.«

Sie fuhr sich mit dem Zeigefinger über die Stirn und schaute den Polizeipräsidenten an.

»Ich gäbe sehr viel für einen Abschiedsbrief dieses Mannes. Denn es steht ganz fest, dass Benjamin Grinde wirklich Selbstmord begangen hat. Keine Anzeichen für einen Einbruch in seiner Wohnung, überhaupt nichts, was auf Gewaltanwendung oder Zwang hindeutet. Die Wohnung war aufgeräumt und sauber, im Kamin gab es Asche, die darauf schließen lässt, dass er geistesgegenwärtig genug war, um sich von seinen persönlichsten Papieren zu trennen. Die Unterlagen, die er von der Arbeit mit nach Hause genommen hatte, lagen fein säuberlich auf dem Tisch, als wollte er seinem Nachfolger so wenig Probleme wie möglich machen. Aber es gibt keinen Abschiedsbrief. Was ja an sich sehr ungewöhnlich ist.«

»Er schuldete vielleicht niemandem eine Erklärung«, sagte der Polizeipräsident mit leiser Stimme.

Tone-Marit blickte von ihren Notizen auf, einer kleinen Karteikarte voller Stichwörter, die sie in der linken Hand hielt.

»Das gibt es manchmal«, sagte der Präsident und stützte die Ellbogen auf den Tisch. »Wir können hier von einem *geordneten* Selbstmord sprechen. Alles ist geklärt und arrangiert, es gibt keine losen Fäden. Nur das Ende eines Lebens. Es ist gewissermaßen ausgewischt. Als ob es nie bestanden hätte. Traurig. Sehr, sehr traurig.«

»Aber die Mutter ... und der Mann hatte Freunde. Sehr enge Freunde.«

»Aber war er ihnen irgendetwas schuldig?«

Der Polizeipräsident schien in der Sache sehr engagiert, und Billy T. konnte sein Erstaunen kaum verbergen.

Als der Präsident vor einem guten halben Jahr seine Stelle antrat, hatte Billy T. wie die meisten anderen große Zweifel gehabt. Der Mann hatte nur wenig Erfahrung mit der Ermittlungsarbeit; er war kaum bei der Polizei gewesen und hatte nur zwei Referendariatsjahre in Bodø Anfang der Siebzigerjahre vorzuweisen. Dafür war er elf Jahre lang Richter gewesen, was nicht gerade ideale Voraussetzungen waren, wenn jemand die größte und turbulenteste Wache im ganzen Land übernehmen sollte.

Aber er war mit seinen Aufgaben gewachsen. Er hatte sie während der vergangenen zwei Wochen alle beeindruckt. Er hielt sie zusammen, machte aus ihnen ein Team. Sie arbeiteten, bis sie vor Müdigkeit umfielen, aber noch niemand hatte sich über diese unbezahlten Überstunden beklagt. Und allein das war eine seiner allergrößten Leistungen.

»Selbstmord ist ein sehr interessantes Thema«, fuhr der Polizeipräsident fort und ließ sich in den Sessel zurücksinken, denn er wusste, dass alle jetzt genau zuhörten. »Düster und sehr interessant. Der Unterschied zwischen uns allen, die wir ab und zu in schweren Stunden mit dem Gedanken spielen, uns das Leben zu nehmen ... «

Er lächelte, ein bisher unbekanntes, jungenhaftes Lächeln; Tone-Marit fand ihn plötzlich anziehend in seinem frisch gebügelten Uniformhemd, dessen Ärmel er gegen alle Vorschriften hochgekrempelt hatte. Er hatte etwas jungenhaft Maskulines, etwas Lässiges und zugleich sehr Starkes.

»Der Unterschied zwischen uns und den anderen ist, dass wir uns darüber Gedanken machen, wie ein solcher Todesfall die Menschen treffen würde, die uns nahestehen«, sagte er leise. »Wir sehen, welch entsetzliche Tragödie er für sie wäre. Also beißen wir die Zähne zusammen, und einige Monate später sieht das Leben schon etwas besser und heller aus. Aber ...«

Er stand auf und ging zum Fenster. Der Regen hatte nachgelassen, doch die Wolkendecke hing noch immer grau und feucht über dem riesigen graugrünen Rasen im Dreieck zwischen Polizeihaus, Gefängnis und Grønlandsleiret. Der Polizeipräsident schien nach einem bestimmten Code im Regentropfenmuster auf der Fensterscheibe zu suchen, als er sagte:

»Aber der *echte* Selbstmordkandidat denkt anders. Er glaubt, dass das Leben für diejenigen, die ihn lieben, besser wird, wenn er sich für den Tod entscheidet. Er empfindet sich als Belastung. Nicht unbedingt, weil er etwas falsch gemacht hat, sondern weil sein Schmerz so ... so unerträglich wird, dass er auf die anderen übergreift und auch ihnen das Leben unerträglich macht. Das glaubt er zumindest. Und nimmt sich das Leben.«

»Himmel«, rief Billy T. spontan, er hatte noch nie das Wort »lieben« aus dem Munde eines seiner Vorgesetzten gehört.

»Sehen Sie sich diesen Grinde an«, fuhr der Polizeipräsident fort und ließ sich durch Billy T.s Zwischenruf nicht stören. »Ein erfolgreicher Mann. Sehr tüchtig. Überall geachtet. Er hat viele Interessen, er hat gute Freunde. Und dann passiert irgendetwas. Etwas so Entsetzliches, dass ... Er muss seinen Entschluss nach ruhiger Überlegung gefasst haben – er hat sich selbst die Medikamente besorgt, hat sorgfältig aufgeräumt ... der Schmerz war offenbar unerträglich. Aber was hatte diesen Schmerz verursacht?«

Er fuhr herum und breitete die Arme aus, wie zu einer kollektiven Einladung zur Nennung von Selbstmordmotiven eines Mannes, über den sie im Grunde nicht sehr viel wussten.

»Sie haben nichts von Ehre gesagt«, sagte Billy T. leise.

»Wie bitte?« Der Polizeipräsident starrte ihn an, etwas brannte in seinen Augen, und Billy T. bereute schon, den Mund aufgemacht zu haben.

»Ehre«, murmelte er aber trotzdem. »Wie in *Madame Butterfly*.«

Der Polizeidirektor riss den Mund auf und schien keine Ahnung zu haben, wovon hier die Rede war.

»In Ehren stirbt, wer nicht länger in Ehren leben kann. Oder so«, sagte Billy T.

Als er merkte, dass er weiterreden durfte, hob er die Stimme.

»Wenn die Spitzen der Gesellschaft mit den Fingern im Marmeladenglas oder mit heruntergelassener Hose erwischt werden, nehmen sie sich ja bisweilen das Leben. In der Regel denken wir uns dann unseren Teil, nicht wahr? Wir denken, dass es der betreffenden Person peinlich war, der Sturz wäre zu tief und so weiter. In der Regel erscheint ein solcher Selbstmord uns als Schuldeingeständnis. Jemand hat etwas Entsetzliches verbrochen und kann der Welt nicht mehr ins Auge schauen. Aber es muss nicht ... es braucht nicht immer so zu sein. Vielleicht kommt es vor, dass jemand einfach nicht mit einer Schande leben kann, selbst wenn er gar nicht schuldig ist.«

»Es kann ja auch sein«, wagte Tone-Marit Steen, ihn zu unterbrechen, »dass der Selbstmordkandidat etwas getan hat, das vielleicht ... das vielleicht moralisch falsch, aber nicht unbedingt strafbar ist. So gesehen kann dieselbe Tat von verschiedenen Menschen ganz unterschiedlich bewertet werden, manche reagieren höchstens mit einem Schulterzucken darauf, für einen anderen dagegen, der besonders hohe moralische Maßstäbe hat, ist sie ... «

»Mit Verlaub, Herr Polizeipräsident!«

Überwachungschef Ole Henrik Hermansen, der bisher ziemlich gelassen seine Fingernägel inspiziert hatte, schlug mit der Faust auf den Tisch.

»Ich finde es wenig sinnvoll, hier mehr oder weniger vage Überlegungen über das Rätsel des Selbstmordes anzustellen, während wir so viel zu tun haben. Es muss ja wohl Grenzen geben!«

Seine Mundwinkel zuckten, seine Gesichtshaut hatte eine dunklere Farbe angenommen als sonst. Er wippte heftig mit den Füßen und starrte den Polizeipräsidenten herausfordernd an.

Der Polizeipräsident lächelte. Es war ein so herablassendes Lächeln, dass nicht einmal der Polizeidirektor daran zweifeln konnte, dass es sich um eine Zurechtweisung handelte, noch dazu um eine ziemlich arrogante. Der Überwachungschef war jetzt tiefrot und sprang auf, um noch mehr zu sagen.

»Wenn wir diese hochfliegenden Theorien mal beiseitelegten«, sagte er, wobei seine Stimme beinahe ins Falsett umgeschlagen wäre, »dann könnte ich allerlei erzählen.«

Die anderen tauschten Blicke. Das waren ganz neue Töne. Vielleicht war diese philosophische Erörterung des tieferen Charakters von Selbstmordfällen nötig gewesen. Immerhin wollte Ole Henrik Hermansen plötzlich reden!

»Bitte sehr«, sagte der Polizeipräsident, lächelte jedoch noch immer.

»Dann möchte ich mich zuerst entschuldigen«, sagte Hermansen und strich sich einige Haarsträhnen glatt. »Ich weiß ja, dass sich hier manche ... uninformiert gefühlt haben, um es mal so zu sagen. Ich möchte dafür um Verständnis bitten. Wir wissen alle, dass diese Wache leider nicht dicht ist. Immer sickert etwas an die Presse durch. Wir mussten diese Informationen für uns behalten.«

Er schob seinen Stuhl nach hinten und ging ans Tischende.

»Wenn ich es jetzt für notwendig halte, mich ausführlicher zu äußern, dann, weil ich finde, dass diese Ermittlungen ... gewissermaßen in alle Richtungen auseinanderlaufen. Während wir eigentlich vor etwas stehen, das wir für einen Durchbruch halten.«

»O verdammt«, rutschte es Billy T. heraus.

Der Ausflug des Polizeipräsidenten in die höheren Ebenen des Daseins war spannend gewesen. Aber nichts war besser als eine handfeste Spur.

»Das bedeutet also«, fuhr Hermansen fort, »dass wir die größtmögliche Vorsicht walten lassen müssen, was die nun folgenden Informationen betrifft. Wenn das hier herauskommt, riskieren wir, dass unsere gesamten Ermittlungen wie ein Kartenhaus in sich zusammenfallen und wir mit leeren Händen dastehen.«

»Ungefähr wie bisher also«, murmelte Billy T., hielt aber den Mund, als Tone-Marit ihm einen harten Tritt gegen das Schienbein verpasste.

»Es ist interessant, dass es im letzten Gespräch, das Birgitte Volter vor ihrem Tod geführt hat, offenbar um diesen Fall ging, der inzwischen allgemein als Impfstoffskandal bezeichnet wird. Wir haben in den vergangenen Tagen nicht ohne ziemliches Interesse die Berichterstattung der Zeitungen mitverfolgt.«

Mehr tut ihr ja auch nicht, dachte Billy T., verdammt, ihr tut ja nichts anderes als Zeitung lesen, ausschneiden, einkleben und sammeln.

Aber er hielt klugerweise den Mund, Tone-Marits Blick war nicht misszuverstehen.

»Das meiste, was im Moment geschrieben wird, wussten wir allerdings schon. Und wir wissen noch viel mehr.«

Hermansen gönnte sich eine Kunstpause. Er genoss diesen Moment. Alle starrten ihn aufmerksam an. Endlich hatte jemand etwas Konkretes.

»Einige alliierte Staaten unterhielten in den Jahren 1964 und 1965 gewisse Handelsverbindungen zur DDR«, sagte Hermansen mit lauter Stimme und wanderte vor seinem Publikum hin und her. »Das war Bestandteil einer größeren Operation unter Führung der USA, die zu einem Gefangenenaustausch zwischen Ost und West führen sollte. Die DDR stellte die Bedingung, Mangelwaren einführen und ihre eigenen Produkte in den Westen ausführen zu dürfen. Auf diese Weise erhielten sie Waren und Valuta.«

Billy T. begriff nicht, worauf das hinauslaufen sollte, und trommelte ungeduldig auf dem Tisch herum, bis ein Blick des Polizeipräsidenten ihn aufhören ließ.

»Norwegen war bereit, Eisenerz zu exportieren und pharmazeutische Produkte zu kaufen. Damals überquerten die verschiedenen Waren die Grenzen zwischen Ost und West, aber darauf brauchen wir nicht näher einzugehen. Wichtig ist, dass das alles in Zusammenarbeit mit unseren Verbündeten, den USA, geschah und einem sehr guten Zweck dienen sollte: westliche Agenten und festgenommene Diplomaten freizubekommen. Die USA betrieben solche Geschäfte natürlich in einem viel breiteren Rahmen als wir, obwohl das gegen die Truman-Doktrin verstieß, und natürlich wurde nicht laut darüber geredet. Aber wir dürfen nicht vergessen ... «

Der Überwachungschef setzte sich auf eine Stuhllehne und stellte die Füße auf den Sitz, was jungenhaft und etwas wichtigtuerisch aussah.

»Die DDR war vom Westen damals noch nicht als selbstständiger Staat anerkannt worden. Das geschah erst 1971. Die DDR war ein geschlossenes System, und das Schlimmste war aus unserer Sicht, dass sie nicht bezahlen konnten.«

Jetzt hob der Polizeipräsident die Augenbrauen. »Aber«, warf er vorsichtig ein, »sie hatten doch eine Art Währung?«

»Natürlich hatten sie das. Aber was war die DDR-Mark schon wert? Rein gar nichts. Die beste Lösung für uns war, Waren zu tauschen. Die USA hatten es da schwerer. Die DDR wollte nämlich Devisen, und die USA haben ihre Leute ganz einfach freigekauft. Für teures Geld und außerdem auf Kosten eines ihrer wichtigsten außenpolitischen Prinzipien: nur mit solchen Systemen Geschäfte zu machen, die ihren Bürgern politische Rechte und allgemeine Menschenrechte gewähren.«

»Als ob sie sich jemals daran gehalten hätten«, murmelte Billy T., aber wieder wurde das von allen ignoriert. »Was zum Teufel hat das mit dem Mord an Birgitte Volter zu tun?«

»Der damalige Überwachungschef war natürlich nicht in diese geschäftlichen Verbindungen verwickelt«, fuhr Hermansen unangefochten fort. »Aber er wurde fortlaufend informiert. Das musste so sein, da wir einige DDR-Bürger im Auge behalten mussten. Ich brauche wohl niemandem zu erzählen, dass wir noch etliche Akten aus jener Zeit haben ...«

Er sprang vom Stuhl und lief wieder im Zimmer hin und her.

»Heute dagegen interessiert uns ein DDR-Bürger, über den wir damals keine Akte angelegt haben. Genauer gesagt, ein Ex-DDR-Bürger. Kurt Samuelsen, geboren im Januar 1942 in Grimstad. Die Mutter war Norwegerin, sie hieß Borghild Samuelsen. Sein Vater war ein Wehrmachtssoldat, dessen Namen wir nicht kennen. Der Junge kam gleich nach seiner Geburt in ein Waisenhaus und wurde ein Jahr darauf im Rahmen des Lebensborn-Programms nach Deutschland geschickt. Dann ... «

Plötzlich unterbrach Hermansen sein ruheloses Hin-und-her-Laufen. Er blieb breitbeinig stehen und verschränkte zu allem Überfluss die Hände auf dem Rücken.

»Nach dem Krieg befand Kurt Samuelsen sich in der Ostzone. Niemand hörte von ihm, niemand fragte nach ihm. Die Mutter machte zwar um 1950 einen zaghaften Versuch, aber kaum jemand wollte einer Frau helfen, die 1945 als Soldatenliebchen kahl geschoren worden war und dann drei Monate im Gefängnis gesessen hatte. 1963, auf einer Studienreise nach Paris, springt unser Freund Kurt Samuelsen ab. Er ist ein einundzwanzigjähriger, hochbegabter Chemiestudent, der in der norwegischen Botschaft auftaucht und sich als Norweger ausgibt. Er kann beweisen, dass er wirklich Kurt Samuelsen ist. Er reist nach Norwegen und ist mit seiner Mutter wieder vereint, kein Auge bleibt trocken. Selbst hartgesottene Widerständler konnten sich inzwischen über eine rührende Wiedervereinigung zwischen Mutter und Kind freuen. Egal. Kurt Samuelsen studierte danach in Oslo. Er war sehr tüchtig und machte mit nur vierundzwanzig Jahren Examen. In Pharmakologie, wohlgemerkt, nicht in Pharmazie. Er sprach schon nach einem halben Jahr perfekt Norwegisch, was den Glauben der Mutter nur untermauerte, dass ihr verlorener Sohn zurückgekehrt sei. «

Der Überwachungschef unterbrach sich plötzlich und steckte sich, ohne um Erlaubnis zu bitten, eine Zigarette an. Er zog einen Reiseaschenbecher aus der Tasche und stellte ihn vor sich auf den Tisch. Er machte einen Lungenzug, lächelte zufrieden und erzählte weiter.

»Bisher ist also alles Friede, Freude, Eierkuchen. Aber Kurt

Samuelsen ging schon 1968 in die DDR zurück. Ohne sich von seiner Mutter zu verabschieden. Und seitdem hat niemand von ihm gehört.«

Jetzt schwieg sogar Billy T. und begnügte sich mit einem leichten Zungenschnalzen.

»Es stört mich wirklich sehr, wenn Sie rauchen«, sagte Tone-Marit plötzlich. »Könnten Sie bitte Ihre Zigarette ausmachen?«

Der Überwachungschef starrte sie beleidigt an, gehorchte dann aber.

»Nach dem Tod der Mutter 1972 konnten seine norwegischen Verwandten ihn nicht ausfindig machen. Inzwischen ist der Fall natürlich untersucht worden, und 1987 stießen westliche Nachrichtendienste in Bulgarien auf ihn. Inzwischen wissen wir, dass der Mann gar nicht Kurt Samuelsen war. In Wirklichkeit heißt er Hans Himmelheimer. Der echte Kurt Samuelsen hat nie einen Fuß aus Ostdeutschland heraus gesetzt. Nicht einmal nach der Wiedervereinigung. Und jetzt kommen wir zum interessantesten Teil der ganzen Angelegenheit.«

Er ertappte sich dabei, dass er eine neue Zigarette aus der Packung zog, zündete diese jedoch nicht an.

»Wir wurden von unseren bundesdeutschen Kollegen auf Hans Himmelheimer aufmerksam gemacht, sie fanden seinen Namen in den Stasi-Archiven. Unser guter Himmelheimer ist heute wissenschaftlicher Leiter eines gigantischen Pharmakonzerns – vielleicht möchte jemand raten, wie der heißt?«

»Pharmamed«, sagten Tone-Marit, Billy T. und der Polizeipräsident wie aus einem Munde.

»Exakt. Die Pharmamed war früher ein volkseigener Betrieb, hat aber, anders als so viele andere, den Privatisierungsprozess glänzend überstanden. Unter anderem hat das Unternehmen das Monopol auf eine Spritze, die nach einmaliger Verwendung zerbricht, ein Patent, das in den Zeiten von AIDS goldwert ist. Und Hans Himmelheimer war noch im vergangenen März in Norwegen ...«

»Was?«, fragte der Polizeipräsident ungläubig, doch Hermansen winkte ab.

»Moment noch. Er hat an einem Kongress im Oslo Plaza teilgenommen und dort vier Tage gewohnt. Unter seinem richtigen Namen. Ziemlich waghalsig, finde ich, es bestand doch das Risiko, erkannt zu werden. Er hat ja immerhin fünf Jahre in Norwegen gelebt.«

Bisher hatte Ole Henrik Hermansen die Situation genossen. Was er zu erzählen hatte, war wirklich aufsehenerregend. Und er erzählte gut. Doch plötzlich strahlte seine ganze Gestalt Unsicherheit aus. Sein Blick flackerte, und er machte sich an der Zigarette zu schaffen.

»Unsere Analytiker halten es für außerordentlich schädlich für die Pharmamed, dass die Sache mit dem Impfstoff durchgesickert ist. Nicht notwendigerweise, weil sie zur Verantwortung gezogen werden kann. Vermutlich gilt sie rein juristisch heute nicht mehr als derselbe Betrieb. Wegen der Privatisierung und überhaupt. Aber es geht ja auch um den Namen Pharmamed. Der Konzern hat nach der Wende ein sagenhaftes Wachstum erlebt. Heute ist er viele Millionen wert. Und heißt weiterhin Pharmamed. Ich verstehe nicht, warum sie nicht einfach ihren Namen ändern können, wenn es ganz schlimm kommt, aber das würde wohl sehr viel kosten und wäre außerdem nicht leicht. Mir ist erklärt worden, dass eingeführte Namen Gold wert sind. Dieser Skandal kann der Firma ziemlichen Ärger machen, und das ist in einer Branche wie der pharmazeutischen Industrie, die dermaßen auf das Vertrauen ihrer Kundschaft angewiesen ist, einfach eine Katastrophe. Und wenn wir uns an unsere ursprüngliche Theorie halten ...«

Überwachungschef Ole Henrik Hermansen rieb sich das Gesicht, seine Haut rötete sich, und zum ersten Mal an diesem Tag sah er müde aus.

»Die Zeichnung mit dem Tuch, bitte.«

Hermansen gab dem Polizeidirektor ein Zeichen, das Licht zu dämpfen, und schob eine Folie auf den Overheadprojektor. Die Zeichnung des gesichtslosen Mannes hinter Birgitte Volter, deren Gesicht von dem Tuch verdeckt war und der ein Revolver an die Schläfe gehalten wurde, die Zeichnung, die sie bereits am ersten Samstag gesehen hatten, gewann plötzlich eine ganz neue Bedeutung.

»Stellen wir uns also vor, dass wir recht hatten. Er wollte Birgitte Volter gar nicht umbringen. Er wollte sie bedrohen. Und was wäre dann effektiver ...«

»... als ihr zu zeigen, dass sie in ihrem Haus gewesen waren und den Nagant gestohlen hatten, ohne dass es jemandem aufgefallen war«, rief Billy T.

»Aber«, stammelte der Polizeidirektor, »sie hatte doch das Tuch vor dem Gesicht. Sie konnte den Revolver nicht sehen.«

Der Überwachungschef bedachte ihn mit einem mitleidigen Blick.

»Der Mörder kann ihr zuerst die Waffe gezeigt haben. Wie ich schon gesagt habe, als wir diese Zeichnung zum ersten Mal gesehen haben, kann er ihr mit dem Tuch noch mehr Angst eingejagt haben. Wenn diese Theorie zutrifft, dann war ihr Tod ein Unfall. Er wollte sie dazu bringen, die Arbeit der Grinde-Kommission anzuhalten oder zumindest hinauszuzögern.«

»Das kann stimmen«, sagte Billy T. »Das kann wirklich stimmen.«

Der Lärmpegel hob sich, als alle untereinander diese neue, aufsehenerregende Wendung diskutierten, die der Fall genommen hatte. Der Überwachungschef machte ein skeptisches Gesicht und schien diese Diskussionen nur ungern abzubrechen.

»Leider, muss ich fast sagen, ist das nicht unsere einzige Spur. Der Fall hat gestern noch eine interessante Wendung genommen.«

Alles verstummte.

»Was?«, rief Tone-Marit Steen. »Hat das etwas damit zu tun?«

»Mit dem Mord an Ministerpräsidentin Volter ja. Mit der Pharmamed nein.«

Kurz und präzise berichtete der Überwachungschef von Brage Håkonsens bisheriger Rolle im Fall Volter. In nur sieben Minuten hatte er die ganze Geschichte erzählt: von dem abgestürzten Flugzeug, wobei man noch immer nicht wusste, ob es sich um eine gegen Göran Persson gerichtete Sabotage-Aktion gehandelt hatte, von Tage Sjögrens Abstecher nach Norwegen zu diesem kritischen Zeitpunkt und von Brage Håkonsens ziemlich beeindruckendem Waffenlager und den ausgearbeiteten Plänen für sechzehn namentlich genannte wichtige Personen der norwegischen Öffentlichkeit. Am Ende seufzte er laut und fügte hinzu:

»Ich würde den Kerl gern als schwärmerischen Trottel abschreiben. Meine Leute halten ihn für zu feige, um wirklich einen Mord zu begehen. Er hätte sich bei seiner Festnahme freischießen können, schließlich befand er sich in Reichweite von Waffen, die für eine beachtliche Einsatztruppe gereicht hätten. Aber er hat sich nicht getraut. Dennoch ...«

Wieder erhob er sich, jetzt mit steifen Bewegungen. Alle waren erschöpft, die Besprechung dauerte nun fast schon drei

Stunden, und die meisten sehnten sich nach Kaffee und einer Zigarette.

»Er behauptet zu wissen, wer es war. Und er scheint auch zu wissen, wovon er da redet.«

Hermansen berichtete, dass Brage Håkonsen bis ins Detail schildern konnte, wie die Tatwaffe zur Polizei gelangt war.

»Dann weiß er mehr als wir«, rief Tone-Marit. »Wir haben stundenlang vor dem Video aus der Hauptpost gesessen und konnten einfach nichts von Interesse finden. Wenn die da schon Videoaufnahmen machen, dann sollten sie auch dafür sorgen, dass sie von brauchbarer Qualität sind.«

»Håkonsen behauptet also, den Mörder zu kennen. Aber er möchte einen Tauschhandel abschließen.«

»Einen Tauschhandel?«

Die Generalstaatsanwältin hatte bisher kein einziges Mal den Mund aufgemacht. Jetzt funkelten ihre Augen hinter den dicken Brillengläsern.

»Wir sollen ihn laufen lassen, damit er uns den Namen nennt? Kommt nicht infrage.«

»Wir haben ihm schon zu verstehen gegeben, dass das hierzulande nicht üblich ist«, sagte der Überwachungschef trocken.

»Aber ein Mord an einer Ministerpräsidentin ist auch nicht gerade alltäglich«, murmelte Billy T., der jedoch keine Lust hatte, sich mit der Generalstaatsanwältin anzulegen. Aus bitterer Erfahrung wusste er, dass das nichts brachte.

»Na, machen wir eine halbe Stunde Pause«, erklärte der Polizeipräsident. »Und danach planen wir unser weiteres Vorgehen. Ich glaube, es wäre vernünftig, die Gruppen von Billy T. und Tone-Marit Steen zusammenzulegen.«

»Super«, jubelte Billy T. und drückte Tone-Marit einen Schmatz auf die Wange.

»Eine halbe Stunde«, wiederholte der Polizeipräsident. »Und keine Minute länger.«

»Manchmal bist du wirklich verflixt kindisch, Billy T.«, sagte Tone-Marit Steen wütend.

Dann wischte sie sich demonstrativ die Wange ab.

12.30, BÜRO DES MINISTERPRÄSIDENTEN

Sie fand einfach keine Ruhe. Seit elf Jahren arbeitete sie im Büro der Ministerpräsidentin, und sie lebte ein Leben, das ihren Verpflichtungen entsprach. Es war ruhig und nüchtern, ohne Ausschweifungen und mit einem ungewöhnlich kleinen Freundeskreis. Im Laufe der Jahre hatten viele versucht, sie auszuhorchen, Fremde, Bekannte und einige Presseleute, aber sie wusste, wie sie sich zu verhalten hatte. Ihre Position hatte ihren Ehrenkodex. Und wenn auch alle anderen ihre altmodischen Normen aufgaben, wollte sie ihren Idealen treu bleiben.

Die Zweifel waren kaum zu ertragen gewesen. Seit Tagen hatte sie sich den Kopf zerbrochen, ohne die richtige Lösung zu finden. Sie wusste nicht mehr, was ausschlaggebend für ihre Entscheidung gewesen war. Vielleicht die aufrichtige Verzweiflung und Ratlosigkeit ihrer Freundin. Aber vor allem wohl die Gewissheit, dass das Vergehen, das sie verriet, viel schlimmer war als die Indiskretion, die sie beging, wenn sie sich dem Ministerpräsidenten anvertraute.

Tryggve Storstein war hellhörig und entgegenkommend gewesen, er hatte sich bei ihr mit einer Freundlichkeit bedankt, die einen scharfen Kontrast zu seiner resignierten, fast traurigen Miene bildete. Rückwärts war sie aus der Tür gegangen und hatte noch immer nicht gewusst, ob sie sich richtig verhalten hatte.

Sie mochte den neuen Ministerpräsidenten. Natürlich konnte sie das noch nicht ganz sicher sagen, außerdem wollte sie gar nicht bewusst darüber nachdenken, ob sie ihren Chef gernhatte oder nicht. Aber es war unmöglich, sich in seiner Gesellschaft nicht wohlzufühlen, obwohl er manchmal zerstreut wirkte, fast fehl am Platze hinter dem großen, geschwungenen Schreibtisch, mit seiner ewig gerunzelten Stirn und dem seltsamen kleinen Zucken der Mundwinkel, wenn er sich räusperte und sie um etwas bat. Normalerweise holte er sich alles selbst. Es schien ihm unangenehm zu sein, sich bedienen zu lassen; einmal hatte er das ganz offen gesagt, als sie an der Kaffeemaschine in der Küche beinahe zusammengestoßen wären:

»Ich komme mir so blöd vor, wenn jemand anders das für mich tut. Eigentlich können sich doch alle ihren Kaffee selber kochen und holen.«

Die Freundin hatte wirklich geweint. Sie hatte geflüstert und leise geschluchzt, ihre feuerroten Fingernägel hatten nervös vor ihrem Gesicht getanzt, als sie ihr stotternd das Herz ausgeschüttet hatte. Sie war zu Wenche Andersen gekommen, weil sie restlos verwirrt war und weil Wenche Andersen nicht nur eine alte Freundin war, sondern auch eine Art Vorgesetzte, wenn nicht formal, so doch durch ihre Erfahrung und ihre Tüchtigkeit. Die Freundin arbeitete erst seit vier Jahren im Vorzimmer der Gesundheitsministerin. Sie war aufgrund von Wenche Andersens Empfehlung dort gelandet, und deshalb fühlte diese sich für sie besonders verantwortlich.

»Er war sehr froh darüber, dass wir ihm Bescheid gegeben haben«, tröstete sie ihre Freundin am Telefon.

Ministerpräsident Storstein hatte ausdrücklich darum gebeten, diese Episode niemandem gegenüber zu erwähnen. Das war am Freitag gewesen, und seither war nichts passiert. Zumindest nichts, wovon Wenche Andersen gewusst hätte.

Kaum hatte sie aufgelegt, klingelte das Telefon schon wieder.

»Vorzimmer des Ministerpräsidenten.«

Am anderen Ende der Leitung war das Garagenbüro. Sie hörte einige Sekunden aufmerksam zu.

»Steckt sie in eine Plastiktüte, und fasst sie auf keinen Fall noch einmal an. Bringt sie sofort zur Wache. Fragt nach Tone-Marit Steen. Steen, ja, mit zwei e. Ich melde euch schon mal an.«

Die Schlüsselkarte. Sie hatten Birgitte Volters Schlüsselkarte gefunden. Sie hatte in der Spalte zwischen Sitz und Rückenlehne eines Regierungsfahrzeugs gesteckt und war erst beim Staubsaugen entdeckt worden.

Wenche Andersen versuchte, die freundliche junge Beamtin zu erreichen, die sie, wie ihr schien, vor einer halben Ewigkeit vernommen hatte. Während sie die Nummer wählte, betrachtete sie ihre Hände. Alles außer der Haut schien geschrumpft zu sein; die Haut lag in dünnen Falten über Sehnen und Gewebe und schien alle Kraft eingebüßt zu haben. Wenche Andersen fuhr sich langsam über den Handrücken und merkte zum ersten Mal seit sehr langer Zeit, dass sie älter wurde.

Wieder durchfuhr es sie, diese Sehnsucht nach vergangenen Zeiten.

13.00, HAUPTWACHE OSLO

»Wenn wir ihn jetzt dem Untersuchungsrichter vorführen, ist die Hölle los, verstehst du das nicht?«

Severin Heger war dem Überwachungschef gegenüber noch nie laut geworden, aber jetzt strahlte er die pure Verzweiflung aus.

»Wenn das herauskommt, sind wir am Ende. Ich habe noch nie gehört, dass es gelungen wäre, jemanden hinter dem Rücken der Presse in U-Haft zu stecken. Herrgott, Hermansen, wenn das durchsickert, werden wir vor Gericht die Hölle erleben.«

Der Überwachungschef schob den Unterkiefer mit einem klickenden Geräusch hin und her, eine Unsitte, die seine Frau ihm nun schon seit Jahren auszutreiben versuchte. Jetzt dachte er so intensiv nach, dass es knackte.

»Ich weiß ja, was du meinst«, murmelte er und zupfte an seiner Schreibunterlage herum. »Aber wir können ihn doch nicht einfach festhalten. Er sitzt schon seit Samstagmorgen, und heute ist im Grunde unsere letzte Frist.«

Severin Heger faltete die Hände und versuchte, ruhig zu sitzen.

»Können wir nicht einen der festen Richter fragen?«, schlug er dann vor. »Einen von denen, mit denen wir viel zu tun haben? Und dann regeln wir das in aller Ruhe heute Abend, wenn niemand mehr im Gericht ist.«

Ole Henrik Hermansen starrte den Weberknecht an, der gerade in der Ecke über der Tür sein Werk vollendete. Das eifrige Insekt jagte hin und her und hing plötzlich in der losen Luft, gehalten von einem so feinen Faden, dass er mit bloßem Auge nicht zu erkennen war. Eine Mücke rang vergeblich mit dem Spinnennetz, der Weberknecht hatte sie entdeckt und näherte sich auf seiner unsichtbaren, selbst konstruierten Seilbahn.

»Es geht auf den Frühling zu«, grunzte der Überwachungschef. »Ich werde sehen, was sich machen lässt. Wir können uns den Richter nicht aussuchen. Aber wir können die Unterlagen durchsehen. Ich rufe den Gerichtspräsidenten an und frage, was sich in Bezug auf den Zeitpunkt machen lässt. Der spätere Nachmittag wäre auf jeden Fall besser als jetzt.«

»Du musst es einfach schaffen«, sagte Severin Heger und verließ das Büro seines Chefs, um sich an die Papierarbeit zu setzen.

Tryggve Storstein hatte sich in seinem neuen Büro noch kaum eingelebt. In dem großen, rechteckigen Raum gab es nicht einen einzigen Gegenstand von persönlichem Charakter. Nicht einmal ein Foto von Frau und Kindern. Oder eine Kaffeetasse mit der Aufschrift »Lieber Vater« oder »Braver Junge«. Obwohl er beides verdient hätte. Das fanden zumindest seine Jungen; aber der Becher, auf dem in grüner Schrift vor orangem Hintergrund »Der beste Papa der Welt« stand, lag hinten in der Schublade mit der Aufschrift »privat«. Er fühlte sich nicht wohl hier, dieses Zimmer gehörte ihm einfach nicht. Nicht das Büro. Nicht der Posten. Nicht die vielen Menschen, die hin und her liefen und sein »Apparat« sein sollten. Sein Büro war zu groß, der Ausblick auf die bunte, lärmende Stadt zu großartig. Ihm wurde schwindlig davon. Aber er hatte den Job angenommen. Er war der Richtige dafür, auch wenn seine Anzüge bisher ein wenig zu groß ausgesehen hatten, er unbeholfen wirkte und seine Frau ihm jeden Sonntagabend drei Schlipse binden musste. Es würde schon alles klappen. Wenn man ihm nur genug Zeit ließe.

»Lassen Sie sie herein«, murmelte er in die Sprechanlage, als Wenche Andersen leise die Gesundheitsministerin ankündigte.

»Tryggve!«

Mit energischen Schritten kam sie auf ihn zu und breitete die Arme aus, um ihn zu umarmen. Dem konnte er entgehen, indem er sich setzte und in nichtssagenden Unterlagen blätterte. Er schaute erst auf, als sie sich gesetzt hatte.

»Ich glaube, du weißt, warum ich mit dir reden will«, sagte er dann plötzlich.

Ruth-Dorthe Nordgarden hatte noch nie auf Tryggve Storsteins Augen geachtet. Sein Blick traf sie wie ein unerwarteter Hagel von Pfeilen. Seine Augen waren unangenehm offen; aus irgendeinem Grund hingen seine Lider nicht mehr traurig und verlegen herab und sorgten dafür, dass niemand seinen wirklichen Blick und die tief liegenden Augäpfel sah. Er hatte sich verändert. Seine Augen waren jetzt sein Gesicht. Ein grüngrauer Ausdruck von etwas, das sie widerwillig und ungläubig erkennen musste – ein Ausdruck von offener, unverhohlener Verachtung.

Schamröte breitete sich auf ihrem Gesicht aus. Sie spürte das Prickeln in ihren Handflächen, und ohne es zu wollen, griff sie zu ihrer schlimmsten Unsitte bei Nervosität: Sie kratzte sich am Hals.

»Wie meinst du das?«

Ruth-Dorthe rang sich ein Lächeln ab, aber ihre Gesichtsnerven weigerten sich, sodass ihr Mund sich zu einer Grimasse des Eingeständnisses verzog.

»Wir wollen das doch nicht unnötig peinlich machen, Ruth-Dorthe«, sagte er und erhob sich.

Vor dem Fenster blieb er stehen. Er sprach mit seinem eigenen Spiegelbild in dem dicken grünlichen Fensterglas, das ihn vor Anschlägen von außen schützen sollte. Er lächelte bitter. Birgitte hatte das nichts genutzt.

»Weißt du, warum man wirklich in die Politik geht?«, fragte er. »Hast du dich je gefragt, worum es dabei eigentlich geht?«

Sie rührte sich nicht, er sah sie im Spiegelbild, eine erstarrte Gestalt, nur die Hand wanderte an ihrem dünnen Hals auf und ab, auf und ab.

»Das wäre sinnvoll gewesen. Ich beobachte dich schon lange, Ruth-Dorthe. Länger als du mich. Und was ich dabei gesehen habe, hat mir noch nie gefallen. Auch das ist kein Geheimnis.«

Plötzlich drehte er sich um. Er starrte sie an, versuchte, ihren Blick einzufangen, aber auch der ließ sie im Stich, sie fixierte einen Punkt neben seiner Schulter.

»Du hast keine Ideale, Ruth-Dorthe. Ich wüsste gern, ob du jemals welche gehabt hast. Ohne Ideale verlieren wir das Wichtigste ... die Grundlage für unsere politische Tätigkeit. Du bist Mitglied der Sozialdemokratischen Partei, verdammt noch mal!«

Jetzt erhob er seine Stimme, seine Wangen wurden rot, und seine Augen sahen noch größer aus.

»Wofür kämpfen wir denn eigentlich? Kannst du mir das sagen?«

Er beugte sich vor, stützte die Hände auf ihre Armlehne, sein Gesicht war nur noch dreißig Zentimeter von ihrem entfernt. Sie roch sein Rasierwasser, wollte ihn aber nicht ansehen, hatte nicht die Kraft.

»Das Publikum draußen ... die Wähler, die Leute im Land ... egal, wie du sie nennst. Warum sollen die ausgerechnet uns wählen? Weil wir verteilen wollen, Ruth-Dorthe. Wir sind nicht mehr revolutionär. Wir sind nicht einmal radikal. Wir verwalten eine vom Markt gelenkte Gesellschaft und leben in einem internationalen Raum, der größtenteils vom Kapital gesteuert wird. Vieles hat sich verändert. Vielleicht sollten wir uns sogar einen neuen Namen geben.«

Sie spürte die Wärme seines Gesichts, spürte winzige Tropfen Speichel, die auf ihr flammendes Gesicht trafen, sie kniff wieder die Augen zusammen, wagte aber nicht, sich abzuwenden.

»Gerechtigkeit«, flüsterte er. »Eine angemessene, einigermaßen gerechte Verteilung der Milch und des Honigs, die in diesem Land fließen.«

Er erhob sich zu voller Größe, als sei er plötzlich von Rückenschmerzen überwältigt worden.

Am Fenster drehte er sich wieder um. Die Dunkelheit senkte sich über die Stadt, zusammen mit dem Regen, der hinter den Bergen auf der Lauer gelegen und auf den Abend gewartet hatte. In der Akersgate waren zwei Autos zusammengestoßen, er sah wütende Menschen mit den Armen fuchteln, während ein erboster Busfahrer versuchte, auf dem Bürgersteig an ihnen vorbeizufahren.

»Wir werden niemals vollständige Gerechtigkeit erreichen können«, sagte er dann. »Nie. Aber um irgendetwas zu tun, um zumindest zu versuchen, mehr Ausgleich zu schaffen ... bist du eigentlich jemals im Ostteil der Stadt gewesen?«

Er sah sie in der Fensterscheibe, in ihrem Spiegelbild hatte die Haut einen grünlichen Farbton angenommen.

»Bist du wirklich jemals dort gewesen? Hast du schon mal eine Zuwandererfamilie in Tøyen besucht, mit fünf Kindern, Klo auf halber Treppe und Ratten im Keller, die so groß wie Katzenjunge sind? Und bist du dann dorthin gefahren ...«

Er zeigte auf die Hügel im Westen.

»... und hast dir angesehen, wie *die* leben?«

Ruth-Dorthe musste sich in die Wange beißen, um nicht zusammenzubrechen. Sie zwinkerte verzweifelt mit den Augen und merkte plötzlich, dass sich in ihrer linken Hand ein Krampf ankündigte, die Fingerknöchel waren kreideweiß, und sie versuchte, die Stuhllehne loszulassen.

»Man hat ja nicht viel Zeit«, sagte Tryggve Storstein.

Seine Stimme klang jetzt anders, mild, er schien mit einem widerspenstigen Kind zu sprechen, das väterliche Ermahnungen brauchte.

»Man hat viel zu selten Zeit, um sich über das Warum Gedanken zu machen. Warum wir das tun, was wir tun. Aber ab und zu muss das sein.«

Plötzlich schlug seine Stimme wieder um, er ließ sich in seinen Schreibtischsessel fallen, und seine Worte peitschten über den Tisch.

»Du machst Politik für dich selber, Ruth-Dorthe. Zu deinem eigenen persönlichen Vorteil. Du denkst nicht an andere. Nicht an die Partei, nicht an deine Mitmenschen. Nur an dich selber.«

Das wollte sie sich nicht gefallen lassen. Das Leben schien unter ihren Füßen wegzugleiten, sie hatte das Gefühl, bei einem Erdbeben nicht mehr zu wissen, ob sie noch festen Boden unter den Füßen hatte oder ob sich im nächsten Moment der Abgrund auftun würde. Aber das hier würde sie sich nicht gefallen lassen. Sie warf sich wütend über den Tisch, schnappte sich einen gläsernen Briefbeschwerer und hob ihn drohend.

»Jetzt gehst du zu weit«, fauchte sie. »Vergiss nicht, dass ich stellvertretende Vorsitzende ...«

Er lachte. Er legte den Kopf in den Nacken und lachte schallend.

»Und wie du das geworden bist, ist ein Rätsel.«

»Aber ...«

»Halt den Mund!«

Sie ließ sich in den Sessel zurücksinken. Noch immer hatte sie den Briefbeschwerer in der Hand, sie umklammerte ihn, hielt die klobige Figur aus blauem Glas fest, als enthalte sie ihre letzte große Chance für ... ja, wofür, wusste sie selbst nicht so genau.

»Du bist eine Idiotin«, sagte Tryggve Storstein, und seine Stimme troff geradezu vor Verachtung. »Weißt du nichts über moderne Kommunikationsmittel? Weißt du nicht, dass ein Faxgerät alle Sendungen registriert und alle Nummern speichert?«

Vor ihr drehte sich alles. Was sollte sie tun?

»Du bist so egoistisch, dass du keine anderen Menschen siehst, Ruth-Dorthe. Du verstehst sie nicht. Du lässt dir nie die Zeit, dich in andere hineinzuversetzen, weil es dich nicht interessiert, wie die Menschen in deiner Umgebung die Welt erleben und was sie empfinden. Und deshalb wird aus dir nie im Leben eine Politikerin. Du bist auch noch nie eine gewesen. Du willst Macht um der Macht willen. Die Macht ist dein Aphrodisiakum. Das Problem ist, dass du nur dich selbst liebst. Zu etwas anderem bist du auch nicht fähig, weil du andere Menschen nicht leiden kannst. Verstehst du, was du angerichtet hast, als du *Aftenavisen* den Kommissionsbericht zugespielt hast?«

»Aber ich ...« Ihre Stimme klang tonlos und metallisch. »... darin stand doch nur die *Wahrheit*!«

Plötzlich schien sie zu ihrer Überraschung eine Waffe gefunden zu haben, und sie griff mit beiden Händen zu.

»Aber du hast Angst vor der Wahrheit, Tryggve. Und du hasst Menschen wie mich, die glauben, dass wir eine freie Presse brauchen ... die glauben, dass Meinungsfreiheit etwas anderes bedeutet als Stempel mit der Aufschrift ›Streng vertraulich‹.«

Er schmunzelte. Er drehte sich mit seinem Sessel immer im Kreis, und konnte gar nicht aufhören zu lachen.

»Die Wahrheit! Und wer bist du, dass du, selbstherrlich und über alle andere erhaben, die Wahrheit verwalten willst? Glaubst du ...«

Er warf den Kopf in den Nacken und wollte sich ausschütten vor Lachen.

»Glaubst du, die Wahrheit ist etwas, das du in kleinen Dosen deinen Pressekontakten überreichen kannst, damit sie dich ab und zu in den Himmel loben? Das habe ich mich schon oft gefragt, weißt du ...«

Jetzt lachte er nicht mehr, seine Stimme zitterte, und er musste sich alle Mühe geben, um nicht zu schreien.

»Ich habe mich schon oft gefragt, wie es kommt, dass eine so illoyale, unfähige, unbeliebte und intrigante Person wie du so unglaublich wenig Probleme mit der Presse hat. Warum sie dich nicht schon vor einer Ewigkeit fertiggemacht haben, war mir ein Rätsel. Und nicht nur mir. Aber jetzt weiß ich es. Du hast sie bezahlt. Mit Informationen. Ha!«

Er streckte energisch die Hand aus.

»Gib mir den Briefbeschwerer.«

Sie schlug die Augen nieder, zögerte kurz und stellte den Briefbeschwerer dann an die Tischkante. Er wäre fast auf den Boden gefallen, und Tryggve Storstein musste aufspringen, um ihn zu retten.

»Ich hätte nie gedacht … ich hätte nie gedacht, dass ich einer Ministerin in meiner eigenen Regierung die Grundregeln der Demokratie erklären müsste. Begreifst du nicht, Ruth-Dorthe, dass du für das Gesundheitswesen Norwegens verantwortlich bist? Aber du hast deine Vollmachten missbraucht, um dich an mir zu rächen. Du hast Informationen an die Presse durchsickern lassen, um mich kalt zu erwischen. Das ist ein so grober Vertrauensbruch, dass … ach, mir fehlen die Worte. Ein Vertrauensbruch mir und allen gegenüber, für die du deine Arbeit tun solltest. Und durch die Informationsbrocken, die du weitergereicht hast, hast du es geschafft, nicht nur die Würde der Regierung und das Vertrauen, das ihr entgegengebracht wird, zu erschüttern, sondern außerdem Angst zu schüren und Spekulationen Tür und Tor zu öffnen. Da hast du deine Wahrheit!«

Er schloss die Augen, und als er sie öffnete, hatte er wieder seine bekümmerte und leicht verlegene Miene. Das machte ihr Mut, und sie griff noch einmal an.

»Aber die Wahrheit kann niemals schaden! Nur durch sie …«

»Ich werde dir etwas über Wahrheit erzählen«, sagte er müde und mit leiser Stimme. »Natürlich muss sie ans Licht. In voller Breite. Also werde ich mich vor dem Parlament erklären.

Nur so lässt sich ... die Würde bewahren, die ein Fall von dieser Gewichtigkeit erfordert. Und inzwischen ... «

Er beugte sich vor und wählte eine vierstellige Nummer.

»Bitte bringen Sie zwei Tassen Tee.«

Beide schwiegen, bis Wenche Andersen kam. Sie hatte kleine lila Flecken auf den Wangen, aber ihre Hände waren ganz ruhig, als sie Tassen und Untertassen verteilte und beiden Tee einschenkte.

»Zucker?«, fragte sie Ruth-Dorthe Nordgarden. »Milch?«

Die Gesundheitsministerin gab keine Antwort, und Wenche Andersen hielt es für überflüssig, sie zu nötigen. Eilig verließ sie das Zimmer, konnte aber noch einen aufmunternden Blick ihres Chefs erhaschen, ehe sie die Tür schloss.

»Von jetzt an wirst du keinen einzigen wichtigen Entschluss fassen, ohne dass ich vorher befragt werde«, sagte er leise und verrührte einen Löffel Zucker in der goldbraunen, dampfenden Flüssigkeit.

»Ist das klar?«

»Aber ... «

Irgendetwas geschah mit Ruth-Dorthe Nordgarden. Ihr Gesicht sah jetzt anders aus, ihre Gesichtszüge schienen zu wachsen: der Mund schwoll an, die Nase wuchs, die Augen quollen aus dem eigentlich schmalen Gesicht hervor. Die Schatten der Schreibtischlampe betonten die verschobenen Proportionen – ein dünnes Gesicht mit viel zu großen Linien.

»Das kannst du nicht machen. Dazu hast du wirklich kein Recht. Bei Regierungsbesprechungen kannst du mich überstimmen, von mir aus ... aber meine Entscheidungen kannst du mir nicht aus der Hand nehmen.«

Tryggve Storstein rührte noch immer in seinem Tee, eine unnötige Kreisbewegung, auf die er seinen Blick richten konnte.

Plötzlich hörte er auf, leckte den Löffel ab und blies in die heiße Flüssigkeit.

»Die Alternative wäre dein Rücktritt«, sagte er leise. »Du hast die Wahl zwischen zwei Übeln. Entweder gehorchst du, und dann tausche ich dich einige Zeit nach der Wahl aus. Ruhig und ordentlich, und niemand erfährt Näheres darüber. Oder du trittst jetzt zurück, und ich teile der Öffentlichkeit die Ursachen für deinen Rücktritt mit. Und zwar in allen Einzelheiten.«

»Aber du kannst nicht ... die Partei ... Tryggve!«

»Die Partei!«

Er lachte wieder, herzlicher diesmal, als finde er die Situation wirklich amüsant.

»Du hast doch noch nie an die Partei gedacht«, sagte er müde. »Jetzt hast du die Wahl. Pest oder Cholera.«

Fünf Minuten saßen sie schweigend da. Tryggve trank Tee, streckte die Beine aus und schien an etwas ganz anderes zu denken. Ruth-Dorthe war wie versteinert. Eine vereinzelte Träne rollte über ihre glühend rote Wange. Er sah diese Träne und verspürte einen kurzen Anflug von Mitleid. Rasch verdrängte er dieses Gefühl.

Plötzlich klingelte das Telefon. Beide fuhren zusammen, und Tryggve Storstein nahm erst nach kurzem Zögern ab.

»Für dich«, sagte er kurz und verdutzt und reichte ihr den Hörer.

Die Gesundheitsministerin griff mechanisch danach, wie eine Schaufensterpuppe mit steifen Gliedern und ruckartigen Bewegungen.

»Na gut«, sagte sie und gab ihm den Hörer zurück. »Ich soll zur Hauptwache kommen. Jetzt gleich.«

Dann verließ die Gesundheitsministerin ihren Regierungschef, ohne ihn über ihre Entscheidung informiert zu haben.

Das spielte aber keine Rolle. Er wusste, dass sie nie im Leben eine öffentliche Niederlage wählen würde.

Er hatte sie zerschmettert. Es überraschte ihn, dass er nicht einmal einen Hauch von Reue oder Kummer verspürte. Wenn er in sich hineinhorchte, merkte er, dass sie ihm leidtat. Aber das war auch alles.

Man hätte ihr schon vor langer Zeit das Handwerk legen sollen.

23.10, HAUPTWACHE OSLO

»Keinen Schimmer.«

Billy T. rieb sich kurz das Gesicht und schnaubte, als tauche er aus eiskaltem Wasser auf.

»Aber ihre Aussage wirkt doch eigentlich plausibel. Diese Frau hat irgendetwas … «

Er schüttelte sich, versuchte, mit den Fingern einen Punkt auf seinem Rücken zu erreichen, und wand sich verzweifelt.

»Hanne, kratz mich mal. Da! Nein, nein, weiter oben, mehr seitlich. Da, ja.«

Hanne Wilhelmsen verdrehte die Augen und kratzte ihn hart und brutal fünf Sekunden lang.

»So. Setz dich.«

Sie lächelte Håkon Sand an, doch der dachte weiterhin nur an sein Kind, das sich weiterhin weigerte, Mamas Bauch zu verlassen. Er wählte eine Nummer und bedeutete den beiden anderen, still zu sein.

»Ach je, tut mir leid«, sagte er und schnitt eine Grimasse. »Hab ich dich geweckt?«

Er hörte kurz zu, machte dann ein Kussgeräusch und legte auf.

»Meine Besorgnis geht ihr auf die Nerven«, sagte er mit hilflosem Grinsen. »Aber es macht mich alles so verdammt nervös!

Ich habe heute die Besprechung verpasst, nur weil ich glaubte, beim Aufstehen Zuckungen in Karens Bauch gesehen zu haben. Herrgott, wie anstrengend das alles ist!«

»Reg dich ab«, sagten die beiden anderen wie aus einem Munde. »Er kommt schon noch.«

»Er ist ein Mädchen«, murmelte Håkon Sand und starrte Birgitte Volters Schlüsselkarte an, die in einer Plastikmappe steckte und schon auf Fingerabdrücke hin untersucht worden war.

Die von Ruth-Dorthe Nordgarden waren sehr deutlich gewesen. Zwei Abdrücke. Einer vom Daumen, einer vom Mittelfinger der rechten Hand. Als sie mit dieser Tatsache konfrontiert worden war, hatte ihre Miene absolute Verwirrung gezeigt. Nach vielen Denkpausen war sie stotternd zu der Aussage gelangt, Birgitte habe die Karte vor ungefähr einem Monat im Besprechungssaal des Parlaments verloren. Ruth-Dorthe hatte sie aufgehoben, war hinter Birgitte hergelaufen und hatte sie ihr gegeben. Eine andere Möglichkeit, wie ihre Fingerabdrücke auf Birgitte Volters Schlüsselkarte gelangt sein könnten, fiel ihr nicht ein.

»Wenn sie die Karte wirklich benutzt hätte, dann hätte sie doch ihre Abdrücke abgewischt, ehe sie sie in das Auto gelegt hat«, sagte Hanne müde. »Wenn ich das richtig verstanden habe, dann haben die Regierungsmitglieder keine festen Dienstwagen, und Tone-Marit hat erzählt, dass Volter und Nordgarden in den letzten beiden Wochen vor dem Mord mehrmals dasselbe Auto benutzt haben.«

»Ich glaube ihr«, sagte Billy T. »Wie gesagt, die ganze Frau hat etwas Ekelhaftes an sich, aber die Nachbarn haben ja gesehen, dass sie am Mordabend um halb sieben den Müll aus dem Haus gebracht hat. Ehrlich gesagt war ich ziemlich neugierig, als sie den ganzen Abend lang nicht zu erreichen war, aber sie sagt, sie hätte einfach einen ruhigen Abend haben wollen und deshalb das Telefon ausgestöpselt.«

»Ruth-Dorthe ist einfach eine Schlange im Paradies«, sagte Hanne leise. »Eine, die jegliche Ermittlungen stört, weil sie so viele Geheimnisse hat und uns dazu zwingt, sie zu verabscheuen. Was in aller Welt kann Roy Hansen an dieser alten Kuh gefunden haben?«

»Slip of the dick«, grinste Billy T.

»Ja, damit kennst du dich ja aus«, fauchte Hanne. »Aber sei mal ernst. Was war da los?«

»Vielleicht nennst du mich jetzt einen Macho, Hanne, aber ich glaube, das Ganze war ein kleines Ränkespiel unserer Freundin Ruth-Dorthe Nordgarden. Die Frau sammelt Geheimnisse und Druckmittel wie andere Leute Briefmarken. Grips und Aussehen dazu hat sie ja. Auf jeden Fall geht es uns nichts an, mit wem sie ins Bett geht. Solange das für den Fall keine Bedeutung hat, und das hat es nicht. Davon bin ich überzeugt.«

Håkon gähnte und schaute auf die Uhr.

»Jetzt muss ich nach Hause. Wenn dieses Kind sich in den nächsten vierundzwanzig Stunden nicht blicken lässt, verlange ich einen Kaiserschnitt.«

In der Türöffnung stand ein Mann, der so leise gekommen war, dass niemand ihn bemerkt hatte.

»Severin Souverän«, sagte Billy T. begeistert. »So spät noch unterwegs?«

»Bin rund um die Uhr unterwegs«, sagte Severin und nickte Hanne zu. »Du bist aber braun. Machst du Heimaturlaub, oder was?«

»Irgendwie schon«, sagte sie. »Und wie geht's dir?«

»Ganz gut. Ich würde gern kurz mit dir sprechen, Billy T.«
Er warf den Kopf in den Nacken.

»Alles klar«, sagte Billy T. »Gehen wir zu mir.«

Er trampelte aus dem engen Büro und warf dabei einen Becher mit Kugelschreibern um.

»Wir treffen uns in zehn Minuten im Foyer«, sagte er zu Hanne und boxte Severin Heger in den Rücken.

Dann drehte er sich um und schaute noch einmal ins Zimmer. Dabei flüsterte er so laut, dass alle es hören konnten:

»Sie schläft in meinem Doppelbett, Håkon. Zusammen mit mir.«

»Kiss and tell«, murmelte Hanne Wilhelmsen und beschloss, bei einer Freundin zu übernachten.

Doch bei genauerem Nachdenken war es zu spät, um noch anzurufen.

DIENSTAG, 22. APRIL 1997

7.35, JENS BJELKES GATE 13

Jens Bjelkes gate 13 war eine Mietskaserne, die Gott und die Stadtsanierung vergessen hatten. Moderne Technologie hatte das graue Haus, von dem längst der Putz abgeblättert war, nie erreicht, es gab keine Gegensprechanlage, und Hanne Wilhelmsen und Billy T. mussten einen dunklen Torweg durchqueren.

»Das ist doch Wahnsinn«, sagte Hanne leise. »Ich kapier nicht, wie du vorgehen willst. Und warum können die Jungs vorn Polizeilichen Überwachungsdienst das nicht selber erledigen?«

»Ach, die leiden im Moment alle an Verfolgungswahn«, sagte Billy T. und blieb stehen. »So, wie die in den letzten Jahren durch die Mangel gedreht worden sind, ist es doch ein Wunder, dass sie überhaupt noch leben.«

»Himmel«, sagte Hanne. »Hältst du jetzt etwa zu denen?«

»Quatsch. Aber wir sind doch alle der Meinung, dass wir eine Überwachungspolizei brauchen.«

»Wirklich?«, murmelte Hanne und wollte weitergehen.

»Moment«, sagte Billy T. »Severin weiß etwas, das er offiziell nicht wissen darf. Ich habe keine Ahnung, wieso nicht, was weiß ich. Jedenfalls …«

Er dämpfte seine Stimme, legte den Arm um Hanne und hielt sein Gesicht ganz dicht an ihres.

»Dieser Brage-Heini, von dem ich dir erzählt habe, ist heute offiziell in U-Haft gesteckt worden. Im Moment wird ihm nur Paragraf 104 a vorgeworfen, aber sie hoffen, dass es im Fall Volter bald vorangeht. Das Problem ist, dass der Kerl für den Mordabend ein Alibi hat, er war mit einem schwedischen Neonazi im Scotsman, dafür gibt es an die zwanzig Zeugen.«

»Was natürlich ein Komplott nicht ausschließt«, sagte Hanne nachdenklich.

»Genau. Und was Severin offiziell nicht wissen darf, ist, dass dieser Brage Håkonsen Verbindungen zum Wächter hatte.«

»Was?«

»Frag mich nicht, wieso. Ich nehme an, dass im obersten Stock noch immer allerlei illegale Akten liegen. Jedenfalls habe ich ja die ganze Zeit gesagt, dass mit dem Wächter etwas nicht stimmt. Die ganze Zeit!«

Plötzlich kam ein Mädchen durch den Torweg. Sie war dünn und schlaksig und schaute die beiden mit kaum verhohlener Neugier an. Im Vorübergehen machte sie eine riesige rosa Kaugummiblase, die jedoch platzte und sich wie ein feuchtes, zerrissenes Handtuch über das Gesicht legte.

»Hallo«, sagte Hanne und lächelte.

»Hallo«, murmelte das Mädchen und pflückte sich die Kaugummireste vom Gesicht.

»Moment mal«, sagte Billy T., so freundlich er konnte, aber das half nichts, das Mädchen sah ihn erschrocken an und lief auf die Straße zu.

»Warte«, bat Hanne, ging hinterher und fasste sie am Arm. »Wir würden dich gern etwas fragen. Wohnst du hier?«

»Wer zum Henker seid ihr?«, fragte das Mädchen wütend. »Lasst mich los!«

Hanne ließ sofort los, sie sah noch immer den kleinen Funken von Neugier in den Augen der anderen und wusste, dass keine Fluchtgefahr bestand.

»Hast du den Mann aus dem ersten Stock gekannt? Den dünnen mit den braunen Haaren?«

Das Mädchen starrte sie an, und weder Hanne noch Billy T. hatten jemals einen so raschen Wechsel der Gesichtsfarbe gesehen.

»Nein«, sagte sie mürrisch und wollte gehen.

Billy T. war an ihr vorbeigegangen und versperrte ihr jetzt den Weg. »Hatte er oft Besuch?«, fragte er.

»Keine Ahnung.«

Sie war eine seltsame Mischung aus Kind und Frau. Ihr Körper war mager, doch die Brüste rundeten sich bereits. Ihre Hüften waren jungenhaft schmal, aber sie hatte schon gelernt, sich auf eine herausfordernde Weise zu bewegen. Ihre Haare waren unregelmäßig in Farbtönen zwischen Schmutzigrot und Mokka gesträhnt, im linken Nasenflügel saß ein Silberkügelchen. Die Augen unter den gefärbten Augenbrauen waren trotzdem die eines Kindes, groß und blau und ziemlich verängstigt.

»Wie alt bist du?«, fragte Hanne und versuchte, freundlich zu wirken.

»Fünfzehn«, flüsterte das Mädchen.

»Wie heißt du?«

Plötzlich war die Kleine wieder erwachsen.

»Wer zum Teufel seid ihr?«, fragte sie und versuchte noch einmal, sich an Billy T. vorbeizuquetschen.

»Wir sind von der Polizei«, sagte er und blieb stehen.

Plötzlich fing die Unterlippe des Mädchens an zu zittern. Sie schlug die Hände vors Gesicht.

»Lasst mich vorbei«, schluchzte sie. »Lasst mich raus hier!«

Hanne legte ihr den Arm um die Schultern und versuchte, ihr die Hände vom Gesicht zu ziehen. Ihre Nägel, die unter dem Haaransatz auf ihrer Stirn zu sehen waren, waren fast ganz abgeknabbert.

»Er hatte nichts verbrochen«, flüsterte das Mädchen. »Das stimmt alles nicht.«

11.00, HAUPTWACHE OSLO

Billy T. hatte bald erkannt, dass er der Wahrheit nicht näher kommen würde. Jedenfalls nicht, solange Kajas Vater im Zimmer saß. Der Mann musste um die fünfzig sein, aber Alkohol, Tabak und eine ungesunde Ernährung hatten seine Haut grobporig und schlaff werden lassen, er hätte auch weit über sechzig sein können. Wenn er hustete, schien er mit einem Fuß in einem offenen Grab zu stehen, und Billy T. ertappte sich dabei, wie er sich eine Hand vor den Mund hielt, in einem vergeblichen Versuch, sich vor anscheinend lebensgefährlichen Bakterien zu schützen.

»Verdammt«, keuchte der Hausmeister. »Ich hab Anspruch auf einen Anwalt, nur damit Sie das wissen.«

»Hören Sie zu« sagte Billy T. und starrte Kaja an, die wie eine zu früh verwelkte Blume aussah und offenbar nicht wusste, vor welchem der beiden Männer im Zimmer sie sich mehr fürchtete. »Entweder bleiben Sie hier sitzen, während ich mich ein wenig mit Kaja unterhalte, oder ich verständige das Jugendamt, und dann besorgen die vorübergehend einen Vormund. Sie haben die Wahl.«

»Das Jugendamt? Das Jugendamt soll uns in Ruhe lassen. Ich bleibe hier.«

Der Mann faltete die Hände über dem Bauch. Er räusperte sich energisch, und für einen Moment glaubte Billy T., er werde gleich auf den Boden spucken. Aber er schluckte nur schwer.

»Aber ich hab Anspruch auf einen Anwalt.«

»Nein. Haben Sie nicht. Ich will nur mit Kaja sprechen, ich will sie nicht unter Anklage stellen.«

»Nein, darauf können Sie Gift nehmen. Kaja hat nix angestellt. Jedenfalls nix, was die Polizei was angehen würde.«

Billy T. ließ seinen Blick von Kaja zu ihrem Vater wandern.

»Hat Kaja eigentlich keine Mutter?«, fragte er optimistisch. »Vielleicht könnte die Sie hier ablösen, wenn Sie keine Zeit haben.«

»Kajas Mutter ist tot. Ich bleib hier. Kann meine Tochter doch nicht in den Krallen von den Bullen lassen, Mann.«

Jetzt schien sich der Mann auf der Wache plötzlich wohlzufühlen. Sein bleiches, verschwitztes Gesicht wies eine zufriedene Miene auf, und er fischte eine Packung Tabak aus seinem Hosenbund.

»Rauchen ist hier leider verboten«, murmelte Billy T. »Aber hören Sie mal …«

Er griff zu einem Schreibblock, füllte ein Formular aus und sagte dabei:

»Jetzt schreibe ich Ihnen eine Anweisung für einen kleinen Imbiss aus. Die Kantine liegt im sechsten Stock. Da gibt's sogar eine Raucherabteilung. Ich unterhalte mich solange mit Kaja, aber ich schreibe erst etwas auf, wenn Sie wieder da sind. Okay?«

Er lächelte so freundlich wie möglich. Der Hausmeister zögerte, sein Blick wanderte zwischen Kaja und der Anweisung hin und her.

»Was kann ich da denn essen?«, fragte er unsicher.

»Was Sie wollen. Nehmen Sie sich, worauf Sie Lust haben.«

Der Hausmeister fasste einen Entschluss und kam keuchend auf die Füße.

»Aber kein verdammtes Wort aufschreiben, solange ich weg bin. Kapiert? Kein verdammtes Wort.«

»Natürlich nicht. Lassen Sie sich ruhig Zeit. Hier ...« Billy T. reichte dem Mann zusammen mit der Anweisung eine Zeitschrift.

»Lassen Sie sich ruhig Zeit.«

Kajas Vater hinterließ eine spürbare Lücke. Das kleine Arbeitszimmer schien zu wachsen, nun gab es Platz für das schmächtige Mädchen, das endlich mit dem Nägelkauen aufgehört hatte. Jetzt starrte sie aus zusammengekniffenen Augen aus dem Fenster und schien vergessen zu haben, wo sie war.

»Das mit deiner Mutter tut mir leid«, sagte Billy T. leise. »Sehr leid.«

»Mmm«, sagte Kaja und schien recht ungerührt. »Hattest du Angst vor ihm?«

Sie fuhr herum.

»Vor meinem Vater?«

»Nein, vor ihm.«

Sie schüttelte kurz den Kopf.

»Hast du ihn vielleicht gerngehabt?«

Billy T. musste an den Wächter denken – er hatte vor fast genau zwei Wochen im selben Sessel gesessen wie jetzt Kaja, schwächlich und durch und durch übellaunig. Er war sicher ein Mensch gewesen, für den viele nur mit großer Anstrengung etwas anderes empfinden konnten als Abscheu. Aber da lag etwas im Blick des Mädchens, in den Handbewegungen, Kaja flocht die Finger ineinander und spielte an einem kleinen Ring aus schlichtem Metall herum. Noch immer schwieg sie.

»Ich sehe ja, dass du traurig bist«, sagte Billy T. »Aber wovor hast du solche Angst?«

Da geschah etwas, das Billy T. später nur mit Mühe beschreiben konnte, es ging so schnell und kam so unerwartet. Kaja machte eine totale Verwandlung durch: Sie breitete die Arme aus, starrte ihm in die Augen, erhob sich halbwegs und rief:

»Ihr glaubt, dass er das war, aber da irrt ihr euch, immer glaubt ihr von allen nur das Schlimmste, kein Wunder, dass er sich nicht getraut hat, mit euch zu reden, ihr glaubt ja doch nur, dass er es war ... Dabei war das nicht Richard! Richard hat das nicht getan. Und jetzt ist er tot, und ihr glaubt ...«

Sie warf sich über die Tischplatte, legte den Kopf auf die Arme und begann zu weinen.

»Es war nicht Richard, er hat nur ... es liegt zu Hause in meinem Schrank, aber er war es wirklich nicht, er hat nur ... es liegt in meinem Schrank, und ich weiß nicht ... Richard ...«

Billy T. schloss die Augen. Er merkte, wie müde er war. Wie verdammt satt er das alles hatte. Aus irgendeinem Grund dachte er an Truls. Das Bild des kleinen Jungen, der tapfer versucht hatte, nicht zu weinen, während sein Arm eingegipst wurde, ging ihm nicht aus dem Kopf, und er fuhr sich über die Augen, um sich davon zu befreien. Dann öffnete er die Augen und blickte Kaja schweigend an.

Wie viele junge Menschen wohl noch in diesem schlichten, hässlichen Büro im zweiten Stock des Polizeigebäudes sitzen und ihre mehr oder weniger blutigen Tränen vergießen würden, bis dieser Fall gelöst wäre?

Billy T. dachte an seinen jüngsten Sohn und daran, dass das Leben nie wieder so sein würde wie vorher. Norwegen würde nie wieder so sein wie früher. Hier saß dieses Mädchen – ein kleines, vernachlässigtes Menschenkind – und besaß vermutlich den Schlüssel zu allem. Kaja könnte erzählen, was wirklich am 4. April 1997 am frühen Abend im fünfzehnten Stock des Hochhauses geschehen war, und wenn er ein bisschen mehr bohrte und stocherte, würde sie ihr Wissen mit ihm teilen. Aber Billy T. war nicht sicher, ob er die Kraft dazu hatte.

Er dachte daran, dass Hanne Wilhelmsen bald in die USA zurückkehren würde. Das hatte sie an diesem Morgen gesagt, in einem Nebensatz, mit dem Mund voller Cornflakes, sie hatte Sehnsucht nach Cecilie.

Ein weiteres Bild, das er energisch zu verdrängen versuchte, zeigte Truls' wütende Mutter beim Anblick des kreideweißen Gipsverbandes mit den schwarzen Namenszügen der älteren Brüder; hilflose Buchstaben, die der Kleine seiner Mutter stolz hingehalten hatte, dieser Frau mit ihrem schwarzen, vorwurfsvollen Blick.

»Was liegt im Schrank, Kaja?«, fragte er dann.

»Das Tuch«, murmelte sie und stand auf. »Das Tuch, das die Ministerpräsidentin getragen hat, als sie ermordet wurde.«

Billy T. fuhr auf, sein Schreibtischstuhl rollte zur Wand, und Billy T. hatte vergessen, dass er müde war und alles satthatte. Wirklich alles.

»Das Tuch! Du hast das Tuch? Hat der Wächter Frau Volter umgebracht? Hör mir zu, Kaja! *Hat Richard die Ministerpräsidentin umgebracht?*«

»Haben Sie denn nicht zugehört?«, schluchzte sie. »Richard war das nicht. Der wollte nur ... der Alarm wurde ausgelöst, und dann ist er allein nach oben gegangen, der andere schlief, glaub ich ... «

Sie wischte sich mit dem Handrücken die Augen ab, aber der Tränenstrom ließ sich nicht zum Versiegen bringen.

»Er hat den Revolver genommen. Er ist verrückt nach Waffen, aber ... die Frau war schon tot, als er gekommen ist. Er schießt total viel, er hat haufenweise Zeitschriften und Bücher darüber ... Richard ist total verrückt nach Waffen. Er ... da lag der Revolver, ja, und die Frau war tot, und er lag auf diesem Tuch, und er hat ihn mitgenommen und ... Scheiße, danach hatte er eine Sterbensangst ... ich hab ja gemerkt, wie komisch er war, als ich an einem Abend ... «

Jetzt wurde sie rot, und ihre blauen Augen sahen jünger aus denn je.

»Sagen Sie es Papa nicht«, bettelte Sie. »Ich darf nicht zu Richard gehen. Versprechen Sie mir, dass Sie Papa nichts sagen. «

»Scheiß auf deinen Vater«, kläffte Billy T. »Willst du mir erzählen, dass Richard einfach die Waffe eingesackt hat, die neben der erschossenen Ministerpräsidentin lag? War er total verrückt, oder was? «

»Ich hab dann die Idee gehabt, sie mit der Post zu schicken. Ich dachte, wenn ihr den Revolver hättet, dann könntet ihr vielleicht auch den Mörder finden. Wir haben ihn abgewischt, und dann bin ich damit zur Post gegangen und habe ... die Briefmarken vergessen. Aber ich hatte Handschuhe an. «

»Aber das Tuch«, rief Billy T. »Warum habt ihr das nicht auch geschickt? «

Kaja rutschte in ihrem Sessel hin und her und starrte sehnsuchtsvoll den Tabak an, den sie aus ihrem Rucksack gefischt hatte, der aussah wie ein naiver Pandabär, der sich an ihren Rücken klammerte.

»Rauch du nur«, sagte Billy T. und knallte ihr einen riesigen Aschenbecher aus orange glasierter Lava auf den Tisch. »Warum habt ihr nicht auch das Tuch geschickt?«

»Richard hat gesagt ... ein Tuch lässt sich doch nicht so leicht abwischen. Er hatte Angst, er könnte Spuren hinterlassen haben, solche, die man nicht entfernen kann. Er hat gesagt, dass man vielleicht Fingerabdrücke finden würde. Und wir konnten das Tuch auch nicht wegwerfen, weil ... in Filmen und so untersuchen die Bullen immer den Müll, und da war es doch sicherer, das Tuch erst mal aufzubewahren. Richard wollte nach Deutschland gehen und mich dann nach einer Weile holen ... Papa hat Richard gehasst, wirklich ...«

Der Gedanke an ihren Vater brachte die Tränen wieder zum Fließen, Kajas Gesicht verzog sich zu einer schmerzhaften Grimasse.

»Immer mit der Ruhe«, sagte Billy T. jetzt ruhiger. »Ich kümmere mich um deinen Vater. Ich verspreche dir, dass er dir keinen Ärger machen wird.«

Er wusste nicht, ob das Lächeln, mit dem er sie zu beruhigen versuchte, irgendeine Wirkung hatte, er hatte keine Zeit, sich davon zu überzeugen. Jetzt würde er den Durchsuchungsbefehl erhalten, den er so oft verlangt hatte. Und zwar sofort. Er schnappte sich das Telefon und wollte Polizeiinspektor Håkon Sand sprechen.

»Tut mir leid«, sagte die Vorzimmerdame freundlich. »Der ist im Krankenhaus. Die Geburt hat eingesetzt.«

Billy T. fluchte verbissen und bat Kaja mit einem kurzen Blick um Entschuldigung. Sie hatte nichts bemerkt, vermutlich war sie schlimmere Ausdrücke gewohnt.

»Tone-Marit«, kläffte er in den Hörer. »Schnapp dir den diensthabenden Juristen und komm her. Jetzt. Sofort!«

Kaja war schon bei ihrer zweiten Zigarette.

»Soll ich mitkommen?«, fragte sie leise und blies Rauch aus ihrem Mundwinkel. »Soll ich mitkommen und Ihnen das Tuch zeigen?«

18.05, HAUPTWACHE OSLO

Brage Håkonsen hatte sich bereit erklärt, bis Mittwoch in Untersuchungshaft zu bleiben, um den Bullen Zeit zum Nachdenken zu geben. Bisher hatten sie sich die Presse vom Leib halten können. Der Anwalt hatte mit Schadenersatzforderungen gedroht, wenn sie diese kurze Haft nicht geheim hielten. Zwei Tage lang konnten sie sich die Sache überlegen. Ob es einen Deal geben würde. Er hatte etwas, das sie haben wollten. Zwei Namen, Richard und seine Freundin. Es war idiotisch von Richard gewesen, die Kleine in diese Sache hineinzuziehen! Brage Håkonsen hatte sie gesehen, war ihr auf dem Weg zum Postamt gefolgt. Warum Richard die Waffe nicht behalten hatte, konnte er nicht verstehen. Vielleicht war die Kleine in Panik geraten. Rotzgöre, sie konnte doch nicht älter sein als vierzehn oder fünfzehn.

Die Bullen waren total scharf auf die Namen. Dieser Heger war ziemlich überrascht gewesen, als er die ganzen Einzelheiten erzählt hatte. Deshalb wussten sie auch, dass er zwei wichtige Namen hatte.

Brage Håkonsen trat in die Mitte der warmen, feuchten Zelle und legte sich auf den Betonboden. Dort machte er Liegestütze, ohne Pause, in raschem Tempo. Achtundneunzig, neunundneunzig.

Hundert.

Er setzte sich hin und schlang die Arme um die Knie. Er schwitzte nicht einmal besonders. Solange er die Namen hatte, würden die Bullen auf alles eingehen. Und ihn laufen lassen.

Liten Lettvik saß mit einem Jack Daniels in einem alten Sessel und vermisste das Gefühl von Erfolg. Es war immer so. Im ersten Moment ein kurzes, intensives Triumphgefühl, danach Leere. Man musste weiter. Nichts war so tot und sinnlos wie die Zeitung von gestern. In einigen Monaten würde niemand mehr wissen, dass sie alles aufgedeckt hatte. Für einige Stunden war es wunderbar gewesen. Ruth-Dorthe in aller Öffentlichkeit fertigzumachen gehörte zu ihren besten Leistungen. Die halb anerkennenden, halb neidischen Blicke der Kollegen hatten gutgetan. Einige der Jüngsten hatten ihr begeistert auf die Schulter geklopft und wissen wollen, wie sie dermaßen blitzschnell der Pharmamed auf die Spur gekommen war.

Wenn die wüssten!

Als sie daran dachte, spürte sie einen Stich unter ihrem Brustkorb. Ein Unbehagen. Sie starrte vorwurfsvoll in ihr Glas und presste sich die linke Faust auf den Magen.

Vielleicht hätte sie es nicht tun sollen. Sie hatte etwas ausgenutzt, das fast verjährt war und in gewisser Hinsicht ... wertvoll. Sie hustete und stellte das Glas energisch auf den Tisch.

Natürlich hatte sie es tun müssen. Niemand würde es erfahren, denn niemand hatte es je gewusst während dieser vielen Jahre ... dreiunddreißig Jahre.

Die Türklingel ging.

Das Stechen unter ihrem Solarplexus verstärkte sich, Liten Lettvik krümmte sich vor Schmerz.

Die Klingel rief noch einmal wütend ihr Ding-Dong. Liten Lettvik versuchte sich aufzurichten, zusammengekrümmt schleppte sie sich zur Tür, der Schweiß trat ihr auf die Stirn.

»Liten Lettvik?«

Sie brauchte nicht zu fragen, woher die beiden Männer

kamen. Einen kannte sie, er arbeitete bei der Überwachungspolizei.

»Ja«, stöhnte sie.

»Wir würden uns auf der Wache gern eine Runde mit Ihnen
unterhalten.«

»Jetzt? Um halb elf Uhr abends?«

Der hochgewachsene Mann lächelte, sie ahnte die Verachtung in seinen Augen und schaute schnell den anderen an. Der
war jünger, kleiner, senkte seinen Blick jedoch nicht.

»Ja. Sie wissen sicher, warum es so eilt.«

Sie wäre fast in Ohnmacht gefallen. Unsicher griff sie nach
dem Türrahmen und schloss die Augen, in der Hoffnung, dass
das Zimmer dann aufhören würde, sich zu drehen.

Sie wussten es, verdammt, sie wussten es.

Als sie ihre große Tasche gepackt und ihren Mantel angezogen hatte, kam ihr ein Gedanke, den sie dann so schnell wie
möglich wieder verdrängte.

Sie dachte daran, wie wohl Benjamin Grinde zumute gewesen war.

MITTWOCH, 23. APRIL 1997

17.30, AKER-KRANKENHAUS, FRAUENKLINIK

Hanne Wilhelmsen blickte in ein schrumpeliges Gesichtchen.

Die neugeborene Kleine kniff die Augen zu zwei Strichen zusammen. Ein leises Kätzchengejammer ertönte, ihre Lippen verzogen sich und zitterten unzufrieden. Ihre Haut war von roten
Flecken übersät, ihr Gesicht asymmetrisch, vor ihren Ohren
wuchs rötlicher Haarflaum. Die Fontanelle – die viel zu offen aussah – pochte rasch und rhythmisch, es war geradezu beängstigend.

»Ist sie nicht wunderbar?«, flüsterte Karen Borg. »Ist sie nicht das hübscheste Kind, das du je gesehen hast?«

»Doch«, log Hanne Wilhelmsen. »Sie ist reizend. Alle Babys sind reizend.«

»Sind sie überhaupt nicht«, widersprach Karen Borg, noch immer flüsternd. »Hast du den kleinen Jungen dahinten gesehen? Der sieht aus wie ... ein Affe.«

Karen kicherte, musste sich aber die Tränen abwischen, die aus ihrem linken Auge quollen.

»Tut mir leid, dass ich allein komme«, sagte Hanne. »Håkon ist im Gericht, und es ist so verdammt wichtig, dass dieser Haftbefehl erlassen wird. Er kommt sofort, wenn sie fertig sind. Er hat versprochen ...«

»Hier«, fiel Karen ihr ins Wort und hielt der Kommissarin das kleine Baumwollpaket mit dem vierundzwanzig Stunden alten Baby hin. »Fühl mal, wie wunderbar sie ist.«

»Nein, nein«, sagte Hanne Wilhelmsen, aber das half nichts. Karen wirkte nicht stark genug, um das Kind noch lange mit ausgestreckten Armen zu halten.

Es war wirklich nicht hübsch. Hanne schmiegte vorsichtig, ohne es zu wollen, ihr Gesicht an das der Kleinen. Es roch wunderbar. Ein guter, süßer Duft, der bei Hanne eine Gänsehaut auslöste. Das Baby öffnete plötzlich die Augen, tiefe, farblose Brunnen ohne klar gezeichnete Iris.

»Sie sieht klug aus«, flüsterte Hanne. »Sie hat Augen wie meine Großmutter. Wie soll sie heißen?«

»Das wissen wir noch nicht. Wir können uns nicht einigen. Håkon möchte zwei Namen, wo Hans Wilhelm doch auch zwei hat, aber ich finde Doppelnamen für Mädchen nicht schön. Wir werden sehen.«

»Dyveke«, sagte Hanne leise und küsste federleicht die Stirn des Kindes; die Babyhaut kitzelte ihre Lippen. »Sie sieht aus wie eine Dyveke.«

»Wir werden sehen«, lachte Karen. »Setz dich doch.« Hanne ließ sich vorsichtig auf der Bettkante nieder und gab das Kind seiner Mutter zurück.

»Wie war die Geburt – schlimm?«

»Kannst du sie bitte ins Bett legen?«, fragte Karen und schnitt eine Grimasse. »Am Ende musste dann doch ein Kaiserschnitt gemacht werden, und es tut so verdammt weh, wenn ich mich bücke.«

Hanne verstaute das Bündel vorsichtig in einer Plastikwanne auf hohen Beinen, an denen Räder befestigt waren.

»Sieht nicht sehr stabil aus«, sagte sie skeptisch. »Kaiserschnitt?«

»Ja, sie konnten die Herztöne nicht mehr hören.«

Sie weinte. Karen Borg weinte heftig. Und zwischendurch lachte sie wie zur Entschuldigung und versuchte, sich die Tränen abzuwischen. Aber die flossen nur so, und sie konnte sie einfach nicht zurückhalten.

»Ich begreife nicht, warum ich mich so anstelle, aber ich heule schon den ganzen Tag. Zum Glück habe ich mich zusammenreißen können, als meine Mutter vorhin mit Hans Wilhelm hier war. Er war so niedlich, er. ...«

Hanne stand auf und zog einen Wandschirm auf Rädern vor das Bett. Dann setzte sie sich wieder und nahm Hannes Hand.

»Dann heul doch einfach.«

»Ich bin so froh über deinen Besuch«, schniefte Karen. »Aber eigentlich müsste Håkon hier sein. Wir hätten sie doch fast verloren. Sie ist gesund und munter, und ich dürfte eigentlich nicht weinen, aber ...«

Scheißwache, dachte Hanne. Hätten die nicht irgendeinen

anderen Juristen schicken können? Sie stand wieder auf und ging zu einem Waschbecken neben der Tür. Darunter befand sich ein Regalfach mit Waschlappen, sie hielt einen unter das kalte Wasser und legte ihn dann auf Karens Stirn.

»Sie hätte sterben können«, flüsterte Karen. »Jetzt geht es ihr gut, aber sie hätte ... wenn sie gestorben wäre, dann wäre das meine Schuld gewesen. Håkon wollte schon die ganze Zeit die Geburt einleiten lassen, aber ich ... es wäre meine Schuld gewesen. Ich hätte es nicht ertragen ...«

Der Rest des Satzes erstarb in heftigem Schluchzen, Karen legte die Hände auf den kalten Lappen und verbarg ihr Gesicht.

Hanne kam der Gedanke so schnell, dass sie sich abwenden musste. Sie ließ ihren Blick auf dem kleinen Mädchen in seiner rosa Decke ruhen. Die Kleine schlief, und neben ihrem Kopf hielt ein kleines gelbes Kaninchen mit aufgerissenen Augen Wache.

So musste auch Birgitte Volter empfunden haben. Am Johannistag 1965. Genau so. Mit dem wesentlichen Unterschied, dass ihr Kind nicht überlebt hatte. Es war gestorben. Mit nur drei Monaten.

»Liv Volter Hansen«, murmelte Hanne dem gelben Kaninchen zu; es hatte unwahrscheinlich große Vorderzähne aus Frottee, deren untere Kanten sich munter und unnatürlich umbogen.

»Was hast du gesagt?«, schluchzte Karen ein wenig ruhiger. »Liv was?«

Hanne lächelte und schüttelte den Kopf.

»Ich musste an Birgitte Volters Kind denken. An das tote Kind. Birgitte Volter muss ganz entsetzlich ...«

»... gelitten haben«, vollendete Karen den Satz und setzte sich mit großer Mühe im Bett auf. »Ich kann mir nichts Schlimmeres vorstellen.«

Sie lächelte schwach und konnte sich offenbar zusammenreißen.

»Ich weiß ja, dass die Hölle los ist«, sagte sie. »Das habe ich eben in den Nachrichten gehört.«

»Ich war vorhin im Untersuchungsgericht, ein solches Presseaufgebot habe ich noch nie gesehen. Die erste Festnahme in diesem Fall ... die rasten aus. Nimm es als Kompliment, dass Håkon dabei sein musste. Das nächste Kind kommt dann hoffentlich, wenn gerade keine Ministerpräsidentin ermordet worden ist.«

»Es gibt kein nächstes Kind«, stöhnte Karen und lächelte dann. »Kommt nicht infrage. Aber bedeutet das, dass dieser Fall ... ist er aufgeklärt?«

»Das wäre vielleicht übertrieben. Aber wir sind doch ein gutes Stück weitergekommen.«

Hanne schaute sich kurz um. Die Frau im Nachbarbett hatte Besuch vom Vater ihres Kindes, sie schmiegten ihre Gesichter aneinander und waren über dem hellblauen Bündel in ein leises Gespräch vertieft. Die Frau im übernächsten Bett hatte fünf Erwachsene und zwei kleine Kinder zu Besuch. Die Kinder krochen auf ihrem Bett herum und machten einen Höllenlärm. Hanne stand auf, ging auf die andere Seite des Bettes, kehrte dem restlichen Raum den Rücken zu und erzählte dann leise von den Ereignissen des Vortags.

»Billy T. war von der Hausdurchsuchung total enttäuscht. Sie haben einen Haufen Waffenliteratur, allerlei dubiose Zeitschriften und vier registrierte Waffen gefunden. Aber das war alles. Abgesehen von einem kleinen Detail, das für Billy T. nicht genug war, über das Håkon sich aber ungeheuer gefreut hat. Ein Adressbuch. Ein kleines rotes Adressbuch, und unter H wie Håkonsen war Brage aufgeführt, mit Adresse, ohne Telefonnummer. Und damit haben wir ...«

Sie beugte sich über ihre Freundin und konnte trotz der Erschöpfung an Karens Augen sehen, wie interessant sie das alles fand. Hanne zählte an ihren Fingern auf:

»Erstens haben wir Brages Mordpläne und seine riesige Waffensammlung. Zweitens: Auch wenn er leugnet, den Wächter gekannt zu haben, so hat er doch im Verhör behauptet, Dinge zu wissen, die er nicht wissen könnte, wenn er nicht irgendetwas mit diesem Burschen zu tun gehabt hätte. Er hielt sich für clever, hat sich aber auf diese Weise ziemlich verquatscht.«

Sie kicherte, strich sich die Haare hinter die Ohren und tippte mit einem Mittelfinger auf die Bettdecke.

»Drittens ist das Adressbuch ein Beweis dafür, dass sie sich gekannt haben. Und der Wächter ist ...«

Sie unterbrach sich und setzte sich gerade.

»Der Wächter war die ganze Zeit die beste Spur. Wenn er Birgitte Volter umgebracht hat, können wir die Frage vergessen, die der Polizei solches Kopfzerbrechen macht: Wie konnte jemand in einen Raum gelangen, der so gut wie versiegelt war? Er war da. Und er hatte Waffen.«

»Aber wie hat er diesen Revolver an sich gebracht, der doch Volters Sohn gehört hat?«

»Du beeindruckst mich. Gute Frage. Ich habe keine Ahnung. Jedenfalls ist der Wächter die beste Spur, und jetzt ...«

Hanne schaute auf die Uhr und lächelte.

»Und jetzt zittert Brage Håkonsen vor dem Untersuchungsrichter, während dein brillanter Ehemann ... nein, Ehemann ist er ja nicht, dein brillanter Lebensgefährte ... während Håkon einen Richter davon überzeugt, dass ausreichende Verdachtsmomente bestehen.«

»Aber ihr habt doch mehr als nur das«, sagte Karen und nahm sich den Waschlappen von der Stirn.

»Soll ich den noch mal nass machen?«

»Nein, danke. So langsam nähert ihr euch also einer Anklage?«

»Nein«, sagte Hanne. »Von einer Anklage sind wir noch ziemlich weit entfernt. Das müsstest du wissen. Denn ...«

»Kaja könnte recht haben«, sagte Karin leise. »Vielleicht sagt sie ja die Wahrheit.«

Hanne streckte die Hand nach dem Babykorb aus und zog das Kaninchen heraus. Sie strich ihm über die Ohren, nickte und sagte in die Luft, die nach Baby und Desinfektionsmittel roch:

»Genau. Kaja kann die Wahrheit gesagt haben.«

DONNERSTAG, 24. APRIL 1997

6.50, STOLMAKERGATA 15

»Hanne! Aufwachen!«

Billy T. zog vorsichtig an Hannes Arm; sie lag quer über dem Bett und genoss das Alleinsein. Zwei Decken hatten sich um ihre Hüften und ihre Beine gewickelt, sie lag auf dem Rücken und hatte die Hände über den Kopf gestreckt.

»Wo warst du denn?«, murmelte sie und drehte sich auf den Bauch. »Mach das Licht aus.«

»Wir mussten noch verdammt viel erledigen. Papierkram und so.«

Er riss ihr die Decken weg und ballte sie zu zwei riesigen Kissen zusammen, die er ans Kopfende legte. Dann zog er Hanne trotz ihrer leise gemurmelten Proteste in eine sitzende Stellung.

»Kaffee und Frühstück«, sagte er mit aufgesetzter Munterkeit und nickte zum Nachttisch hinüber.

»Und Zeitungen. O verdammt. Alles nur über Brages Verhaftung.«

Hanne gähnte ausgiebig und schüttelte sich. Dann hob sie die Kaffeetasse an ihren Mund und zog eine Grimasse, als sie sich die Oberlippe verbrannte.

Zuoberst lag *Dagbladet*. Die ganze Vorderseite zeigte Brage Håkonsen auf dem Weg vom Gericht zu einem Streifenwagen. Wie so oft auf solchen Bildern hatte er sich die Jacke über den Kopf gezogen.

»Sieh mal«, sagte Billy T., der jetzt neben ihr saß. »Da bin ich.«

Er schlug mit der Hand auf das Bild.

»Himmel, dieser Brage muss ja riesig sein«, sagte Hanne. »Der ist ja fast so groß wie Severin und du.«

Sie blätterte eilig weiter.

Volter von Neonazis ermordet
Rechtsextremist für sechs Wochen in Untersuchungshaft
Gestern Nachmittag wurde ein 22 Jahre alter Mann wegen Beteiligung am Mord an Ministerpräsidentin Volter für sechs Wochen in Untersuchungshaft geschickt. Polizeipräsident Hans Christian Mykland bestätigt gegenüber *Dagbladet*, dass die Polizei die Festnahme des 22-Jährigen, der seit Langem zur Neonaziszene gehört, für einen Durchbruch in ihren Ermittlungen hält. Hauptverdächtiger ist jedoch ein Mann, der am Samstag, dem 22. April, in Tromsdalen bei Tromsø einem Lawinenunglück zum Opfer fiel.

Von Steinar Grunde, Vebjørn Klaas und Sigrid Nette.
»Wir müssen allerdings darauf hinweisen, dass in die-

sem Fall vieles bisher ungeklärt ist und dass die Polizei noch weitere Spuren verfolgt«, sagt Polizeipräsident Mykland.

Umgekommen

Bei einer Pressekonferenz am späten Abend stellte sich heraus, dass die Polizei schon seit der Mordnacht einen 28 Jahre alten Mann verdächtigt, der als Wächter im Regierungsgebäude tätig war. Der Mann wurde mehrmals befragt, es lagen jedoch nicht genügend Beweise für einen Haftbefehl vor. Der Mann kam bei einem Lawinenunglück vor knapp zwei Wochen um, das bei Tromsø zwei Menschenleben forderte. Die Polizei glaubt, dass dieser Mann mit dem jetzt in Untersuchungshaft genommenen 22-Jährigen in Verbindung stand. Dieser gilt als Leiter einer militanten Neonazigruppe.

Attentatspläne

Bei der Durchsuchung der Hütte des Festgenommenen in Nordmarka fand die Polizei ein Waffenlager und detaillierte Pläne zur Ermordung prominenter Personen. Die Polizei will sich nicht dazu äußern, ob auch Birgitte Volter auf diesen Listen stand, doch *Dagbladet* konnte in Erfahrung bringen, dass ihr Name zuoberst auf einer Liste von sechzehn namentlich erwähnten geplanten Opfern steht.

Komplott

Dem inhaftierten 22-Jährigen werden unter anderem illegaler Waffenbesitz und »versuchte Störung der öffentlichen Ordnung« vorgeworfen. Der Untersuchungsrichter bestätigt, dass stichhaltige Gründe bestehen, um den

22-Jährigen des Mordes an Birgitte Volter zu verdächtigen. Obwohl der Festgenommene ein Alibi für den Mordabend hat, hält die Polizei ihn für einen von möglicherweise mehreren Drahtziehern.

»Wir haben Grund zu der Annahme, dass es sich um ein Komplott handelt«, sagt Hans Christian Mykland, der weitere Festnahmen nicht ausschließen will.

»Der arme Junge«, sagte Hanne und kratzte sich zwischen den Augenbrauen. »Der wird noch eine ganze Weile sitzen. Egal wie.«

»Was meinst du mit ›egal wie‹?« fragte Billy T. wütend. »Der Kerl trieft doch nur so von Schuld.«

»Ist dir eigentlich nichts aufgefallen?«, fragte Hanne und griff nach *Aftenavisen*, die ebenso ausführlich über Brage Håkonsen berichtete wie alle anderen Zeitungen.

»Doch«, sagte Billy T. und fuhr mit der Hand über das Laken. »Du krümelst wie bescheuert. Ich muss bald im Bett staubsaugen.«

»Hör mal, entweder findest du dich mit den Folgen eines Frühstücks im Bett ab, oder du isst in der Küche. Also echt!« Hanne boxte ihm energisch gegen den Arm.

»Au! Lass das. Was soll mir aufgefallen sein?«

»Vor wenigen Tagen noch waren die Zeitungen überzeugt davon, dass es zwischen dem Impfstoffskandal und dem Mord an Volter einen Zusammenhang gebe. Das haben sie immer wieder behauptet, haben alle Welt dazu Kommentare abgeben lassen und Leitartikel über Seilschaften geschrieben. Aber dann, schwupp!«

Sie versuchte, mit den Fingern zu schnippen, aber da sie Butter am Daumen hatte, rutschten ihre Finger aneinander vorbei.

»Eine kleine Verhaftung, und schon machen sie eine Kehrtwendung. Jetzt gibt es ... eins, zwei, drei, vier, fünf ...«

Rasch blätterte sie durch die Zeitungen.

»... neun Seiten zum Thema, und alle sind davon überzeugt, dass der Wachmann und Brage Håkonsen den Mord begangen haben. Neun Seiten! Der Typ ist noch eine Ewigkeit von einer Verurteilung entfernt. Leiden die an Gedächtnisschwund?«

»Wer denn?«

»Die Presseleute natürlich. Wissen die nicht mehr, was sie vor einer Woche geschrieben haben?«

»Doch, aber ...«

Billy T. kratzte sich ausgiebig im Schritt und machte ein saures Gesicht.

»Hältst du jetzt plötzlich zur Presse?«, fragte Hanne und lachte. »Du machst ja schon genauso viele Bocksprünge wie die. Kratz dich nicht da unten. Wasch dich, wenn du Läuse hast.«

Diesmal schlug sie ihm dabei auf die Finger.

»Jetzt hör aber auf. Verdammt, das hat wehgetan.«

Er rieb sich den Handrücken und rutschte weiter nach links.

»Ich freu mich schon fast, wenn du bald fährst.«

»Das meinst du nicht im Ernst.«

Sie kroch zu ihm und legte sich seinen Arm um die Schultern.

»Eigentlich habe ich gar keine große Lust zu fahren. Ich bin doch hier zu Hause. Aber Cecilie fehlt mir so sehr, und sie ... ich fahre am Samstag.«

Er drückte sie an sich.

»Das weiß ich. Wenn dieser Fall endlich geklärt ist, besuche ich euch.«

»Schön. Kannst du nicht die Kinder mitbringen?« Billy T. warf den Kopf in den Nacken, schlug damit gegen die Wand und lachte laut.

»Das wäre mal was. Cecilie schafft bestimmt viel, wenn euer Haus voll von meinem Nachwuchs ist.«

Hanne setzte sich eifrig im Bett auf und schaute ihn an.

»Sie ist den ganzen Tag bei der Arbeit. Überleg doch mal, wie lustig das wäre. Sonne und Sommer und Baden ... wir könnten nach Disneyland fahren.«

Er schüttelte den Kopf.

»Kann ich mir nicht leisten.«

»Dann nimm eben nur Truls mit.«

Er wehrte ab.

»Mal sehen. Übrigens ...«

Er sprang auf und verschwand in die Küche. Ein Poltern war zu hören, gefolgt von einem lauten Geheul.

»Håkon macht morgen ein Abschiedsfest für dich«, rief er über den Lärm des Tischstaubsaugers hinweg.

»Wer kommt denn alles?«, fragte Hanne und rollte sich im letzten Moment aus dem Bett.

»Du und ich und Håkon. Und Tone-Marit, nehme ich an. Und wenn du nichts dagegen hast, lade ich auch Severin ein.«

»Was?«

Sie griff nach dem Staubsauger. Billy T. hob ihn über den Kopf und warf sich auf die andere Seite.

»Ausschalten!«

»Schon gut, schon gut«, maulte Billy T. und drückte auf den Knopf. »Ist es dir recht, dass Severin und Tone-Marit kommen?«

Hanne stand vor ihm und schüttelte kurz den Kopf. Dann kratzte sie sich mit dem einen Fuß den anderen.

»Du weißt doch, dass ich in der Freizeit nichts mit der Polizei zu tun haben will«, sagte sie leise. »Warum fragst du also?«

Billy T. ließ den Staubsauger aufs Bett fallen.

»Aber Cecilie ist doch nicht hier, und außerdem ...«

Er kroch zu Hanne hinüber und versuchte, ihre Hand zu nehmen. Blitzschnell zog sie sich zurück, außer Reichweite, und sah ihn dabei nicht einmal an.

»Wie lange willst du eigentlich noch so weitermachen?«, flüsterte er. »Wie lange soll dieses Versteckspiel weitergehen?«

»Ich verstecke mich nicht«, fauchte sie. »Aber ich darf mir meine Freunde ja wohl noch selber aussuchen.«

Sie knallte die Schlafzimmertür hinter sich zu, und bald hörte Billy T. die Dusche rauschen. Er schlich aus dem Zimmer und öffnete die Badezimmertür einen Spaltbreit.

»Dürfen sie jetzt kommen?«, rief er, den Mund an den Spalt gepresst. »Dürfen Severin und Tone-Marit auf dein Fest kommen?«

Seine Stimme war verzerrt, wie die eines kleinen Kindes, und er war in die Hocke gegangen.

»Bitte!«

Er hörte ein leises, widerwilliges Lachen. Dann schloss er die Tür und rief Håkon Sand an.

23.45, MOTZFELDTS GATE 14

Liten Lettvik war unglücklich. Das war ein neues und ungewohntes Gefühl, wie eine Unruhe im Leib, wie eine unerklärliche Angst. Etwas hatte sich oben in ihrem Rücken verbissen, irgendwo hinter den Schulterblättern, es jagte Pfeile durch ihren Körper und erfüllte sie mit einem Schmerz, gegen den gar nichts half. Sie hatte fast alles versucht, aber es gab schließlich Grenzen dafür, was sie einwerfen konnte, ohne einen Arzt aufzusuchen. Alkohol war keine Hilfe, sie wurde nicht einmal betrunken.

Die Demütigung. Das war es. Der durch die Demütigung erzeugte Schmerz. Sie hatten sie angesehen, hatten durch sie hindurchgesehen und Stück für Stück erzählt, was sie wussten. Wie genau war sie wohl überwacht worden? Manches von dem, was sie sagten, deutete darauf hin, dass sie genau wussten, was sie getan und wie sie es getan hatte. Allein dieser Gedanke ließ sie erröten und ihren Schmerz noch wachsen. Das Allerschlimmste war jedoch, dass sie es schon seit vielen Jahren wussten.

Sie war naiv gewesen. Grenzenlos naiv. Liten Lettvik, die überaus fähige Journalistin, preisgekrönt und respektiert, bekannt für ihr Gespür für die Schwächen der Mächtigen. Aber sie hatte nicht begriffen, dass die anderen alles wussten.

Vielleicht hatte sie die Augen davor verschlossen, weil es im Grunde so lange her war. Ein paar Male im Laufe der letzten Jahre, und dann im März ...

Der Schmerz war jetzt unerträglich, und die Tränen traten ihr in die Augen. Liten Lettvik beugte sich vor und griff nach einem kleinen Brief, der an diesem Tag gekommen war, einem Brief in zierlicher, geschwungener Handschrift; die Briefmarke saß ordentlich in der rechten oberen Ecke und hatte noch alle Zacken. Sie hatte sich zuerst nicht an den Namen erinnern können, Elsa Haugen. Erst als sie den Brief zweimal überflogen hatte, war es ihr wieder eingefallen. Die Mutter der kleinen Marie. Die Frau aus Elverum. Oder Eidsvoll? Der Brief berichtete von Trauer und Schmerz und von wieder aufgerissenen Wunden. Von schlaflosen Nächten und taktlosem Verhalten.

Liten Lettvik seufzte tief und riss den Brief in Fetzen. Ihr eigener Schmerz reichte ihr wirklich aus.

FREITAG, 25. APRIL 1997

Øyvind Olve saß an dem großen Esstisch aus Kiefernholz und wiegte ein kleines Kind. Das Kind machte unbegreifliche Handbewegungen. Øyvind starrte die winzigen Finger fasziniert an. Karen Borg beugte sich über ihn und nahm ihm das Bündel weg, er merkte, dass er es eigentlich gar nicht hergeben wollte.

»Eine süße Kleine«, sagte er und lächelte verlegen. »Wie soll sie heißen?«

»Das wissen wir noch nicht«, antwortete Karen.

Sie drückte das Kind an ihre Schulter und sah müde und mitgenommen aus. Hanne Wilhelmsen versetzte dieser Anblick einen Stich; sie hatte einfach nicht daran gedacht, dass es für Karen vielleicht nicht gerade angenehm war, das Haus voller Leute zu haben – an dem Tag, an dem sie mit einem Baby und einer frischen Operationsnarbe aus dem Krankenhaus kam.

»Ich gehe ins Bett. Da oben höre ich gar nichts, also macht es euch nur gemütlich. Versucht nur, ein bisschen leise zu sein, wenn ihr geht, ja?«

Håkon Sand sprang auf.

»Ich helfe dir.«

»Nein, nein, setz dich nur. Amüsier dich hier unten. Aber vergiss nicht, dass du dich morgen früh um Hans Wilhelm kümmern musst.«

»Ich kann das machen«, brüllte Billy T. »Überlass den Knaben nur mir, Karen!«

Karen sagte nichts dazu, sie hob das Baby zu einem Gutenachtgruß hoch und verschwand im ersten Stock des großen gemütlichen Holzhauses. Billy T. schnappte sich die sechste Rotweinflasche und öffnete sie mit weltmännischer Miene.

»Ich hoffe, du hast noch mehr davon, Håkon«, grinste er und schenkte reihum ein.

»Nein, danke, ich hab genug«, sagte Øyvind Olve und legte die Hand auf sein Glas.

»Was hast du denn hier für ein Weichei angeschleppt, Hanne? Der trinkt ja gar nichts!«

Øyvind Olve fühlte sich noch immer ausgeschlossen. Er konnte nicht so recht verstehen, warum Hanne ihn unbedingt dabeihaben wollte. Billy T. war ihm zwar schon zweimal begegnet, bei Hanne und Cecilie nämlich, aber der riesige, laute Mann schien ihn vergessen zu haben. Und die anderen Gäste kannte er gar nicht.

»Ich muss morgen früh Auto fahren«, murmelte er und ließ sein Glas nicht los.

»Fahren! Er muss Auto fahren! Was ist das denn bloß?«

»Jetzt reiß dich zusammen, Billy T.«, sagte Hanne und klopfte ihm beruhigend auf den Rücken, in der Hoffnung, dass er sich setzen würde. »Nicht alle können eben dein Tempo beibehalten, weißt du.«

»Weiter, Tone-Marit«, sagte Billy T. und setzte sich. »Was wolltest du gerade sagen?«

Tone-Marit lachte noch immer Tränen. Dann sagte sie ziemlich leise:

» ›Vielleicht war er niemandem etwas schuldig.‹ Und dann verbreitet Billy T. sich über Madame Butterfly und Ehre! Ihr hättet den Polizeidirektor sehen sollen.«

Die anderen brüllten vor Lachen, sogar Øyvind Olve lächelte, obwohl er wirklich nicht wusste, was an Billy T.s und Tone-Marits Wiedergabe der letzten Vollversammlung so komisch sein sollte.

»Und dann«, brüllte Billy T., schwenkte sein Rotweinglas und hätte fast die ganze Flasche umgeworfen, als er aufsprang und mit den Fäusten auf die Tischplatte hämmerte. »Dann gingen diese geistreichen Überlegungen dem Überwachungschef zu weit. Er ...«

Billy T. räusperte sich, und als er wieder sprach, hatte er sich plötzlich in Ole Henrik Hermansen verwandelt:

»Mit Verlaub, Herr Polizeipräsident! Ich möchte meine Arbeitszeit nicht für dieses Gewäsch vergeuden.«

Jetzt musste Hanne die anderen ermahnen, denn sie lachten so laut, dass Karen unmöglich dabei schlafen konnte. Tone-Marit verschluckte sich und lief dunkelrot an. Billy T. hämmerte auf ihren Rücken ein.

»Aber es ist doch gar nicht schlecht, dass der Präsident sich für solche Dinge interessiert«, sagte Hanne.

»Sein Sohn hat sich vor zwei Jahren umgebracht«, sagte Tone-Marit. »Wir dürften also eigentlich nicht über ihn lachen.«

»Das wusste ich nicht«, sagte Hanne und hielt sich ihr Glas an die Wange. »Woher weißt du das?«

»Ich weiß alles, Hanne. Einfach alles.«

Tone-Marit flüsterte laut und dramatisch und hielt Hannes Blick so lange fest, dass die sich plötzlich mehr Grillfleisch nehmen musste.

»Aber warum habt ihr überhaupt über Ehre gesprochen?«

Das war Øyvind Olve, der an diesem Abend ungefähr zum dritten Mal den Mund aufmachte.

Billy T. starrte ihn an, dann verschränkte er die Hände im Nacken.

»Ehrlich gesagt weiß ich selber nicht so recht, was ich mir dabei gedacht habe. Wenn von ›Integrität‹ die Rede ist, dann wissen alle, was das bedeutet. Daran denken wir die ganze Zeit.

Aber ›Ehre‹ ... das ist ein Wort geworden, bei dem wir aus lauter Verlegenheit die Tischplatte anstarren. Dabei sind es doch eigentlich zwei Seiten einer Medaille. Aber überlegt doch mal ... «

Er schob den Teller mit Resten von Fleisch und Grillsoße weg und legte die Arme auf den Tisch.

»Denkt doch mal an Benjamin Grinde. Sein Leben lang ein tüchtiger Junge. Ein verdammt tüchtiger Junge. Alles gelingt ihm. Er wird Richter und Arzt und Gott weiß was. Dann wird er von den Zeitungen durch den Dreck gezogen. Eine Woche später nimmt er sich das Leben. Da muss man sich doch ein paar Gedanken machen dürfen, oder?«

Hanne Wilhelmsen starrte in ihr Rotweinglas. Die rote Flüssigkeit schien zu glühen und ließ kleine Lichtstrahlen zu ihren Augen wandern, als sie langsam das Glas drehte.

»Vielleicht war das bei Benjamin Grinde wirklich so einfach«, sagte sie und nippte an ihrem Wein. »Aber gehen wir doch noch mal die Reihenfolge der Ereignisse durch. Wenn Benjamin Grinde in irgendeinem anderen Zusammenhang Selbstmord begangen hätte, dann hätte außer seinen engsten Angehörigen niemand auch nur mit der Wimper gezuckt. Die Polizei hätte kurz hereingeschaut, den Selbstmord festgestellt und den Fall beiseitegelegt. Aber Grindes plötzlicher und aller Wahrscheinlichkeit nach von ihm gewollter Tod geschah ... «

Sie faltete eine große Papierserviette auseinander und beugte sich über den Tisch, um einen Kugelschreiber aus Øyvind Olves Brusttasche zu ziehen.

»Birgitte Volter wurde am 4. April umgebracht.« Sie zeichnete einen Punkt und schrieb darüber eine Vier.

»Wir wissen, dass sie an einem Kopfschuss gestorben ist, der aus einer Waffe abgegeben wurde, bei der der Mörder nicht sicher sein konnte, dass der Schuss wirklich tödlich wäre, nicht einmal aus nächster Nähe. Es gibt keine Spur des Täters. Insgesamt drei Personen hatten zum Zeitpunkt des Mordes am Tatort oder in seiner unmittelbaren Nähe zu tun: die Sekretärin, der Wächter und Grinde. Zwei von ihnen sterben innerhalb von acht Tagen, obwohl sie in ihren besten Jahren waren. Komisch, was?«

Sie betonte ihre Überlegung noch, indem sie zwei kleine Kreuze aufs Papier malte.

»Und dann haben wir noch ...«

»Aber Hanne«, fiel Tone-Marit ihr ins Wort.

Håkon merkte, dass er plötzlich angespannt wartete. Hanne Wilhelmsen in ihren Überlegungen zu unterbrechen, rächte sich in der Regel durch einen eiskalten Blick, der die meisten für lange, lange Zeit zum Schweigen brachte. Er starrte in eine Schüssel, in der Hoffnung, nicht zum Zeugen dieser Demütigung werden zu müssen. Zu seiner großen Überraschung aber ließ Hanne sich in den Sessel zurücksinken und blickte Tone-Marit freundlich und abwartend an.

»Ab und zu neigen wir doch zum Überinterpretieren«, sagte Tone-Marit eifrig. »Findest du nicht? Ich meine, der Wächter ist doch bei einer Naturkatastrophe ums Leben gekommen, und die kann schließlich nur der Herrgott arrangieren ...«

Sie errötete leicht über dieses kleine religiöse Eingeständnis, sprach aber sofort weiter:

»Und ehrlich gesagt kommt es mir komisch vor, dass Benjamin Grinde sich das Leben genommen haben soll, weil er bereute, die Ministerpräsidentin umgebracht zu haben, die noch dazu eine alte Freundin war. Vielleicht hat sein Selbstmord gar nichts mit dem Fall zu tun! Vielleicht litt er schon lange unter Depressionen? Außerdem wissen wir doch jetzt mit Sicherheit, dass der Wächter die Waffe bei sich zu Hause hatte, und damit ist Benjamin Grinde aus der Sache heraus. Oder nicht?«

»Doch, im Grunde schon. Auf jeden Fall können wir ihn als Mörder wohl ausschließen. Aber sein Selbstmord kann trotzdem etwas mit diesem Fall zu tun haben. Auf eine andere Weise!«

Niemand sagte etwas, alle hatten aufgehört zu essen.

»Es geht mir darum«, sagte Hanne und räumte sich noch mehr Platz frei, »dass uns die Reihenfolge der Ereignisse manchmal verwirren kann. Wir suchen ein Muster oder eine Logik, wo es keine gibt.«

Sie trommelte mit dem Kugelschreiber auf dem Tisch herum und legte den Kopf schräg. Die Haare fielen ihr ins Gesicht, und Billy T. wandte sich zu ihr und strich sie ihr hinters Ohr.

»Du bist so niedlich, wenn du so engagiert redest«, flüsterte er und küsste sie auf die Wange.

»Idiot. Hör lieber zu. Falls du noch nüchtern genug bist. Außer den beiden Toten und einigen seltsamen Gegenständen, die auf Abwege geraten waren und sich nun wieder eingefunden haben, hätten wir fast eine Regierungskrise gehabt. Nicht wahr, Øyvind?«

Øyvind Olve kniff hinter seiner schmalen Brille die Augen zusammen. Er hatte dem Gespräch interessiert zugehört, war aber überrascht, dass er selbst etwas sagen sollte.

»Tja«, sagte er zögernd und spielte an seiner Gabel herum. »Eigentlich sogar zwei. Die erste bei der Regierungsbildung. Politisch gesehen haben wir einige Munition für den Wahlkampf bekommen. Die Zentrumsparteien waren ja nicht gerade begeistert von der Möglichkeit, die Macht zu übernehmen.«

»Aber du hast von zwei Krisen gesprochen«, sagte Severin Heger. »Was war denn dann die andere?«

»Der Impfstoffskandal natürlich. Nicht gerade eine Regierungskrise, aber hart war es schon. Der Sturm hat sich inzwischen gelegt. Tryggves vorläufiger Bericht an das Parlament ist einigermaßen gut aufgenommen worden. Meiner Meinung nach ist der ganze Impfstoffskandal ein Beispiel für den Zynismus, der während des Kalten Krieges gewaltet hat. Niemand konnte dem entkommen. Nicht einmal einige Hundert Säuglinge.«

Um den Tisch wurde es ganz still. Sie hörten kleine, stapfende Schritte auf der Treppe.

»In gewisser Hinsicht sind diese Kinder Kriegsopfer«, seufzte Øyvind.

Ein Zweijähriger stand in der Türöffnung neben dem prachtvollen großen Kamin aus Speckstein. Er trug einen blauen, mit Fußbällen bedruckten Schlafanzug und rieb sich die Augen.

»Papa! Hassillem kannich schlafen!«

»Hassillem kriegt gleich schöne Gutenachtgeschichten erzählt«, sagte Billy T. und stand auf.

»Billit«, lächelte der Kleine und streckte die Arme nach ihm aus.

»Dauert höchstens fünf Minuten«, sagte Billy T., ehe er verschwand. »Sagt solange nichts Wichtiges.«

»Hanne«, sagte Håkon. »Wenn du dich zwischen der Brage-Wächter-Spur und der Pharmamed-Spur entscheiden müsstest, welche würdest du nehmen? Denn die eine schließt die andere doch aus, oder nicht? Und um ganz ehrlich zu sein, habe ich ...«

Er stapelte die Teller aufeinander.

»Anyone for dessert?«

»Herrgott, ist das ansteckend«, murmelte Tone-Marit. »Muss ich Englisch sprechen, um an dieser Runde teilnehmen zu dürfen?«

»Yesss«, sagte Hanne und beteiligte sich am Abräumen. »Was gibt's denn?«

»Eis mit spanischen Erdbeeren.«

»Ja, bitte«, sagte Severin. »Was wolltest du sagen, Håkon?«

»Hanne hat ja gemeint, dass ihr die ursprüngliche Theorie des Überwachungschefs zu weit geht«, sagte Håkon, der mit drei Tellern in jeder Hand mitten im Zimmer stand. »Und da sind wir uns ja auch einig. Es klingt zu sehr nach Räuberpistole, dass eine riesige Firma in einem demokratischen Land die Ministerpräsidentin eines freundlich gesinnten und nahen Alliierten in den Tod schicken sollte!«

»Da sagst du natürlich was Wahres«, sagte Hanne, nachdem sie Eis und Erdbeeren geholt und Dessertteller auf dem Tisch verteilt hatte. »Aber du solltest deiner Fantasie niemals Grenzen setzen. Ich muss schon sagen, auch ich hatte meine Probleme, als die Mannesmann-Sache damals ihren Höhepunkt erreichte.«

Sie kam Tone-Marits Frage zuvor.

»Statoil kauft Dienste und Waren in Milliardenhöhe. Die Verträge sind Gold wert, und die Konzernleitung braucht sehr viel Zeit und Kraft, um Korruption im eigenen Laden zu verhindern. Aber trotzdem hat sich dort jemand von einem riesigen deutschen Konzern kaufen lassen. Die Statoil-Angestellten erhielten Bestechungsgelder, Mannesmann bekam den Zuschlag und konnte Röhren für die Bohrinseln liefern. Ich hätte das nicht für möglich gehalten. Nicht in Norwegen. Und eigentlich auch nicht in Deutschland. Die Moral ist: Es gibt keine Moral – außer Geld zu scheffeln. Und wenn wir an die Contergan-Geschichte denken ...«

Sie hätte sich die Zunge abbeißen können. Ihr war beim Reden plötzlich etwas eingefallen, das Billy T. ihr vor vielen Jahren erzählt hatte. Severin Hegers Schwester hatte weder Beine noch Arme. Und nur ein Ohr.

»Ist schon gut«, sagte Severin und trank noch einen Schluck. »Das ist völlig in Ordnung, Hanne.«

Sie rührte beschämt in ihrem inzwischen schmelzenden Eis.

»Hörst du nicht, Hanne? Ist schon gut, habe ich gesagt.«

»Na gut. Contergan, das in Norwegen unter dem Namen Neurodyn verkauft wurde, ist ein Mittel gegen Übelkeit in der Schwangerschaft. Unter anderem. Ich glaube, es sollte auch eine gewisse beruhigende Wirkung haben. Es wurde in den Fünfzigerjahren in der Bundesrepublik hergestellt, und erst nachdem über zehntausend Kinder mit schweren Behinderungen geboren waren, konnte ein deutscher Genforscher nachweisen, dass es einen Zusammenhang zwischen diesen Behinderungen und den Medikamenten gab, die die Mütter genommen hatten.«

»Woher in aller Welt weißt du das alles?«, murmelte Tone-Marit.

»Ich weiß alles«, flüsterte Hanne und starrte ihr in die Augen. »Absolut alles.«

Øyvind lachte laut, aber Hanne ließ sich nicht beirren.

»Für die Hersteller war das natürlich eine Katastrophe: gewaltige Schadenersatzforderungen, später der Konkurs. Obwohl die Firma auch eine Reihe von absolut hervorragenden Medikamenten produzierte. Niemand wollte sie danach auch nur mit der Zange anfassen. Die Leute von der Pharmamed haben im Moment bestimmt ganz schön die Hosen voll. Obwohl es so lange her ist und obwohl die Besitzer gewechselt haben. Man wird den Firmennamen ›Pharmamed‹ für sehr lange Zeit mit diesen schrecklichen Todesfällen in Verbindung bringen.«

Eine Zeit lang war nur das Kratzen der Löffel auf den teuren Glastellern zu hören.

»Aber«, sagte Severin plötzlich, »obwohl ich im Prinzip ...«

Er nuschelte ein wenig, »Prinzip« war kein leichtes Wort.

»Obwohl ich eigentlich deiner Meinung bin, dass man nichts ausschließen darf und dass Geld fast immer eine Antriebskraft ist ...«

Billy T. kam ins Zimmer gestürzt.

»Hab ich was verpasst?«

»Schläft er?«, fragte Håkon.

»Wie ein gefällter Baum. Ich hab ihm zwei Horrorgeschichten erzählt. Er ist vor Angst erstarrt, und jetzt schläft er süß. Worüber redet ihr gerade?«

»Ich muss leider mitteilen, dass wir die Pharmamed-Spur an den Nagel hängen können«, sagte Severin. »Jedenfalls war es nicht weiter suspekt, dass Himmelheimer neulich in Oslo war. Er war mit ganz anderen Dingen beschäftigt, um es mal so zu sagen ...«

»Du, Severin«, sagte Billy T. ruhig und bedachte ihn mit einem mahnenden Blick. »Hier sind nicht nur Leute von der Truppe, weißt du ...«

»Der da«, sagte Severin und zeigte auf Øyvind Olve. »Der kennt doch sicher die ganz großen Geheimnisse. Er hat doch für die Ministerpräsidentin gearbeitet. Aber jetzt hört zu ...«

Er nahm einen Riesenschluck aus seinem Rotweinglas.

»Als wir uns ein Bild von diesem Hans Himmelheimer machen wollten, haben wir zuerst im SAS-Hotel nachgefragt. Bedienung, Zimmerservice, Telefonate ... alles. Er hat keine suspekten Gespräche geführt. Zwei mit seiner Frau in Deutschland, vier mit der Pharmamed. Allerdings wusste seine Frau zu Hause sicher nicht, dass Herrn Himmelheimers Hotelzimmer von zwei Menschen bewohnt wurde. Außer unserem Hänschen war nämlich auch noch eine Frau eingetragen.«

»Eine Geliebte«, murmelte Billy T.

»Genau. Und jetzt dürft ihr raten. Ich kann euch immerhin verraten, dass es eine Norwegerin war. Aber ihr werdet mir sicher eine Million Norwegerinnen namentlich aufzählen, ehe ihr bei der richtigen landet.«

Niemand fühlte sich zum Rätselraten berufen, und Billy T. runzelte ungeduldig die Stirn.

»Die Frau war Liten Lettvik.«

»Das kann doch nicht sein«, sagte Billy T.

»Die Journalistin?«, fragte Øyvind.

»Das ist einfach nicht möglich«, murmelte Hanne.

»Liten Lettvik«, wiederholte Håkon.

Tone-Marit lachte laut und lange, und ihre Augen wurden dabei zu schmalen Schlitzen.

»Psssst!«, sagte Severin und hob und senkte die Handflächen über dem Tisch. »Ich muss um allergrößte Verschwiegenheit bitten. Die beiden kennen sich schon seit Jahren. Sie haben sich 1964 an der Uni kennengelernt. Seitdem sind sie sich immer wieder begegnet, wenn Hans im Ausland Kongresse besuchte. Zu Hause in Leipzig hat er Frau und drei Kinder im Teenie-Alter, aber bei seinen Auslandstouren hat er sich immer an Liten gehalten. Eigentlich niedlich.«

Er leerte sein Glas und hielt es Billy T. hin, der bereitwillig nachschenkte.

»Wir haben sie also zur Vernehmung geholt. Sie hat allerlei über den Quellenschutz von sich gegeben, deshalb haben wir nicht besonders viel aus ihr herausholen können. Aber ohne Zweifel verdankt sie ihre Infos auf irgendeine Weise ihm. Wahrscheinlich hat sie ihn total an der Nase herumgeführt. Bei einem kleinen Schäferstündchen vielleicht.«

»Deshalb konnte ihre Zeitung den Fall so verdammt schnell knacken«, sagte Hanne nachdenklich. »Das hat mich wirklich gewundert. Um ehrlich zu sein, ich war auch ein bisschen beeindruckt.«

»Auf jeden Fall«, sagte Severin und seufzte tief, »hat Hans Himmelheimer in Oslo einfach nur zwei Sitzungen besucht und ansonsten mit Liten im Bett gelegen. Das konnten wir immerhin feststellen. Und wir können weiterhin nicht belegen, dass die Pharmamed auch nur das Geringste mit unserem Fall zu tun hat.«

Es regnete jetzt. Håkon stand auf und legte ein Holzscheit in den Kamin. Der Blitz, der die Fenster vor dem dunklen, frühlingsnassen Garten plötzlich blau färbte und auf den sofort ein dröhnendes Donnern folgte, ließ alle zusammenfahren. Sie rückten näher aneinander heran, beugten sich in vertraulicher, konzentrierter Stimmung über den Tisch, und in dieser Stimmung kamen sie sich als bessere Freunde vor, als sie in Wirklichkeit waren. Sogar Tone-Marit lächelte, als Billy T. ihr freundlich den Rücken streichelte, nachdem sie unter dem ohrenbetäubenden Krachen zusammengezuckt war.

»Ich hasse Donner«, sagte sie fast als Entschuldigung.

»Wenn die Pharmamed keine aktuelle Spur mehr ist …«, setzte Hanne an.

»Wir haben da jedenfalls nichts, worauf wir aufbauen könnten«, fiel Severin ihr ins Wort. »Was natürlich nicht bedeutet, dass wir diese Spur nicht weiter verfolgen werden. Aber ich glaube nicht, dass es da etwas zu holen gibt. Vor allem, weil die Waffe beim Wächter gelegen hat, und wie der Wächter in Kontakt mit der Pharmamed gekommen sein sollte … Wenn wirklich die Pharmamed hinter dem Mord stecken sollte, dann wäre alles professioneller durchgeführt worden. Mit einer anderen Waffe und auf jeden Fall mit einem ganz anderen Handlanger als diesem Heini. Nein, die Pharmamed können wir vergessen.«

»Den Wächter auch«, sagte Billy T. plötzlich. »Der hat mich drei Wochen lang wie ein Albtraum verfolgt, aber stellt euch vor … er ist ein Weichei. Er lässt sich von seiner *fünfzehn-jährigen* Freundin dazu überreden, uns die Waffe zu schicken. Er macht Ferien in Tromsø … in *Tromsø*! Wenn er Volter wirklich umgebracht hätte, dann wäre er doch nach Bolivien oder so gegangen. Ich glaube, der Wächter hat die Wahrheit gesagt, als er Kaja alles erzählt hat. Warum hätte er sie anlügen sollen? Er hatte doch offenbar so ein Vertrauen zu ihr, dass er ihr vom Tuch und von der Waffe erzählt hat. Wenn er Volter umgebracht hätte, dann hätte er den Revolver niemals wieder rausgerückt. Zwar ist er so ungefähr das Widerlichste, was mir je über den Weg gelaufen ist, aber er ist eine feige Sau. Genau wie dieser Adonis Brage. Nein. Den Wächter können wir vergessen.«

»Hört mal zu, Leute.«

Hanne war auf Mineralwasser umgestiegen, sie hielt sich das Glas ans Gesicht und hatte das Gefühl, dass die Kohlensäure ihre Haut kitzelte.

»Wenn wir Benjamin Grinde an den Nagel hängen … und diese Furie Ruth-Dorthe Nordgarden, die nur Ärger gemacht hat, aber offenbar nicht mehr … und die Pharmamed und den Wächter … und damit auch diesen armseligen Nazi Brage, der in unserem Hinterhof versauert … dann … dann bleibt uns doch niemand.«

»Irgendein persönlicher Feind, von dem wir ganz einfach noch nichts wissen«, sagte Billy T. »Das bedeutet hektische Tage und Monate, und wahrscheinlich werden wir die Wahrheit nie erfahren. Wir sind nicht gut genug. Ganz einfach nicht gut genug. Und jetzt will ich Musik. Richtige Musik.«

Er sprang auf und boxte Håkon in den Rücken. »Oper, Håkon, hast du so was? Puccini?«

»Ich glaube, wir haben *Tosca*. Schau selber nach.«

»Tosca ist spitze. Sie hat aus Liebe gemordet. Und aus diesem

Grund morden die meisten, das kann ich euch sagen, meine Damen und Herren.«

»Liebst du deshalb die Oper so sehr?«, fragte Tone-Marit. »Weil sich alle gegenseitig umbringen? Kriegst du davon beim Job denn nicht genug?«

Billy T.s Finger wanderten am CD-Gestell auf und ab. Endlich fand er das Gesuchte. Als er die CD einlegte, hätte er Håkon eigentlich gern gesagt, was er von dessen mickriger Stereoanlage hielt, aber das verkniff er sich. Er erhob sich mit einem zufriedenen Seufzer, als die Ouvertüre von *Tosca* aus den Lautsprechern ertönte.

»Ich sag dir eins, Tone-Marit.«

Er schloss die Augen und fing an, das unsichtbare Orchester zu dirigieren.

»Opern«, rief er. »Opern sind eigentlich ein ziemlicher Quatsch. Aber Puccini, weißt du, Puccini stellt Frauen dar, wie sie eigentlich sein sollten: Tosca, Lulu, Madame Butterfly … sie bringen sich um, wenn ihnen die endgültige Tragödie widerfährt. Sie stellen große Ansprüche an das Leben und an sich selber und wollen nicht mehr leben, wenn etwas richtig danebengeht.«

Seine Armbewegungen wurden immer heftiger, und die anderen verfolgten wie gebannt diesen seltsamen Auftritt.

»Sie sind kompromisslos«, rief Billy T. »Restlos kompromisslos!«

Dann hielt er plötzlich inne, mitten in einem gewaltigen Bogen vom Boden bis zur Decke. Seine Arme sanken herab, er öffnete die Augen und ging ruhig zur Anlage, um sie leiser zu drehen.

»Genau wie du, Hanne«, sagte er, setzte sich neben sie und drückte ihr einen schmatzenden Kuss auf die Wange. »Total kompromisslos. Aber … «

Er starrte sie an, und auch den anderen schien es aufgefallen zu sein: Hauptkommissarin Hanne Wilhelmsen sah aus, als wäre sie in Trance. Ihr Mund war leicht geöffnet, und es schien, als hätte sie aufgehört zu atmen. Ihre Augen waren klar und groß und schienen etwas zu sehen, das sich an einem ganz anderen Ort befand, vielleicht auch in einer ganz anderen Zeit. An ihrem Hals pochte eine Ader – deutlich und rhythmisch.

»Was ist los mit dir?«, fragte Billy T. »Hanne, bist du in Ordnung?«

»Ich denke an den Volter-Mord«, flüsterte sie. »Wir haben alle möglichen Mörder eliminiert. Und damit haben wir ... «

Die CD schrammte leicht, die Anlage spuckte drei abgehackte Noten aus, immer wieder. Aber nicht einmal Billy T. sprang auf, um Abhilfe zu schaffen.

»Der Mord an Ministerpräsidentin Volter kann nicht begangen worden sein«, sagte Hanne Wilhelmsen. »Niemand kann es getan haben.«

Unerklärlicherweise riss das CD-Gerät sich dann von selbst zusammen. Wieder ertönte die Musik aus den Lautsprechern, rein und fließend, und füllte das Haus, in dem ein neugeborenes Kind zusammen mit seiner Mutter schlief. Tone-Marit betrachtete ihren nackten Arm, sie hatte eine Gänsehaut. Es war, als sei ein Engel durch das Zimmer geflogen.

SONNTAG, 27. APRIL 1997

16.00, OLE BRUMMS VEI 212

Der Lichtstreifen, der wie ein Kegel durch die Dachluke auf den schmutzigen Holzboden fiel, erinnerte ihn an einen Seehund. Die Luft war erfüllt von Staub und alten Erinnerungen, und er stolperte über Pers erste, blau gestrichene Skier, als er sich dem Lichtkegel näherte. Er dachte an Ferien vor langer Zeit – vor Per. Birgitte und er waren nach Bergen gefahren. Die Seehunde im Aquarium, wie er sie durch das Fenster im Becken gesehen hatte, unten, in einer Art Keller – die Seehunde drehten sich im Wasser, immer wieder, bis sie dann plötzlich zum Licht emporjagten, das wie ein Fächer durch das Wasser strömte; die Seehunde wollten nach oben, zum Licht, zur Luft.

Roy Hansen stand auf seinem Dachboden. Er war seit drei Jahren nicht mehr hier oben gewesen, und er dachte an Seehunde. Höchste Zeit, um mal wieder durchzuatmen.

Einige Tage hatte er mit dem Gedanken an einen Umzug gespielt. Nach der Beerdigung, als er ein wenig Distanz zu allem gewonnen hatte, während der Weg nach vorn ihm weiterhin versperrt zu sein schien, wollte er nicht mehr in diesem Haus wohnen, nicht zwischen Birgittes Habseligkeiten und den Erinnerungen; ein Kühlschrankmagnet aus Gips, den sie einmal zu Weihnachten gebastelt hatte, das Sofa, das er nicht hatte haben wollen, auf das sie aber bestanden hatte. Es passe so gut zu den Wänden, hatte sie gemeint, und er hatte nachgegeben. Ihre Kleider hatte Per eines Abends, als Roy seine Mutter besucht hatte, in aller Stille weggeräumt. Als er nach Hause gekommen war, hatte Per nichts gesagt, sondern nur kurz gelächelt, und Roy hatte versucht, sich zu bedanken, aber es war ihm nicht gelungen. Die Kleider waren verschwunden und damit auch etwas von ihrem Duft. Die Bettwäsche, in der sie in der letzten Nacht ihres Lebens geschlafen hatte, hatte er weggeworfen.

Doch während der letzten Tage hatten die Gegenstände eine neue Bedeutung gewonnen. Sie waren keine brennende, tödliche Erinnerung mehr an etwas, das für ihn für immer verloren war. Birgitte steckte in den Wänden, in den Gegenständen, in den Bildern, die sie ausgesucht, und in den Büchern, die sie gelesen hatte. Und das war gut so. Er wollte es so. Aber er wollte wissen, was es hier oben gab.

Deshalb stand er auf dem Dachboden. Birgitte war auch nicht oft hier oben gewesen. Aber doch viel häufiger als er. Wenn sie dann nach unten gekommen war, hatte sie etwas Melancholisches, Abwesendes gehabt. Nie lange, vielleicht einen Tag lang. Eine Distanz im Blick, etwas, das er nicht zu durchbrechen versucht hatte. Dazu hatte er sie zu lange geliebt. Irgendetwas musste es hier oben geben, und bisher hatte er es nicht geschafft, danach zu suchen.

Es war schwer, die vielen Kartons zu verschieben. Da stand ein alter Webstuhl mit zerbrochenem Schiffchen, und Roy lachte leise vor sich hin. Birgitte war damals hochschwanger mit Per gewesen, sie hatte handgewebte Kittel getragen und unbedingt Weben lernen wollen, über einen Einführungskurs jedoch war sie nie hinausgekommen. Er berührte die Wolle, die so verstaubt war, dass er in dem trüben Licht die Farbe einfach nicht erkennen konnte. Das Muster in dem eben nur begonnenen Wandbehang war fast unsichtbar. Er ließ seinen Zeigefinger über den Staub wandern und zeichnete ein Herz mit einem B darin hinein. Den Webstuhl wollte er stehen lassen. Er würde sich niemals von ihm trennen.

Am Rand des Lichtkegels stand eine riesige Seekiste. Er stöhnte auf, als er sie ins Licht zog, um sie sich besser ansehen zu können. Der Schlüssel fehlte. Er richtete sich auf und schaute sich um. Das Versteck lag auf der Hand, er hatte es sofort entdeckt. Vielleicht wollte Birgitte das so, dachte er und ließ die Finger über den Balken laufen, der den Dachboden in zwei Hälften teilte. Der Schlüssel, groß, schwer und schwarz, lag da, wo er liegen musste.

Der Deckel war schwer, knirschte aber nicht, als er ihn öffnete. Die Kiste war leer, nur eine runde, kleinere Schachtel lag darin. Eine Hutschachtel, dachte er, seine Mutter hatte früher solche Schachteln gehabt. Diese hier war altrosa und mit einer großen Schleife zugebunden. Die Schleife hat Birgitte gebunden, dachte er und ließ die schwere Seide durch seine Finger gleiten.

Er zögerte, ehe er die Schachtel öffnete. In seinem Mund breitete sich ein seltsamer Geschmack nach Eisen oder Blut aus. Das Hocken war unbequem. Vorsichtig hob er die Schachtel hoch, klappte die Seekiste wieder zu und setzte sich auf den Deckel. Dann öffnete er die Hutschachtel.

Ganz oben lag ein Paar Babysöckchen, die früher sicher einmal kreideweiß gewesen waren. Sie waren winzig klein, für ein neugeborenes Kind, mit winzigen Mäusezähnchen am Rand. Er legte die Socken auf sein Knie und fuhr mit dem Daumen darüber. Dann hob er das Foto aus der Schachtel. Es war das erste Bild von Liv, nackt, die Knie an die Brust gezogen, die Fäuste geballt, sie weinte. Unter dem Bild lag ein hellrotes Buch. Er schlug es auf und blätterte vorsichtig darin. Er hatte Angst, die Seiten könnten ihm zwischen den Händen zu Staub zerfallen. Birgitte hatte so vieles notiert.

Geburtsgewicht, Größe; das kleine Armband aus der Klinik mit Birgittes Namen und Livs Geburtstag, das sie auf die erste Seite geklebt hatte, fiel heraus, als er es berührte, und er steckte es weiter hinten zwischen die Seiten. Die allerletzte Eintragung stammte vom 22. Juni 1965: »Liv bekam heute die Dreifachimpfung. Sie hat sehr geweint, es war hart für Groß und Klein, aber es war ja bald vorbei.« Mehr stand nicht in dem Buch.

Roy bekam keine Luft mehr. Er legte die Schachtel auf den Boden, und die Babysocken fielen von seinem Knie auf den schmutzigen Boden, als er aufsprang. Die Dachluke klemmte und ließ sich nicht bewegen, doch schließlich konnte er sie öffnen. Eine Zeit lang hielt er sein Gesicht in den frischen Wind und das blendende Licht.

Birgitte hatte keine Bilder aufstellen wollen. Sie hatte ihn wütend aufgefordert, es sofort wegzunehmen, als er ein Jahr nach Livs Tod ein Foto von ihr auf den Nachttisch gestellt hatte, in einem Silberrahmen, den er eigens dafür gekauft hatte. Sie wollte auch nicht über Liv sprechen. Sie wollte keine Andenken an sie behalten. Nach Pers Geburt hatte Roy einige Male versucht, das Thema zur Sprache zu bringen. Per musste es doch wissen. Die Gefahr, dass er von dritter Seite von seiner Schwester erfahren würde, was viel schlimmer gewesen wäre, war zu groß. Wieder war Birgitte wütend geworden. Am Ende war Liv zum Unthema geworden, und Roy hatte es noch unmöglicher gefunden, Per davon zu erzählen, als der Junge größer wurde. Auf diese Weise war Liv einfach verschwunden, langsam und allmählich. Ab und zu hatte er an sie gedacht, bisweilen überwältigten ihn die Erinnerungen, vor allem zu Mittsommer, wenn die Sonne hoch am Himmel stand und alles frisch nach neuem, sommerlichem Leben roch. Birgitte wollte nichts von ihr hören, nicht über sie sprechen, nichts von ihr wissen.

Es gab nur ein Kind in Birgittes Leben: Per. Diesen Eindruck hatte sie zumindest vermittelt. Das hatten alle gedacht. Per hatte sie voller Ernst und Verantwortungsgefühl angenommen. Die verspielte, jugendliche Freude, die bei Livs Geburt zwischen ihnen geherrscht hatte, war verschwunden. Sie war einer ewig ängstlichen Fürsorge gewichen, die erst nachgelassen hatte, als Birgitte endlich einsehen musste, dass Per zu einem robusten, gesunden Teenager herangewachsen war.

Roy setzte sich vorsichtig wieder auf die Seekiste und nahm die Hutschachtel auf den Schoss. Darin lag der Silberlöffel, den sie zu Livs Taufe gekauft hatten. Und der Schnuller, und er lächelte, als er sah, wie altmodisch der wirkte, schlicht und babyrosa, das Gummi war inzwischen hart geworden. Ganz unten in der schlichten Andenkensammlung lag ein Brief. Es schien ein langer Brief zu sein, der in einem Umschlag steckte. Auf dem Umschlag stand Roys Name, in Birgittes Schrift, geschwungen und elegant.

Als er den Umschlag öffnete, zitterten seine Hände so sehr, dass ihm der Brief auf den Boden fiel. Er richtete sich auf, schaute wieder ins Licht und atmete tief durch. Dann faltete er den Brief auseinander und fuhr mehrere Male mit der Hand darüber.

Der Brief war zweiunddreißig Jahre alt.

NESODDEN, 2. AUGUST 1965

Liebster Roy,

diesen Brief wollte ich schon lange schreiben, aber ich glaube, ich schaffe es erst jetzt. Wenn nicht, fürchte ich, dass ich es niemals über mich bringen werde. Dieser Brief wird nur in Deine Hände gelangen, wenn ich Dich verlassen muss. Ich glaube aber nicht, dass das passiert. Du hast genug verloren, und ich liebe Dich, aber Gott weiß, dass ich während der letzten Wochen kaum gewusst habe, wie ich weiterleben sollte. Es erscheint mir so unmöglich. Ich schleppe mich von einem Tag zum anderen und will eigentlich nur schlafen. Was ich getan habe, kann nie verziehen werden. Nicht von Dir, und schon gar nicht von mir selbst.

Ich sehe, dass Dein Schmerz so groß ist wie meiner, aber Du trägst zumindest keine Schuld. Ich dagegen habe gefehlt, und diese Schande ist nicht zu ertragen. Wenn Du versuchst, mit mir über Liv und über alles, was passiert ist, zu sprechen, spüre ich, wie mich Schuld und Scham ergreifen. Der

*Schmerz in Deinen Augen, wenn Du glaubst, ich sei wütend,
ist ebenfalls unerträglich, und ich gebe mir wirklich Mühe,
aber es ist so unmöglich. Vielleicht wäre es das Beste, Dir einfach die Wahrheit zu erzählen. Dann könntest Du mich has-
sen und mich verlassen, und für mich wäre das die gerechte
Strafe. Aber ich schaffe das nicht. Ich wage es nicht. Ich bin
zu feige. Zu feige zum Sterben und zu feige, um auf ehrliche
Weise weiterzuleben.*

Und deshalb schreibe ich Dir jetzt.

*Während dieser Wochen habe ich mich immer wieder ge-
fragt: Wie konnte das passieren?*

*Ich habe sie so sehr geliebt! Auch wenn sie ungelegen kam.
Ich weiß noch so gut, wie Du reagiert hast, als ich Dir von
meiner Schwangerschaft erzählte. Zwei Wochen lang hatte
ich mich davor gefürchtet. Du hattest doch gerade erst Deinen Studienplatz an der PH bekommen, und nichts war
in diesem Moment schlimmer als ein Kind. Aber du hast
gelacht! Du hast mich durch die Luft geschwenkt und gesagt,
dass alles gut gehen werde, und am nächsten Tag hattest du
all Deine Pläne umgestürzt und wolltest aller Welt erzählen,
dass Du Papa wirst. Das werde ich alles nie vergessen.*

*Ich hatte solche Angst, dass ihr etwas passieren könnte.
Mama hat mich damit aufgezogen und gesagt, dass auch
früher schon Kinder auf die Welt gekommen seien und überlebt hätten. Jetzt, heute Nacht, sehe ich, dass meine Liebe zu
Liv nichts wert war. Ich hielt mich für eine gute Mutter, die
auf ihr Kind aufpasste, aber ich war verantwortungslos. Verantwortungsgefühl ist wichtiger als alle Liebe auf der Welt,
und wenn ich Verantwortungsgefühl gehabt hätte, dann
wäre Liv noch bei uns.*

Am Johannistag wollten wir uns freinehmen. Ich hatte mich

so gefreut. Endlich wollten wir nur zu zweit sein, wie in der Zeit vor Liv, wie letztes Jahr, in diesem wunderbaren Sommer. Ich weiß ja, wir hätten ein so kleines Kind niemals einem Babysitter überlassen dürfen, aber wir wollten doch nur zum Tanzen am Hafen, und Benjamin konnte so gut mit Liv umgehen. Mama und Papa waren in Oslo, und ich glaube, das Schlimme wäre nicht passiert, wenn sie zu Hause gewesen wären. Mama hätte mich nicht gehen lassen. Oder selber auf Liv aufgepasst.

Du warst so lustig, als ich gegen elf gegangen bin, um Liv zu stillen. Du hast gelacht, als ich winkte und Dir durch Zeichensprache klarmachen wollte, dass ich bald zurückkommen würde. Du warst beschwipst, aber Du sahst so gut aus und warst so witzig, und ich war glücklich, als ich nach Hause stolperte, auch ich hatte zu viel getrunken. Ich konnte an diesem Abend keinen Alkohol vertragen. Du weißt, wie selten ich Alkohol anrühre, und ich war ein bisschen wirr im Kopf. Das ist meine einzige Erklärung für das, was dann passiert ist: Ich war ein bisschen wirr im Kopf.

Ich habe Dir und allen anderen gesagt, ich sei müde gewesen und zu Hause dann bald eingeschlafen. Dass ich deshalb nicht zurückgekommen sei. Das war eine Lüge.

Roy fuhr sich über die Augen und spürte die Feuchtigkeit an seinen Fingerspitzen. Die nächsten Zeilen im Brief waren durchgestrichen, mit schwarzer Tinte, an zwei Stellen waren dabei Löcher im Papier entstanden. Er blätterte weiter.

Alles ist eine große schwarze Lüge. Ich merke, wie schwer es ist, die Wahrheit auch nur zu schreiben. Sie will einfach nicht aufs Papier.

Benjamin stand in der Tür, als ich kam. Er war ziemlich aufgeregt und hatte mich gerade holen wollen. Liv sei unruhig und weine, sagte er, und nun hatte sie fast vierzig Grad Fieber. Ich begriff nicht, dass das gefährlich sein konnte, Roy. Sie hatte doch schon häufiger Fieber gehabt, das schnell gekommen und auch schnell wieder verschwunden war. In diesem Moment hatte ich das Kind einfach ein wenig satt. Wir wollten uns doch einen schönen Abend machen. Also sagte ich, es sei sicher nicht weiter schlimm, sie müsse nur ein wenig an die Brust gelegt werden, und dann werde sie sicher wieder einschlafen.

Und sie beruhigte sich auch, als ich sie an die Brust legte, ich bin sicher, dass ich mir das nicht einbilde. Sie kann zwar nicht viel getrunken haben, aber als ich sie dann wieder ins Bett legte, war sie nicht sonderlich unruhig. Sie hatte noch immer Fieber, das konnte ich an ihren Augen sehen und an ihrer Haut fühlen, aber Kinder haben doch bisweilen Fieber, nicht wahr?

Plötzlich fand ich Benjamin so niedlich. Es ist so schrecklich, ich hatte Dich doch gerade erst am Hafen verlassen und dabei gedacht, dass Du der tollste Mann von allen seist. Großes Ehrenwort, ich hatte Benjamin noch nie so betrachtet, er geht doch noch zur Schule und ist immer so ernst. Aber irgendetwas ist passiert, vielleicht war es dumm von mir, Liv vor Benjamins Augen zu stillen.

Verzeih mir. Es ist einfach passiert. Er war unerfahren und unsicher, und wir tranken Wein, obwohl ich wusste, dass Dir auffallen würde, dass die Flasche leer war. Es war doch die einzige Flasche, die wir uns seit einem halben Jahr hatten leisten können. Warum hast Du nie danach gefragt?

Der Wein nach dem Bier war zu viel, und als ich um fünf

Uhr morgens auf dem Sofa aufwachte, war Benjamin nicht mehr da. Du warst noch nicht nach Hause gekommen, und ich hatte schreckliche Kopfschmerzen und schämte mich furchtbar. Ich suchte Kopfschmerztabletten, konnte aber keine finden. Und dann wollte ich nach Liv sehen. Ihre Augen waren geschlossen, und ihre Haut war ganz kalt. Ich hob sie hoch, und ich brauchte sicher eine Minute, um zu begreifen, dass sie tot war.

An viel mehr erinnere ich mich nicht. Nur daran, dass ich die Weingläser spülte und in den Schrank stellte. Und dass Du gleich darauf nach Hause kamst, fröhlich und sturzbetrunken.

Mit Benjamin habe ich seither kein Wort gewechselt, aber wenn wir uns auf der Straße begegnen, sehe ich ihm an, dass er entsetzlich leidet. Ende des Monats zieht er in die Stadt, er hat einen Studienplatz in Medizin bekommen, hat Frau Grinde mir erzählt. Sie scheint sich Sorgen zu machen. Er hat abgenommen und ist noch schweigsamer als früher, hat sie gesagt. Ich hoffe, ich brauche ihn niemals wiederzusehen. Er wird mich immer, immer an den Verrat, den großen Verrat an Dir und den unverzeihlichen Verrat an unserer Tochter, erinnern.

Ich denke die ganze Zeit an sie, und nachts träume ich von ihrer Haut, von ihren honigfarbenen Haaren, von ihren kleinen Fingernägeln, die nur so groß wie Punkte waren. Ab und zu, für einen winzigen Moment, vergesse ich, dass sie tot ist.

Aber das ist sie.

Ich war verantwortungslos und habe sie verraten. Ich habe mich entschlossen weiterzuleben, aber ich muss Liv aus meinem Leben verbannen, aus unserem Leben. In meinem zu-

künftigen Leben werde ich niemals, niemals vergessen, dass Verantwortungsgefühl das Allerwichtigste ist. Ich werde Verantwortung übernehmen und nie wieder loslassen.

Jetzt kann ich nicht mehr schreiben. Wenn Du diesen Brief jemals liest, Roy, dann bin ich nicht mehr da.

Und dann weißt Du, dass ich Deine Trauer nicht wert bin.

Deine Birgitte

Der Staub tanzte im Lichtkegel. Die Zugluft der Dachluke ließ die winzigen Staubkörner in unvorhersagbaren Bewegungen umherwirbeln, sie funkelten wie mikroskopische Scheinwerfer, hier und dort, ohne Zweck und Ziel. Roy faltete mit unbeholfenen Bewegungen den Brief zusammen. Als er seine Hände betrachtete, schienen sie jemand anderem zu gehören, einem Menschen, dem er noch nie begegnet war. Er legte den Brief in die Hutschachtel, die neben seinen Füßen stand. Langsam streckte er die Hände ins Licht und drehte die Handflächen nach oben.

Jemand schien sie mit Goldstaub zu berieseln. Er bildete sich ein, die Staubkörner auf der Haut spüren zu können; er hatte ein Bedürfnis nach Schmerz, und plötzlich versetzte er sich selbst eine schallende Ohrfeige.

Die letzten Stunden mit Birgitte standen ihm glasklar vor Augen. Die letzte Nacht. Sie hatte schlecht geschlafen. Das sah er jedes Mal, wenn er wach wurde: Sie starrte aus weit offenen Augen in die Dunkelheit und zwinkerte nicht einmal. Die Mauer zwischen ihnen war zu hoch gewesen; er wusste nicht, was ihr so zu schaffen machte, aber er kannte sie gut genug, um sich nicht zu ihr hinzudrehen, um sie nicht zu bedrängen. Er hatte damals nichts gesagt, und später auch nicht. Die Fragen der Polizei – nach Birgitte, nach der Pillendose, nach Liv – waren so schrecklich gewesen. Und plötzlich wusste er, warum. In ihm gab es etwas, das so lange versteckt und vergessen gewesen war, dass es nicht herauswollte. Er wollte es nicht herauslassen. Es sollte dort bleiben, wo es war, weit entfernt von jeglichem Bewusstsein. Er hatte doch alles vergessen.

Doch das hatte er ja eigentlich gar nicht.

Die Wahrheit überkam ihn fast wie eine Offenbarung. Die Sonne stand jetzt genau über dem Dach, und ihr grelles Licht erfüllte den gesamten Bodenraum. Roy dachte wieder an den Seehund. Das Bild stand ihm wunderbar klar vor Augen, wie eine gut erhaltene Fotografie oder ein Filmausschnitt, der nie gealtert war; der glatte, das Wasser gewohnte Seehund, der sich 1970 in Bergen in einem türkisblauen Becken umgedreht und Roy mit einem gequälten Blick bedacht hatte, ehe er nach oben geschossen war, ans Licht, zum Leben über der Wasseroberfläche, an die Luft.

Niemand hatte Birgitte ermordet. Birgitte hatte sich das Leben genommen.

FREITAG, 4. APRIL 1997

18.30, BÜRO DER MINISTERPRÄSIDENTIN

Als Benjamin die Tür hinter sich schloss, war es, als schließe er das Leben selbst.

Er war genauso gut aussehend wie früher und genauso ernst. Aber er war nicht mehr jünger als sie. Dieses ozeangroße Jahr klaffte nicht mehr zwischen ihnen, jetzt war er ebenbürtig. Sie hatten leise miteinander gesprochen. In gewisser Weise schien in den vergangenen zweiunddreißig Jahren nichts geschehen zu sein; wenn sie ihm ins Gesicht sah, nahm sie den Duft von Flieder und Muttermilch wahr. Sie sah sich selbst in ihrem Prinzessinnenkleid, über der Brust eng geschnitten und mit einem weiten, gewagt kurzen Rock. Sie hatte es selbst genäht und war glücklich gewesen, weil ihr Körper nach der Geburt so schnell sein altes Aussehen zurückgewonnen hatte. Seine Augen, braune Augen mit Mädchenwimpern, waren Mittsommeraugen, Jugendaugen; Liv war in seinem Blick, und Birgitte Volter wusste, dass ihr Entschluss unwiderruflich feststand.

»Ich muss aus der Kommission ausscheiden«, hatte er gesagt und sich an der kleinen Pillendose zu schaffen gemacht, die seine Eltern ihr und Roy zur Hochzeit geschenkt hatten und die niemand anfassen durfte. Sie konnte sie ihm nicht wegnehmen, konnte ihn nicht daran hindern, sie genauer zu untersuchen, vielleicht würde er sie öffnen, und sie würde es nicht verhindern können. »Ich habe so viele Jahre zum Vergessen gebraucht, und ich hatte es vergessen. Es ist unfassbar, dass ich es vergessen konnte. Vielleicht konnte ich es, weil ich damals so jung war. Damit tröste ich mich, Birgitte. Ich war so schrecklich jung. Aber ich kann nicht noch einmal schweigen, Birgitte. Wenn ich gefragt werde, muss ich die Wahrheit sagen. Auch wenn sie uns beide trifft.«

Sie hatte nicht versucht, ihn zu überreden. Mechanisch hatte sie einige Worte auf die Computerausdrucke gekritzelt, die er ihr gebracht hatte. Livs Name leuchtete ihr von der Liste entgegen, und ihr wurde klar, dass Livs Tod nicht mehr in einem lange zurückliegenden Jahr versteckt werden konnte, einem Jahr, das sie in ihrem restlichen Leben so energisch auszuwischen versucht hatte.

Benjamin war sanft gewesen. Seine Stimme hatte gesungen, sein Blick hatte ihren erwidert, wann immer sie das wollte. Sie hatten eine Weile miteinander gesprochen und dann noch länger geschwiegen. Am Ende war er aufgestanden. Er hatte es nicht einmal zu verbergen versucht, als er die Pillendose einsteckte. Er hob sie hoch, betrachtete sie und steckte sie wortlos in die Tasche.

»Es ist so lange her, Birgitte. Wir müssen jetzt lernen, damit zu leben. Wir dürfen nicht mehr versuchen, es als ungeschehen zu betrachten. Wir haben beide einen schrecklichen Fehler begangen. Aber es ist lange her.«

Dann hatte er sie verlassen, und als sich die Tür hinter ihm geschlossen hatte, schloss sich das Leben für Birgitte Volter.

Sie fürchtete sich nicht vor der Demütigung. Nicht vor dem Verlust der Ehre. Den Sturz, der ihr vielleicht bevorstand, würde sie ertragen können. Sie fürchtete auch nicht das Urteil der anderen. Vielleicht würden sie ihr nicht einmal Vorwürfe machen. Sie hatte Roy. Und Per. Sie verdiente, alles andere zu verlieren, nur diese beiden nicht, und sie würde sie auch nicht verlieren.

Letzte Nacht war sie zur Gewissheit gelangt. Ihr Entschluss war eigentlich schon vor vielen Jahren gefallen.

Zweiunddreißig Jahre waren nicht genug gewesen. Sie hatten die Wunden nicht heilen lassen, hatten sie nur reif genug gemacht, um die Ausmaße ihres Verrats einzusehen. Ihr kleines Mädchen war allein gestorben, obwohl ihre Mutter ganz in der Nähe gewesen war. Ihr Schuldbewusstsein über diesen Verrat mischte sich mit stiller Sehnsucht nach Livs Welt.

Das Leben war vorbei, denn Liv war wieder da. Liv war im Zimmer. Birgitte nahm den Duft im Nacken des kleinen Mädchens wahr, sie fühlte die Flaumhärchen an ihrer Nase. Sie spürte, dass ihre Brust zum Bersten gefüllt war, während der kleine Mund sich zu einer hungrigen Grimasse verzog. Sie spürte das gewaltige, fremde, beängstigende Gefühl von Verantwortung, das sie überwältigt hatte, als sie mit nur achtzehn Jahren ihr erstes Kind in den Armen hielt; sie hatte viele Stunden lang geweint. Jetzt hörte sie ihr Weinen, es kam von überallher, es füllte das Zimmer, das weit oberhalb der Stadt Oslo lag, der Stadt, in der sie sich vor Liv versteckt, sich von der Katastrophe ihrer Jugend weggearbeitet und geplagt hatte. Seither hatte sie große Verantwortung übernommen, hatte große Verantwortung gefühlt, vor ihrem abgrundtiefen Verrat jedoch hatte sie niemals wirklich weglaufen können. Jetzt hatte dieser Verrat sie eingeholt, er stand vor ihr wie ein grinsender, geifernder Löwe, und hier an diesem Ort würde alles enden. Livs Tod hatte sie hierhergeführt, nach ganz oben, und hier musste ihr Leben ein Ende nehmen.

Langsam wickelte sie den Revolver in ihr Tuch. Sie konnte den Anblick der Waffe nicht ertragen. Der Revolver an sich war schon eine Anklage. Sie hatte sich für den Nagant ihrer Mutter entschieden, weil ihre Mutter sie damals aufgehalten, festgehalten hätte, ihre Mutter hätte Liv niemals sterben lassen.

Als sie die verhüllte Waffe auf ihre Schläfe richtete, hörte sie, wie jemand das Aufenthaltszimmer hinter ihr betrat.

Doch das hinderte sie nicht daran abzudrücken.

Und so geht es weiter …

DAS ACHTE GEBOT

Der fünfte Fall für Hanne Wilhelmsen

Im Kamin der Familie Halvorsrud glimmt ein herunter-
gebranntes Feuer und beleuchtet eine grausame Szene: Auf
dem Eisbärfell vor dem Kamin liegt ein lebloser Frauenkörper,
der Kopf vom Rumpf getrennt, ein Samuraischwert daneben.
Wenige Meter entfernt von der Leiche seiner Frau sitzt Ober-
staatsanwalt Halvorsrud mit dem Gesicht in den Händen und
vollkommen blutverschmiert. Der Fall scheint klar. Doch Halvorsrud behauptet, den Mord nur als Zeuge erlebt zu haben, der
Täter sei Ståle Salvesen, gegen den er Jahre zuvor Anklage erhoben hatte. Hauptkommissarin Hanne Wilhelmsen ist geneigt,
Halvorusruds Version der Ereignisse Glauben zu schenken, als
sich ein Zeuge meldet, der beobachtet haben will, wie sich
Ståle Salvesen Tage vor der Tat von einer Brücke gestürzt habe.
Und als im Keller des Hauses, in dem Salvesen eine Wohnung
hatte, eine weitere enthauptete Leiche gefunden wird, tauchen
Halvorsruds Fingerabdrücke am Tatort auf. Was steckt hinter
diesen brutalen Morden? Hanne Wilhelmsen kann sich kaum
auf diese drängende Frage konzentrieren, denn Cecilie, ihre
langjährige Partnerin, hat eine lebensbedrohliche Diagnose bekommen …

ATRIUM